ro
ro
ro

Rosa Ribas, geboren 1963 in El Prat de Llobregat, studierte Hispanistik in Barcelona und lebt seit 1991 in Frankfurt am Main. Sie hat bereits zahlreiche Romane veröffentlicht.

Sabine Hofmann wurde 1964 in Bochum geboren. Sie studierte Romanistik und Germanistik und arbeitete als Dozentin an der Universität Frankfurt am Main, wo sie auch Rosa Ribas kennenlernte.

2014 erschien «Das Flüstern der Stadt», ihr erster gemeinsamer Roman und der Auftakt ihrer Trilogie über das Spanien der 50er Jahre. 2016 folgte mit «Die große Kälte» der zweite Teil. Für «Auf der anderen Seite der Ramblas» wurden die Autorinnen mit dem Preis des Krimifestivals Valencia Negra ausgezeichnet.

«Der überzeugende Abschluss einer überzeugenden Trilogie.» *(Bayerischer Rundfunk)*

«Eine fesselnde Zeitreise ins Barcelona der späten 1950er Jahre ... Ideale Reise-Lektüre, nicht nur für Spanien-Begeisterte.» *(hallo-buch.de)*

«Einer der besten Krimis des Jahres.» *(El País)*

Rosa Ribas &
Sabine Hofmann

AUF DER ANDEREN SEITE DER RAMBLAS

ROMAN

Rowohlt Taschenbuch Verlag

Die spanische Ausgabe erschien 2016
unter dem Titel «Azul Marino»
bei Ediciones Siruela, S.A., Madrid.

Die Übersetzung der Zeile des Gedichtes
von Francisco de Quevedo auf Seite 28
stammt von Werner Koppenfels und
ist erschienen in: Francisco de Quevedo,
Gedichte aus dem Turm, Mainz, Dietrich'sche
Verlagsbuchhandlung, 2003, Seite 154.

Veröffentlicht im
Rowohlt Taschenbuch Verlag, Hamburg, Juni 2019

Redaktion Johanna Schwering
Umschlaggestaltung any.way,
Barbara Hanke/Cordula Schmidt
Umschlagabbildung Bert Hardy/Getty Images
Gesamtherstellung CPI books GmbH, Leck, Germany
ISBN 978 3 499 27307 0

Für Juan Ribas.
Für die Erinnerungen.
Für die Geschichten.
Für alles.

1

«Hurengeschiss.»

Ein Fluch war sicher nicht die beste Art, den Tag zu beginnen, aber in der letzten Zeit gehörte das für Isidro Castro genauso dazu wie der starke Kaffee, den er trank, bevor er das Haus verließ, und das stumme Nicken, mit dem er jeden Morgen die beiden Polizisten links und rechts des Eingangs zum Präsidium grüßte.

An diesem Montag fluchte er noch einmal, als er nach einem Gespräch mit seinem Vorgesetzten in sein Büro zurückkehrte. Er öffnete das Fenster, und der Verkehrslärm der Vía Layetana füllte den kleinen Raum. Castro blickte auf Fahrzeuge und Menschenmassen hinunter. Das zögerliche Blau des Morgenhimmels war grauen Wolkenmassen gewichen. Der Inspektor musterte sie verächtlich. Nicht einmal einen ordentlichen Regen bekam diese Stadt hin. In all den Jahren hatte er hier noch nie Regen wie den in Galicien gesehen. Das war echter Regen und nicht das Hin und Her, das einem hier in Barcelona als Regen verkauft wurde: entweder regelrechte Wolkenbrüche oder ein fades Geniesel, genauso überempfindlich und unentschieden wie die Menschen in dieser Stadt, die er nicht mochte und auch nie mögen würde, selbst wenn seine Kinder hier geboren waren. Er zündete sich eine neue Zigarette an und schickte eine dichte Rauchwolke hinunter auf die Straße, in der Hoffnung, dass sie auf diese Weise aus seinem Blickfeld verschwand. Vor einigen Monaten hatte er wieder angefangen zu rauchen, obwohl seine Frau seinen Tabakatem widerlich fand. Allzu häufig küssten sie sich allerdings ohnehin nicht mehr.

«Hurengeschiss.»

Kommissar Goyanes hatte ihm einen neuen Fall übertragen. Das war im Prinzip gut, wenn es da nicht zwei Haken gegeben hätte. Zum einen war er im Moment mit einer anderen Ermittlung beschäftigt, keine große Sache, aber noch nicht abgeschlossen. Wenn Castro etwas nicht mochte, dann waren es halbgelöste Fälle, umso mehr, wenn andere hinterher die Lorbeeren für den Abschluss kassierten, wie jetzt bei dem Fall mit dem Enkeltrick.

Das Schlimmste aber war, dass der neue Fall etwas mit Ausländern zu hatte. Mit Amerikanern. Seit die Schiffe der Sechsten Flotte vor ein paar Jahren begonnen hatten, den Hafen von Barcelona anzulaufen, missfielen ihm die Horden hochgewachsener Matrosen, die mit schlingerndem Schritt, lautem Geschrei und lächerlich schief sitzenden Mützchen in die Stadt einfielen.

Er mochte die Amerikaner einfach nicht. Nicht unbedingt, weil sie da drüben alle Protestanten waren. Es waren ihre Allüren, sich als große Verteidiger der Freiheit zu gebärden. Als ob das etwas Wichtiges oder Notwendiges wäre. Die Arroganz, mit der sie auf die Spanier herabblickten, als seien sie eine Art Pygmäen. Ihre Weise, mit Dollars um sich zu werfen, damit die Leute nach ihnen schnappten wie Seehunde im Zirkus. Ihre Sprache, ihre Musik, ihr verdammter Kaugummi, den sie wie Wiederkäuer malmten. Ihr Tabak allerdings war hervorragend, das musste man ihnen lassen. Castro rauchte trotzdem weiterhin spanischen. Er nahm einen langen Zug von seiner Zigarette.

Und nun also ein toter Amerikaner. Ein Matrose von einem der Schiffe der Sechsten Flotte, die gerade wieder im Hafen vor Anker lag. Erstochen.

«Hurengeschiss!», sagte er noch einmal, als ihm sein Gespräch mit Kommissar Goyanes wieder einfiel.

* * *

«Dass ein Toter in dem Lokal lag, haben sie erst gemerkt, als die Militärpolizei erschien.»

Während er Goyanes' Ausführungen zuhörte, klebte Castros Blick am rechten Mundwinkel des Kommissars, der nervös zuckte. Seit einigen Wochen war sein Chef besonders angespannt. Stundenlang verharrte er in stumpfer Lethargie, bis er plötzlich zu frenetischen Aktivitätsschüben erwachte, herumbrüllte, mit der Faust auf den Tisch schlug, die Türen knallte und seinen Untergebenen mit seinem Kontrollwahn das Leben schwermachte. Castro hatte sich nie für politische Winkelzüge interessiert und sich von Seilschaften jeder Art ferngehalten, aber den Gerüchten im Präsidium aus dem Weg zu gehen war unmöglich.

«Die Wasser oben sind trüb», hatte ein Kollege nach dem letzten Tobsuchtsanfall des Kommissars zu ihm gesagt und dabei mit dem Daumen in Richtung Decke gedeutet.

Castro hatte lediglich das schiefe Sprachbild kommentiert, indem er bemerkt hatte, dass Schlamm immer von unten kam; der andere hatte, trotz Castros deutlichem Desinteresse, dennoch hinzugefügt, dass im Land ein neuer Wind wehe, die alte Garde immer mehr Terrain verliere und damit auch ihre ergebenen Jünger, zu denen auch Goyanes als treuer Anhänger der Falange gehörte.

Das war wohl der Grund für Goyanes' zuckenden Mundwinkel und die nahezu hysterische Dringlichkeit, mit der er Castro den Fall schilderte.

«Der Matrose befand sich in einem Séparée, mit dem Kopf auf der Tischplatte. Als man ihn aufrichtete, war der tiefe Schnitt am Hals zu sehen. Wahrscheinlich eine wüste Schlägerei. Wie viele dabei waren, ist noch nicht bekannt …»

«Aber ist das nicht Sache der amerikanischen Militärpolizei? Um diese Schlägereien kümmern die sich doch selbst.» Castro presste den Rücken gegen die Stuhllehne. Seit einigen Wochen spürte er Stiche neben den Lendenwirbeln. Das Alter, sagte er sich. Im August war er siebenundfünfzig geworden. Der Schmerz kam wahrscheinlich von den Sorgen, die ihm sein älterer Sohn, Cristóbal, machte.

«Ja, aber wir haben einen Toten auf spanischem Boden, und offenbar waren nicht nur Amerikaner an der Schlägerei beteiligt. Deshalb hat das amerikanische Militär uns um unsere Mitarbeit gebeten. Sowohl unser Militärgouverneur als auch der Zivilgouverneur haben sofort zugesagt.» Goyanes machte eine Pause, sein Blick richtete sich auf einen Punkt hinter Castro. «Wenn sie sich schon gegenseitig umbringen müssen, sollen es diese verdammten Amerikaner auf ihren Schiffen tun. Nichts als Probleme machen sie uns, nichts als Probleme. Und wir, wir haben ihnen das Land verkauft, Isidro. Der Caudillo wurde schlecht beraten. Sie mögen noch so stramme Antikommunisten sein, unsere Verbündeten sind sie längst nicht, denn sie haben nicht unsere Prinzipien, nicht unsere Moral … Und jetzt auch noch das.»

Er verstummte. Falangisten wie Goyanes waren diejenigen gewesen, die sich am meisten gegen ein Abkommen mit den Amerikanern gewehrt hatten.

Castro wartete schweigend. Obwohl er die Abneigung seines Vorgesetzten durchaus teilte, würde er ihm auf keinen Fall beipflichten.

Goyanes' nahezu quadratisches Gesicht, von einem feinen Schnurrbart in zwei gleich große Hälften geteilt, verdüsterte sich zwischen dem Porträt Francos und dem des Falange-Gründers José Antonio. Bis auf das nervöse Zucken im rechten Mundwinkel war es genauso reglos wie die Gesichter der beiden Männer auf den Bildern. Nach einer Weile blinzelte Goyanes und kehrte in die Wirklichkeit zurück.

«Oben heißt es, dies sei eine ausgezeichnete Gelegenheit, aller Welt die gute Beziehung zwischen unseren beiden Ländern zu zeigen. Merkwürdigerweise ist vor allem der Zivilgouverneur daran interessiert. Na ja, genau genommen ist das nicht so merkwürdig: Sein Stuhl wackelt, und er braucht dringend Erfolge. Umso mehr, als im Dezember der amerikanische Präsident, dieser Eisenhower, den Caudillo besuchen wird. Egal. Das Entscheidende ist, dass dies nun unser Fall ist, Isidro. Genauer gesagt: deiner.»

«Comisario, ich bearbeite zurzeit noch eine andere Sache ...»

Sein Vorgesetzter ignorierte den Einwand und sprach mit abwesendem Blick weiter.

«Das ist ein vergifteter Fall, Isidro. Vergiftet. Ein Fall mit politischen Verwicklungen. Meine Feinde liegen schon lange auf der Lauer. Bei der erstbesten Gelegenheit werden sie meinen Kopf fordern. Dieser Fall hier ist eine solche Gelegenheit, denn jeder Fehler wird den Verantwortlichen teuer zu stehen kommen. Und genau deshalb wurde er mir übertragen. Sie wollen meinen Kopf.»

Dann wackelt dein Stuhl also auch, dachte Castro und fragte: «Und warum geben Sie ihn mir?»

Der Kommissar verpasste dem Tisch einen seiner üblichen Faustschläge.

«Du willst wohl immer wieder hören, dass du der Beste bist, was?»

So gereizt, wie Goyanes' Stimme klang, hätte seine Bemerkung ebenso gut eine Beleidigung sein können.

«Nun ja …»

«Schau, Isidro, wir müssen mit ihnen zusammenarbeiten, wir müssen gut arbeiten, und wir müssen ihnen zeigen, dass wir nicht die Hinterwäldler sind, für die sie uns halten. Wir müssen …»

Goyanes nannte noch weitere Dinge, die sie unbedingt müssten, bis ihm die Luft ausging.

«Gewiss, Comisario, ich habe nur gedacht …»

«Denk nicht so viel, Isidro, gehorche lieber.»

Castro ärgerte sich über die Bemerkung seines Vorgesetzten, aber er ließ es sich nicht anmerken. Er stand auf. «Gut, dann fang ich mal an.»

«Du musst dich noch etwas gedulden. Ich habe dir ja gesagt, dass wir uns mit den Amerikanern abstimmen müssen. Morgen hast du sämtliches Material und kannst beginnen.» Als er Castros irritierten Blick sah, fügte Goyanes hinzu: «Ja, ich weiß schon. Die Leiche wird alles andere als warm sein, aber so sind die Befehle von oben. Also halten wir schön die Füße still. Morgen früh um zehn hast du einen Termin im amerikanischen Konsulat. Es ist nicht weit von hier, die Straße rauf bis zur Calle Junqueras und dann bist du schon da, der Weg reicht gerade mal für eine Zigarette. Dort lernst du den amerikanischen Polizisten kennen, der mit dir arbeiten wird.»

«Ach so?» Castro blieb mitten im Raum stehen, die Arme

eng am Körper, Stimme und Gesicht ausdruckslos. «Und was sollen wir tun, dieser Amerikaner und ich?»

«Gemeinsam ermitteln.»

«Gemeinsam ermitteln.»

Goyanes' Äußerung war ein Befehl, Castros eine tonlose Frage.

«So sieht es aus: Ihr werdet zusammenarbeiten, Hand in Hand. Morgen werden sie dir alle Informationen geben, über den Toten, die Schlägerei und was du sonst noch brauchst.»

«Comisario, ich spreche kein Englisch.»

Der Kommissar zuckte mit den Schultern. «Das musst du auch nicht. Sie haben einen Dolmetscher.»

Da Castro nicht reagierte, fühlte sich Goyanes anscheinend bemüßigt, ihm ein paar aufmunternde Worte zu sagen.

«Mach dir keine Sorgen. Am Ende wird sich rausstellen, dass es ein ganz banaler Fall ist. Bei all den Schlägereien, die die Amerikaner sich liefern, musste irgendwann so etwas passieren.»

Castro hätte ihn fragen können, warum er ihn, wenn die Sache so banal war, von einem Fall abzog und ihn mit einer solchen Banalität beschäftigte, aber er wusste, jeder Einwand war reine Zeitverschwendung.

Er hatte die Türklinke schon in der Hand, als die Stimme seines Vorgesetzten ihn zurückhielt.

«Eine Sache noch. Kein Wort hierüber. Zu niemandem, vor allem nicht zu Segura oder Rovira.»

Castro nickte knapp und verließ den Raum. Goyanes' letzte Anweisung war überflüssig. Segura und Rovira gehörten zu den Parteigängern von Montesdeoca, einem neuen Polizeioffizier, der gerade frisch aus Madrid eingetroffen war und kräftig auf den Putz haute. Er war als neuer Chef der *Brigada de Investigación Criminal* im Gespräch. Goyanes selbst hatte seinerzeit nach einem steilen Aufstieg seinen Vorgänger aus dem Amt gedrängt. Dank seiner Verschlagenheit hatte er seine Stellung lange halten können, sogar als einige seiner politischen Schutzpatrone von Machtkämpfen hinweggefegt worden waren, über die Castro weit mehr wusste, als ihm lieb war. Nun fürchtete Goyanes offenbar, als Nächster an der Reihe zu sein.

Castro fluchte. Das hatte ihm gerade noch gefehlt: Ausländer und hausinterne Zwistigkeiten.

«Hurengeschiss.»

* * *

Castro setzte sich an seinen Schreibtisch und warf einen Blick in die Akte zu dem Fall mit dem Enkeltrick. Ein junger Mann tauchte bei einsamen alten Frauen auf, deren Angehörige das Land im Krieg verlassen hatten, und stellte sich als ein aus dem Exil heimgekehrter Enkel vor, der sie endlich, nach Jahren in Südamerika und einer langen Suche, gefunden hatte.

«Liebe Oma, nun ist mein größter Wunsch in Erfüllung gegangen.» Er führte sie hinters Licht, sprach mit falschem argentinischem oder mexikanischem Akzent, die Damen schenkten ihm ihr Vertrauen, überließen ihm die Wohnungsschlüssel, später ihr Geld, und am Ende waren sie wieder allein und noch dazu mittellos. Castro war ihm dicht auf den Fersen, eine Frage von ein paar Tagen, mehr nicht. Und gerade jetzt kam Goyanes mit dem anderen Fall daher. Er riss seine Bürotür auf und brüllte den Flur hinunter: «Sevilla!»

Sein Untergebener, der einzige Beamte, dem er im Präsidium vertraute, erschien prompt.

«Hast du mit dem letzten Opfer schon gesprochen?»

«Ich war gerade auf dem Weg.»

«So ein Zufall. Und jetzt erzähl mir nicht, dass ich dich davon abhalte.»

Sevilla blinzelte, ohne etwas zu sagen. Sie arbeiteten seit einigen Jahren zusammen, und Sevilla wusste, wann er besser den Mund hielt. Seine Gefügigkeit rief in Castro manchmal den zufriedenen Stolz eines Dompteurs hervor, der ein wildes Tier allein mit seiner Stimme und der erhobenen Peitsche zu dirigieren weiß. Darunter mischte sich bisweilen Bedauern darüber, dass sie niemals Freunde sein würden, obwohl er Sevilla im Grunde sehr schätzte. Aber Hierarchien verpflichteten nun einmal zu Distanz. Und Hierarchien durfte man ebenso wenig brechen wie eine Wirbelsäule, daraus folgten nur Lähmung oder Tod.

Sevilla stand vor ihm, hager und aufrecht, die seitlich herabhängenden Hände trommelten ungeduldig auf die Oberschenkel. Castro forderte ihn auf, sich zu setzen, und berichtete von seinem Gespräch mit Goyanes.

«Wo haben sie ihn gefunden?», fragte Sevilla.

«Im Metropolitano, in der Calle Conde del Asalto.»

«Das ist ja ein besonders feines Lokal», sagte Sevilla ironisch. «Soll ich hingehen?»

«Nein. Wir müssen auf die Amerikaner warten.»

«Und warum haben Sie es dann so eilig? Ich habe Ihnen doch gesagt, dass ich gerade …»

«Sevilla, werd nicht frech. Wenn ich sage, du kommst, dann kommst du. Basta.»

«Wie Sie befehlen, Chef, aber logisch ist es nicht.»

«Logisch!», murmelte Castro verächtlich, während er nach der nächsten Zigarette angelte. «Denk nicht so viel, gehorche lieber.»

Castro ärgerte sich, weil er sich dabei ertappte, dieselbe Wendung zu benutzen wie der Kommissar. Er wollte Goyanes auf keinen Fall in irgendeiner Hinsicht ähneln. Der Mann war sein Vorgesetzter, er befolgte seine Anweisungen, Punkt. Einige Male hatte er daran gedacht, sich in eine andere Abteilung versetzen zu lassen, aber man würde ihn vermutlich fragen, warum er das angesehenste Dezernat verlassen wollte, und dann würde die seit Jahren hinuntergeschluckte Abscheu vor den schmutzigen Manövern seines Chefs in einem Schwall aus ihm herausbrechen, wie Eiter aus einem Furunkel. Also sagte er nichts, nicht aus Rücksicht auf Goyanes, sondern auf die Institution, der er pflichtbewusst und stolz diente. Er hörte lieber zu und warf den Haken in ein schon geöffnetes Maul.

Und jetzt redete er schon selbst wie Goyanes. Wenn Sevilla auch nichts von seinem Fauxpas ahnte, war er Castro dennoch peinlich, und deshalb erzählte er seinem Untergebenen in komplizenhaftem Ton von der geplanten Zusammenarbeit mit dem amerikanischen Militärpolizisten.

«Aber wie wollen Sie denn miteinander reden?»

«Wir bekommen einen Dolmetscher.»

«Und Sie wollen sich auf das verlassen, was einer von denen übersetzt?» Sevilla verschränkte seine langen, dünnen Arme vor der Brust.

«Was soll mir wohl anderes übrigbleiben?»

Mit seiner Bemerkung versuchte er zu kaschieren, dass ihn Sevillas Einwand beunruhigte. Das Treffen im Konsulat war ein Auswärtsspiel. Er wäre vollkommen auf die Person angewiesen, die seine Worte übersetzte, und er würde nicht verstehen, was die Amerikaner untereinander redeten, ob sie sich über ihn lustig machen oder ihn übers Ohr hauen wollten. Abhängig und machtlos, das würde er sein. Die Vorstellung behagte ihm ganz und gar nicht, an Abhängigkeit und Machtlosigkeit war er nicht gewöhnt. Nein, es war nicht nur ein Auswärtsspiel, sondern dazu noch eins, bei dem selbst der Schiedsrichter zur gegnerischen Mannschaft gehörte.

Sevilla wartete auf Befehle.

«Gut. Reden wir darüber, warum ich dich gerufen habe. Wenn ich recht verstanden habe, arbeite ich allein mit den Amerikanern und vielleicht einigen Polizisten für die Kleinigkeiten. Ich traue der ganzen Sache allerdings nicht, deshalb wirst du parallel Ermittlungen anstellen. Inoffiziell. Daher zu niemandem ein Wort darüber, ist das klar?»

«Selbstverständlich.»

«Zu niemandem heißt zu wirklich niemandem.»

«Wollen Sie mich beleidigen, Chef?» Gekränkt drehte Sevilla den Kopf zur Seite.

«Entschuldige, Sevilla. Den Fall mit dem Enkeltrick übergeben wir an Kollegen.»

Da sein Untergebener ihn verblüfft ansah, fügte er hinzu: «Glaubst du, mir macht das Spaß? Den Fall haben wir beide beinahe gelöst, und jetzt verschenken wir ihn. Fehlt nur noch eine Schleife drum. Aber Befehl ist Befehl. Stell die Unterlagen zusammen.»

«Für wen soll denn das Päckchen sein?»

Castro überlegte einen Moment. Er erinnerte sich an Goyanes' Warnung.

«Für Rovira und Segura.»

«Aber Chef! Das sind doch Leute von Montesdeoca!»

«Das brauchst du mir nicht zu erzählen.»

«Dann erklären Sie mir, warum gerade die beiden.»

Castro bohrte seinen Blick in Sevillas Augen, bis dieser

immer mehr von der Tischkante zurückwich. Dann sagte er, ohne die Stimme zu heben oder das Gesicht zu verziehen:

«Dir muss ich überhaupt nichts erklären.»

Nie im Leben würde er zugeben, dass sich dahinter der Versuch verbarg, sich Kommissar Montesdeoca zu nähern. Wenn Sevilla es erraten und sich getraut hätte, eine entsprechende Bemerkung zu machen, hätte er ihn hochkant aus dem Büro geworfen. So aber schwiegen sie beide einen Moment lang, bis Castro ein listiges Funkeln in Sevillas Augen bemerkte.

«Ein Geschenk für Segura und Rovira, klar, Chef. Wie früher, wenn man als Kind ein gebrauchtes Spielzeug geschenkt bekam und immer ein Teil fehlte, oder?» Sevilla hatte die Stimme zu einem verschwörerischen Flüstern gesenkt.

Mit einem barschen «Warum nicht?» signalisierte Castro seine Zustimmung.

Sevilla ahnte nicht, dass Castro in diesem Augenblick eingefallen war, dass vor ein paar Monaten, just in dem Moment, als er jemanden für die Übersetzung eines englischen Briefs benötigte, der Zufall, das Glück, das Schicksal oder wie man es immer nennen wollte, dafür gesorgt hatte, dass Ana Martí wegen einer Reportage für ihre Zeitschrift ins Präsidium kam. Die Journalistin hatte ihm den Brief ohne Probleme übersetzt. Wenn die Amerikaner einen Dolmetscher hatten, gut, dann hatte er eben eine Dolmetscherin. Falls sie sich darauf einließ. Das würde sie allerdings, da war er ziemlich sicher, denn er konnte ihr im Gegenzug etwas anbieten, dem sie gewöhnlich nicht widerstehen konnte: eine gute Geschichte.

Sein Gesicht nahm einen für Isidro Castro eher ungewöhnlichen Ausdruck an. Er lächelte.

«Alles in Ordnung, Chef?»

2

Während sie die Treppen zu ihrer Wohnung hinaufstieg, dachte Beatriz Noguer, dass ihre Epoche, in der aus Klatsch und Tratsch im Handumdrehen Denunziation und Verrat wurden, ein Goldenes Zeitalter für Hausmeister und Concierges war.

«Sie haben es heute aber eilig, Doña Beatriz», hatte Jesús zu ihr gesagt, als sie das Haus betreten wollte. Der Besen, der die Anwesenheit des Hausmeisters auf der Straße rechtfertigen sollte, hatte aufgehört, hin- und herzuschwingen, und Jesús hatte sich in Erwartung eines kleinen Plausches mit beiden Händen auf den Stiel gestützt.

Nein, kein Goldenes Zeitalter, korrigierte sie sich, die heutigen Klatschmäuler waren fade Gestalten, boshafte, kleinkarierte Mitläufer. Mit dem kühnen Einfallsreichtum der Lästerzungen des Siglo de Oro hatten sie wenig gemein. Selbst beim Tratsch gibt es Klasse, und Jesús hatte keine. Den Kopf schiefgelegt wie ein Geier, hatte er sein billiges Sätzchen scheinheilig lächelnd vorgebracht, um ihr kundzutun, dass er sehr wohl registriert hatte, dass sie nun wieder ausging, nachdem sie wochenlang das Haus nicht verlassen hatte.

Sie hatte mit einem Nicken gegrüßt und war schnell vorübergegangen.

Vielleicht glaubte er tatsächlich, sie wisse nichts davon, dass er immer noch, seit Jahren schon, jedem Besucher von dem Dienstmädchen erzählte, das in diesem Haus ermordet worden war. «Es war das Dienstmädchen von Señora Noguer, sie haben sie abgemurkst. In der Küche. Ab-ge-murkst.» Er hatte es auch den jungen Frauen erzählt, die sich auf ihre Anzeige hin gemeldet hatten, und Beatriz war sicher, dass sich so manche nach den Erzählungen des Hausmeisters nicht mehr zu der geräumigen Wohnung in der Beletage des Hauses an der Rambla de Cataluña hochgetraut hatte, um sich als Dienstmädchen zu bewerben.

Beatriz öffnete die Wohnungstür und wurde von Kaffeeduft und den Stimmen aus Luisas Küchenradio empfangen.

Luisa hatte sich von den Geschichten des Hausmeisters nicht abschrecken lassen, sie war hinaufgestiegen und hatte sich vorgestellt, die Anzeige säuberlich ausgeschnitten und gefaltet.

Luisa war mehr Geräusch als körperliche Präsenz. Ein Singen, wenn sie beim Radiohören Schlagerstars wie Joselito, Sara Montiel oder Concha Piquer begleitete, Lachen und erstaunte Ausrufe, wenn sie Radioserien und Wettbewerben lauschte. Leises Türklopfen, um mitzuteilen, dass Frühstück, Mittag- oder Abendessen bereitstanden, eine entfernte Stimme, die Anrufe entgegennahm und sich dann näherte, um etwas auszurichten.

Doch die Stimme, die Beatriz begrüßte, war nicht die Luisas, sondern Anas. Sie kam ihr aus der Bibliothek entgegen.

«Du kommst gerade rechtzeitig. *It's tea time.*»

Ihre Cousine Ana wohnte seit etwas mehr als einem Jahr bei ihr. Beatriz hatte es ihr angeboten, nachdem Ana zwei Wochen im Gästezimmer verbracht hatte, um sie wegen einer schlecht ausgeheilten Bronchitis, fast schon einer Lungenentzündung, zu pflegen. In der Wohnung gab es genügend Platz, damit sie beide bequem und sogar unabhängig voneinander dort wohnen konnten. Zu Beatriz' Freude hatte Ana das Angebot angenommen und war eingezogen. Sie lebte im rückwärtigen Teil der Wohnung. Das alte Schlafzimmer von Beatriz' Eltern hatte sie zu ihrem gemacht, und die breite, verglaste Galerie zu den Innenhöfen des Blocks hinaus beherbergte nun Anas Arbeitszimmer. Beatriz, in deren Bücherregalen strikte bibliothekarische Ordnung herrschte, war gleichermaßen entsetzt wie amüsiert von Anas Unordnung. Die Bücher standen nach Zufall oder vielleicht auch plötzlicher Eingebung geordnet auf den Regalbrettern, auf dem Fußboden und diversen kleinen Tischchen stapelten sich die Zeitungen, und über den gesamten Schreibtisch lagen Notizzettel verteilt wie von einem Kind im Zorn verstreute Puzzleteile.

Dank ihrer quasi ätherischen Erscheinung war Luisa in der Lage, dort Staub zu wischen und zu fegen, ohne ein einziges Papierstück von seinem Platz zu bewegen.

«Denk daran, die Tür zu schließen», sagte Beatriz ihr jedes Mal, damit die Unordnung nicht in ihr Arbeitszimmer auf der anderen Seite der Wohnung kroch. Wenn sie es gewollt hätten, hätten sie Tage verbringen können, ohne einander zu sehen. Ana, eine größere Liebhaberin von Ritualen als Beatriz, bestand jedoch darauf, dass sie sich um fünf zum Kaffee bei Beatriz trafen, wann immer es die Arbeit erlaubte. Ana war allerdings auf Tee umgestiegen, seit sie einen englischen Konversationskurs besuchte. Manchmal brachte sie ein Päckchen englischen Tee mit, ein Geschenk ihres Lehrers, eines gewissen Lawrence, den Ana zu mögen schien.

Beatriz zog sich um. In der Bibliothek erwartete sie Ana vor einem niedrigen Tisch mit einer Teekanne und, für Beatriz, einer Kaffeekanne, obwohl Ana nicht müde wurde, ihr die Vorzüge des englischen Tees zu preisen. Daneben stand ein Teller mit Gebäck.

«Wie war's bei den Palau?», fragte Ana.

«Die Erben haben keine Ahnung, was ihnen da in die Hände gefallen ist, aber mit ihrem Raubtier- oder besser ihrem Aasfresser-Instinkt wittern sie, dass etwas Wertvolles dabei ist. Und deshalb brauchen sie mich. Zum Sortieren.»

«Bezahlen sie dich wenigstens anständig?»

«Sie bezahlen mich gut, und ich kann die Dokumente behalten, die keinen finanziellen, möglicherweise jedoch einen wissenschaftlichen Wert haben.»

Sie hoffte, dass ihre Cousine sie nach dem exakten Betrag fragen würde und sie ihr dann nonchalant die saftige Summe nennen könnte. Aber Ana schien ausnahmsweise nicht an exakten Informationen interessiert zu sein. Stattdessen betrachtete ihre Cousine sie mit dem freundlichen, etwas nachsichtigen Lächeln, mit dem man die Fortschritte eines Genesenden quittiert, sie schien sich darüber zu freuen, dass sie Beschäftigung hatte und wieder aus dem Haus ging. Daher sagte Beatriz ironisch: «Genau genommen bin ich die Beraterin der Hyänen, das allerletzte Glied in der Hierarchie.»

«Ach, komm. Hierarchien sind reine Konventionen. Warum ist der Löwe der König? Bloß weil er eine Mähne hat.»

«Du brauchst mich nicht zu bemitleiden.»

«Das tue ich nicht. Sonst würde ich dir das letzte Stück Buttergebäck übrig lassen.» Ana steckte es in den Mund und schloss genießerisch die Augen. «Damit geizen sie immer in der Konditorei. Welche Beutestücke hast du in der Bibliothek des alten Palau denn gefunden?»

«Einige Inkunabeln, die sich vermutlich gut verkaufen lassen werden. Ein paar handsignierte Bücher mit persönlicher

Widmung. Sie könnten für einen Sammler interessant sein. Im Grunde ist die Bibliothek eine kleine Schatzkammer. Leider wissen die Erben es nicht zu schätzen. Sie begreifen nicht, dass die Lebensgeschichte ihres Vaters darin steckt.»

Genauso, wie auch Beatriz' Bücher ihr Leben erzählten. Bücher, die sie mit Leidenschaft gelesen und studiert hatte, Bücher, die sie mit anderen geteilt hatte, andere, die sie selbst geschrieben hatte, selbst Bücher, die fehlten, weil sie sie in Notzeiten verkaufen musste. Alles steckte in ihrer Bibliothek, ihre Vorlieben, ihre Abneigungen. Sogar ihre Liebschaften, dachte sie, als sie traurig fünf in granatrotes Leder gebundene Bände betrachtete.

In diesem Moment klingelte das Telefon auf dem Flur. Sie hörten Luisas Schritte, dann ihre Stimme. Kurz darauf näherten sich ihre Schritte der Bibliothek.

«Señorita Ana, für Sie. Señor Rubio.»

* * *

Enrique Rubio rief sie gewöhnlich aus zwei Gründen an: Entweder musste ein Text verändert werden, damit er die Zensur passieren konnte, oder er hatte einen neuen Auftrag für sie. Am Vortag hatte Ana ihm ihren letzten Artikel in seine Wohnung bringen lassen, die zugleich die Barceloneser Redaktion der Zeitschrift *El Caso* war.

Seit fast fünf Jahren arbeitete sie für ihn. Am Anfang hatte sie sich geschämt, für ein Revolverblatt zu arbeiten. Ana Martí, Tochter und Enkeltochter angesehener Journalisten, schrieb über Morde, Unfälle und Betrügereien aller Art. Deshalb erschienen ihre Artikel zunächst unter einem Pseudonym. Aber vor zwei Jahren hatte sie die Maske gelüftet, was ihr eine gewisse Berühmtheit verschafft hatte. In Barcelona war sie nun die Reporterin von *El Caso*, so wie Margarita Landi es in Madrid war. Sie waren sehr unterschiedlich: Landi pflegte ihre Extravaganz, sie fuhr ein rotes Cabriolet und rauchte Pfeife; Ana hingegen zog eine gewisse Diskretion vor, obgleich sie, wie ihre Madrider Kollegin, Hosen trug, wenn sie an unzugänglichen Orten Nachforschungen anstellte, selbst wenn man sie deswegen schief ansah.

Sie nahm den schweren Hörer auf.

«Sehr gelungen, dein Artikel über den Taxi-Mörder. Sobald die Fotos entwickelt sind, schicke ich alles nach Madrid.»

«Hast du etwas Neues für mich? In diesem Monat scheint es in der Stadt besonders ruhig zu sein.»

Und in ihrem Portemonnaie besonders leer. Wenige Aufträge von *El Caso*, genauso wenige von *Mujer Actual*, einer Frauenzeitschrift, für die Ana ebenfalls arbeitete.

«Nein. Es ist nicht so, dass es keine Geschichten gäbe. Es gibt welche, aber es hat keinen Sinn, dass wir uns darum kümmern.»

Die anschließende Kunstpause war ein alter und häufig benutzter Trick, aber er war immer noch wirkungsvoll.

«Komm, erzähl mir eine.»

«Eine ziemlich hässliche. Ich war im Leichenschauhaus, um zu sehen, ob es etwas Neues über die Identität des Ertrunkenen gibt, der im Strandbad an der Barceloneta gefunden wurde. Zufällig lag dort auch die Leiche von Rodrigálvarez, dem Industriellen. Und der Gerichtsmediziner war in Plauderlaune.»

Rubio offensichtlich auch, trotzdem verstummte er.

Ana ahnte, warum. «Ging es um etwas Unanständiges?»

Ihr Chef hüstelte. Obwohl er in all den Jahren viel gesehen, viel geschrieben und vieles umschrieben hatte, kostete es ihn immer noch Überwindung, mit einer Frau über bestimmte Dinge zu reden.

«Es hat den Anschein, dass Señor Rodrigálvarez ein … na ja, er bevorzugte Männer. Die Autopsie hat ergeben, dass er von hinten erdrosselt wurde.»

«In voller Aktion?»

«Ja.» Am anderen Ende der Leitung war es einen Moment still, bis Rubio weitersprach. «Sie haben das Gummi noch in seinem … im … im Popo gefunden.»

«Im Popo …» Ana lachte laut über den kindlichen Ausdruck, auf den ihr Chef zurückgegriffen hatte. Sie wusste, dass Beatriz sie in der Bibliothek hören konnte, und fragte sich, was sie wohl für ein Gesicht machte. «Und in der Traueranzeige haben sie geschrieben, dass er einen christlichen Tod gestorben ist.»

«Was sollten sie sonst schreiben, Aneta?»

«Weiß man, wer es war?»

«Nein. Aber falls der Mörder gefasst wird, wird es bei dem Einfluss, den die Familie hat, ausgehen wie bei den Mördern von Masana.»

Masana … Masana. Ana erinnerte sich. Antonio Masana, ein Bauunternehmer, war vor einigen Jahren von Angehörigen des aktiven Widerstands getötet worden, als sie ein berüchtigtes Stundenhotel in Pedralbes überfielen, während Masana dort mit einer Minderjährigen im Bett lag. Wenn sie sich richtig erinnerte, wurden drei der Täter verhaftet und von einem Militärgericht verurteilt, ohne dass je der Name des Opfers genannt wurde.

Rubio fasste das Ganze noch knapper zusammen: «Urteil, Garotte, Massengrab. Reden wir über etwas anderes. Ich habe eine Information für einen Kurzbericht und wäre dir dankbar, wenn du der Sache nachgingest.»

«Worum geht es?»

«Um etwas Trauriges.»

«Als ob wir je über etwas Fröhliches geschrieben hätten.»

«Diesmal ist es besonders traurig. Ein Selbstmord. Eine junge Näherin hat sich in ihrem Zimmer erhängt.»

«Ein Selbstmord?», unterbrach Ana ihn. «Das bekommen wir nicht durch. Hast du nichts Handfesteres?»

Wenn schon geschriebene Artikel nicht veröffentlicht werden konnten, wurde Ana für ihre Arbeit nicht bezahlt. In letzter Zeit hatte die Zensur sie einige Honorare gekostet.

«Ich glaube, hier können wir den Zensor herumbekommen. Die Geschichte hat nämlich eine Moral: Das Mädchen war offenbar guter Hoffnung und tat es deswegen. Ich weiß, es ist keine große Sache, aber vielleicht können wir damit eine Lücke füllen. Ich gebe dir die Adresse.»

Ana klemmte den Hörer zwischen Ohr und Schulter und griff nach dem Notizheft, das immer neben dem Telefon bereitlag. Rubio schien sie sehen zu können, denn er wartete so lange, bis sie die erste weiße Seite gefunden hatte.

«Es ist eine Wohltätigkeitseinrichtung, die von den Damen der *Schwesternschaft der Verehrerinnen der heiligen Maria Magdalena* betrieben wird.»

Ana verkniff es sich, den Namen zu kommentieren, und sagte lediglich «Ja», um ihm zu signalisieren, dass er fortfahren konnte.

«Sie nehmen gefallene Mädchen auf.»

«Von wo sind sie denn heruntergefallen?», unterbrach sie ihn.

«Ana, sei nicht so bissig, du weißt, was ich meine.» Rubio

fuhr fort, allerdings redete er nun weniger geschwollen. «Mädchen, die nicht wissen, wohin. Sie geben ihnen ein Dach über dem Kopf, und ihren Kindern auch.»

«Aha, Kinder. Darin bestand also ihr Fall!»

Rubio überhörte die Bemerkung. «Und sie können einen Beruf erlernen, damit sie für sich sorgen können. Sie werden als Näherinnen ausgebildet.»

Ana wollte Rubio nicht weiter reizen. Ein Auftrag ist ein Auftrag, daher fragte sie ihn: «Also soll ich zum Nähatelier gehen und nicht in die Wohnung der Toten, oder?»

«Es ist dieselbe Adresse. Die Mädchen wohnen über der Näherei.»

«Wo ist es?»

«In der Calle Valencia, zwischen der Calle Balién und der Calle Gerona.»

«In der Nähe des Paseo de Juan. Eine gute Gegend.» Das wusste sie nur zu genau. Ihre Familie hatte dort gelebt, bevor ihr Vater aus politischen Gründen entlassen worden war und sie in ein bescheideneres Viertel ziehen mussten.

«Du hast es nicht weit. Um elf erwarten sie dich. Die Leiterin der Schneiderei heißt Aurora Peiró.»

«Peiró, Peiró. Der Name sagt mir nichts.»

«Sie gehört nicht zu den Kreisen, in denen du dich für *Mujer Actual* bewegst. Die Damen von der Schwesternschaft allerdings schon.»

Sie plauderten noch ein wenig, mehr über die nicht publizierbare Geschichte des homosexuellen Mordopfers als über die banale Nachricht, die sie nun schreiben sollte. Danach kehrte Ana zu Beatriz in die Bibliothek zurück.

«Nach allem, was ich von deinem Anruf mitbekommen habe, glaube ich, dass mein Geist einer gewissen Reinigung bedarf.» Beatriz stand auf und ging zu einem der Bücherregale. Mit einem Band mit Gedichten von Francisco de Quevedo kehrte sie zurück.

«Aber Quevedo hat auch ziemliche Ferkeleien geschrieben.»

Beatriz hob das Buch wie ein Schild, das sie vor Anas Worten schützen sollte, und zitierte lachend aus einem seiner Liebessonette: «Verschließen mag die Augen mir der letzte Schatten, und ganz den weißen Tag verwehren.»

3

Das Nähatelier lag im Erdgeschoss eines modernistischen Gebäudes. Hinter dem Glas der breiten Eingangstür spannten sich Scheibengardinen, die Licht hineinließen und gleichzeitig für Diskretion sorgten. Schon von der Straße aus war der schnelle Rhythmus ratternder Nähmaschinen zu hören. Die beiden Fenster rechts und links der Tür wurden von zwei Schaufensterpuppen ohne Kopf und Gliedmaßen in Beschlag genommen. Der rechte Torso war der eines Mannes, bekleidet mit einem eleganten Frack und einem weißen Hemd mit Jabot-Kragen, der linke, eine weibliche Figur, trug eine Satinbluse mit Schlitzärmeln, Spitzenkragen und gefältelter Taille, ein lächerliches Kleidungsstück, das vermutlich allein dazu diente, die Kunstfertigkeit der Näherinnen unter Beweis zu stellen.

Ana schloss den Regenschirm und trat ein. Eine Ladenglocke kündigte ihre Ankunft an, und das Rattern hörte auf. Die Nähmaschinen standen hinter einer dunklen Holztheke, aufgereiht wie in einem Klassenraum: drei auf der linken, zwei auf der rechten Seite. Vier Köpfe hatten sich von den Maschinen gehoben, schauten Ana an und wandten sich dann, wie auf Kommando, der ersten Maschine auf der linken Seite zu, die verlassen und nackt dastand.

Die Ladenglocke war wieder verstummt, und auch die vier jungen Frauen schwiegen. Sie trugen Trauerkleidung, ebenso die Dame, die nun aus einer Tür im hinteren Teil des Ladens trat. Das energische Klappern ihrer Absätze klang wie ein verspätetes Echo des Nähmaschinenratterns. Das kastanienbraune, in Wellen um ihren Kopf gelegte Haar schimmerte, als sie die Reihen der Mädchen durchschritt und auf Ana zukam. Sie strich der jungen Frau an der Maschine hinter dem leeren Platz sanft über die Schulter, einem Mädchen mit hohen Wangenknochen und dunklen Augen, das die Tränen nicht zurückhalten konnte, als die Frau es berührte.

«Schon gut, Mila», sagte die Dame und ging weiter. Auf der anderen Seite der Theke angelangt, streckte sie Ana ihre Hand entgegen, eine weiche und kräftige Hand.

«Aurora Peiró, ich bin die Leiterin dieser Schneiderei. Sie müssen Ana Martí sein.» Ihre tiefe und warme Stimme erinnerte Ana an die tröstliche, etwas mütterliche Klangfärbung einer Radiosprecherin, die in einer bekannten Ratgebersendung von Radio Barcelona die Tipps in Herzensangelegenheiten verlas. «Ich kenne Ihre Artikel in *Mujer Actual*.»

«Aber heute bin ich für *El Caso* hier», stellte Ana richtig.

«Ich weiß», Aurora Peiró senkte verschwörerisch die Stimme. «Den lese ich ebenfalls.»

Ana fiel der populäre Ausspruch ein: «*El Caso* wird von Dienstmädchen gekauft und von Damen gelesen.»

«Es tut mir leid, dass wir uns unter diesen traurigen Umständen kennenlernen.»

«Wir mochten Elena alle sehr, sehr gern.» Als sie den Namen der Toten erwähnte, waren wie bei einer Totenwache mehrere Schluchzer zu hören. «Sie hatte nicht nur geschickte Hände, sie war so gut, so lieb …»

Aurora Peiró führte Ana zwischen den Maschinen entlang. Alle Köpfe drehten sich nach ihnen um. Das rothaarige Mädchen an der Maschine nächst der Theke bedeckte den Stoff ihres Arbeitsstückes mit den Armen, als hätte sie Angst, das Tuch mit den Tränen zu verderben, die ihr über das Gesicht rannen.

«Kommt, Mädchen, arbeitet weiter. Gegen Schmerz und Trauer hilft am besten Arbeit. Rosenkranzgebet um zwölf.»

Die Maschinen begannen wieder zu rattern, mit Ausnahme der Milas. Sie weinte, das Gesicht in die Hände vergraben. Aurora Peiró zog ein Taschentuch hervor und beugte sich zu ihr hinab, um es ihr zu geben. Während die junge Frau das Taschentuch mit zittrigen Händen entgegennahm, wandte sich die Schneiderin an Ana. «Sie waren enge Freundinnen.»

«Ich wusste nichts davon, Doña Aurora, wirklich nicht», sagte Mila, während sie sich die Augen trocknete. Dann richtete sie sich auf und begann, ins Pedal der Maschine zu treten.

Links auf einem Wandbord sah Ana einen großen Radioapparat stehen, wegen des Trauerfalls würde er einige Tage stumm bleiben. Sie folgte Aurora Peiró in einen Raum, der für die Kunden der Schneiderei gedacht war. Auf der einen Seite gab es zwei geräumige Umkleidekabinen mit großen Spiegeln, gegenüber, links der Tür, waren drei blaue Sesselchen um einen Glastisch gruppiert, auf dem einige französische Modejournale ausgebreitet waren; an den Wänden hingen Skizzen berühmter Modeschöpfer. Dank ihrer Jahre bei *Mujer Actual* erkannte Ana ein Kleid von Balenciaga und ein Modell, das Coco Chanel für Marlene Dietrich entworfen hatte. Aurora Peiró führte also eine Schneiderei mit einem gewissen Niveau.

Die Werkstattleiterin öffnete eine andere Tür, und sie kamen in das Lager. In den Regalen stapelten sich nach Farbe und Muster geordnete Stoffballen, rechts formten zahlreiche Röhrchen mit Knöpfen eine bunte Orgel, daneben türmten sich Kisten voller Reißverschlüsse, Schachteln mit Nieten, Druckknöpfen, Haken, Nadeln aller Art, Schneiderkreide, Bänder und Schnüre sowie verschiedene Kartons mit Stoffresten. Am Ende des Raums war hinter einem Fenster ein Hof zu sehen. Dort standen einige Korbstühle, und in den Ecken glänzten die Blätter großer Schusterpalmen.

«Im Patio können die Mädchen eine Pause an der frischen Luft machen», bemerkte Aurora Peiró.

Obwohl ihr die Augen in dem opulenten Lager übergegangen waren, erinnerte sich Ana daran, dass sie da war, um für einen Artikel zu recherchieren. «Diese junge Frau, Mila, was wusste sie nicht?»

Auroras Gesicht verdüsterte sich. Sie schien nach den richtigen Worten zu suchen. «Dass Elena einen Rückfall hatte.»

Ana hütete sich, auch nur einen Hauch der Ironie zu zeigen, die sie in dem Gespräch mit Rubio an den Tag gelegt hatte.

«Sie war schwanger», fuhr Aurora fort. «Sie kam aus einem Heim für obdachlose Mädchen zu uns, genauer gesagt aus einer Besserungsanstalt. In unserem Haus haben wir ihr die Gelegenheit geboten, in ein normales Leben zurückzukehren, aber leider hat sie diese missbraucht, um wieder der Sünde zu verfallen. Als ob sie ihre Lektion nicht gelernt hätte. Ihren Sohn hat sie zum Waisen gemacht.»

«Wie ist es passiert?» Obwohl Rubio ihr schon einige Informationen gegeben hatte, wollte Ana es aus erster Hand erfahren.

«Sie hat sich erhängt. In ihrem Zimmer. Mit einem Schal. An einem Balken.» Die Beschreibung kam stückweise aus Aurora Peirós Mund, während sie Stoffmuster sortierte. «Vorher hat sie sich offenbar betrunken. Um sich Mut zu machen, nehme ich an.»

«Könnte ich ihr Zimmer sehen?»

«Warum?» Aurora Peiró hielt in ihren Bewegungen inne und betrachtete ein Stoffstück, auf dem sich ein Rosenmuster leuchtend von einem schwarzen Hintergrund abhob.

«Damit der Artikel eine persönlichere Note bekommt. Obwohl wir nicht den vollständigen Namen nennen, nur die Anfangsbuchstaben der Nachnamen, kann die Erwähnung eines kleinen Details noch einmal Zeugnis von Elenas Existenz ablegen – entschuldigen Sie, wenn das etwas pathetisch klingt.»

Aurora Peiró legte das Stoffstück wieder an seinen Platz zurück und begann mit einem Maßband zu spielen, das wie eine schlafende Raupe zusammengerollt war.

«Selbstverständlich nur falls es Ihnen recht ist», fügte Ana hinzu.

«Gut, dann kommen Sie.» Sie steckte das Maßband in ihre Jackentasche, holte einen Schlüsselbund hervor und bedeutete Ana, ihr in den hinteren Teil des Lagers zu folgen. «Man gelangt von der Straße oder direkt von der Werkstatt in den ersten Stock.»

Neben der Tür, in einer Nische unter der Treppe, stand ein dickbäuchiges schwarzes Telefon auf einem Spitzendeckchen. Ana folgte Aurora über die enge Treppe hinauf, und sie gelangten in eine Wohnung wie die meisten im Stadtteil Eixample: ein langer Gang mit vielen Türen und hoher Decke. Mehr bekam sie von der Wohnung nicht zu sehen, denn Elenas Zimmer war direkt das erste hinter der Treppe.

Ana war schon häufig in Zimmern gewesen, in denen ein Toter gefunden worden war, doch trotz all der Jahre, die sie nun schon als Journalistin arbeitete, hatte sie sich nicht daran gewöhnt. Mehr als den Anblick, der sie hinter einer geschlossenen Tür erwarten mochte, fürchtete sie die Gerüche;

es waren offenbar die Eindrücke des primitivsten aller Sinne, die es am ehesten schafften, sie zu schockieren und aus dem Gleichgewicht zu bringen.

Dieses Mal gab es jedoch keine schockierenden Sinneseindrücke. Das Zimmer, eigentlich eine Kammer ohne Fenster, war spartanisch wie eine Klosterzelle eingerichtet, sauber und aufgeräumt, es roch nach Schmierseife und, wie viele Zimmer in Barcelona im Herbst, ein wenig nach Feuchtigkeit. Das schmale Bett bedeckte ein weißes Laken, am Kopfkissen lehnte eine alte Puppe mit blonden Korkenzieherlocken in einem Volantkleidchen.

Mein Püppchen hat ein blaues Kleid, ein Hemdchen und ein braunes Pferd, begann es in Anas Kopf zu summen.

«Für den Fall, dass wir sie hier aufbahren dürfen», erklärte ihr Aurora Peiró und ließ sie eintreten.

«Haben die Mädchen alle ein eigenes Zimmer?»

«Ja. Es ist wichtig, dass sie nachts allein sind und über ihr Leben nachdenken können.»

Ana dachte, dass Elena Sánchez wohl zu viel über ihr Leben nachgedacht hatte. *Mein Püppchen hat Schnupfen, krank liegt es im Bett*, sang die Stimme in Anas Kopf weiter.

«Hatte sie Familie?»

«Keine, die sich kümmert.» Aurora Peiró blickte auf das Foto von Elenas Kind, während sie sprach. «Sie kam aus einem Dorf in Extremadura. Die Eltern haben sie sehr jung in Dienst gegeben, zunächst in Cáceres, dann hier. Der Hausherr schwängerte sie, und als man ihr die Schwangerschaft ansah, schickte sie die Hausherrin in eine Besserungsanstalt, da ihre Eltern sie nicht mehr aufnehmen wollten. Dort haben wir sie, wie gesagt, gefunden.»

Aurora Peiró rieb sich die Hände, als ob ihr kalt wäre, und

sah zur Decke hoch. Ana folgte ihrem Blick bis zu einem Holzbalken, der sich mit der Zeit verformt hatte, sodass zwischen Zimmerdecke und Balken ein Loch klaffte.

«Wer hat sie gefunden?»

«Mila. Sie wollte nach ihr sehen, weil sie nicht zum Frühstück erschien. Dann hat sie mich gerufen, ich war schon in der Nähwerkstatt.» Aurora Peirós Kopf bewegte sich, als ob sie die verschiedenen Szenarien vor sich sehen würde. «Danach taten wir etwas, was vermutlich nicht korrekt war, zumindest war der Polizist, den wir riefen, darüber sehr wütend: Wir haben sie abgenommen. Und Mila hat ihr das Hemd gewechselt, da sie sich schmutzig gemacht hatte.»

Die Frau schien so zerknirscht, dass Ana nicht umhinkonnte, sie zu trösten. «Das ist sehr verständlich, auch wenn die Ordnungskräfte es anders sehen.»

Aurora Peirós Stimme klang nun wieder entschiedener: «Da wir nichts mehr für sie tun konnten, wollten wir wenigstens ihre Würde bewahren.»

Der Fall bedrückte Ana, weniger wegen der Geschichte, die Aurora Peiró erzählt hatte, sondern weil sie merkte, dass sie sich in all ihren Berufsjahren an derartige Tragödien gewöhnt hatte. Die Reporterin in ihr vergaß jedoch nicht, warum sie hier war. «Hat sie eine Nachricht hinterlassen?»

«Nein, was sollte sie hinterlassen, das arme Ding? Sie konnte kaum schreiben und lesen.»

Ana warf einen letzten Blick in das Zimmer: ein kleiner Kleiderschrank, eine Kommode mit einem Bild der Heiligen Jungfrau und dem gerahmten Foto eines Jungen, der stolz eine rechteckige Medaille in die Kamera hielt, ein Nachttisch mit dem Lämpchen und einem Gebetbuch, das Bett, das auf den Leichnam wartete. Und die Puppe mit den Korkenzieherlocken und dem blauen Kleid. *Zwei mal zwei sind vier, das Glück steht vor der Tür, drei mal drei sind neun, wer's Einmaleins kann, soll sich freu'n. Vier mal vier sind sechzehn, bald werd' ich vor'm Altar steh'n.*

«Vielen Dank. Ich glaube, das ist alles. Ich habe, was ich brauche.»

Schweigend kehrten sie in die Nähwerkstatt zurück, in der nur das Stakkato der Maschinen zu hören war. Aurora Peiró blieb einen Moment stehen, um die Arbeit einer jungen Frau zu kontrollieren, die Ana mit ihren blonden, zu einem lockeren Knoten zusammengebundenen Locken an Elenas Puppe erinnerte.

«Pass auf, María Jesús, der Saum hier wird schief.»

Zwei mal zwei sind vier, das Glück steht vor der Tür, drei mal drei sind neun, wer's Einmaleins kann, soll sich freu'n.

Die Ladenglocke läutete und forderte die Aufmerksamkeit der Werkstattleiterin. Eine Frau in einem Lodenmantel trat ein und schüttelte das Wasser aus ihrem Schirm.

«Señora Pladevall», begrüßte Aurora Peiró sie und ging ihr entgegen. «Sie möchten sicher das Kleid anprobieren? Kommen Sie bitte. Möchten Sie einen Kaffee?» Sie führte die Dame zu dem Ankleideraum mit den Sesselchen.

In diesem Moment spürte Ana, dass jemand nach ihrer Hand griff. Es war die Rothaarige.

«Señorita ... ich wollte Ihnen sagen, dass die Kinder ...», flüsterte sie.

«Welche Kinder?», fragte Ana und beugte sich herab, um sie besser zu verstehen.

«Unsere Kinder. Sie sind in einem Internat und ...»

Die Stimme der Werkstattleiterin unterbrach sie barsch: «Jacinta, hör auf, Señorita Martí lästig zu fallen.»

«Aber nicht doch, ganz und gar nicht», begann Ana.

«Ja, Doña Aurora.» Mit rot geweinten Augen wollte sich das Mädchen wieder an die Arbeit machen.

«Warum bringst du Señora Pladevall nicht einen Kaffee, während ich mich von Señorita Martí verabschiede?»

Das Mädchen stand auf und ging gesenkten Hauptes an Ana vorbei, ohne sie anzusehen. Das rote Haar schimmerte auf der schwarzen Trauerkleidung. Aurora Peiró kam mit ernstem Gesicht auf Ana zu, und sie traten vor die Ladentheke.

«Dürfte ich Sie um etwas bitten, Señorita Martí?», sagte sie leise, während sie Ana mit einer Geste vor die Ladentür bat.

Ana nickte den drei Näherinnen zu, die noch in der Werkstatt geblieben waren, und sagte «Auf Wiedersehen». Nur eine, Mila, antwortete ihr. Die anderen beiden waren in ihre Arbeit vertieft.

Draußen, vor dem Schaufenster mit dem männlichen Torso, sprach Aurora immer noch mit gesenkter Stimme, da die Nähmaschinen plötzlich verstummt waren: «Wäre es möglich, dass Sie in Ihrem Artikel den Namen der Schneiderei nicht erwähnen? Es könnte der Wohltätigkeitsorganisation, die uns unterstützt, schaden. Verstehen Sie, Elena hat ihr eigenes Leben ruiniert, aber wenn nun die Spenden ausblieben, würde das auch den anderen Mädchen schaden.»

«Machen Sie sich keine Sorgen, Señora Peiró. Ich werde den Namen der Näherei nicht nennen.»

Außerdem würde der Artikel ohnehin nicht besonders auffallen. Ein paar Zeilen, damit Rubio eine Lücke in einer Spalte füllen konnte.

Eine leichte Bewegung hinter der Scheibengardine verriet, dass eine der Näherinnen sie beobachtete. Aurora Peiró bemerkte es ebenfalls und wandte sich dem Eingang zu. Bevor sie die Klinke berührte, öffnete sich die Tür, und Mila erschien, in der Hand Anas Regenschirm.

«Die Señorita hat ihn vergessen», erklärte sie, an Aurora Peiró gewandt.

Ana bedankte sich und Mila verschwand wieder im Inneren des Ladens.

Aurora Peiró verabschiedete sich von ihr mit einem festen Händedruck.

* * *

Sie legte die Wohnungsschlüssel in eine blaue Tonschale, neben der vier Zettelchen auf sie warteten. Luisa hatte in ihrer ungelenken Schrift notiert: «Inspektor Castro. Hat um halb elf angerufen.» «Inspektor Castro. Hat um elf angerufen. Ruft wieder an.» «Inspektor Castro, um halb zwölf.» «Castro. Sie sollen ihn zurückrufen, Señorita Ana.» Beatriz hatte offensichtlich einen Blick auf die Nachrichten geworfen und Luisas Rechtschreibfehler korrigiert. Sie hatte aus dem ck in «Inspecktor» ein k gemacht, ein e in «wider» eingefügt, und auch die Zeichensetzung stammte vermutlich von ihr.

Luisa kam aus der Küche, als sie Ana hörte. Hinter ihr drängten die Triller des musikalischen Wunderkindes Juanito Valderrama zusammen mit Essensgeruch in den Gang und verbreiteten sich in der Wohnung.

«Inspektor Castro hat viermal angerufen, Señorita Ana.»

«Hat er gesagt, was er wollte?»

«Mit Ihnen sprechen.» Während sie sich die Hände an der Schürze abtrocknete, sah Luisa sie besorgt an. Sie konnte sich nicht an die Anrufe aus dem Polizeipräsidium gewöhnen, die immer dann erfolgten, wenn es einen Fall gab, der für *El Caso* interessant sein könnte.

Beim ersten Anruf hatte sie sogar den Hörer fallen lassen und war losgelaufen, um Ana und Beatriz zu warnen und sie, falls nötig, bei ihrer sofortigen Flucht zu unterstützen. Allein Beatriz' ruhige Autorität hatte es geschafft, Luisa davon zu überzeugen, dass sie nichts zu befürchten hatten, dass die Anrufe zu Señorita Anas Arbeit gehörten und man sie anrief, weil man eine wichtige Nachricht für sie hatte. Danach blieb Beatriz die Señora, die Chefin, und Ana war weiterhin die Señorita, allerdings eine Señorita, die bei Luisa immer das ungute Gefühl auszulösen schien, bei irgendetwas ertappt worden zu sein, wie es viele Menschen bei der bloßen Erwähnung der Polizei befällt.

Auch jetzt bewegten sich Luisas Hände unablässig und verrieten ihr Unbehagen. Um sie zu beruhigen, machte Ana eine wegwerfende Handbewegung und sagte, während sie in ihr Zimmer ging: «Er wird schon wieder anrufen, wenn es wirklich wichtig ist. Ist Señora Beatriz zu Hause?»

Das Mädchen hörte auf, sich die Hände mit der Schürze abzutrocknen.

«Sie ist vor einer Stunde fortgegangen, aber sie hat gesagt, dass sie bald zurück sein wird.»

Ana mochte Luisa nicht fragen, ob sie wusste, wohin Beatriz gegangen war, um nicht neugierig zu erscheinen. Wahrscheinlich war sie in einer Bibliothek oder wieder bei diesen Leuten, deren Erbe sie ordnete. Das Wichtigste war, dass sie sich wieder mit etwas beschäftigte, nachdem sie sich in all den Monaten kraftlos und erschöpft zurückgezogen hatte, erfüllt von einer Trauer, die sich Ana nicht erklären konnte.

In ihrem Zimmer hüllte Ana sich in ein dickes Wolltuch,

das Beatriz' Mutter gehört hatte, und begann, ihre Notizen zu lesen.

Eine Stunde später war weder Beatriz zurückgekommen, noch hatte Ana den kleinen Artikel über den Selbstmord für *El Caso* fertig geschrieben. Aus der Küche kamen die gedämpften Töne des Radios. Stimmen und Tonfall wechselten ständig, Ana vermutete, dass Luisa wieder eine ihrer Radioserien hörte. Plötzlich fielen ihr Castros Anrufe wieder ein. Sie warf noch einen Blick auf ihre Schreibmaschine mit dem leeren Blatt, auf dem die Geschichte des toten Mädchens einfach nicht erscheinen wollte, dann ging sie in den Flur, hob den Telefonhörer ab und rief im Präsidium an.

«Inspektor Castro, bitte. Ana Martí am Apparat.»

4

Isidro Castro war müde. In der vergangenen Nacht hatte er lange wach gelegen, so lange, bis Cristóbal, sein Ältester, um kurz nach zwei nach Hause gekommen war.

«Lass ihn, Isi», hatte seine Frau gesagt, als sie merkte, dass er aufstehen wollte. «Er ist jung. Er will sich amüsieren.»

Den Vorwurf in seinem Blick konnte seine Frau im Dunkeln nicht wahrnehmen. Den in seiner Stimme allerdings sehr wohl.

«Welche Mutter findet es in Ordnung, dass ihr Sohn um diese Zeit nach Hause kommt?»

Araceli drehte sich noch nicht einmal zu ihm um, als sie entgegnete: «Er ist erwachsen, er geht zur Universität, Isidro.»

Castro blieb unentschlossen sitzen. Bei dem Versuch, jeglichen Lärm zu vermeiden, stieß Cristóbal an sämtliche Möbelstücke, als sei ihm die Wohnung völlig unbekannt. Isidro sandte einen nachsichtigen Blick in die Dunkelheit und streckte sich im Bett aus.

Nur mit Mühe hatte er wieder einschlafen können.

Am Morgen, während Araceli in der Küche hantierte und das Frühstück vorbereitete, schlüpfte Castro in das Zimmer, das sich seine beiden Söhne teilten. Cristóbal kam nach seiner Mutter und lag in tiefem Schlaf. Als er klein war, hatte er sich jede Nacht bloßgestrampelt, Decken und Betttücher zwischen seinen langen Beinen ein Knäuel. Seine Mutter hatte vergebens versucht, die Laken festzustecken. Castro setzte sich auf den Bettrand und schüttelte Cristóbal, aber damit weckte er lediglich Daniel, den Jüngeren.

«Er ist erst spät nach Hause gekommen, Vater.» Trotz seines leichten Schlafs lag Daniel still im Bett, ordentlich in glattgezogene Laken verpackt.

«Du brauchst ihn nicht zu entschuldigen.» Castro schüttelte seinen Ältesten weiter, bis sich dessen Lider einen Spaltbreit öffneten und Cristóbal ihn ansah.

«Was denkst du dir dabei, so spät nach Hause zu kommen?»

«Ich war mit ein paar Freunden unterwegs», brachte er benommen hervor.

«Freunde von der Uni?»

Sein Sohn nickte und wollte sich wegdrehen, doch Castro hielt ihn am Arm fest. Cristóbal fuhr hoch, als ob er einen Stromschlag bekommen hätte.

«Verhörst du mich jetzt, Vater?» Er starrte ihn misstrauisch an. «Los, was willst du hören?»

Castro hatte mit dieser Reaktion nicht gerechnet und wusste nicht, was er sagen sollte.

«Ich will nicht, dass du das Studium schleifenlässt. Du bist der Erste in unserer Familie, der studieren kann. Das ist ein Privileg, vergiss das nicht.»

«Das werde ich ganz bestimmt nicht. Du hörst ja nicht auf, mich daran zu erinnern.»

Er hörte, wie hinter seinem Rücken die Laken in dem anderen Bett raschelten, Daniel hatte sich erschreckt. Castro war besänftigt und sah davon ab, Cristóbal die verdiente Ohrfeige zu verabreichen. Der Kleine hatte immer diese Wirkung auf ihn. Aber trotzdem würde er sich eine solche Unverschämtheit nicht bieten lassen.

«Du stehst sofort auf und lernst.»

Er riss seinem Erstgeborenen die Decke weg und blieb so lange neben dem Bett stehen, bis Cristóbal sich erhob und ins Bad ging.

Bis er das Haus verließ, um zur Arbeit zu gehen, sah er ihn dort nicht herauskommen.

«Wahrscheinlich ist er in der Dusche eingeschlafen», sagte Araceli scherzhaft.

Castro lachte nicht, und das Lächeln auf dem Gesicht seiner Frau verschwand.

Im Präsidium spürte er nun, dass ihm der Schlaf fehlte, auch wenn Sevilla nichts davon zu bemerken schien, als er in seinem Büro erschien.

«Wie elegant Sie aussehen, Chef. Heute geht's zu den Amerikanern, oder?»

Castro antwortete mit einem Grunzen. «Hast du die Akte über den Trickbetrüger schon für die Kollegen zusammengestellt?»

«Alles hier.» Sevilla zeigte ihm zwei dicke Mappen, die von breiten Gummibändern zusammengehalten wurden. «Leider, leider habe ich dieses Blatt hier vergessen.» Sevilla schwenkte das Papier in der Luft und grinste ihn verschwörerisch an.

«Tu's in die Mappe!»

«Aber Chef! Gestern haben Sie doch gesagt – ich meine, so legen wir denen die Lösung fix und fertig auf den Tisch!»

«Damit sie den Fall abschließen können, wie es ihre Pflicht ist. Und unsere übrigens auch.»

Sevillas Gesicht zeigte einen Ausdruck zwischen Skepsis und Verblüffung.

Es war nicht Moral, sondern der pure Überlebensinstinkt, der Castro dazu brachte, ihnen die fast abgeschlossene Ermittlung zu übergeben. Auch Montesdeoca sollte mitbekommen, dass er der Beste war. Der beste Ermittler, der beste Beamte. Was hatte der Kollege gesagt? Dass oben die Wasser trüb waren, dass im Land ein neuer Wind blies, dass die alte Garde immer mehr Terrain verlor … In all den Jahren hatte Castro Vorgesetzte kommen und gehen sehen. Mit einem neuen starken Mann musste man sich gutstellen. Und was er Goyanes schuldete, war Gehorsam, keine Treue.

Sevilla murmelte etwas, während er das Blatt einsortierte.

«Was sagst du?»

«Nichts. Ich hatte vergessen, dass Señorita Martí schon da ist. Soll ich sie reinholen?»

«Ja, sicher.»

Als Sevilla den Raum verlassen hatte, überprüfte Castro den Sitz seines Anzugs und rückte die Krawatte gerade, die Araceli am Morgen für ihn gebunden hatte.

Der beste Ermittler, der beste Beamte.

Ana Martí trat ein, gefolgt von Sevilla. Er warf Castro einen genießerischen Blick zu, während er am Haar der Journalistin schnupperte, ohne dass sie es bemerkte. Dann verließ er das Büro und zog die Tür hinter sich zu. Als Ana Martí auf ihn zukam, stellte Castro fest, dass sie tatsächlich gut roch, nach Parfüm. Seine Nase, an den Geruch der vielen Männerkörper gewöhnt, die Stunde um Stunde in den Abteilungen des Präsidiums verbrachten, sog den Duft diskret ein, während er ihr die Hand reichte. Dass ihr Händedruck fest war wie der eines Mannes, hatte ihn bei ihrer ersten Begegnung gestört, jetzt gefiel es ihm.

Was ihn weiterhin störte und immer stören würde, war die Tatsache, dass sie ihn trotz ihrer flachen Absätze überragte. Beides war ihm sofort aufgefallen, als er sie vor sieben Jahren kennengelernt hatte, während er den Mordfall Mariona Sobrerroca untersuchte. Eine hässliche Geschichte. Die Frau, die vor ihm stand, hatte noch immer «einen vollkommenen Schädel», wie Sevilla sagte, aber ihre Gesichtszüge, ihre großen braunen Augen, der volle Mund über dem etwas zu breiten Kinn, die gerade Nase, zeigten nun Sicherheit und Selbstvertrauen.

«Hier bin ich, Inspektor Castro», begrüßte sie ihn und ließ sich auf dem Stuhl nieder, den er ihr anbot.

«Schön, schön.»

«Könnten Sie mir etwas mehr über den Fall erzählen? Gestern am Telefon haben Sie nicht gerade viel gesagt.»

Informationen, eine gute Story, das war alles, was sie von ihm wollte, da machte er sich keine Illusionen. Am Tag zuvor, als er sie gebeten hatte, für ihn im amerikanischen Konsulat zu dolmetschen, hatte er registriert, wie ihre Begeisterung in dem Maße wuchs, wie ihr klarwurde, wie vielversprechend der Fall sein würde. Und tatsächlich hatte er etwas Neues für sie. Ein Bote der amerikanischen Streitkräfte hatte ihm heute früh eine Mappe mit weiteren Informationen über den Fall gebracht.

«Auf Englisch, wegen der knappen Zeit», sagte er verärgert, als er ihr die Blätter reichte. «Einiges verstehe ich, aber den Rest müssen Sie mir übersetzen.»

Ana Martí nahm die Papiere und schlug ihren Notizblock auf.

«Ich erinnere Sie dran, dass Sie über dieses Thema nur schreiben dürfen, wenn die Amerikaner es genehmigen. Und wenn ich es Ihnen erlaube.»

«Wie immer», antwortete sie.

Auch wenn Misstrauen sein treuster Begleiter war, konnte Castro keine Spur von Ironie in den Worten der Journalistin ausmachen.

«Gut, dann fange ich an. Der tote Matrose hieß Antonio Vázquez Claudio …»

«Das habe ich noch allein rausgefunden.»

Sie sah etwas pikiert auf. «Am schnellsten geht es, wenn ich alles hintereinanderweg übersetze, aber wenn Sie lieber markieren möchten, was Sie schon verstanden haben, damit ich es überspringe, hier, bitte.» Sie hielt ihm die Papiere hin.

«In Ordnung», knurrte er. «Machen Sie weiter.» Er blickte auf seine Armbanduhr, um ihr zu signalisieren, dass er keine Zeit zu verlieren hatte.

Ana begann von neuem: «Der tote Matrose hieß Antonio Vázquez Claudio, geboren in Vieques, Puerto Rico. Er war vierundzwanzig Jahre alt und Funker auf dem Flugzeugträger USS Saratoga der Sechsten Flotte, die am 17. Oktober hier einlief …»

«Am letzten Samstag.»

«… gemeinsam mit der USS Saratoga gingen auch die USS Fiske und die USS Hawkins vor Anker. Sie kamen aus Neapel.» Ana Martí hob den Blick. «Weiter?»

«Klar. Warum fragen Sie?»

«Weil Sie nichts aufschreiben.»

«Die Namen der Schiffe interessieren mich nicht. Weiter.»

«Gut. Antonio Vázquez' Leiche wurde in einem Etablissement gefunden, in einem Séparée in der Bar Metropolitano in der Calle Conde del Asalto.»

«Etablissement? Steht da wirklich ‹Etablissement›?»

Sie zeigte auf das Wort auf einem der Blätter. Es war offensichtlich, dass sie nicht verstand, was er so komisch fand.

«Wie affig!»

«Ich merke schon, dass Sie sie nicht besonders mögen.»

«Richtig. Ich mag keine Amerikaner, ich mag Amerika

nicht, ich mag keine Leute, die sich nicht normal ausdrücken, keine Leute, die französische Wörter benutzen. Auch keine, die französisch sprechen.»

Die Journalistin lachte kopfschüttelnd. Er tat dasselbe, obwohl er, trotz der übertriebenen Wut seiner Tirade, tatsächlich die Wahrheit gesagt hatte.

«Dann übersetze ich es ohne Gallizismen. Er wurde von der Militärpolizei gefunden, die wegen einer Schlägerei in die Bar Metropolitano gerufen wurde. Über Motive und Beteiligte gibt es derzeit keine genauere Information. Der Tote wurde in einer Nische für intime Zusammenkünfte gefunden. Er saß auf einem Stuhl, mit dem Oberkörper auf dem Tisch. Hier heißt es, dass ein Foto beiliegt.»

Castro schüttelte den Kopf. «Hier ist kein Foto.»

«Bei der Untersuchung des Leichnams», fuhr Ana fort, «wurde ein tiefer Schnitt an der vorderen Halsseite festgestellt.»

«Da konnte er nicht einmal mehr schreien.»

«Sie schreiben, dass er seine Erkennungsmarke trug. Er hatte ein paar Dollar, ein Päckchen Zigaretten und eine Schachtel aus einem Juweliergeschäft bei sich.»

«War etwas darin?»

«Nein, sie war leer. Es heißt hier, dass sie aus dem Juweliergeschäft *El Regulador* auf den Ramblas stammt.»

Castro zeichnete das Sternchen, mit dem er die Orte markierte, die er aufsuchen wollte, er drückte so stark auf, dass sich die drei Striche in die darunterliegenden Seiten eingruben.

«Sagen sie etwas darüber, wo sie den Leichnam aufbewahren?»

Die Journalistin überflog die Seiten, bis sie die Information gefunden hatte. «Offenbar gibt es auf einem der Schiffe ein Leichenschauhaus.»

«Soweit ich weiß, haben sie zumindest in den Küchen gute Kühlschränke. Ich war einmal dort und habe mit meinem Jüngsten eines der Schiffe besichtigt.»

Ana Martí murmelte etwas, ohne den Blick von den Papieren zu heben. Castro war es unangenehm, über Daniel geredet zu haben. In das Unbehagen mischte sich Groll darüber, dass sie keinerlei Interesse für seinen Sohn gezeigt hatte. Die Gefühlsanwandlung war allerdings nicht von langer Dauer, Castro gestand Gefühlen gerade einmal die Zeit zu, die sie brauchten, um schüchtern den Kopf hervorzustrecken, damit er sie niedertreten konnte.

«Einer der Schiffsärzte hat die Autopsie vorgenommen», erklärte Ana Martí ihm und fuhr die Zeilen mit dem Finger entlang.

«Die sollen bloß nicht glauben, dass ich alles schlucken werde, was sie mir vorsetzen.»

«Dafür brauchen Sie mich, oder?»

Bevor er weitersprach, versicherte sich Castro, dass die Tür zu seinem Büro geschlossen war. «Ich traue den Dolmetschern nicht, die für sie arbeiten.»

«Wissen Sie, wer bei dem Treffen dabei sein wird?», fragte die Journalistin.

«Der Konsul, glaube ich, ein Vertreter der Marine und ein amerikanischer Militärpolizist.»

«Werden Sie mit ihm zusammenarbeiten?»

Castro konnte nicht an sich halten: «Genau das fürchte ich, Señorita Martí.»

5

«Das Treffen war für elf Uhr angesetzt, oder?»

Isidro Castro sagte es laut zu Ana, bevor er sich von seinem Stuhl erhob und auf die Frau mit den kräftigen Schultern einer Schwimmerin zuging, die von einem riesigen Schreibtisch aus das Vorzimmer des amerikanischen Konsuls überwachte.

«Señorita, es ist jetzt schon halb zwölf durch. Auch wenn man Ihnen etwas anderes gesagt hat: Hier beginnt man um elf, wenn man für elf eingeladen hat.»

«Aber der Konsul ist in einer Sitzung …» Die Sekretärin des Konsuls sprach korrekt, wenngleich mit einem starken Akzent, die Rs schlapp wie ausgewrungene Tücher, bar jeglicher Vibration.

Die massiven Holztüren hatten nicht verhindert, dass erregte Stimmen aus dem Büro des Konsuls zu ihnen gedrungen waren, während sie gewartet hatten.

«In einer Sitzung. Mit mir sollte er in einer Sitzung sein», sagte Castro und zeigte auf die Gegensprechanlage. «Drücken Sie das Knöpfchen hier und sagen Sie ihm, dass Chefinspektor Isidro Castro von der BIC, mit dem er um elf Uhr verabredet war, in zwei Minuten ins Präsidium zurückkehren wird. Falls er ihn noch zu Gesicht bekommen möchte, soll er sich beeilen.»

Den Blick auf die Gegensprechanlage geheftet und die Hände in den Hosentaschen vergraben, blieb er vor ihr stehen und wartete darauf, dass sie den betreffenden Knopf betätigte.

Ana beobachtete die Szene und hatte den Eindruck, sich in einem Filmstudio zu befinden, in dem eine Frau mit gefrorenem Lächeln auf die Anweisung eines zerstreuten Regisseurs wartete, damit dieser ihr sagte, ob sie der mürrischen Forderung des Polizisten im grauen Anzug nachkommen solle oder ihn besser mit einer freundlichen Entschuldigung abspeiste oder ob sie, wie in einem Musikfilm, auf den Einsatz des Orchesters warten solle, um ihr Lied zu singen.

Ana wusste, dass Diplomatie zu einem guten Teil aus Schau bestand. In diesem Vorzimmer wirkten alle Gegenstände wie Dekorationsstücke. Wie in jedem Konsulat gab es Flaggen und Wappen im Überfluss. Dazu kamen großformatige Fotos der Wolkenkratzer in New York und Chicago und riesige Zimmerpflanzen in lächerlich kleinen Töpfen. Das Mobiliar bestand aus Chromsesseln, futuristischen Lampen und einem Nierentisch, auf dem ein paar akribisch aufgefächerte Illustrierte lagen. Von einer der Titelseiten schaute sie Elvis Presley mit einem Auge an, schläfrig, möglicherweise auch verführerisch. Amerika demonstrierte, wie modern und fortschrittlich es war.

Da die Frau keinen Finger rührte, drehte Castro sich um und winkte Ana herbei: «Wir gehen.» Sie stand auf, um ihm zu folgen, doch die Sekretärin hielt sie auf. «Einen Moment.» Ihr durchtrainierter Körper schoss hinter dem Tisch hervor und nahm Kurs auf das Büro des Konsuls.

Sie klopfte, aber die erregt diskutierenden Männer auf der anderen Seite der massiven Tür schienen es nicht zu hören. Daher öffnete die Vorzimmerdame die Tür und blieb auf der Schwelle stehen. Ein Schwall von Stimmen quoll heraus.

«… unsere Probleme haben wir immer selbst gelöst …»

«… das ist kein Problem der Truppe …»

«… es ist ein Mordfall, und ich sage noch einmal …»

Drei Männer. Was hatte der Inspektor gesagt? Der Konsul, ein Vertreter der amerikanischen Marine und ein Militärpolizist. Da sie sich gegenseitig ins Wort fielen, verstand Ana nur Bruchstücke des Gesprächs.

«… erforderlich ist eine Ermittlung …»

«… ich dachte, das hätten wir längst geklärt …»

Castro wandte sich zu ihr um. Ana verstand, dass sie ihm das Gespräch übersetzen sollte, aber sie signalisierte ihm mit einer Geste, dass er sie noch ein wenig zuhören lassen solle.

«… ich bestehe darauf …»

«… eine Ermittlung …»

«… das können wir allein bewerkstelligen …»

«… wir brauchen die Hilfe der örtlichen …»

Die Sekretärin des Konsuls besaß eine kräftige Stimme, die sie nun nutzte, um zu rufen: «Entschuldigung, meine Herren! Entschuldigung!»

«Was gibt es?» Der scharfe Ton der Diskussion richtete sich nun auch gegen den Eindringling.

«Wir sind nicht allein.»

«Wer ist das?»

«Der spanische Polizist.»

«Wann war der Termin mit ihm?»

«Um elf, Herr Konsul. Jetzt ist es halb zwölf.»

«Das kann doch nicht wahr sind. Sie haben uns den einzigen Spanier geschickt, der pünktlich …», kommentierte eine tiefe Bassstimme.

Die Sekretärin fiel dem Mann ins Wort. «Er ist mit seiner Dolmetscherin gekommen.»

«Schließen Sie die Tür», hörte Ana die Stimme des Konsuls sagen. Die Frau gehorchte und ließ sie im Vorzimmer allein.

Castro setzte sich neben Ana, die schnell zusammenfasste, was sie hatte verstehen können.

Kurz darauf öffneten sich die beiden Türflügel zum Büro des Konsuls, und der Konsul erschien höchstpersönlich. Er war ein großer, schlanker Mann Mitte fünfzig, mit knochigen Händen und einem mageren Hals. Er ähnelte eher einem der Märtyrer auf den Bildern Zurbaráns als einem selbstgewissen amerikanischen Protestanten. Ana kannte ihn vom Sehen, von gesellschaftlichen Ereignissen, zu denen sie als Reporterin von *Mujer Actual* eingeladen war. Sie hatten nie miteinander gesprochen, daher würde er sie wohl kaum als Journalistin wiedererkennen. Und selbst wenn, eine Reporterin für Gesellschaftsnachrichten würde ihn vermutlich kaum stören. Die Sache sähe allerdings anders aus, wenn er wüsste, dass sie für *El Caso* schrieb. Aber wie sollte er darauf kommen, wenn noch nicht einmal jemand ihr Kommen angekündigt hatte?

Jetzt wandte sich der Konsul mit herzlichem Lächeln Castro zu, als ob es die Ereignisse der letzten Minuten nicht gegeben hätte. Während die Sekretärin eilig in einem Flur verschwand, kam der Konsul mit dynamischen Schritten auf den Inspektor zu. Er warf einen schnellen Blick in die Richtung, in der die Sekretärin verschwunden war, und stellte sich in gebrochenem, doch verständlichem Spanisch vor. Dann schüttelte er Castro die Hand und ließ diese nicht mehr los, bis die Sekretärin wieder erschien, einen jungen Mann im Schlepptau, der sich das Jackett eines Anzugs von derselben Farbe wie Castros, doch von weitaus besserem Schnitt, zuknöpfte. Er nahm einen Schritt hinter dem Konsul Aufstellung. Dieser begann erneut zu reden, diesmal jedoch auf Englisch. Mit den Händen auf dem Rücken übersetzte der Dolmetscher: «Der Konsul bittet Sie in doppelter Hinsicht um Entschuldigung, er bedauert die lange Wartezeit und die unerfreuliche Szene.»

Ein Lächeln des Diplomaten begleitete die Übersetzung. Castros Gesichtsausdruck konnte Ana von ihrem Platz aus nicht sehen.

«Bitte verzeihen Sie, dass wir uns im Ton vergriffen haben, es handelt sich um ein kleines internes Missverständnis …»

«So etwas kann passieren», antwortete Castro mit einem Anflug von Diplomatie, doch Ana wusste, dass er mit seiner Geduld schon eine Weile am Ende war. Aus dem Büro des Konsuls war das Tuscheln der beiden anderen Stimmen zu hören.

«Der Tod des Matrosen Vázquez hat uns alle sehr bestürzt.»

Der Konsul bat Castro einzutreten. Castro wandte sich Ana zu und sagte: «Die Dame hier ist Ana Martí, meine Dolmetscherin.»

Ana erhob sich. Der Konsul fixierte sie. Vielleicht kam ihm ihr Gesicht bekannt vor, und er versuchte sich daran zu erinnern, wo er sie gesehen haben mochte.

Gemeinsam betraten sie das Büro. Zwei Männer in Uniform standen rauchend am Fenster und schauten ihnen entgegen. Über Castro sahen sie schnell hinweg und starrten Ana an. Ana unterdrückte den Impuls, zu überprüfen, ob irgendein Knopf an ihrer Kleidung sich geöffnet hatte, und hob das Kinn. Dann tat sie es dem anderen Übersetzer nach und positionierte sich einen Schritt hinter Castro. So begrüßten sie zuerst den Marineoffizier, einen Kontraadmiral jenseits der sechzig, dessen steife, untadelige Uniform ihn wie eine Rüstung umgab und ihm den athletischen Körperbau eines weit jüngeren Mannes verlieh. Ihm gehörte die tiefe Stimme.

Anschließend kam der Militärpolizist an die Reihe. «Thomas Wilson.»

Castro und er sahen sich an und begrüßten einander per Handschlag, ohne zu lächeln.

Thomas Wilson war ein amerikanischer Militärpolizist wie aus dem Bilderbuch: groß, kräftig, blond, wenngleich es das kurzgeschorene Haar bloß erahnen ließ, helle Augen, helle Haut, große Zähne und ein mächtiger Kiefer. Von den Angehörigen der Militärpolizei, die in der Stadt Patrouille gingen, unterschied er sich lediglich durch sein Alter, denn die Militärpolizisten, die man gewöhnlich im Barrio Chino, auf den Ramblas und in der Umgebung des Hafens sah, waren genauso jung wie die Matrosen, die sie betrunken von Bänken und aus Hauseingängen einsammelten oder mit Knüppelschlägen aus Kneipen, Jazzkellern oder Flamencobars trieben.

Thomas Wilson dagegen war Mitte vierzig. Seine ruckhaften Gebärden wirkten, als ob seine Muskeln abrupten Befehlen folgen würden.

Der Konsul wies auf einen ovalen Tisch. Drei abgerückte Stühle zeigten an, wo die Streitenden gesessen hatten, bevor sie unterbrochen worden waren. Castro ignorierte die unausgesprochene Übereinkunft, Menschen einen einmal besetzen Platz wieder zu überlassen, und ließ sich auf einem der verschobenen Stühle nieder. Auf diese Weise zwang er die Übrigen, sich neue Plätze zu suchen. Ana nahm links neben dem Inspektor Platz, der amerikanische Dolmetscher zu seiner Rechten, der Militärpolizist ihm gegenüber.

Kaum saßen sie, kam eine Angestellte mit einem Servierwagen voller Getränke und Sandwiches herein. Ana hätte sich gern sofort über den Stapel weiß schimmernder Dreiecke hergemacht, allein schon, um die luftige Masse zwischen den

Zähnen zu spüren. Auch die bauchigen Coca-Cola-Fläschchen schimmerten verführerisch, doch als der Konsul die Erfrischungen anbot, lagen Castros Hände fest gefaltet und reglos auf der Tischplatte, sodass auch sie ablehnte. Die anderen hingegen bedienten sich. Unangenehm berührt stellte Ana fest, dass sowohl Wilson als auch der andere amerikanische Offizier geräuschvoll kauten.

Castros Finger begannen, unruhig zu trommeln. Schließlich fing der Konsul an zu reden. Der Dolmetscher hatte gerade zwei Wörter gesagt, als Castro ihn mit einer herrischen Geste der rechten Hand unterbrach, während er mit der linken auf Anas Arm tippte, damit sie für ihn übersetzte. Der Konsul zuckte mit den Schultern, ebenso der Dolmetscher. Die beiden Militärs verzogen keine Miene. Ana begann. Wohl wissend, dass der amerikanische Dolmetscher auf die Genauigkeit ihrer Worte achten würde, übersetzte sie alle Höflichkeitsformeln und einen Schwall ausführlicher Lobpreisungen des Landes und sorgte so dafür, dass die Ungeduld des Inspektors noch wuchs.

Danach fasste der Konsul den Bericht zusammen, den Ana Castro schon übersetzt hatte.

«Sagen Sie ihm», wies Castro sie an, «dass wir das schon wissen, dass wir den Text gelesen haben, auch wenn sie ihn uns auf Englisch gegeben haben.»

Das tat Ana nicht. Stattdessen bedankte sie sich für die Information. Der Dolmetscher des Konsuls sah mit einem kurzen Grinsen, das verschwand, bevor die anderen es bemerken konnten, zu ihr herüber. Der Konsul zeigte keine Regung, falls ihm sein spärliches Spanisch erlaubt hatte, den Unterschied in ihren Ausführungen zu registrieren, ließ er es sich nicht anmerken.

Während Ana weiter übersetzte, beschränkte sich der amerikanische Dolmetscher darauf, nickend seine Zustimmung zu signalisieren. Auch wenn er ihr offenbar Sympathie entgegenbrachte, fühlte sie sich wie in einer Prüfung, vor allem, als sie merkte, dass er eingreifen wollte, sobald sie einmal zögerte.

«Der Konsul sagt, dass es sich seiner Ansicht nach um einen ganz banalen Fall handelt. Ein tragischer Fall, dennoch banal.»

«Und was meint er damit?» Castro klang beinahe gelangweilt.

Ana formulierte die Frage etwas höflicher. «Er will damit sagen», erklärte sie Castro, «dass es sich um den tragischen Ausgang eines ganz gewöhnlichen Vorfalls handelt, einer Schlägerei zwischen Matrosen in einer Bar. Daher haben sie auch zuerst angenommen, es sei nicht notwendig, die spanische Polizei damit zu belästigen.»

Castro ließ ein leises Grunzen hören. Nicht zu deuten für die Übrigen, aber sehr wohl für Ana, die wusste, dass eine solche Lösung auch dem Inspektor am liebsten gewesen wäre.

«Trotzdem», fuhr Ana mit der Übersetzung fort, «im Hinblick auf eine lückenlose Aufklärung des Falls hält der Konsul eine Zusammenarbeit für nützlich und geboten.» Bei der Übersetzung dieser Passage wiederholte Ana die Augenbewegung des Konsuls und blickte die beiden Militärangehörigen an, die starr auf ihren Stühlen saßen. «Aber er bittet auch darum, dass wir Verständnis für die tapferen jungen Männer aufbringen, die viele Tage auf den Schiffen verbringen, dort hart arbeiten und sich in gewisser Weise austoben müssen, wenn sie in einem Hafen anlegen.»

Was Castro von den «tapferen jungen Männern» hielt, übersetzte sie nicht, stattdessen formulierte sie die Frage des

Inspektors nach dem Anlass der Schlägerei in aller Ausführlichkeit, damit die Amerikaner die Unterschlagung nicht bemerkten. Der Dolmetscher verriet sie nicht, sondern nutzte die Gelegenheit, um sich ein Sandwich zu nehmen.

«Den Ermittlungen der Militärpatrouille zufolge, die wegen der Schlägerei gerufen wurde, befand sich eine Gruppe Matrosen in dem Lokal, die meisten betrunken. Größtenteils waren es Weiße, doch auch einige Farbige waren darunter. Die Erregung stieg, schließlich brachte ein Tropfen das Fass zum Überlaufen, und es kam zu einer Schlägerei.»

«Und der Grund für die Schlägerei?», fragte Castro beharrlich. «Der konkrete Grund?»

Die drei Amerikaner wechselten einen Blick. Schließlich sagte der Konsul: «Frauengeschichten. Das ist alles, was wir wissen.»

«Waren an der Schlägerei nur amerikanische Matrosen beteiligt oder auch Spanier?»

«Spanier waren ebenfalls anwesend, aber augenscheinlich nur als Zuschauer.»

Ein trockenes Hüsteln, darauf ließ sich die Stimme des Konteradmirals hören. Als würde der dicke Stoff seines ordenstarrenden Waffenrocks den Schall dämpfen, klang seine Stimme fern und zugleich machtvoll, wie die eines Bären, der tief in seiner Höhle erwachte.

«Eins kann ich Ihnen versichern.» Ana merkte, dass sie beim Übersetzen unbewusst den dunklen Stimmton nachahmte. «Es muss einer der Einheimischen gewesen sein. Unsere Matrosen sind jung und mitunter etwas unbändig, aber es sind Ehrenmänner. Manchmal regeln sie vielleicht eine Angelegenheit mit den Fäusten, als gute Soldaten jedoch nie mit Waffen. Und nie in Anwesenheit von Zivilisten. Wenn

Sie wollen, kann ich Ihnen Statistiken zeigen» – er deutete auf einen schmalen Lederkoffer vor sich auf dem Tisch –, «welche belegen, dass sich Soldaten im Zivilleben äußerst selten zu Mord und Totschlag hinreißen lassen, und falls doch, zeigen in diesem Fall die eigenen Kameraden den Täter an. Die Individuen hingegen» – Ana ließ die Adjektive «unwürdig» und «verkommen» weg –, «die in diesen Lokalen» – «widerwärtig» und «abscheulich» wurden ebenfalls gestrichen – «verkehren, sind fähig, jedes erdenkliche Verbrechen zu begehen.»

Castro verharrte einen Moment, den Blick auf Ana gerichtet, als ob er bemerkt hätte, dass sie Wörter unterschlug, und nun darauf wartete, dass sie gestand und sie ihm reumütig nannte, doch sie ertrug sein Misstrauen und übersetzte ungerührt seine Antwort, während sie aus dem Augenwinkel das bestätigende Nicken des Dolmetschers registrierte: «Zugestanden, die Leute, die sich dort mit Ihren ‹tapferen jungen Männern› treffen, gehören zum Abschaum, und manche würden ihre eigene Großmutter für drei Peseten verkaufen, doch so leid es mir tut, Ihre Statistiken überzeugen mich nicht. Ich habe eher den Eindruck, dass Sie gern einen spanischen Täter hätten. Oder liege ich falsch?»

Hüsteln, Blicke, nervöses Stühlerücken. Wilson wollte etwas antworten, doch Castro kam ihm zuvor: «Man braucht keine Statistiken, um zu wissen, dass es überall schwarze Schafe gibt, auch wenn die meisten gute, tapfere Jungen sind, sodass Sie die Papiere getrost in Ihrem Aktenkoffer lassen können. Wir müsse alle befragen, die dort waren: Spanier, Amerikaner, Weiße, Schwarze – oder was für eine Farbe sie auch immer haben mögen.»

Alle Augen waren auf Castro gerichtet, nachdem Ana den letzten Satz ausgesprochen hatte. Der Konsul bat seinen Dolmetscher, ihm zu bestätigen, dass Anas Übersetzung korrekt war. Dieser schluckte den Bissen, an dem er gerade kaute, hinunter.

«Alles korrekt, Sir.»

Nach kurzer Überlegung antwortete der Konsul: «Sie müssen wissen, dass uns sehr viel daran liegt, den Fall aufzuklären. Ich kann nur wiederholen, ich persönlich bin davon überzeugt, dass es sich um eine der üblichen Schlägereien mit einem tragischen Ausgang handelt.»

Die beiden Offiziere bewegten sich, als ob sie zum Sprechen ansetzen wollten, doch beide hielten sie sich zurück.

«Für die Beziehungen unserer beiden Länder wäre es ein harter Schlag, wenn der Täter ein Spanier wäre …», fuhr der Konsul fort.

«Das wir können nicht wissen», sagte Thomas Wilson in holperigem Spanisch.

«Schau an. Sie sprechen ja unsere Sprache.» Castros Sarkasmus war nicht zu überhören.

«Ein besschen.»

Vielleicht hätte Castro noch eine weitere Bemerkung gemacht, doch er kam nicht dazu, da der Konsul sich mit dem entschiedenen Tonfall einer Autorität, die eine Versöhnung einfordert, an ihn und Wilson wandte. «Lieutenant Wilson ist einer unserer besten Männer. Und wir sind außerordentlich dankbar, dass Sie, Inspektor Castro, die Ermittlung begleiten. Sie werden miteinander dieses Verbrechen aufklären. Die spanischen Behörden haben uns jede notwendige Unterstützung zugesagt und außerdem Stillschweigen garantiert. Darum, und um nichts anderes, geht es.»

«Selbstverständlich», antwortete Castro. «Und daher sollten wir sofort mit der Arbeit beginnen. Der Leichnam liegt schon seit mehr als 24 Stunden in der Kühlung. Die Zeit drängt. Übersetzen Sie, Señorita Martí, übersetzen Sie. Lassen Sie weg oder fügen Sie hinzu, was Sie wollen.»

Das komplizenhafte Lächeln des Dolmetschers brachte ihnen beiden misstrauische Blicke der Amerikaner ein. Doch Castro redete weiter und begann, seine Forderungen aufzuzählen: «Sagen Sie ihnen, dass sie das Foto des Toten nicht mitgeschickt haben. Und wenn wir schon dabei sind: Ich benötige nicht nur ein Foto des Leichnams, sondern auch eins des lebendigen Señor Antonio Vázquez» – hier wandte sich Castro Thomas Wilson zu –, «um es möglichen Zeugen zu zeigen.»

«Ich werde sogleich veranlassen, dass Sie die Abschriften bekommen», sagte der Konsul mit gezwungener Beflissenheit. «Sehr gut, wir kommen voran. Gerade für derartige Dinge benötigen wir die Zusammenarbeit mit der spanischen Polizei.»

«Um Zeugen zu suchen und zu verhören», sagte Castro. «Die einheimischen Zeugen, wie Sie sie nennen. Das geht in Ordnung, wenn Sie mir gestatten, mit den auswärtigen Zeugen zu sprechen.»

Die zwei Offiziere blickten zu Ana, deren Anwesenheit sie offenbar davon abhielt, untereinander zu diskutieren. Unwillen sprach aus den gerunzelten Augenbrauen des Konteradmirals und dem verkniffenen Mund des Militärpolizisten. Es war offensichtlich, dass keiner von ihnen wollte, dass Castro die Matrosen befragte, doch weder konnten sie ihre Ablehnung offen aussprechen, noch schienen sie ein stichhaltiges Argument dagegen zu finden.

Der Konsul nutzte die Gelegenheit und sagte: «Meiner Ansicht nach eine ganz legitime Bitte.»

Wilson sah zur Decke. Er ließ keinen Zweifel daran, dass er hier keine Entscheidung treffen konnte.

«In Ordnung, Inspektor Castro», sagte schließlich der Konteradmiral. «Morgen erhalten Sie Zugang zu einem unserer Schiffe und können die Matrosen sprechen, die an der Schlägerei beteiligt waren.»

«Geht es nicht heute?»

«Nein. Morgen. Um zehn erwartet Sie ein Beiboot an der Mole, um Sie zum Flugzeugträger USS Saratoga zu bringen.»

«Gut», sagte Castro knapp. Dann fragte er: «Haben Sie sie festgenommen?», und streckte die Hand nach einem Sandwich aus.

«Wen?»

«Diejenigen, die bei der Schlägerei dabei waren. Sie stehen unter Verdacht, meinen Sie nicht?» Er hob das Sandwich und schnupperte daran, bevor er hineinbiss.

Wilson antwortete nach einem Blickwechsel mit dem Konteradmiral: «Selbstverständlich.»

«Und haben Sie sie verhaftet oder nicht?»

«Sie sind auf dem Schiff. Unter Aufsicht.»

Das Gespräch dauerte noch einige Minuten, in denen die Einzelheiten des Treffens am nächsten Tag vereinbart und eine Reihe höflicher diplomatischer Wendungen wiederholt wurden, die noch hohler klangen als zu Beginn des Treffens. Phrasen wie «große Freundschaft», «ausgezeichnete Zusammenarbeit», «unschätzbare Hilfe» zirkulierten in eisiger Atmosphäre. Ana machte sich Notizen, um keine bei der Übersetzung zu vergessen und sie später in ihrer Reportage zu zitieren, falls sie über den Fall schreiben durfte.

Schließlich verabschiedete sich Castro, nachdem er die Fotos des Toten erhalten hatte.

«Verzeihung, Inspektor, eine letzte Frage», sagte der Konsul, während er sie zur Tür begleitete. «Kommt die Dame morgen ebenfalls mit?»

«Selbstverständlich.»

«Gut, dann gebe ich den entsprechenden Stellen Bescheid.»

Voller Unbehagen übersetzte Ana das Gespräch, in dem ohne ihr Zutun über sie entschieden wurde. Es ärgerte sie, dass Castro auf diese Weise über ihre Zeit verfügte, auch wenn sie um nichts in der Welt ein Verhör auf einem Flugzeugträger hätte verpassen wollen.

«Sie müssen noch die Verschwiegenheitserklärung hier unterschreiben», unterbrach sie die Sekretärin von ihrem Schreibtisch aus.

«Was muss ich unterschreiben?»

«Dieses Formular hier. Damit verpflichten Sie sich, über alles Stillschweigen zu bewahren, was Sie bei dieser Sitzung und allen anderen, bei denen Sie in den Räumen der US-amerikanischen Behörden zugegen sind, gehört haben oder hören werden.»

Mit der einen Hand hielt die Frau ein Papier hoch, mit der anderen streckte sie Ana einen Füllfederhalter entgegen, wie man ein Messer überreicht, mit der Spitze nach unten. Ana unterschrieb und verabschiedete sich von ihrer Reportage.

Als sie das Gebäude verlassen hatten, fing Castro an, Thomas Wilsons Akzent nachzuäffen.

«Ein besschen, ein besschen. Was haben die sich gedacht? Dass wir blöd sind?»

Ana schlug sich an die Stirn. «Ich habe meinen Schirm vergessen!»

Sie eilte zurück ins Konsulat, während Castro sich eine Zigarette anzündete. Der Wachmann ließ sie ohne Probleme passieren, als sie ihm den Grund erklärte. Ohne jemanden zu Gesicht zu bekommen, gelangte sie in das Vorzimmer. Die Sekretärin saß nicht an ihrem Platz. Während Ana den Schirm aus dem Ständer zog, kam die Angestellte mit dem Servierwagen aus dem Büro, hinter ihr dröhnte eine zornige Stimme durch die offenstehende Tür.

«Für wen hält dieser Castro sich eigentlich?», brüllte Wilson.

«Beruhigen Sie sich», sagte der Konteradmiral. «Er ist ein Rüpel, aber wir brauchen ihn, damit er einen Schuldigen in dem Abschaum findet.»

«Das kann ich auch ohne ihn», fuhr Wilson dazwischen. «Ich spreche ihre Sprache und kenne einige Leute, denen ich vertraue …»

«Sie sprechen die Sprache, aber Sie sind nicht von hier.» In der Stimme des Konsuls lag eine Schärfe, die er in Castros Anwesenheit offensichtlich zurückgehalten hatte. «Lassen Sie sich nicht täuschen, Wilson. All die Schmeicheleien, die Freundschaftserklärungen, der ganze Aufwand dient lediglich dazu, uns das Geld aus der Tasche zu ziehen. Sie sind wie die Huren. Glauben Sie etwa, dass die Huren es aus Liebe tun?»

Die letzten beiden Sätze würden ein gutes Zitat abgeben. Vielleicht könnte sie einen Artikel schreiben über die diplomatische Notwendigkeit, Türen immer gut zu verschließen. Die anschließende Stille machte Ana klar, dass sie besser gehen sollte. Auf dem Weg hinaus kam die Sekretärin ihr entgegen, auf ihren fragenden Blick hin hielt Ana den Schirm hoch.

Auch wenn sie damit riskierte, Castro noch mehr zu reizen, erzählte sie ihm, was die Amerikaner gesagt hatten. Der Inspektor nickte zufrieden.

«Das war mir während der Sitzung schon klar», sagte er beunruhigend friedfertig. «Der Konsul möchte, dass es eine

Sache unter Amerikanern ist. Er will, dass ich auf ihr Schiff gehe, vielleicht finde ich ja etwas heraus. Mal sehen, was die ‹tapferen jungen Männer› uns erzählen. Und denken Sie daran, Señorita Martí, nicht nur alles, was die Amerikaner betrifft, ist vertraulich, sondern auch alles, was wir beide miteinander besprechen.»

«Selbstverständlich. Haben Sie klären können, wie ich als Dolmetscherin bezahlt werde?»

«Ich bin noch dabei.»

Sie verabschiedeten sich.

Rubio gegenüber würde sie das Thema nicht erwähnen. Eine Story mit amerikanischen Matrosen wäre zwar ein fetter Brocken, aber dem stand die verflixte Verschwiegenheitserklärung im Weg.

Vielleicht würde sie Lawrence, ihrem Englischlehrer, davon erzählen. Aber nur «ein besschen». Ana lächelte.

* * *

Castro lächelte nicht, weder auf dem kurzen Weg vom Konsulat zum Präsidium, noch als er hineinging, nicht auf der Treppe und auch nicht als er sein Büro betrat.

Ihn ärgerten der Hochmut und die Herablassung der Amerikaner. Es war deutlich, dass sie ihnen keinerlei Respekt entgegenbrachten. Und dann noch die Anweisung seiner Vorgesetzten, mit ihnen zusammenzuarbeiten. Aber eine Zusammenarbeit war eine Sache, ihnen den Schuldigen quasi à la carte zu servieren eine andere. Nein, es galt den Kopf erhoben zu halten und nicht einzuknicken, bloß weil die Amerikaner einen Krieg gewonnen hatten. Einen Krieg hatten sie schließlich auch gewonnen. Sie hatten es nicht nötig, sich von den

Amerikanern von oben herab betrachten zu lassen. Demokratiepropheten. Als ob die Menschen wüssten, was gut für sie war. Was Menschen brauchten, war eine Hand, die sie führte, eine harte Hand, die dafür sorgte, dass sie nicht auf die schiefe Bahn gerieten, eine feste Hand, die die Abtrünnigen wieder auf den rechten Weg brachte, eine Hand, die Belohnung und Strafe verteilte. Die Hand eines Vaters. Die Hand eines Caudillo.

Er zündete sich eine Zigarette an und betrachtete seine Hände, die hellen Handflächen und den behaarten Rücken. Die rechte zitterte leicht, er war immer noch wütend.

Bevor er sich an die Arbeit machte, erstattete er Goyanes Bericht.

«Sie wollen den Mord unseren Leuten zuschieben. Dafür brauchen sie uns. Damit wir ihnen einen spanischen Täter liefern.»

«Auf keinen Fall. Es war einer von ihnen.»

«Gut, das müssen wir sehen.»

«Du machst es so, wie ich es dir sage, nicht anders.»

Er versicherte Goyanes, dass er sich nicht manipulieren lassen würde. Das sagte er nicht nur wegen Goyanes, inzwischen interessierte ihn der Fall tatsächlich.

Wenn die Amerikaner dachten, dass er alles schlucken würde, hatten sie sich verrechnet. Als ob dieser Konteradmiral mit seinen Orden nicht heute eine Befragung der Matrosen auf dem Schiff hätte organisieren können. Sie glaubten, dass sie ihn übers Ohr hauen konnten, indem sie sich einen Tag Vorsprung verschafften. Das konnte er auch. Mit den Einheimischen.

Er rief nach Sevilla. «Komm zu mir ins Büro.»

Sein Untergebener, der im Gegensatz zu ihm alles Amerikanische rückhaltlos bewunderte, war immer noch gekränkt, weil er ihn nicht mit ins Konsulat genommen hatte. Zum Ausgleich gönnte Castro ihm einen ausführlichen Bericht über das Treffen, der zwar an Details sparte, aber mit kräftigen Worten und Flüchen nicht geizte.

«Und jetzt gehst du in die Bar Metropolitano», befahl er Sevilla zum Schluss, «und stellst ein paar Fragen: Wer war am Abend der Schlägerei dort? Was haben sie gesehen? Wie und wann begann die Schlägerei? Wie viele Matrosen waren da? Wie viele Weiße? Wie viele Schwarze?»

Sevilla saß vor seinem Schreibtisch und machte sich auf einem Blatt Notizen.

«Soll ich allein hingehen?»

«Nimm Ruipérez und Salas mit. Die sind vertrauenswürdig.» Und außerdem im Barrio Chino sehr gefürchtet. «Die Amerikaner sagen, dass es um Frauen ging. Krieg raus, welche Huren in der Ecke unterwegs waren und für wen sie laufen.»

Sevilla blickte von seinen Notizen auf. «Chef, war der Tote eigentlich weiß oder schwarz?»

Das war eine gute Frage. Castro nahm das Foto, auf dem Antonio Vázquez in Uniform zu sehen war. *Anthony Vázquez* stand auf der Rückseite. Er musterte das Gesicht. Vázquez war ein hübscher Kerl gewesen, sicherlich einer, den die Frauen mochten. Vielleicht zu sehr. Volle Lippen, eine Nase, die an der Wurzel schmal und fein war und sich dann leicht verbreiterte, hohe Wangenknochen, dunkle, dichte Wimpern über Mandelaugen. Und die Hautfarbe?

«Weiß. Ein dunkles Weiß, aber weiß.»

Verdrossen sagte Sevilla: «Schade. Wenn er schwarz wäre, wäre es einfacher. Ein Neger fällt den Leuten eher auf, selbst den Nutten.»

«Sicher. Aber dieser hier muss auch aufgefallen sein. Da er aus Puerto Rico kam, sprach er spanisch. Und jetzt gehst du und durchkämmst das Viertel. Wenn du siehst, dass jemand Anstalten macht, sich zu verdrücken, nimmst du ihn fest. Mach mir eine Liste mit denen, die für uns am interessantesten sind. Morgen bin ich selbst mit dem amerikanischen Militärpolizisten im Viertel unterwegs, und ich will keine Zeit mit unnützen Befragungen verplempern.»

«Kann ich mitkommen?»

«Vielleicht.»

Er wusste es noch nicht. Möglicherweise würde es nötig sein, dass sein Untergebener vorausging, um das Terrain für ihn vorzubereiten.

«Und jetzt geh Ruipérez und Salas holen, damit ihr euch an die Arbeit macht. Um sechs bist du wieder zurück. Petri Heil, Sevilla.»

Darauf hoffte er. Er selbst würde am nächsten Tag zu dem Flugzeugträger hinausmüssen, um mit den Amerikanern zu sprechen.

Nach dem Essen ging er in eine Apotheke und besorgte sich eine Tube Vomex, die er in der Hand knetete.

«Hurengeschiss.»

6

Der Regen, einer der natürlichen Feinde der Barceloneser, wurde zu Anas Verbündetem, als er vor Beginn ihres Konversationskurses vom Himmel prasselte und die drei übrigen Teilnehmer dazu brachte, zu Hause zu bleiben. Nachdem sie gemeinsam eine Weile im Kursraum gewartet hatten, fiel es Ana nicht schwer, Lawrence Roberts, den Englischlehrer, zu überzeugen, dass es viel netter sei, den Kurs im nahen Café Mauri abzuhalten.

Als sie die Sprachschule verließen, nieselte es nur noch. Der Regen, unstet und kapriziös, hatte nasse Bürgersteige hinterlassen, von denen nun die Feuchtigkeit die Beine hochkroch, sich nahezu unbemerkt auf der Haut ausbreitete und einen urplötzlich frösteln ließ. Dankbar nahm Ana die Wärme des zu dieser Tageszeit gut besuchten Cafés auf und genoss den Geruch nach Vanillecreme, der sich angenehm mit dem Kaffeeduft vermischte oder sich mit einem aufdringlichen Parfüm biss, während sie auf der Suche nach einem freien Tisch das Schachbrettmuster der Bodenfliesen überquerten. Sie fanden einen freien Platz in einer Ecke, die Ana innerlich sofort als «abgelegen» bezeichnete, um das Wort «intim», das durch ihren Kopf geisterte, zu verbannen. Sie setzten sich einander gegenüber.

Seit vier Monaten nahm Ana zweimal in der Woche an dem englischen Konversationskurs teil. Abends hörte sie BBC auf dem alten Radioapparat in ihrem Schlafzimmer. Beatriz, die eher das Französische mochte, parodierte manchmal die hüpfende Intonation der Sprecher.

Dieselbe Intonation hatte Lawrence Robert. Ana schämte sich immer noch, wenn sie daran dachte, wie stolz sie sich in der ersten Kursstunde als «journalist» vorgestellt hatte. Er hatte sich höflich dafür entschuldigt, weder *El Caso* noch *Mujer Actual* zu kennen, da er erst seit kurzem im Land lebte.

Anschließend hatte er ihnen erzählt, dass er sich ein halbes Jahr freigenommen habe, um an einem Buch über den katalanischen Modernismo zu arbeiten, und dass seine Großeltern mütterlicherseits aus Barcelona stammten. Bei ihnen hatte er Spanisch gelernt, ein flüssiges Spanisch mit manchmal überraschenden Lücken, er verglich es gern mit einer Treibhauspflanze, die in ihr natürliches Habitat verpflanzt worden war und dort nun ums Überleben kämpfte. Er erzählte auch, dass er Pressefotograf war und für *Paris Match* – für die Illustrierte hatte er die Bilder zu den Berichten über den Ifni-Krieg geliefert –, *Newsweek*, *The Manchester Guardian* und die Presseagentur *Magnum* arbeitete. Die Kluft, die zwischen *Newsweek* und *Mujer Actual* lag, hatte bei Ana einen Kicheranfall ausgelöst, an den sich hoffentlich niemand mehr außer ihr selbst erinnerte. Zumindest hatte Lawrence ihn nicht mehr erwähnt.

Ana sah ihn an, wieder einmal verblüfft über den Kontrast zwischen dem schlaksigen Körper und den lebhaften Bewegungen. Wenn er ruhig dasaß, erinnerten Rumpf und Glieder an eine mit Reis gefüllte Stoffpuppe, doch sobald Lawrence die Muskeln anspannte und sich bewegte, schien sein Körper vor Energie zu sprühen. Jetzt hing er geradezu auf seinem Stuhl. Während sie darauf warteten, dass ihnen die Kellnerin zwei Milchkaffees brachte, wurden sie von den beiden Damen am Nachbartisch mit unverhüllter Neugier betrachtet, als ob die Tatsache, dass sie eine andere Sprache redeten, auch dafür sorgen würde, dass sie die ungenierten Blicke nicht bemerkten.

«Wohnst du hier in der Gegend?», fragte Ana und hoffte, dass ihr die Antwort auch verraten würde, ob er allein wohnte.

«Nein, in Gracia, in der Calle Verdi. Zur Untermiete bei einer Witwe.»

Während er das Wort Witwe aussprach, vibrierten Lawrence' Nasenflügel leicht, weil er leise in sich hineinkicherte. Deshalb fragte sie: «Warum lachst du?»

«Weil sie eine seltsame Art von Witwe ist.»

In Anas Kopf ertönte der Walzer aus der *Lustigen Witwe*, aber Lawrence' Lachen unterbrach ihn nach wenigen Takten.

«Sie ist eine Witwe …, wie soll ich sagen? Eingebildet. Sie ist eine eingebildete Witwe.»

«Wie das?»

«Ihr Mann lebt noch und wohnt im selben Haus.» Lawrence machte eine Pause.

Ana merkte, wie sehr es ihm gefiel, dass seine Geschichte sie in Bann schlug. Sie machte eine übertrieben ungeduldige Geste, damit er weitererzählte.

«Ihr Mann, Anselmo, gehörte zu den Freiwilligen der Blauen Division. Er meldete sich 1942 und wurde nach Russland, an die Ostfront, geschickt. Dort geriet er in Kriegsgefangenschaft und landete in einem sowjetischen Arbeitslager.»

Während er redete, bewegte er die Gegenstände auf dem Tisch. Offensichtlich stellte seine Tasse Spanien dar und die Zuckerdose, auf die Zeige- und Mittelfinger losmarschierten, war Russland.

«Sie hielt ihn für tot, weil sie nach ein paar Briefen nichts mehr von ihm hörte, und bei der Armee konnten sie ihr auch nichts über seinen Verbleib sagen.»

«Aber …» Ana rührte langsamer in ihrer Kaffeetasse.

«Aber er kam zurück. Er war einer der Überlebenden, die per Schiff aus Russland nach Barcelona zurückkehrten.»

«Mit der *Semíramis*.» Ana erinnerte sich an die Ankunft des Schiffes im Hafen von Barcelona im Jahr 1954. Sie hatte nicht darüber berichtet, aber die Artikel einiger Kollegen waren nahezu überschwänglich gewesen. «Dann gehörte der Mann deiner Zimmerwirtin also zu den Heimkehrern.»

«Ja, aber sie hatte nicht mehr damit gerechnet. Sie hat mir einmal erzählt, dass sie elf Jahre lang Trauer getragen hat und sich an seine Abwesenheit und auch an die Trauerkleidung gewöhnt hat. Deshalb hat sie ihn zwar ins Haus gelassen, aber sie betrachtet sich weiterhin als Witwe, und sie schlafen in getrennten Zimmern.»

«Und er?» Ana nahm einen Schluck Kaffee, der ein wenig bitter schmeckte.

«Anselmo, der Mann, ist gesundheitlich ziemlich angeschlagen und gibt sich mit seiner Rolle als Gespenst zufrieden, solange sie ihm zweimal täglich eine warme Mahlzeit auf den Tisch stellt, der arme Kerl.»

«Die arme Frau. Ich kann mir vorstellen, dass sie sich nicht in der Lage fühlt, den Schmerz, ihn zu verlieren, ein zweites Mal zu ertragen.»

Die Geschichte, die zunächst so lustig geklungen hatte, hatte sie beide bedrückt. Mit gesenktem Kopf saßen sie zwischen der rot-golden gemusterten Tapete, schimmernden Spiegeln, großen Blumengestecken und glänzenden Lampenschirmen. Lawrence hätte das folgende Schweigen sicher mit britischem

Stoizismus noch ein Weilchen ertragen, doch Ana, getrieben von der mediterranen Angst vor der Stille, fühlte sich verpflichtet zu reden, und ihr fiel nichts Besseres ein als eine weitere traurige Anekdote.

«Wusstest du, dass ein berühmter Pressefotograf, Pérez de Rozas, an einem Herzinfarkt starb, als er Aufnahmen von der Ankunft der *Semíramis* machte? Vor Rührung, sagt man.»

«Ana, du kannst einen so richtig aufmuntern», sagte Lawrence ironisch.

Ana lachte über ihre Ungeschicklichkeit und steckte ihn mit ihrem Lachen an.

«Und wie – das siehst du doch.»

Sie griffen gleichzeitig nach ihren Kaffeetassen und führten sie lächelnd an den Mund. Dabei bemerkte Ana, dass Lawrence' linkes Auge dunkler war als das rechte. Vielleicht war es das, was sein Gesicht so interessant machte. Er war kein schöner Mann im herkömmlichen Sinne. Die Nase war zwar gerade, aber sie sprang zu sehr hervor. Sein Mund war breit, den Kopf bedeckten dunkle Locken, die Brillantine hatte um diese Tageszeit die Schlacht längst verloren gegeben.

«Schreibst du an einer neuen Reportage?»

Sie hatte zwei Texte in Arbeit, aber von der Näherin, die sich wegen ihrer Schwangerschaft erhängt hatte, würde sie ihm nicht erzählen, zwei traurige Geschichten reichten für diesen Nachmittag. Außerdem hatte sie das Bedürfnis, ihn zu beeindrucken. Auch wenn *El Caso* nicht *Paris Match* war und es mehr als zweifelhaft war, ob sie überhaupt über den Fall mit dem toten Amerikaner schreiben konnte, war die Story interessant und hatte nicht so einen provinziellen Mief wie die meisten Fälle, über die sie berichtete. Das Risiko, dass er wie so viele denken würde, dass solche Themen nichts für eine Frau waren, ging sie ein und sprach über den Mord an dem Matrosen Antonio Vázquez.

Lawrence hörte ihr aufmerksam zu, die Hände auf dem Tisch gefaltet, während sie erzählte, ohne ihm die schlüpfrigen Details vorzuenthalten.

«Und du hast die ganze Zeit über gedolmetscht?», fragte er am Ende.

Sie nickte.

«Du hast wirklich ein Talent für Sprachen.»

«Das liegt in der Familie», antwortete sie, ohne ihren Stolz zu verbergen. «Mal sehen, ob ich etwas darüber veröffentlichen darf …»

«Wieso?»

«Ich habe eine Verschwiegenheitserklärung unterzeichnet. Alles, was ich über die Ermittlungen schreibe, muss vorher genehmigt werden.»

Sie hatte schon zuvor Artikel über die Amerikaner verfasst, zu Beginn mit Begeisterung, damals, als sie ankamen und viele darin ein Zeichen für einen Wandel im Land sahen, für eine Öffnung hin zu größerer Freiheit. Daraus war nicht viel geworden – bloß ein paar neue Tänze, neue Getränke, neues Essen, der Valentinstag und Wohltätigkeitsveranstaltungen, mit denen sich die Offiziersgattinen die Zeit vertrieben.

«Und die Berichte über alles, was nach der Lösung des Falls passiert, müssen durch die Zensur.»

Lawrence hob die Augenbrauen. «Warum darf man über die Amerikaner nicht schlecht reden?»

Obwohl sie immer noch englisch sprachen und sie zudem der Lärm der Unterhaltungen um sie herum schützte, senkte Ana die Stimme: «Hier darf man über nichts und niemanden schlecht reden. Mit den Amerikanern gibt es eine Vereinbarung: nur gute Nachrichten.»

Sie beugte sich vor. Aus dem Augenwinkel sah sie, dass eine der beiden Frauen sie beobachtete, während die Aufmerksamkeit ihrer Freundin mittlerweile einem anderen Paar galt.

«Über die vielen Dinge, die nicht in Ordnung sind, darf nicht geschrieben werden. Es ist so absurd … Wir sind in der Hand von Geisteskranken mit einem Verfolgungswahn. Kannst du dir vorstellen, dass der Zivilgouverneur, Acedo Colunga, einen vollkommen harmlosen Comic in einer Zeitung verboten hat, bloß weil der Titelheld denselben Vornamen trug wie er und ebenso klein und kahlköpfig war? Alles, was nicht ins offizielle Bild passt, wird verschwiegen. Du interessierst dich doch für Fußball. Wusstest du, dass es vor ein paar Jahren während eines Spiels zwischen dem FC Barcelona und Español im Stadion Tote gab, weil zu viele Eintrittskarten verkauft worden waren? Niemand erfuhr davon. Alles wurde unter den Teppich gekehrt. Wir haben uns so sehr daran gewöhnt, dass wir meistens schon selbst die Schere zur Hand nehmen und unsere Texte verstümmeln, manchmal sogar unsere Gedanken.» Je hitziger ihre Rede wurde, desto mehr senkte sie die Stimme, als ob sie vorführen wollte, was sie gerade beschrieb. Sie bemerkte es, unterbrach sich und fragte: «Und du? Du kommst aus einem freien Land, wie hältst du es hier aus?»

«Ich kann gehen, wann ich will.»

Beide senkten den Blick, wenngleich aus verschiedenen Gründen.

* * *

Als Ana nach Hause kam, fühlte sie sich auf unbestimmte Weise niedergeschlagen. Sie führte ihre Stimmung darauf zurück, dass noch die Arbeit an dem traurigen Artikel über den Selbstmord der Näherin auf sie wartete. «Ich kann gehen, wann ich will», hallte es in ihrem Kopf nach.

In der Diele nahm sie die modernistische Garderobe mit ihren geschwungenen Armen in Empfang, der fleckige Spiegel warf ihr Bild zurück. Ana wäre ein moderneres Möbelstück lieber gewesen, moderner und weniger düster: Die gedrechselten Zweige, die die Kleiderstange hielten, schienen geradewegs aus einem finsteren Märchenwald zu stammen. Auch wenn Beatriz nicht müde wurde, das Gegenteil zu behaupten, betrachtete Ana sich als Gast in diesem Haus. Nur die beiden von ihr bewohnten Zimmer hatte sie verändert, in der übrigen Wohnung achtete sie darauf, jeden Gegenstand stets wieder an seinen Platz zu legen.

Während sie den Schirm im Schirmständer verstaute, sah sie eine unbekannte Krücke zwischen Luisas und Beatriz' Schirmen stecken. Ana spitzte die Ohren. Trotz des Radios und der Küchengeräusche hörte sie die Stimmen in Beatriz' Arbeitszimmer. Sie folgte ihnen und erkannte die Stimme von Salvador, Beatriz' Bruder. Sie blickte aus dem dunklen Flur durch die halb offene Tür und sah die beiden Geschwister nebeneinander an Beatriz' Schreibtisch sitzen, in ein Papier vertieft. Die Ähnlichkeit war unverkennbar, auch wenn die Gesichter der beiden sich im Laufe der Jahre verändert hatten. Einen Moment lang verschwamm der Anblick der fast fünfzigjährigen Wissenschaftlerin, in deren blondes Haar sich zahlreiche graue Strähnen mischten, und des erfolgreichen, etwas fülligen Anwalts, und Ana sah sie als Kinder vor sich, wie sie in ihrem Elternhaus miteinander spielten, fast gleichaltrig, nur ein knappes Jahr trennte Beatriz von ihrem jüngeren Bruder. Ihr eigener Bruder Ángel dagegen war zehn Jahre älter als sie gewesen. Mit siebenundzwanzig war er erschossen worden. Aber für sie hatte Ángel kein Alter, manchmal, in ihren frühesten Erinnerungen, war er der zwölf- oder dreizehnjährige Junge in kurzen Hosen, ein andermal der junge Mann, der mit ihr im Parque de la Ciudadela oder auf dem Montjuïc spazieren ging, oder der Jugendliche, der beim Essen Grimassen schnitt, um sie zum Lachen zu bringen. Ángel war und blieb ihr großer Bruder, obwohl sie nun schon vier Jahre älter war, als er es bei seinem Tod gewesen war.

«Ana, warum stehst du an der Tür? Komm doch rein!» Beatriz machte eine einladende Geste, während Salvador die Papiere, die sie gemeinsam gelesen hatten, in einer Aktentasche verstaute. Im Arbeitszimmer saßen zwei Erwachsene, doch Beatriz' Lächeln und Salvadors Blick gehörten zu zwei Kindern, die in flagranti erwischt worden waren. Was sie ausheckten, konnte Ana nicht sagen.

7

Am liebsten hätte er ihr eine kräftige Ohrfeige verpasst, genauso kräftig wie die Wellen, die das Beiboot an diesem Morgen hin und her warfen. Eine ordentliche Ohrfeige, schon allein, um ihr das Grinsen auszutreiben, das in ihrem Gesicht aufgeblitzt war, als er in sein Taschentuch gespien hatte. Im Mund spürte er immer noch den Geschmack des Erbrochenen, das schon wieder Anstalten machte, seine Speiseröhre hochzusteigen und nur von seinem Willen und zwei vor dem Ablegen geschluckten Tabletten in Schach gehalten wurde. Eine kräftige Ohrfeige, und dann würde er sie festhalten und an sich ziehen und sehen, wie ein Tropfen Blut, nur einer, auf ihren Lippen perlte und das Kinn hinabrann und dann … Er leckte sich über seine eigenen Lippen, sie waren trocken. Trocken und salzig.

Castro holte tief Luft und blickte von neuem zu der Journalistin. Sie sah auf die Silhouette des Flugzeugträgers. Je näher sie ihm kamen, von Wellenkamm zu Wellenkamm, von Hüpfer zu Hüpfer, desto mehr verdrängte er mit seiner Masse den Horizont. Ana Martí saß da und lächelte vor sich hin, während sie auf das Ungetüm zusteuerten, die Hände in den Manteltaschen, den Kragen hochgeschlagen, als ob sie auf einem vergnüglichen Ausflug mit einem der Touristenboote, die im Hafen verkehrten, unterwegs sei.

Das Meer versetzte dem Boot einen weiteren Stoß, und sein Magen gab sich geschlagen. Castro übergab sich, die

Hände an die Reling gekrallt, eine fremde Hand hielt seinen rechten Arm. Während sein Magen sich entleerte, grollte er Ana Martí, weil er vor ihr Schwäche und Verletzlichkeit zeigte. Unwirsch schüttelte er die Hand ab und entdeckte, dass sie Sevilla gehörte.

«Alles in Ordnung?», fragte sein Untergebener.

Die anderen sahen mit höflicher Besorgnis zu ihm herüber. Auch sie, wenngleich sie sich schnell wieder abwandte, um bewundernd den Flugzeugträger zu betrachten, der nun ihr gesamtes Blickfeld ausfüllte.

«Alles in Ordnung.» Er wischte sich den Mund mit dem Taschentuch ab und warf es ins Meer.

* * *

«Wie viele Personen waren da, sagen Sie?», fragte Castro.

Wilson brauchte keine Übersetzung. Er öffnete ein Notizbuch und blätterte, bis er die Information fand.

«Zwischen acht und zähn von unseren, sächs Kunden und einige Mädchen.»

«Einige Mädchen? Wie viele?»

«Die Jungs erinnern nicht sich. Einige», antwortete Wilson, sein Zeigefinger glitt durch die Notizen, als ob die Antwort dort versteckt wäre.

«Einige viele oder einige wenige?»

Man hatte ihnen einen Raum zur Verfügung gestellt, in dem sie mit den Matrosen, die an der Schlägerei beteiligt gewesen waren, und den Kajütenkameraden des Toten sprechen konnten. Die beiden Männer saßen nebeneinander und hatten jeder auf seine Weise seinen Anteil des Tisches okkupiert. Der Amerikaner war mit einem Aktenkoffer erschienen, hatte verschiedene Gegenstände daraus hervorgeholt und vor sich aufgebaut: ein Aufnahmegerät, einige Akten, ein Notizbuch, einen Füllfederhalter, eine Schachtel Zigaretten, ein Zippo-Feuerzeug. Castro hingegen markierte sein Territorium schlicht, indem er die Arme auf den Tisch legte.

Ana saß rechts von dem Inspektor und blätterte in einer Ausgabe der *Time*, die ihr Wilson angeboten hatte, um die Wartezeit zu verkürzen.

«Sie können sie behalten, wenn Sie möchten», hatte er gesagt.

Sie hatte sich bei ihm bedankt und Castros missbilligendes Schnauben überhört.

Ihre Arbeit würde beginnen, sobald die Verhöre anfingen. Noch war der Stuhl vor den beiden Polizisten leer. Die Matrosen nahmen an einer Übung auf dem Oberdeck teil, von dem sie wer weiß wie viele Decks trennten. Bei dem Gedanken daran verspürte Ana eine leichte Beklemmung. Irgendwann auf dem Weg in den Verhörraum hatte sie die Orientierung verloren. Sie waren zur USS Saratoga hinaufgeklettert und dann in einen Fahrstuhl gestiegen. Dieser brachte sie in eine Zone mit langen Gängen, deren metallene Wände vermutlich weiß gestrichen waren, doch im Licht der vielen kleinen Lampen gelblich wirkten. Nachdem sie ein paarmal abgebogen waren, waren sie in diesem Raum gelandet.

Ana versuchte, sich von ihrem Unbehagen abzulenken, indem sie sich fragte, ob der Raum als Kajüte bezeichnet wurde oder ob man das Wort nur für den Ort verwendete, an dem man auf einem Schiff schlief. Sie notierte sorgfältig die Frage, jeden Buchstaben zeichnete sie mit kalligraphischer Konzentration. Woher das Wort wohl kam? Die Beklemmung wich, als sie sich vorstellte, wie Beatriz ihr die Etymologie bis in alle Einzelheiten erläutern würde.

Seit mindestens einer halben Stunde warteten sie nun schon auf die Matrosen. Die Amerikaner hatten offenbar Gefallen daran gefunden, sie warten zu lassen. Ana fragte sich, ob Castro die Verspätung als Affront betrachtete oder ob er es im Gegenteil schätzte, dass nichts und niemand die Disziplin und die Routine der Marine stören durfte. Wilson und er vertrieben sich die Wartezeit, indem sie sich ihrer gegenseitigen Abneigung versicherten.

«Wie viele sind viele, und wie viele sind wenige?», wollte der Militärpolizist jetzt wissen.

Da keiner von ihnen zu ihr sah, verdrehte Ana die Augen. Sie spielten dieses Spiel, seit sie sich im Inneren des Flugzeugträgers begrüßt hatten. Castro hatten die Scharmützel mit dem amerikanischen Militärpolizisten wieder etwas Farbe ins Gesicht getrieben. Ana fielen Castros finstere Blicke während der Überfahrt wieder ein. Sie hatte sie nicht deuten können, aber sie hatte sich vorsichtigerweise einen Kommentar darüber verkniffen, dass er für einen Galicier das Meer erstaunlich schlecht ertrug. Aber vielleicht stammte er ja aus dem Landesinneren, obwohl sie sich zu erinnern meinte, dass er aus La Coruña kam. Wo immer er auch herkam, sie war sich ziemlich sicher, dass jede Frotzelei schlecht angekommen wäre.

«Schauen Sie her.» Castro hob in diesem Moment die Hände und zeigte dem Amerikaner seine gespreizten Finger. «Das hier wären viele für ein Lokal wie das Metropolitano.» Er schloss die linke Hand, sodass nur noch fünf Finger zu sehen waren. «Das wären immer noch einige, obwohl es ziemlich knapp wäre, denn es waren ja zwischen acht und zehn Männer, oder? Großartig, dass wir noch nicht einmal wissen, wie viele sich dort rumgetrieben haben.»

Castros spöttischer Ton trug nicht gerade dazu bei, die Zusammenarbeit zu verbessern. Wilson wandte den Blick ab und zündete sich eine Zigarette an. Er blies den Rauch zur Decke und sagte mit seinem bellenden Akzent: «Es waren zwischen acht und zähn, wie ich habe Ihnen schon gesagt.»

«Uhm.»

«Es waren viele Leute, und die Jungs hatten getrunken.»

«Also haben Sie sie schon verhört?»

Wilsons Blick ließ keinen Zweifel daran.

«Dann werden Sie sich heute aber langweilen», sagte Castro sarkastisch. «Sie hätten auf mich warten sollen.»

Der Inspektor ließ den Amerikaner für seine Übelkeit während der Überfahrt bezahlen.

«Sächs haben wir schon identifiziert, aber es waren noch mehr.»

«Und wieso haben Sie dann nur sechs?»

Wilson überhörte den Spott. «Alle an der Schlägerei Beteiligten haben eine Disziplinarstrafe bekommen», erklärte er.

«Und das heißt?»

«Der Landurlaub wurde ihnen gestrichen, und sie sind unter ständiger Bewachung.»

«Haben Sie ihre Sachen durchsucht? Ein Messer gefur den?»

Wilson schien zu argwöhnen, dass Castro ihn wie ei Anfänger behandelte.

«Wenn wir etwas gefunden hätten, wüssten Sie sc Inspektor», sagte er kalt.

«Hat einer der Männer Entsprechendes in sei Und ich meine jetzt keine Schlägerei, da gibt es si Gibt es jemanden, der wegen seines flinken Messe aufgefallen ist?»

«Keiner von denen, die im Metropolitano war

Jungs sind etwas kompli… kompliziert, aber», er zeigte ihm ein paar Papiere, die wie Polizeiakten aussahen, «sie hatten an dem Abend keinen Ausgang.»

Wilson hatte seine Hausaufgaben gemacht.

Beide verfielen in Schweigen, als hätten ihre Wortgefechte sie plötzlich müde gemacht.

In der Stille waren Schritte und Stimmen auf dem Flur zu hören. Die Tür öffnete sich, und ein Unteroffizier kündigte durch den Türspalt an, dass die vorgeladenen Matrosen angekommen waren.

«Wie viele hat man uns gebracht?»

«Neun», antwortete Wilson. «Sechs, die bei der Schlägerei dabei waren, und drei, die die Kajüte mit Anthony Vázquez teilten.»

In der offenen Tür erschien Sevilla mit dem Dolmetscher der Amerikaner, der ihm das Schiff gezeigt hatte. Hinter ihnen sah Ana uniformierte Rücken, Beine und Arme. Neun Verhöre. Sie bat um ein Glas Wasser. Sevilla ließ sich am anderen Ende des Tisches neben Wilson nieder, seinen Notizblock auf die Tischkante gestemmt. Wilson tätschelte das Mikrophon wie einen treuen Hund.

«Der erste soll reinkommen», brummte Castro.

Einer nach dem anderen wurde verhört.

Einige betraten schüchtern den Raum, andere großspurig, wieder andere waren misstrauisch. Einer tat so, als wüsste er nicht genau, warum er da war, einem anderen schien egal zu sein, dass er gerufen wurde, und ein Dritter machte den Eindruck, sich über das Verhör zu freuen. Manche sprachen laut, andere eher leise, manche deutlich, andere brabbelten etwas, das für Ana bloß eine entfernte Ähnlichkeit mit dem Englischen hatte. Alle saßen sie aufrecht vor den Polizisten und ihren Übersetzern. Alle legten sie die Hände parallel zueinander auf die Tischplatte.

Zuerst sprachen sie mit den Matrosen, die bei der Schlägerei dabei gewesen waren. Vier Weiße und zwei Schwarze.

«Fragen Sie, wer die Schlägerei begonnen hat», bat Castro Ana.

«Wir nicht. Einer von den Spaniern, die dort waren», sagte einer.

«Ich glaube, einer der Spanier, aber ich erinnere mich nicht genau», antwortete der Nächste.

«Ein Spanier. Er hat uns wohl provoziert, würde ich sagen», sagte ein Dritter.

«Manche von den Spaniern suchen regelrecht Streit», war eine andere Antwort.

«Ehrlich gesagt, erinnere ich mich nicht daran», erklärte ein weiterer.

Aus Castros Stimme klang ein gewisses Misstrauen, als die Antwort auf die nächste Frage sich zum dritten Mal wiederholte. Er hatte nach dem Grund für den Streit gefragt.

«Frauen.»

«Frauen.»

«Frauen.»

«Ich kann mich nicht erinnern. Es war schon spät, und wir hatten viel getrunken.»

«Rotwein.»

«Bier.»

«Bier, Wein und Whisky. Na ja, was sie hier Whisky nennen. Was immer es auch ist.»

«Cognac. Nationalen Cognac nennen sie es.»

«Was haben die Frauen während der Schlägerei gemacht?», fuhr der Inspektor fort.

«Geschrien. Wie bei einem Boxkampf. Sie haben uns angefeuert.»

«Applaudiert. Olé, olé.»

«Zugeschaut.»

«Gelacht.»

«Ich kann mich nicht erinnern.»

«Fragen Sie, was Antonio Vázquez getan hat», befahl Castro.

«Anthony Vázquez? Der Tote? Keine Ahnung, ich kannte ihn nicht.»

«Er war nicht von meinem Schiff.»

«Anthony? Ja, ich weiß, wer das ist, aber ich habe ihn nicht gesehen.»

«Ich kann mich nicht daran erinnern, aber das heißt nichts. Ich hatte viel getrunken. Ich kann mich auch nicht daran erinnern, dass Reed dort war. Ich hatte einfach zu viel getrunken.»

«Das hier», der besagte Reed zeigte auf sein zugeschwollenes Auge und die Stiche, die eine Wunde am Wangenknochen zusammenhielten, «hat mir der verdammte Freeman angetan. Scheißnigger», zischte er und blickte zu der Tür, hinter der Freeman wartete. Wilson brachte ihn mit einem Schlag auf den Tisch zum Schweigen, das Feuerzeug und das Aufnahmegerät hüpften, und Sevilla, der sich auf seine Notizen konzentrierte, zuckte zusammen.

«Ich glaube, ich habe ihn gesehen, als ich zur Toilette ging, im Gang, der zu den Séparées führt. Aber vielleicht war er es auch nicht. Bei den Tranfunzeln, die sie hier als Glühbirnen haben, würde ich meinen eigenen Vater kaum erkennen», erklärte Luther Freeman. Sein linkes Augenlid war noch geschwollen.

«Er ist nicht mit uns gekommen», sagte einer der Weißen, drei seiner Finger waren geschient. «Ich bin mit Reed und

Kowalski gekommen. Drinnen waren noch andere von unserem Schiff, und wir haben uns dazugestellt. Vázquez habe ich nicht gesehen, aber Fraser auch nicht, bis er mir die Finger gebrochen hat.» Er lachte dröhnend.

Das Lachen endete abrupt, als Wilson einen Befehl bellte.

«Wie Vázquez war?», antwortete Reed auf die Frage des Inspektors. «Ein guter Kerl. Für einen Puerto-Ricaner wirklich ein guter Kerl.»

«Er wollte nicht bei seinem spanischen Vornamen gerufen werden, er hat sich wohl für seine Herkunft geschämt», sagte Freeman verächtlich.

«Auf dem Schiff hat er uns gesagt, dass wir ihn Anthony nennen und nie seinen spanischen Vornamen benutzen sollen», erzählte Fraser, der andere schwarze Matrose.

Antonio Vázquez, oder Anthony, schien bei den schwarzen Matrosen nicht sonderlich beliebt zu sein.

«Er hat seinen besten Freund verleugnet. Mehrmals. Weil er Mulatte ist», erklärte ihnen ebenfalls Fraser. «Nein, nicht hier. Während der Ausbildung … In Vieques … Ja, ich habe sie auch dort gemacht.»

Mürrisch vervollständigte Wilson die Informationen, die Castro benötigte, um zu verstehen, was die Matrosen sagten: «Vieques ist eine Nebeninsel von Puerto Rico. Der Tote stammte von dort. Wir haben dort einen Marinestützpunkt.» Er schlug den herablassenden Ton eines Lehrers an, der erklären muss, was sein Gegenüber schon längst wissen sollte, denselben, in dem er erklärt hatte, dass die Regeln der Rassentrennung auch auf den Schiffen galten und die Puerto-Ricaner, die als Bürger eines US-amerikanischen Außengebiets ebenfalls den Militärdienst ableisten mussten, ihnen Probleme mit ihrem «Spektrum von Hautfarben» machten.

«Aber Vázquez war eher weiß, und so haben wir ihn entsprechend zugeordnet», endete Wilsons Erklärung.

«Ich glaube, er ist Funker geworden, um den ganzen Tag in seiner Kabine sitzen zu können, ohne Sonne abzubekommen. Damit er nicht dunkler wurde und sie ihn zu den Negern steckten», bemerkte Aldrin, einer von Vázquez' Kajütengenossen.

«Ein guter Kumpel, ein Freund.» Der das sagte, war ein kräftiger Mann mit kleinen Augen, die in seinem Gesicht versanken wie Kohlestücke im Gesicht eines Schneemanns. Sein Hals war so breit, dass der Übergang zwischen Hals und Kopf kaum auszumachen war.

Er hieß Chuck Kingsley und hatte ebenfalls die Kajüte mit Antonio Vázquez geteilt, den er wie alle anderen Matrosen Anthony nannte. Sein Akzent war für Ana kaum zu verstehen, sodass sie den amerikanischen Dolmetscher um Hilfe bitten musste.

Schwer zu verstehen war auch der Matrose Kowalski. Ana war sich jedoch sicher, mehrmals das Wort «cigarets» im Zusammenhang mit dem Namen «Anthony Vázquez» gehört zu haben. Als sie den Dolmetscher bat, Kowalskis Äußerungen zu übersetzen, warf dieser Wilson einen fragenden Blick zu. Ana und gewiss auch Castro und Sevilla bemerkten Wilsons leichtes Kopfschütteln. Der Dolmetscher erklärte daraufhin, nicht die entsprechenden spanischen Ausdrücke zu kennen.

«Dann wiederholen Sie es doch auf Englisch, Ihren Akzent verstehe ich problemlos.»

Weder der Dolmetscher noch der Militärpolizist und schon gar nicht der Matrose Kowalski, der sie mit stumpfsinnigem Misstrauen ansah, sagten ein Wort.

Castro lehnte sich zurück, angelte sein Tabakpäckchen und

das Zigarettenpapier aus der Jackentasche und drehte sich sorgfältig eine Zigarette, ohne die Amerikaner anzusehen, die erwartungsvoll seine Bewegungen beobachteten. Ohne zu fragen, griff er nach dem Feuerzeug des Militärpolizisten, zündete die Zigarette an, nahm zwei Züge und wendete sich Wilson zu.

«Spielen Sie jetzt bloß nicht den Geheimniskrämer. Wenn schon nicht aus Respekt, dann weil wir den Befehl bekommen haben, zusammenzuarbeiten. Seien Sie so gut und übersetzen Sie, was der Junge da gesagt hat.»

Ana beugte sich hinter dem Inspektor vor, um Wilson besser zu sehen, der seinerseits Castro fixierte. Sevilla hüstelte nervös.

«In Ordnung», brummte Wilson. «Der Matrose Kowalski», ihm wurde ein grollender Blick zuteil, «hat bemerkt, dass Anthony Vázquez sich offenkundig mit dem Verkauf von Zigaretten etwas hinzuverdient hat, weil er eine Verlobte hatte und Geld brauchte.»

«Das ist Schmuggel.»

«Das habe ich nicht gesagt.»

«Das brauchen Sie auch nicht. Es ist trotzdem Schmuggel.»

Sie konfrontierten Chuck Kingsley, der ein guter Freund des Verstorbenen war, mit dieser Information. Er schüttelte energisch den Kopf.

«Wer hat Ihnen das gesagt?», wollte er wissen.

«Die Fragen stellen wir», entgegnete Wilson.

«War es Kowalski? Oder Freeman?»

Kingsley saß vor versteinerten Gesichtern. Es war das erste Mal, dass Castro und Wilson synchron agierten. Fast gleichzeitig zündeten sie sich eine Zigarette an. Der Matrose blickte begehrlich auf die Rauchwolken.

Castro ergriff wieder das Wort. «Fragen Sie ihn, was er über die Verlobte weiß.»

«Welche Verlobte?»

«Kingsley, gehen Sie uns nicht auf die Nerven», fuhr Wilson ihn an. «Welche Verlobte wird es wohl sein? Die von Vázquez. Was wissen Sie von ihr?»

«Wenig.»

«Kingsley.» Es reichte, dass der Militärpolizist ihm mit einem langen Zeigefinger drohte, der noch länger gewesen wäre, wenn ihm das letzte Glied nicht gefehlt hätte. Ein Finger ohne Nagel, wie der Zeigestock eines Lehrers.

«Wenig, ehrlich. Dass er sie bei einer anderen Fahrt kennengelernt hat und dass sie Spanierin ist.»

«Spanierin?»

«Er wollte sie sogar heiraten.»

«Bah», sagte Wilson. «Das sagen sie allen, um sie ins Bett zu bekommen.»

«Nein. Er wollte es wirklich.»

«Und dann lebten sie glücklich bis an ihr Lebensende in einem Häuschen in Puerto Rico. Ganz bestimmt.» Wilson schnalzte verärgert mit der Zunge.

«Dem Bericht zufolge», schaltete Castro sich ein, «hatte der Tote eine Schachtel aus einem Juweliergeschäft dabei.»

Wilson hievte den Aktenkoffer, der an einem Stuhlbein lehnte, auf den Tisch, klappte ihn auf und holte eine rote Schachtel aus dem Juweliergeschäft *El Regulador* hervor.

«Ich wette, dass nur Talmi darin war. Ein paar Glasperlen, damit sie glaubte, was sie glauben wollte, und, entschuldigen Sie, Señorita, die Beine breitmachte.»

«Nein, nein», widersprach Kingsley ungefragt. «Ihm war es Ernst damit.»

Wilson brachte ihn mit einem wütenden Blick zum Schweigen.

«War die Verlobte mit ihm in dem Séparée?», fragte Castro.

«Woher soll ich das wissen, ich war doch gar nicht im Metropolitano», antwortete Kingsley.

«Vielleicht war er mit einer anderen dort. Dafür gibt es ja die Séparées, oder?», bemerkte Wilson.

Kingsley schien diese Anspielung zu kränken.

«Ein Heiliger also.» Wilson gab sich keine Mühe, seinen Überdruss zu verbergen.

Die anderen beiden Kajütenkameraden erinnerten sich vage daran, dass Vázquez eine Verlobte erwähnt hatte.

«Er war sehr zurückhaltend», kommentierte Aldrin.

«Sehr still», sagte der andere.

Als sie beschlossen, die Verhörrunde zu beenden, sagte Wilson: «Kommen Sie mit, wir haben einen kleinen Imbiss für Sie vorbereitet.»

«Könnte ich die Schachtel aus dem Juweliergeschäft mitnehmen?», fragte Castro beim Aufstehen.

«Sicher. Warum nicht?» Wilson ließ sie auf dem Tisch liegen.

Er führte sie in einen nahegelegenen Saal, in dem zwei weiß gekleidete Stewards Sandwiches und Getränke anboten. Ana und Sevilla zögerten nicht lange, Castro musterte das Essen argwöhnisch, bis sein Untergebener mit beiden Backen kauend auf ihn zukam und sagte: «Essen Sie etwas, Chef, Sie haben ja einen leeren Magen.»

Ana musste sich eilig umdrehen, damit Castro nicht sah, wie sie über das perplexe Gesicht grinste, das er angesichts der Frechheit seines Untergebenen zog. Sevilla, verführt von einem Sandwich mit Erdnussbutter, merkte nichts, er war damit beschäftigt, zwei weitere Sandwiches in eine Serviette einzuschlagen und sie mit dem Tempo und dem Geschick eines Taschenspielers in seiner Jackentasche zu verstauen.

In diesem Moment ging die Tür auf, und sowohl Wilson als auch der Dolmetscher und die Stewards nahmen Haltung an. Der Kommandant des Flugzeugträgers betrat mit weiteren Offizieren den Raum. Es war augenscheinlich ein formeller Besuch, und Castro, der offenbar Anas Müdigkeit nach dem langen Dolmetschen bemerkte, sagte, dass sie eine Pause machen könnte.

«Wenn sie möchte, kann die Señorita das Schiff besichtigen», schlug Wilson vor.

«Es lohnt sich», sagte Sevilla.

Ana lehnte das Angebot ab. Obwohl sie neugierig darauf war, den Flugzeugträger anzuschauen, hielten sie zwei Gründe zurück. Zum einen fürchtete sie, dass ihre Beklommenheit zurückkehren würde, wenn ihr die Ausmaße des Schiffs bewusst würden, zum anderen wollte sie wissen, was der Kommandant zu Castro sagte. Wilson bot sich als Übersetzer an, auch der amerikanische Dolmetscher bekam eine Pause.

Ein Steward, der mit seinem pausbäckigen Gesicht aussah wie ein Kommunionkind im weißen Anzug, brachte ihr Getränke und etwas zu essen. Ana versuchte diskret, etwas von dem Gespräch zwischen Castro und dem Kommandanten zu erhaschen, aber der amerikanische Dolmetscher kam auf sie zu und hatte offenbar Lust, sich zu unterhalten.

«Sie sprechen sehr gut englisch.»

Ana bedankte sich, während sie einzelne Worte aufschnappte, aus denen sie ableitete, dass der Kommandant wissen wollte, welche Schlüsse der Inspektor aus den Verhören gezogen hatte.

«Aber ich sehe, dass Sie mehr dem britischen Englisch zugeneigt sind.»

«Das hat sich aus den Umständen ergeben», antwortete sie zerstreut, während sie zuhörte, wie Castro dem Kommandanten erklärte, dass es zu früh für Schlussfolgerungen sei und man noch weiter ermitteln müsse.

«Ich habe in Puerto Rico Spanisch gelernt, auf dem Stützpunkt», teilte ihr der Dolmetscher mit.

«Ach, dann sind Sie gar kein Muttersprachler?»

Der Kommandant legte Castro nahe, seine Ermittlungen auf die spanischen Beteiligten der Schlägerei zu konzentrieren. Zu Anas Erleichterung beschränkte sich Castro darauf, sich für den Vorschlag zu bedanken.

Deshalb lächelte sie ihrem Gesprächspartner zu, anscheinend gerade an der richtigen Stelle, obgleich sie ihm nicht zugehört hatte. Dieser lächelte geschmeichelt zurück.

«Erstaunlich, nicht wahr?»

Sie lächelte wieder, und ihr blieb nichts anderes übrig, als die eher fade Geschichte seines Spracherwerbs anzuhören. Vielleicht war das ständige Übersetzen fremder Äußerungen daran schuld, dass der Mann nicht mehr in der Lage war, seine eigene Geschichte mit einem Hauch von Lebendigkeit zu erzählen.

Der Dolmetscher gab Ana erst wieder frei, als das Gespräch zwischen Castro und dem Kommandanten beendet war. Der Kommandant schien mit dem Ergebnis nicht zufrieden, der vorwurfsvolle Blick, den er Wilson zuwarf, sprach Bände.

Castro folge Sevillas Rat und nahm zwei Sandwiches. Als er sie verspeist hatte, ging er auf Wilson zu.

«Wir haben noch nicht mit den beiden Militärpolizisten gesprochen, die die Schlägerei aufgelöst haben. Ich dachte, sie wären ebenfalls hier.»

«Sie sind an Land.»

«Dann werde ich mit ihnen an Land sprechen. Vielleicht könnten sie, falls sie nicht allzu beschäftig sind», fügte er ironisch hinzu, «heute Nachmittag ins Präsidium kommen.»

«Ich werde ihnen persönlich Bescheid sagen. Um wie viel Uhr?»

«Um fünf. Und jetzt würde ich gerne den Leichnam sehen.»

Mit finsterem Lächeln antwortete Wilson: «Selbstverständlich. Aber er befindet sich nicht hier, sondern auf der USS Fiske. Wir können Sie mit einem der Schnellbote hinüberbringen.»

Castro sah ihn kalt an. «Nicht nötig. Schießen Sie mir einfach ein paar weitere Fotos. Machen Sie Gebrauch von Ihren modernen Apparaten, wenn Sie sie schon einmal haben.»

* * *

Bei der Rückfahrt zur Mole war das Meer weiterhin unruhig, aber es schien dem Inspektor nichts auszumachen, er betrachtete die kleiner werdende Silhouette des Flugzeugträgers, das Kinn zufrieden und überheblich vorgeschoben. Ana hatte den Verdacht, dass seine Zufriedenheit nicht von den Informationen herrührte, die er bei den Verhören der amerikanischen Matrosen erhalten hatte. Es steckte mehr dahinter.

Und damit lag sie nicht falsch. Sobald sie wieder den Fuß an Land gesetzt hatten und das Boot umkehrte, rief Castro aus: «Dieser Wilson hat den Tag Vorsprung genutzt, um die Matrosen zu instruieren. Sie hatten ihre Lektion bestens gelernt.»

«Und alles brav nachgebetet, was er ihnen gesagt hat», sekundierte Sevilla.

«Da wissen wir aber schon ein bisschen mehr über die

Schlägerei im Metropolitano. Im Moment sieben amerikanische Matrosen, darunter der Tote, zwei Kellner, drei Stammgäste, vier Frauen, alles Bordsteinschwalben. Francisca Gómez alias Paca, Dolores Canals, bekannt unter dem Namen Loli die Mallorquinerin, Julia Giralt und Josefina Bermudo, die häufig Amerikaner bedient, vor allem Neger, deshalb wird sie die Schwarze Madonna genannt.»

«Mit anderen Worten: Sie haben ebenfalls auf eigene Faust ermittelt», sagte Ana.

Castro antwortete nicht, aber das war auch nicht nötig, der Blick, mit dem er Sevilla ansah, sagte genug.

«Und diese Information haben Sie nicht mit Ihrem amerikanischen Kollegen geteilt.»

«Ich bin eben nicht so ein Wichtigtuer wie dieser Amerikaner.» Der Inspektor überhörte den leichten Vorwurf in Anas Worten. «Alle Welt brüstet sich mit ihrem Wissen. Schon manches Großmaul ist in einer Zelle gelandet, weil es seinen erfolgreichen Coup nicht für sich behalten konnte.»

«Das glaube ich Ihnen», entgegnete Ana und hoffte, dass er sie in seinen Plan einweihen würde.

Doch Castro verfiel in Schweigen. Sevilla ging links von ihm, Ana rechts, ohne zu wissen, ob sie sich schon verabschieden sollte. Die Neugier riet ihr, ihn weiter zu begleiten. Kurz vor den Ramblas beorderte Castro seinen Untergebenen ins Präsidium. Sevilla machte sich gehorsam auf den Weg. Nach ein paar Schritten zog er eins der Erdnussbutter-Sandwiches aus der Jackentasche und biss herzhaft hinein. Der Inspektor bemerkte es und zitierte ihn herbei. Kauend kam Sevilla wieder zurück.

«Chef?»

«Du solltest dich wirklich schämen. Auf dem Schiff habe

ich nichts gesagt, weil ich es denen nicht unter die Nase reiben wollte.»

Sevilla riss erstaunt die Augen auf und sagte mit vollem Mund: «Was denn unter die Nase reiben?»

«Dass wir tatsächlich Bauerntölpel ohne Manieren sind. Findest du es etwa richtig, dass ein Beamter der *Brigada de Investigación Criminal* sich bei den Amerikanern die Taschen mit gestohlenen Sandwiches vollstopft? Wir sind Polizisten, keine hungerleidenden Künstler! Wir repräsentieren Spanien. Oder kommst du mit deinem Gehalt nicht aus?»

Sevilla schluckte stumm den Bissen herunter.

«Der amerikanische Kommandant erklärt mir, wie ich den Fall zu lösen habe, der Militärpolizist protzt mit seinem Aufnahmeapparat herum, die Matrosen leiden alle unter Gedächtnisverlust, und jetzt machst du auch noch den Affen.»

«Aber, Chef ...», setzte Sevilla kläglich an.

«Dass mir das nie wieder vorkommt. Verschwinde.»

Castro wandte ihm den Rücken zu und ging, Sevilla entfernte sich in die entgegengesetzte Richtung. Nach Castros Standpauke hatte Ana Mitleid mit ihm und drehte sich um, um ihm nachzusehen. Nach wenigen Schritten machte Sevilla dieselbe Bewegung wie zuvor, steckte die Hand in die Manteltasche, holte das angebissene Sandwich hervor und schlug die Zähne hinein.

«Er isst in aller Seelenruhe weiter, stimmt's?», fragte Castro sie, ohne den Kopf zu drehen.

«Ja.»

Castro schnalzte verächtlich mit der Zunge.

Bei der Kolumbus-Statue blieb der Inspektor abrupt stehen. Ana folgte der Richtung seines Blicks. El Minuteros, der Touristen-Fotograf, breitete am Fuß der Säule, seinem üblichen Standort, schon seine Requisiten aus: Torero-Jacken und Flamenco-Hemden, in denen sich die Amerikaner bei ihren Landgängen fotografieren ließen, um das Foto anschließend nach Hause zu schicken.

«Sie fragen sich sicher, ob heute noch etwas passieren wird.»

Castros Äußerung verblüffte sie so sehr, dass sie nur nickte und fragte: «Woher wissen Sie das?»

«Vor einiger Zeit hätte ich Ihnen geantwortet: ‹Weil ich Galicier bin.› Aber inzwischen kennen wir uns schon ein paar Jahre, und ich weiß einfach, dass Sie sehr neugierig sind. Und da Sie mir bei der Übersetzung geholfen haben, habe ich überlegt, ob Sie vielleicht Lust hätten, mich auch bei der nächsten Befragung zu begleiten.»

Ana lächelte ihn an. Zu ihrem Erstaunen sagte Castro brüsk: «Also, kommen Sie nun mit oder nicht?»

«Ja … Ja, sicher.»

Castro setzte sich wieder in Marsch, diesmal schritt er zügig aus.

«Wir gehen zum Juweliergeschäft *El Regulador*.»

Der Laden lag im Erdgeschoss eines Stadtpalastes an der Rambla de las Flores, Ecke Calle del Carmen. Auf der Promenade zwischen den Fahrbahnen gingen sie die Ramblas hinauf. Hinter den Häusern auf der linken Straßenseite lag die schlechte Seite der Ramblas. Bog man in eins der Sträßchen, landete man prompt im düsteren Gassengewirr des Barrio Chino, wo der tote Matrose gefunden worden war.

«Merkwürdig, dass so viele Matrosen sich nicht daran erinnern, Vázquez gesehen zu haben, nicht wahr?», bemerkte Ana.

«Ja, das ist mir auch aufgefallen. Ich weiß nicht, ob es Teil der Farce ist oder ein Fehler im Drehbuch.»

«Welche Farce?»

«Nun ja, sie haben uns genau das erzählt, was den amerikanischen Militärs am besten in den Kram passt.»

«Dass es spanische Gäste der Bar waren, die mit der Schlägerei begonnen haben und der Täter daher ein Spanier sein könnte.»

«Aber etwas haben wir herausbekommen. Anscheinend hat unser Señor Antonio sich mit dem Verkauf von Zigaretten etwas hinzuverdient. Was uns zu diesem Schächtelchen führt.»

Er fuhr mit der Hand in die Manteltasche und holte das Schmucketui hervor, das der Tote bei sich gehabt hatte. Im Gehen legte er es sich auf die Handfläche und zeigte es Ana.

Die Schachtel aus dunkelrotem Karton mit goldenen Rändern wirkte in Castros Hand zerbrechlich. Ana versuchte sich vorzustellen, wie er, eine ähnliche Schachtel in der Hand, seiner Frau einen Antrag gemacht hatte. Sie hob den Blick und musterte sein Profil, die an der Wurzel plattgedrückte Nase, die dünnen, farblosen Lippen. Nein, Castro auf Freiersfüßen war unvorstellbar, aber irgendwie musste er es ja gemacht haben. Wie seine Frau wohl hieß?

Der kalte Wind, der vom Hafen die Ramblas hinaufblies, trieb sie zur Eile an. Die meisten Passanten hatten die Schultern in der Kälte hochgezogen, Castro hingegen ging aufrecht, den kleinen Kopf über dem aufgestellten Kragen seines Trenchcoats hoch erhoben.

Von einem Maronenstand schlug ihnen ein tröstlicher Duft entgegen. Ana bedauerte, keine Maronen zu mögen. Sie lebten in Zeiten des Wohlstands, dachte Ana, vor nicht allzu langer Zeit war es noch undenkbar gewesen, irgendein Essen nicht zu mögen.

Eine Frau war dabei, ihre beiden Kinder auf der Gratis-Waage an der Ecke zur Calle del Carmen zu wiegen.

«Zieh die Schuhe aus», befahl sie einem dünnen Jungen mit Segelohren.

Sie schälte den Jungen aus seinem Mantel und reichte ihn dem anderen Kind. Anschließend zog sie ihm den Pullover über den Kopf, sodass der Junge schließlich in Hosen und Unterhemd dastand.

«Nun mach schon.»

Die Art, wie der Junge hinaufstieg und ängstlich das enorme Ziffernblatt der roten Metallwaage beäugte, machte deutlich, dass es hier ein Ziel zu erreichen galt.

«Dreißig», rief der Junge begeistert.

Die Mutter kniff ihn zärtlich in die Wange und half ihm hinunter, damit das andere Kind sich ebenfalls wiegen konnte.

Castro hielt Ana die Tür zum Juweliergeschäft auf. Es schien, als habe der Laden alles Licht, das draußen auf den herbstlichen Straßen fehlte, in seinem Inneren gebündelt. Die hohen Schaufenster ließen es hinein, damit die Deckenlampen und der Marmorboden es zurückwerfen konnten und es sich in den Glastüren der Vitrinen, den Schmuckstücken aus Gold und Silber, den Uhrgläsern und den Edelsteinen der Ringe, Armbänder, Colliers und Diademe tausendfach brach.

Hinter der Ladentheke warf ihnen der Verkäufer einen jener misstrauischen Blicke zu, mit denen Juweliere die Kunden zu bedenken pflegen, an deren Kaufkraft sie zweifeln. Sein Argwohn prallte auf den des Inspektors. Der Argwohn des Verkäufers war berufsbedingt, Castros hingegen angeboren, daher war es der Juwelier, der sich geschlagen gab und beflissen auf sie zukam. Die Aufmerksamkeit verwandelte sich augenblicklich in Unterwürfigkeit, als Castro ihm seinen Ausweis zeigte.

Der Inspektor angelte die Schachtel aus seiner Manteltasche, der Verkäufer beobachtete seine Hände, als sehe er einem Zauberer zu. Ein zufriedener Ausruf entfuhr ihm, als er die Schachtel erkannte. Unwillkürlich blickte er zu Ana hinüber, doch sofort ließ er den Gedanken fallen und bemerkte: «Ein Etui für Verlobungsringe.»

Castro öffnete es. Der Verkäufer schien ein wenig enttäuscht darüber, dass es leer war. Er sah den Polizisten an.

«Wir haben es in den Hinterlassenschaften eines amerikanischen Matrosen gefunden», sagte der Inspektor.

«Ja. Ich habe kürzlich einen Ring an einen Matrosen verkauft. Ein schönes Stück. Ein Solitär aus Weißgold mit einem Smaragd. Sehr rein.»

«Teuer?»

Er nannte ihnen den Preis.

«Das ist viel Geld», bemerkte Ana.

«Nun ja, die Jungen von den amerikanischen Schiffen werfen mit Geld nur so um sich. Obwohl sie hier», er deutete mit einer Geste auf die hohen Deckengewölbe des Geschäfts und schaffte es, seine Augen von dem leeren Etui loszureißen, «höchstens einmal ein Kettchen oder ein Armband kaufen, das vermutlich im nächsten Pfandhaus landet, sobald sie wieder an Bord sind.»

«Aber dieser hier hat einen Verlobungsring gekauft», entgegnete Ana.

«Ja, er war anders. Er sprach spanisch, weil er Südamerikaner war. Aber er war genauso eingebildet und großmäulig wie die Übrigen. Er kam herein, als ob er den gesamten Laden mit dem, was er in der Hosentasche hatte, aufkaufen könnte.» Der Verkäufer blickte zur Tür, als würde der amerikanische Matrose gerade hineinspazieren.

«Aber als ich ihm die Preise nannte, kam er ziemlich schnell auf den Boden zurück. Am Ende hat er ihn doch gekauft, obwohl ich das Gefühl hatte, dass er ihn den letzten Centavo gekostet hat.»

«Hat er etwas über die Frau gesagt, der er den Ring schenken wollte?», fragte Castro.

«Allerdings. Sie wissen schon, entweder handeln die Männer in dieser Situation mehr oder weniger aus Pflichtgefühl und sagen keinen Piep, oder sie kommen in voller Überzeugung, und dann singen sie Boleros.»

«Und dieser hier?»

«Noch schlimmer. Wie gesagt, er war Südamerikaner.»

«Aber was hat er denn nun gesagt?» Castro wurde ungeduldig.

«Na, was soll er schon gesagt haben? Dass das Mädchen sehr hübsch ist, dass sie heiraten werden, dass sie zusammenleben werden …»

«Erinnern Sie sich daran, wie er es formuliert hat?», fragte Ana, bevor Castro weitaus unhöflicher fragen würde.

«Na gut, dasselbe, aber kitschiger. Dass der Ring aus Weißgold sein müsse, weil sie so rein sei, dass sie noch nicht einmal der schmutzigste Schlamm beschmutzen könne, etwas in der Art. Dass es ein Smaragd sein müsse, weil sie auf seiner grünen Insel leben würden …»

«Sie erinnern sich doch ganz gut», kommentierte Castro.

«Es ist erst ein paar Tage her, und schon überraschend, wenn ein riesiger Kerl in Uniform plötzlich anfängt, so blumig zu reden.»

«Bekanntlich wurden die besten und auch die schlechtesten Liebesgedichte von Männern verfasst», warf Ana ein.

«Und wie es aussieht, ist es den Frauen egal. Hauptsache, es reimt sich», gab der Verkäufer zurück.

«An welchem Tag war er hier?», kam Castro auf den Fall zurück.

«Da muss ich nachschauen. Kommen Sie doch bitte mit.»

Auch wenn die anderen Kunden und Verkäufer im Juweliergeschäft sich bemühten, Desinteresse zu heucheln, hatten sie aufmerksam das Gespräch verfolgt. Der Verkäufer führte sie ins Hinterzimmer und schlug ein großes Kontobuch auf. Er blätterte einige Seiten zurück, bis er den gesuchten Eintrag fand. Ana registrierte erstaunt, wie viele Schmuckstücke in diesen wenigen Tagen verkauft worden waren.

«Da haben wir es. Der Ring wurde am vergangenen Samstag verkauft.»

«Haben Sie ein Foto des Rings?»

«Ein Foto nicht, aber eine Zeichnung.» Er wandte sich den hinteren Räumen zu, in denen sich die Werkstatt befand, und rief: «Ramonet, komm mal her.»

Ein Junge, sicher ein Lehrling, kam blinzelnd hervor. Der Verkäufer bat ihn, ihnen die Zeichnung zu bringen.

Einige Minuten später standen sie wieder auf der Straße. Sie gingen die Ramblas weiter in Richtung Plaza de Cataluña hinauf. Castro betrachtete grübelnd den Entwurf des Rings. Ana beobachtete, wie zwei Männer sich bei seinem Anblick die Mützen tiefer ins Gesicht zogen, den breiten Gehweg verließen und eilig in eine Seitenstraße abbogen. Castro schien es nicht einmal zu bemerken.

«Sieht so aus, als sei es ihm tatsächlich ernst mit der Verlobung gewesen.»

«Oder er war ein echter Aufschneider.»

«In dem Fall hätte, wie der Verkäufer sagte, ein Armbändchen gereicht.» Er zog eine fertiggedrehte Zigarette aus der Jackentasche und zündete sie an. «Spanischer Tabak, damit der Parfümgestank von diesem Typen aus dem Juwelierladen endlich verschwindet. Nein, der Ring, das Etui, das, was er beim Kauf sagte, alles deutet darauf hin, dass es ihm ernst war. Vielleicht zu ernst – und das hat jemandem nicht gefallen.»

«Wem?»

«Viele Mädchen mögen die Amerikaner. Ihre Familien aber nicht.»

«Vermuten Sie, dass ein Angehöriger der Verlobten ihn getötet hat? Der Vater? Der Bruder vielleicht?» Ana konnte ihren spöttischen Ton nicht unterdrücken.

«Machen Sie sich nicht darüber lustig, Señorita Martí, gerade Sie müssten doch am besten wissen, wie häufig solche Verbrechen sind.»

Sie hatten die Plaza de Cataluña erreicht. Dort trennten sich ihre Wege, aber Castro war noch nicht fertig und blieb mitten auf dem Platz stehen.

«Vielleicht hatte das Mädchen schon einen Verlobten.»

«Vergessen Sie nicht, Inspektor, Vázquez starb bei einer Schlägerei zwischen amerikanischen Matrosen.»

«Möglicherweise war der Verlobte des Mädchens kein Spanier, sondern Amerikaner.»

«Ich sehe schon, Sie tendieren zu einer – sagen wir – romantischen Erklärung.»

Castro ignorierte ihren Spott und erinnerte sie daran, dass sie sich um fünf im Präsidium treffen würden, um mit den beiden Militärpolizisten zu sprechen, die Vázquez gefunden hatten.

«Seien Sie pünktlich, auch wenn die es nicht sind.»

Castro strotzte nur so vor moralischer Überheblichkeit, dachte Ana.

Sie überquerte die Plaza de Cataluña und machte einen

Bogen um einen Taubenschwarm, den eine Sechsjährige mit altmodischen Korkenzieherlocken mit Brotstücken fütterte, das Kindermädchen dicht an ihrer Seite. Zwei zerlumpte Jungen schauten ihr zu, während sie sich auf einer Bank ein trockenes Brötchen teilten. Die Tauben ignorierten die beiden geflissentlich, wahrscheinlich wussten sie genau, dass dort kein Krümel zu erwarten war.

8

Beatriz schloss die müden Augen und ließ den Kopf in die Hände sinken, mit den Daumen massierte sie ihre Nasenwurzel, bis die Müdigkeit etwas nachließ. Sie atmete den Geruch ihrer Hände ein: Tinte, Graphit und ein Hauch von Seife. Ein Arbeitstag. Sie hatte den Text stundenlang Korrektur gelesen und verbessert. Das vorletzte Kapitel.

Sie hob den Kopf und sah zum Fenster. Es war schon dunkel geworden, die Laternen auf der Rambla de Cataluña warfen ihr Licht auf die Gehwege und das gelbe Laub der Bäume. Sie hörte nun die Stimmen auf der Straße, die bis dahin von der Stimme ihres Textes übertönt worden waren. Wahrscheinlich gehörten sie Besuchern, die aus dem nahen Kino Alexandra kamen und jetzt genauso wie sie in die Wirklichkeit zurückkehrten. Vielleicht auch genauso ungern wie sie.

Im Laufe der Jahre hatte sie gelernt, dass Arbeit keinen wirklichen Trost bot, aber ablenkte. Sich in die Arbeit zu versenken, war ein Schmerzmittel, das betäubte, aber nicht heilte.

Sie nahm die Geräusche der Wohnung wahr, während ihr Blick durch das dunkle Zimmer wanderte und schließlich an der geschlossenen Tür hängenblieb. Dahinter hörte sie Luisas gedämpftes Rumoren, ihre Anwesenheit war stets zu hören, selbst wenn sie untätig war. Denn wann immer sie einen freien Moment hatte, saß sie vor dem Radio: Neben dem eigenen Zimmer war es die Aussicht auf ein eigenes Radiogerät gewesen, die Luisa dazu gebracht hatte, aus der engen elterlichen Wohnung in Carmelo zu ihnen zu ziehen.

Und sie hörte Ana. Sie hatte ihre Ankunft nicht bemerkt, doch sie wusste, dass sie zu Hause war. Ihre Unruhe ließ die Luft vibrieren. Anders als sie selbst war Ana nicht in der Lage, viele Stunden still am Schreibtisch zu verbringen. Sie musste sich bewegen, in ihrem Arbeitszimmer etwas schreiben, im Wohnzimmer lesen, ins Bügelzimmer gehen und mit Luisa plaudern, ins Arbeitszimmer zurückkehren, zwischendurch in der Küche ein Glas Wasser trinken, jemanden anrufen. Jetzt sprach sie in der Küche mit Luisa, sicherlich über das Abendessen. Bald war es Zeit dafür.

Sie stand auf und räumte ihren Schreibtisch auf. Beim Essen würde sie Ana nach diesem Lawrence, dem Englischlehrer, fragen, an dem ihre Cousine so interessiert schien. Beatriz machte es Sorgen, dass er ein Fremder war, ein Zugvogel. Andererseits war sie wirklich die Letzte, die ein Urteil in Sachen hoffnungslose Liebesbeziehungen fällen sollte.

Vielleicht hatte Ana diesmal mehr Glück als in den letzten Jahren.

«Ich mache ihnen Angst, Beatriz», hatte sie einmal geklagt. Und das stimmte: Sie zog die Männer an und schüchterte sie gleichzeitig ein.

Aber diesmal möglicherweise nicht.

Vielleicht würde Beatriz heute endlich mit ihrer Cousine sprechen, sie hatte ihr viel zu erzählen. Über die Vergangenheit und die Zukunft. Sie müsste nur einfach ihren Mut zusammennehmen.

«Kaum zu glauben, dass gerade mir die Worte fehlen», dachte sie schmunzelnd. Sie sah zu den Bücherregalen, die die Wände des Zimmers bedeckten. Möglicherweise fand sie in einem der Bände die richtigen Worte. Aber als wollten sie sich dem Auftrag entziehen, schienen sich die Bücher in dem nur von der Schreibtischlampe erhellten Raum in den Schatten zu verkriechen.

Ein schrilles Klingeln ließ sie zusammenzucken. Das Telefon.

Beatriz blieb sitzen. Nur selten war es für sie. Auf dem Flur waren Anas flinke Schritte zu hören.

* * *

«Aneta, meine Liebe! Wie gut, dass ich dich zu Hause antreffe!»

Die volltönende Stimme von Joaquín Muñárriz, deren Singsang am Telefon noch stärker wurde. Muñárriz liebte es zu telefonieren. In seinem Büro in der Redaktion von *Mujer Actual* hatte er zwei Telefone. Ein schwarzes für die inländischen Telefonate und ein weißes, erstanden in Paris, für die Auslandsgespräche. Um mit Alain, Sofia oder Tony zu plaudern, wie er Delon, Loren oder Curtis nannte, sofern die schlechten Verbindungen es erlaubten. Die Nummer des weißen Telefons hatten nur seine ausländischen Freunde und ein kleiner Kreis ausgewählter Personen in Spanien.

Als Sohn eines Diplomaten war er ein eingefleischter Kosmopolit, er war gebildet und sprach fließend mehrere Sprachen, in einem Land, in dem Fremdsprachenkenntnisse nur Verachtung oder Misstrauen hervorriefen. Außerdem war er homosexuell. Einige Male war er wegen «ungebührlichen Benehmens» und «naturwidriger Handlungen» verhaftet worden. Seine guten Kontakte hatten ihn zwar noch jedes Mal aus der Zelle geholt, konnten ihm aber die Demütigungen nicht ersparen, über deren Einzelheiten er sich ausschwieg und die ihn stets für einige Tage elend zurichteten. Um darüber hinwegzukommen, lud er dann zu einem Fest im Rigat ein, einem der elegantesten Restaurants der Stadt, doch weder die opulente Ausschmückung des Festsaals noch die funkelnden Juwelen seiner Gäste oder der beste Champagner konnten dafür sorgen, dass er die Erniedrigung vergaß, und so hatte sich eine gewisse Melancholie auf sein offenes Wesen gelegt.

Gerade erzählte er Ana bewegt von einer Begegnung mit der Schauspielerin Amparo Rivelles, die sie selbst einmal für die Zeitschrift interviewt hatte. Vor zwei Wochen hatte Ana ihren letzten Artikel abgeliefert, sie hoffte, dass sein Anruf einen neuen Auftrag für sie bedeutete. Joaquín Muñárriz war am Ende seiner Erzählung angelangt. Ana schlug eine Seite auf, um den neuen Auftrag zu notieren, und blätterte anschließend erstaunt ein paar Seiten zurück, denn Muñárriz bat sie um eine kleine Reportage über die *Schwesternschaft der Verehrerinnen der heiligen Maria Magdalena* und die wohltätige Arbeit des Nähateliers von Aurora Peiró.

«Das ist ja interessant.»

«Du brauchst dich nicht zu wundern, ich weiß schon, dass du über den traurigen Tod eines ihrer Schützlinge schreibst, für diese entsetzliche Chronik menschlichen Elends, für die du ebenfalls arbeitest.» Muñárriz übertrieb die Abscheu in seinem Ton.

Ana stellte sich vor, wie er den Hörer des weißen Telefons streichelte, damit es klingelte, ein Anruf aus dem Ausland, jemand, der ihn *Darling*, *Mon chéri* oder *Carissimo* nannte, etwas anderes als das fade «Señor Muñárriz», das gewöhnlich aus dem schwarzen Bakelithörer tönte.

Aber jetzt war das schwarze Telefon an der Reihe und damit ein ernster, düsterer Ton: «Da sich böswillige Gerüchte kaum vermeiden lassen werden, hält Doña Engracia es für angebracht, dass eine Reportage erscheint, welche die verdienstvolle Arbeit der Schwesternschaft in dem hellen Licht zeigt, das ihr gebührt.»

«Doña Engracia? Doch wohl nicht Engracia Gómez de Urquiza?»

Ana wusste nicht, was zuerst da war, das Missfallen in ihrer Stimme oder die Grimasse, die sie zog, während sie den Namen aussprach. Sie sah die Frau vor sich: hager, spröde, arrogant – und eine der einflussreichsten Damen der Barceloneser Gesellschaft.

«Sie ist die Vorsitzende der Schwesternschaft. Sie hat mich heute angerufen und mir ihr großes Interesse an einer Reportage bekundet.»

Sag lieber, sie hat eine Reportage angeordnet, dachte Ana. Engracia Gómez de Urquiza fragte nicht an, sie befahl, wie es ihre Familie, alter kantabrischer Adel, schon seit Urzeiten tat. Ana machte sich nichts vor: Wenn Doña Engracia Muñárriz einen Artikel befohlen hatte, galt der Befehl auch für sie.

«Wann müsste sie fertig sein?»

«Ich würde sie gern in der nächsten Ausgabe veröffentlichen.»

«Sie hat dich ja mächtig unter Druck gesetzt.»

«Aneta, sei nicht so. Du weißt doch, wie übel sie einem mitspielen kann. Am liebsten wäre sie die Pilar Primo de Rivera von Barcelona.»

Die Schwester des toten Falange-Gründers war Vorsitzende der Frauenorganisation der Partei und für ihre kompromisslose Linientreue berüchtigt.

«Oder die Carmen Polo, wenn es nicht Blasphemie wäre, sich mit Francos Gattin gleichsetzen zu wollen.»

Muñárriz ließ ein boshaftes Lachen hören, das jäh endete, als er hinzufügte: «Und die Señora wünscht, dass wir auch über die Kinder berichten.»

«Welche Kinder?»

«Die Kinder der jungen Frauen. Die Früchte ihrer Sünde. Sie sind in einem Heim.»

Der Chef von *Mujer Actual* agierte mit ironischer Distanz, vor der Ana sich genauso hüten musste wie vor Enrique Rubios konformistischem Pragmatismus, wenn sie Texte schreiben wollte, die sie noch als ihre eigenen wiedererkennen wollte. Wie andere Kollegen, die unter dem Diktat der Zensur arbeiteten, hatte sie in der Form Zuflucht gesucht, wenn sie schon den Inhalt nicht frei wählen konnte. Sie kompensierte die Unterdrückung mit der Jagd nach Rechtschreibfehlern, mit der Abscheu vor einem geschwollenen, floskelhaften Stil und dem besessenen Ringen um einen präzisen Ausdruck.

«Welches Heim ist es?»

«Es heißt Herz Jesu und ist in Esplugas de Llobregat. Nicht direkt im Dorf, auf einem der Hügel.»

Ana notierte sich die Wegbeschreibung.

«Kann ich dein Auto nehmen?»

Sie hatte wenig Lust, die Fahrt mit dem Bus zu machen, denn das würde bedeuten, dass sie an der Plaza de Cataluña den Bus nach Cornellá nehmen müsste, der den gesamten Norden der Stadt durchquerte und durch die Felder bis nach Esplugas juckelte. Von dort aus müsste sie danach auf irgendeine Weise zur Schule gelangen. Vermutlich zu Fuß.

«Einverstanden. Aber versprich mir, dass du diesen Stockfisch von Gómez de Urquiza nicht einsteigen lässt.»

«Das hätte mir gerade noch gefehlt. Sie die ganze Zeit neben mir.»

«Neben dir ganz bestimmt nicht. Señora Gómez de Urquiza sitzt immer im Fond», lachte Muñárriz, «steif wie ein Besenstiel, den Blick gerade nach vorn gerichtet.»

So kannte sie auch Ana. Steif und starr. Ausgelaugt von sechs Schwangerschaften. Schwere Geburten, hieß es. Ganz wie bei Isabella II.: eine üble Nacht und dann doch wieder nur ein Mädchen. Die ersten fünf, alle Mädchen, wurde Doña Engracia los, als sie alt genug fürs Internat waren, und so konnte sie ihre gesamte Aufmerksamkeit dem sechsten, einem Jungen, widmen, dem Erben, den sie endlich ihrem Mann hatte schenken können.

«Er rührt sie nun nicht mehr an, und sie muss nicht mehr ertragen, dass er sie anrührt. Er hält sich eine Geliebte in einer Wohnung in Sarriá, und sie hat die Schwesternschaft und fünf Töchter in der Schweiz, die zu Weihnachten und Ostern nach Hause kommen, bis sie von ihr verheiratet werden», informierte sie Muñárriz maliziös. «Mach Fotos, Aneta. Fotos von fröhlichen Kindern. Spielende Kinder oder lernende Kinder. Oder betende Kinder, meinetwegen. Soll ich dir einen Fotografen schicken? Oder willst du selbst fotografieren?»

Weder das eine noch das andere. Lawrence war Fotograf. Sie würde ihn bitten, sie zu begleiten. Sie hatte einen Beifahrer.

9

Hätten Sie nicht in Zivil kommen können?» Castro hatte Wilson schon von weitem gesehen, aber er begrüßte ihn erst, als er auf seiner Höhe angelangt war. Der Militärpolizist schüttelte den Kopf.

«Es ist Pflicht. Für uns allä.»

«Ja, ja», murmelte Sevilla, einen Zahnstocher zwischen den Zähnen.

Castro und er hatten gerade einen Kaffee in einer Kneipe in der Calle Escudellers getrunken, der Einfallschneise der amerikanischen Marinesoldaten in die Stadt. Sie warteten auf Wilson vor dem Café Cosmos, in dem, wie allgemein bekannt war, die Matrosen Spinde mieten konnten, um ihre Uniform aufzubewahren, während sie in Zivilkleidung unterwegs waren. Vielen Mädchen gefielen die Amerikaner, aber sie wollten häufig nicht, dass alle Welt wusste, wenn sie mit einem von ihnen ausgingen, weil die Marinesoldaten als unstete Schürzenjäger galten. Die Uniformen waren sehr auffällig, weiß im Sommer, dunkelblau im Winter.

Wilson hatte überdies einen Ärmelstreifen, der ihn als Militärpolizisten der US-Navy auswies.

«Wir fallen auf wie bunte Hunde», fügte Sevilla hinzu und schob den Zahnstocher auf die andere Seite. Regen tropfte auf seinen hellgrauen Hut.

Castro zog seinen tiefer ins Gesicht, um die Augen zu schützen. Die kalten Tropfen schlugen auf die Mütze des

Amerikaners. Im Dienst hatte niemand einen Regenschirm bei sich, denn es war nie vorauszusehen, wann man die Hände frei haben musste.

Sie machten sich auf den Weg in die Calle Conde del Asalto, auf der anderen Seite der Ramblas. Castro, der in der Mitte ging, stellte zufrieden fest, dass die Passanten ihnen auswichen und in Grüppchen auseinanderdrifteten wie Eisschollen vor dem Bug eines Eisbrechers.

«Haben Sie die Fotos dabei?», fragte Castro.

«Welche Fotos?»

«Ich warte immer noch auf die Fotos von Vázquez' Leiche. Oder ist Ihr Labor vorrangig damit beschäftigt, Fotos von Flamencotänzerinnen zu entwickeln?»

Castro konnte nicht sagen, ob Wilson seinen Sarkasmus bemerkte.

«Ich weiß nicht, warum sie so lange brauchen. Ich werde die Fotos anfordern. Wie waren die Gespräche mit meinen Kollegen?»

«Sehr pünktlich, Ihre Jungs.»

Wilson sah ihn an, er wusste nichts mit dieser Äußerung anzufangen.

«Also ist alles in Ordnung?»

Castro grummelte ein Ja. Er hatte keine Lust, Wilson zu erzählen, dass das Gespräch mit seinen beiden Männern reine Zeitverschwendung gewesen war. Beide hatten berichtet, dass ein Streifenpolizist sie alarmierte hatte, während sie mit ihrem Jeep auf den Ramblas Patrouille fuhren. Als sie in der Bar eintrafen, waren nur noch wenige Amerikaner dort, aber sie prügelten sich immer noch, mit viel Aufwand und wenig Wirkung, da sie betrunken waren. Die Beamten lösten die Schlägerei auf. Als Verstärkung ankam, hatten sie bereits die

Matrosen in ihren Jeep verfrachtet, um sie in die «Ruhezone», wie sie ihr Quartier in der Calle Hospitalet nannten, zu bringen. Sie hatten das Lokal durchsucht, um sicher zu sein, niemanden übersehen zu haben. Dabei waren sie auf den toten Vázquez gestoßen. Die im Lokal anwesenden Spanier hatten die Beine in die Hand genommen, sobald die amerikanischen Militärpolizisten aufgetaucht waren.

Castro hatte alle Beteiligten und Zeugen ins Metropolitano bestellt. Sevilla hatte sich an die Anweisungen seines Chefs gehalten und angedroht, jeden, den sie extra herbeiholen müssten, zu verhaften und umstandslos für schuldig zu erklären. Das war das übliche Verfahren. Wilson kannte es vielleicht nicht, doch diejenigen, die im Metropolitano auf sie warteten, auf jeden Fall. Sie hielten die Luft an, als die Polizisten den Raum betraten. Vier verschlafene Frauen, um einen Tisch auf der rechten Seite gedrängt. Drei Männer auf Barhockern an der Theke, alle in derselben Haltung: den Körper zur Tür gewandt, der rechte Arm auf der Zinktheke, der linke Fuß auf dem Boden, der andere auf den Fußrasten des Barhockers, die linke Hand auf den Oberschenkel gelegt.

Das Trio an der Theke wirkte wie eine Delegation verschiedener Zünfte der Barceloneser Unterwelt. Der am nächsten zur Tür saß, war Josep Vendrell. Zuhälter, ungefähr fünfzig Jahre und sechzig Kilo Boshaftigkeit. Der zweite, mit knapp dreißig der Jüngste, war Ladislao Sostres. Mit Spitznamen Kubala, nach dem ungarischen Torjäger des Barça. Ein kleiner Betrüger, der zum Touristenführer wurde, sobald die Jungs der Sechsten Flotte anlegten. *Come in, come in, my friend, beer, girls.* Der Letzte in der nach Größe angeordneten Reihe heruntergekommener Orgelpfeifen war Lucio Barreiro. Groß, massig und kahlköpfig. Er war Händler, und sein Angebot umfasste alles, was sich nicht im Laden kaufen ließ. Er hätte als mausgrauer Angestellter durchgehen können, wenn da nicht sein Jähzorn gewesen wäre, der bei der kleinsten Anspielung auf seine im Moment durch die Sitzposition kaschierte Behinderung mit ihm durchging. Barreiros rechtes Bein war aufgrund einer Kinderlähmung verkrüppelt. Es anzuschauen, darauf zu zeigen oder es bloß zu erwähnen machte aus dem weichlich wirkenden Mann eine brüllende und tobende Bestie. Jetzt lächelte er den drei Polizisten gedankenverloren zu.

«Hier haben wir sie.» Nachdem er festgestellt hatte, dass niemand fehlte, deutete Castro mit einer Armbewegung auf seine Trophäen. «Das Feinste aus dem Barrio Chino.»

Jemand kicherte leise.

Hinter der Bar polierte ein schlechtrasierter Kellner ein Glas mit einem Lappen unbestimmter Farbe. Der Wirt demonstrierte, dass er der Wirt war, indem er nichts tat, was wie Arbeit aussah. Er war der Einzige, der Castro begrüßt hatte. Beide waren sie schon lange im Geschäft.

Auf die Wand gegenüber der Theke hatte jemand mit wenig Geschick und noch weniger Farbgefühl einige Wellen gemalt, in die zwei Schiffe mit Namen USS Metro und USS Politano eher hineingeplumpst waren, als dass sie auf ihnen schwammen. Der Name des zweiten entlockte Castro ein Grinsen. Was hatte der sogenannte Künstler sich wohl unter einem «Politano» vorgestellt? Tischkanten und Stühle hatten an den Stellen, an denen sie ständig an die Wand geschoben wurden, die Farbe abgerieben und den Wellen auf diese Weise ein paar weiße Schaumkronen verpasst.

Der Spiegel hinter der Theke verdoppelte das stümperhafte Wandgemälde, allerdings unterbrachen es die langen Reihen von schmierigen Flaschen auf den Glasregalen. Auf den Schiffen galt weiterhin das Prohibitionsgesetz. Bevor die Flotte einlief, legten die Wirte im Barrio Chino große Alkoholvorräte an und füllten Flaschen bekannter Marken mit grauenhaftem Gebräu, das sie, ohne mit der Wimper zu zucken, an die amerikanischen Matrosen ausschenkten, wenn diese zu betrunken waren, um noch zu merken, was sie im Glas hatten.

Sie traten ein und schlossen die Tür hinter sich, aber Feuchtigkeit und Kälte waren schon in den Raum gedrungen. Die Frauen verkrochen sich in ihre Jacken, mit Ausnahme der Ältesten, Francisca Gómez, genannt Paca, weit über vierzig und die Haut gegerbt von all den Stunden in Wind und Wetter. Sie reckte den Oberkörper vor, vielleicht aus Hochmut oder um zu provozieren.

Während er ihnen noch einmal erklärte, was ihnen längst bekannt war, nämlich den Grund für ihre Anwesenheit, beobachtete Castro ihre Gesichter und sah Gleichgültigkeit und Überdruss. Für sie alle war die Situation nicht neu. Selbst die beiden jüngsten Frauen, eigentlich noch Mädchen, waren schon zu lange im Geschäft, um sich noch beeindrucken zu lassen. Aber Castro war ein alter Hase und wusste, dass man diese Leute, die das Leben hart und kaltschnäuzig gemacht hatte, lange schmoren lassen musste, um sie weichzukochen.

«Dieser Herr hier», er deutete auf Wilson, der sogleich Haltung annahm, «würde gerne wissen, was am letzten Sonntag passiert ist, als der amerikanische Matrose tot aufgefunden wurde. Sein Name war Antonio …»

«Anthony», korrigierte Wilson.

«… Vázquez. Wir wissen, dass es eine Schlägerei mit vielen Beteiligten gab. Aus welchem Grund?»

«Die Amerikaner waren ganz scharf darauf, sich zu prügeln. Weiße gegen Neger. Einer von den Negern hat sich an ein

Mädchen rangemacht, aber sie wollte nicht», begann der Kellner zu erklären.

«Manche von uns mögen sie nämlich nicht», schaltete sich die Frau ein, die im Viertel als Loli die Mallorquinerin bekannt war. Sie hörte auf, mit dem Teelöffel in ihrem leeren Milchkaffeeglas herumzurühren. «Mit den Riesenapparaten, die sie …»

«Als ob du nicht ausgeleiert wärst wie ein Karnickelweibchen», fiel ihr die Jüngste ins Wort, die unter einer dicken grünen Strickjacke vor sich hin fröstelte. Ihre Stimme war heiser, und sie schniefte beim Sprechen.

Ob die Mallorquinerin ausgeleiert war oder nicht, konnte Castro nicht sagen, jedenfalls hatte sie viel Temperament und wenig Humor, denn sie holte aus und schleuderte der Frau in der grünen Strickjacke ihren Kaffeelöffel entgegen. Er traf die andere am Kinn, die sofort die Hände vors Gesicht schlug und zu husten und zu kreischen begann.

«Mein Auge! Das Biest hat mir das Auge ausgestochen!»

Ohne lange darauf zu warten, dass die Polizisten eingriffen, stand Josep Vendrell auf und hob einen allmächtigen Zeigefinger.

«Ruhe! Hier wird nur geredet, wenn diese Herren es sagen.»

Die Frau nahm die Hände vom Gesicht und stieß ein obszönes Lachen aus. Vendrell verpasste ihr eine Ohrfeige.

«Mehr Respekt, du Nutte!»

Diesmal waren die Schmerzensschreie echt, aber leiser. Sie endeten mit einem neuen Hustenanfall.

«Und du hältst die Klappe», sagte er zu den anderen, «wenn du dir nicht auch eine einfangen willst.» Er wandte sich an die Polizisten. «Señores, bitte machen Sie weiter.»

Castro ließ sich von Vendrells Höflichkeit nicht täuschen,

und er ging davon aus, dass Vendrell das wusste. Sie waren alte Bekannte, und ihre Rollen kannten sie in- und auswendig. Vendrells Auftritt war für den Amerikaner bestimmt: Schau, wer hier das Sagen hat, schau, wer hier der Boss ist. Die Frauenstimme, die nun vom Tisch herübertönte, bestätigte Castros Eindruck.

«Komm schon, Vendrell, lass die arme Julita doch gehen. Du siehst doch, wie krank sie ist.»

Die junge Frau zog lautstark die Nase hoch, um Pacas Worten Nachdruck zu verleihen, wenngleich das nicht nötig war. Sie bekam kaum die dunkel umrandeten Augen auf. Ihre Kollegin legte ihr ein dickes schwarzes Tuch um. Darauf waren die Haare eines hellen Tieres zu sehen, möglicherweise einer Katze. Sie zitterte vor Fieber.

«Sie wird gehen, sobald die Herren hier es erlauben.»

Castro wandte sich an den Kellner. «Bring ihr etwas Warmes zu trinken.»

«Einen Carajillo», sagte die Frau. Bei der Aussicht auf einen Kaffee mit Brandy hörte ihr Jammern auf.

«Und gib ihr ein Taschentuch, damit sie sich endlich mal die Nase putzt.» Er wandte sich an Paca. «Weiter. Du hast gesagt, alles fing damit an, dass ein Mädchen nicht mit einem der farbigen Amerikaner gehen wollte.»

«Manche von euch sind ja richtig anspruchsvoll geworden», bemerkte der Kubala.

«Du hast gut reden», fauchte ihn Paca an. «Du musst sie ja bloß herlotsen und ihnen das Geld aus der Tasche ziehen. Ich möchte dich mal in meiner Position sehen.» Ihr wurde die Zweideutigkeit des letzten Satzes klar, und lachend platzte sie heraus: «In meiner Position oder in ihrer.» Sie zeigte auf ihre Kolleginnen.

Das Lachen breitete sich zwischen den Frauen aus, steckte den Kellner hinter der Bar und den Wirt an und wollte gerade Barreiros fetten Leib schütteln, als Castro ihm mit einem Satz den Garaus machte.

«Wenn ich die Frage noch einmal wiederholen muss …»

Mehr musste er nicht sagen.

«Also, ich hatte schon einen Freier», sagte Loli. «Aber der Neger war voll wie eine Strandhaubitze und wollte unbedingt, dass ich mit ihm gehe. Er hat mich sogar vor dem anderen betatscht.»

«So ein Schwein», rutschte es Julita heraus. Sie zog wieder die Nase hoch und sah ungeduldig zum Kellner herüber, der ihr den bestellten Carajillo noch nicht gebracht hatte.

«Und der andere wurde wütend, klar. Weil es bei ihnen ja viel ausmacht, ob du ein Neger bist oder ein Weißer. Außerdem mag ich sie nicht, ich kann auch nichts dafür. Ich bin nicht wie die hier» – sie zeigte auf die Frau mit dem Spitznamen Schwarze Madonna, die bislang noch nichts gesagt hatte –, «die steht auf Schokolade.»

Die Schwarze Madonna streckte ihr die Zunge heraus.

«Ich habe gehört, dass einer von euch die Prügelei vom Zaun gebrochen hat», wandte Castro sich an die Männer.

Alle drei schüttelten den Kopf.

«Das stimmt nicht. Wir saßen hier ganz friedlich, und dann haben sie angefangen.»

«Es war der Neger, der das Mädchen begrapscht hat.»

«Aber vielleicht ist einer von euch auf die Idee gekommen, sie zu verteidigen?», fragte Castro.

Das Lachen der Männer war höhnisch, das der Frauen vorwurfsvoll.

«Sehen Sie, Inspektor», sagte der Wirt. «Hier gibt es jeden

Abend Ärger mit denen. Sie prügeln sich wegen jeder Kleinigkeit. Wegen einem Mädchen, einem Schimpfwort, egal was.»

«Ich glaube, es gefällt ihnen einfach, sich zu schlagen», fügte Barreiro hinzu.

«Und ihr schaut zu?»

«Na ja, es ist was los, und es kostet nichts», sagte Vendrell.

«Und Antonio Vázquez war bei der Schlägerei ebenfalls dabei?»

Der Kubala zuckte mit den Schultern. «Ehrlich gesagt, ich weiß noch nicht einmal, welcher das war.»

«Woher soll ich das wissen? Um die Zeit sehen sie alle gleich aus», sagte die Schwarze Madonna.

«Dieser war schon anders. Er sprach spanisch», erinnerte Castro sie.

Der Wirt des Metropolitano bemerkte: «Da ist er nicht der Einzige. Es gibt die Puerto-Ricaner, aber auch welche aus Mexiko. Es ist immer irgendeiner dabei, der spanisch spricht.»

«Antonio, der Latino», schaltete sich der Kellner ein. «Armer Kerl. Er kam bei jeder Reise hier vorbei. Hübsch war er. Gefiel den Mädchen.»

«Aber nur was zum Angucken, nicht zum Anfassen», sagte Loli abschätzig.

«Vom anderen Ufer?», fragte Castro.

«Auf keinen Fall!» Julita brach wieder in Lachen aus, bis ein Hustenanfall sie erwischte.

«Sie hier hat's ausprobiert», sagte Paca und zeigte auf Loli.

«Er war ein guter Junge.»

«Aber seit neustem hatte er etwas Feineres», fügte die andere hinzu.

Julita beugte sich über den Carajillo, den der Kellner ihr endlich gebracht hatte, und bemerkte: «Er hatte eine Verlobte, eine richtige. Mich würd's wundern, wenn er hier gewesen wäre.»

«Aber ich hab ihn gesehen», entgegnete Paca. «Komm, trink, das stärkt.»

«Also, ich kann mich an nichts erinnern», sagte der Kubala.

«Du warst ja auch mit Julita zugange.»

«Hoffentlich hat sie mir keine Erkältung angehängt.»

«Sie hat dir bestimmt was ganz anderes angehängt», erwiderte Barreiro.

«Halt's Maul, Dicker», schrie der Kubala.

«Und wie plötzlich du abgehauen bist, als die Schlägerei anfing …»

«Du erwartest doch wohl nicht, dass ich mich mit meinen Kunden schlage. Wo warst du überhaupt?», fragte er und zeigte auf Barreiro. «Den hier hab ich gesehen» – er blickte zu Vendrell –, «er hat allen möglichen Leuten eine verpasst, aber du, Dicker, hast dich verpisst. So schnell das mit deinem Beinchen geht.»

Barreiros Kopf wurde knallrot. «Das kriegst du zurück, du Drecksack!»

«Komm her, Dicker, wenn du kannst», sagte der Kubala und reizte damit Barreiro noch mehr, der tatsächlich Schwierigkeiten hatte, von seinem Hocker zu klettern. Wie in vielen Bars, in denen amerikanische Matrosen verkehrten, waren die Hocker am Boden festgeschraubt, damit die Matrosen sie bei ihren Schlägereien nicht benutzten.

Der Wirt, der Kellner und Vendrell sahen den Streitenden amüsiert zu.

Castro ließ sie reden und notierte im Geist, was sie sagten. Er wusste, dass Sevilla hinter ihm stand und den Ausgang dieses Schmierentheaters blockierte. Aber er hatte Wilson vergessen, der plötzlich beschlossen hatte, auf die Bühne zu springen.

«*Shut up!* Ruhe! Schweig, du Sohn einer Hure!»

Alle hielten inne, als ob der Regisseur die Aufführung abrupt unterbrochen hätte. Nur Barreiros Keuchen war zu hören, bis ein Kichern aus Julitas belegter Brust kam und sich zu einem Gelächter ausbreitete, das die vier Frauen schüttelte.

«Sohn einer Hure! Hast du gehört, wie er dich genannt hat, Dicker?»

Die Schwarze Madonna zeigte mit einem dürren Finger, den drei vergoldete Ringe zierten, auf Wilson. Barreiro, weit davon entfernt, wütend zu sein, neigte den massigen Kopf zur Seite, öffnete seine großen, runden Eulenaugen und blickte den Militärpolizisten verschmitzt an.

«Na so was, dieser Pfau hier wird mir sicher gleich sagen, wo er die Bekanntschaft meiner Frau Mutter gemacht hat.» Er bemühte sich redlich, sein Lachen zu unterdrücken, was jedoch den Effekt hatte, dass seine vibrierenden Lippen laute Furzgeräusche hervorbrachten, die die allgemeine Heiterkeit noch verstärkten.

Wilson versuchte zu begreifen, was um ihn herum geschah, oder vielleicht hatte er es auch begriffen und suchte nun in seinem mageren Spanisch nach einer schlagfertigen Entgegnung. Seine sprachliche Ohnmacht trieb ihn in den Zorn. Mit geballter Faust ging er auf die Schwarze Madonna zu.

«Was? Willst du mich schlagen, du Wicht?», fragte sie und hob trotzig das Gesicht.

Die drei Männer an der Theke stießen unisono ein leises, dunkles Grollen aus, spannten die Muskeln an und stellten die Füße auf den Boden.

Wilson öffnete die Faust. Die Schwarze Madonna blickte auf die ausgestreckten Finger und bemerkte den Zeigefinger mit dem fehlenden Glied. Rundlich und ohne Nagel. Sie reckte den Hals, bewegte die leicht geöffneten Lippen darauf zu, und wie ein Fisch, der nach einem Köder schnappt, nahm sie den Stumpf in den Mund. Wilson stand regungslos da, während die Hure ein paarmal den Kopf vor und zurück bewegte, bis der Militärpolizist mit einem Ruck die Hand zurückzog.

«Wie ein kleines Pimmelchen», sagte die Schwarze Madonna und wich für den Fall, dass die andere Hand die Drohung wahr machte, einen Schritt zurück.

«Guckt mal, er ist ganz rot geworden», rief Paca.

Die Männer an der Theke lachten leise, nervös wie Schuljungen, die einen Knallfrosch unter dem Stuhl des Lehrers platziert hatten: begeistert von ihrem Streich und zugleich voller Angst vor der Strafe. Castro machte ein ernstes Gesicht, die Hände in den Hosentaschen, insgeheim freute er sich über die Fassungslosigkeit des Militärpolizisten.

«Señoras», sagte er dann.

Bei diesem Wort erstarrten die Prostituieren. Eine respektvolle Anrede verhieß in der Regel nichts Gutes.

«Señoras, noch ein derartiger Kommentar, und Sie alle wandern direkt in eine Zelle. Der Kollege hier», er deutete auf Sevilla, der mit dem Zahnstocher zwischen den Lippen nickte, «wird Sie gern begleiten.»

Aus Gründen, von denen Castro gern vorgab, sie nicht zu kennen, hatten die Prostituierten Angst vor Sevilla. Die Frauen verkrochen sich tiefer in ihre Jacken.

Wilson stand in der Mitte der Szene: Rechts von ihm saßen die Frauen, die Männer an der Bar standen ihm direkt gegenüber, links davon Kellner und Wirt und hinter ihm Castro und

Sevilla. Er machte ein paar Schritte zurück, bis er neben den beiden Polizisten stand.

Weder sein Ernst noch seine Drohungen verschafften dem Militärpolizisten etwas anderes als ausweichende Antworten. Trotzdem griff Castro nicht ein, als Wilson noch einmal all seine Fragen wiederholte.

Er selbst würde seine Arbeit erst am Abend erledigen. Zwei von den Männern, die gerade gelangweilt Wilsons Fragen beantworteten, würde er abholen lassen. Den dritten aber würde er in Ruhe lassen. Er würde nervös werden, falls er selbst etwas zu erzählen hatte oder die anderen beiden etwas über ihn zu erzählen hatten. Die anderen dagegen, die das Wochenende in einer Zelle verbringen würden, würden sich unweigerlich fragen, warum der dritte nicht verhaftet worden war. Und der wiederum konnte so oft versichern, wie er wollte, den Grund dafür nicht zu kennen, es würde ihm nicht viel helfen, selbst wenn einer der beiden die Finte ahnte. Misstrauen war ein langsames Gift.

Von den Mädchen würde er zwei in Ruhe lassen, denn Frauen müssen reden, um nachzudenken.

10

Aurora Peiró erwartete sie ganz in Schwarz hinter der Ladentheke des Nähateliers. Ana bewunderte Schnitt und Stoff ihres Kleides und auch die schwarze Perlenkette um ihren Hals. Hinter der Schneiderin sah sie die Nähmaschinen, stumm und nackt standen sie da.

«Ich habe die Mädchen zum Arbeiten in den Innenhof geschickt. Die frische Luft wird ihnen guttun.»

Sie führte Ana ins Nähatelier, die Hand leicht auf ihren Rücken gelegt, und deutete auf eine der Maschinen.

«Gestern hat Mila das Totenhemd für unsere arme Elena genäht. Und in der Früh haben wir sie beerdigt.»

«Heute Morgen? Wo denn?»

«Auf dem Friedhof von Poble Nou. Auf dem städtischen Teil. Weil sie sich selbst … Sie wissen schon.»

Sie blieben neben der Nähmaschine stehen.

«Ja, sicher.»

«Elenas Tod hat die Mädchen hart getroffen. Daher sind wir nach dem Begräbnis zum Santet gegangen und haben ihn gebeten, für sie Fürsprache einzulegen.»

Ana murmelte: «Eine gute Idee», doch die Worte kamen ihr kaum über die Lippen. Ihr skeptischer Geist revoltierte gegen jede Art von Aberglauben. Der Santet war Verkäufer im großen Kaufhaus *El Siglo* gewesen, schon zu Lebzeiten wurden ihm hellseherische Fähigkeiten nachgesagt. Nach seinem frühen Tod wurde er zu einem lokalen Heiligen, und die

Menschen besuchten seine Grabnische auf dem Friedhof von Poble Nou, um seine Hilfe zu erbitten.

Die Vorstellung der Näherinnen, wie sie dem Brauch entsprechend rückwärts auf das Grab zugingen, missfiel ihrem kritischen Verstand, und wenn auch derselbe Verstand ihr sagte, dass ein solches Ritual tröstlich sein konnte, schien ihr die Maßnahme besser, von der Aurora nun berichtete.

«Da sie im Moment etwas Zerstreuung und Farbe brauchen, habe ich sie an eine Stickerei gesetzt. Wir haben einen Auftrag für ein mit Blumen besticktes Tischtuch.»

Sie gingen in den Anproberaum und setzten sich einander gegenüber auf die kleinen Sessel vor den Ankleidekabinen. Der dritte blieb leer. Auf dem kleinen Tischchen warteten neben den Modezeitschriften eine Kaffeekanne und drei Tassen auf sie.

«Señora Gómez de Urquiza, die Vorsitzende der Schwesternschaft, müsste gleich kommen», sagte Aurora, während sie Ana Kaffee einschenkte. «Sie ist sehr an dem Artikel interessiert, den Sie schreiben werden. Sie hofft, damit dem schlechten Eindruck entgegenzutreten, den der Artikel in *El Caso* möglicherweise hervorrufen könnte.»

«Vielleicht beruhigt es sie zu hören, dass er wahrscheinlich gar nicht erscheinen wird. Nachrichten dieser Art werden nicht immer publiziert.»

«Wieso das?» Aurora Peirós Tasse blieb auf halbem Weg zwischen Untertasse und Mund stehen.

Ana nahm einen Schluck, bevor sie antwortete. Ihr Gegenüber schien unangenehm berührt.

«Mein Chef achtet auf jedes Ereignis in der Stadt, denn von Woche zu Woche gilt es, viele Seiten zu füllen. Manchmal benötigen wir eine kleine Meldung, um eine Lücke …

Entschuldigen Sie! So formuliert, klingt das tragische Ereignis, das sich in diesem Haus abgespielt hat, noch viel grausamer.»

Sie blickte zu den Ankleidekabinen. Der Spiegel zeigte Ana ihr eigenes gequältes Gesicht und zugleich das Aurora Peirós, die sie nachsichtig betrachtete.

«Schon gut, ich verstehe. Wir nähen auch manchmal Kleidungsstücke, die der Kunde nicht abholt.»

Und ich schreibe Artikel über Wohltätigkeitsveranstaltungen, mit denen sich die reichen Damen die Zeit vertreiben und meinen, sich nebenbei noch das Anrecht auf eine Parzelle im Paradies zu erkaufen, dachte Ana. Bevor ihr Überdruss sich in ihrem Gesicht zeigen konnte, wechselte sie das Thema. «Sollte Señora Gómez de Urquiza nicht schon hier sein?»

«Es scheint, dass sie sich verspätet.»

«Wenn es Ihnen recht ist, fangen wir trotzdem an.»

Ana holte ihren Notizblock hervor. Dabei blieb ihr Ärmel an der Seitenlehne des Sessels hängen, und einige lose Papiere flatterten heraus. Sie versuchte instinktiv, sie festzuhalten, und stieß dabei ihre Tasse um. Kaffee ergoss sich über die Papiere, Kopien der Akten der Matrosen, unter ihnen die von Anthony Vázquez. Der Inspektor hatte sie ihr mitgegeben, damit sie sie übersetzte. «Wortwörtlich, ohne Schnörkel.»

«Verdammter Mist!»

Aurora Peiró lehnte sich lachend zurück, um keine Kaffeespritzer abzubekommen. «Wie gut, dass Doña Engracia noch nicht hier ist!» Sie begann die Papiere mit einer Papierserviette abzutupfen und betrachtete sie dabei neugierig. «Auf Englisch?»

«Ja», sagte Ana bedrückt, sie dachte daran, was Castro für ein Gesicht machen würde, wenn er die Papiere zurückbekam.

«Sie gehören zu einem Fall, bei dem ich der Polizei helfe. Sie haben mich gebeten, sie zu übersetzen.»

«Mit Marinesoldaten?», fragte Aurora, während sie ihr ein Papier mit Emblem der US-Navy reichte.

«Ich kann nichts dazu sagen. Es ist vertraulich.»

«Ich verstehe. Entschuldigen Sie bitte, ich wollte nicht indiskret sein. Warten Sie einen Moment.» Sie nahm die kaffeegetränkten Servietten mit und kehrte mit ein paar Löschpapierbögen zurück. Sie legte einen zwischen die erste und zweite Seite von Anthony Vázquez' Personalakte, die am meisten abbekommen hatte. Dann gab sie Ana die restlichen Bögen und sagte: «Stecken Sie die Papiere nicht sofort in die Tasche, sie kleben sonst zusammen.»

Aurora Peiró schenkte ihr erneut Kaffee nach, während Ana die Papiere auf dem Boden verteilte. Ihr Notizblock war glücklicherweise nicht feucht geworden. Lediglich ein paar dunkle Spritzer auf dem Deckblatt würden ihr als Erinnerung an den Zwischenfall bleiben.

Die Schneiderin sah amüsiert zu ihr herüber: «Wenn Doña Engracia hier ist, denken Sie daran, besser ‹Oh verflixt› zu sagen, falls Ihnen ein Missgeschick passiert.»

Ana lachte erleichtert. «Wenn es Ihnen recht ist, fangen wir an», sagte sie mit gezücktem Bleistift.

«Gern. Wie Sie wissen, steht dieses Nähatelier unter der Schirmherrschaft der Schwesternschaft. Unsere Aufgabe besteht darin, die jungen Frauen aufzunehmen und ihnen eine Ausbildung zu geben, eine neue Chance …»

Sie wiederholte, was sie Ana schon bei ihrem letzten Besuch erklärt hatte, allerdings aus einer anderen Perspektive. Auch diesmal war es ein Gespräch mit einer Journalistin, doch beide sprachen in dem Bewusstsein, dass Ana nun für eine ganz andere Art von Zeitschrift das Interview führte. Elena wurde nicht erwähnt, auch in dem Artikel würde sie keine Rolle spielen.

Aurora Peiró dagegen gewann an Kontur. Sie erzählte Ana, dass sie aus einer Familie von kleinen Händlern kam und mit dem Besitzer einer Kurzwarenhandlung im Poble Sec, einem eher bescheidenen Viertel, verheiratet gewesen war. Mit Anfang vierzig wurde sie Witwe und entdeckte ihr Talent als Geschäftsfrau. Ihr Laden lief gut, sie kaufte weitere und begann, sich in anderen Kreisen zu bewegen.

«Dann bin ich auf die Idee gekommen, meine Kontakte zu nutzen, um Mädchen zu helfen, die Pech gehabt haben. Auf diese Weise ist diese Werkstatt entstanden. Sicher, sie arbeiten für mich, aber sie erhalten eine Ausbildung und lernen alles, was mit der Näherei zu tun hat, vom Knopflochsticken bis hin zur einfachen Maßschneiderei.»

Ana schrieb Wort für Wort mit. Aus Erfahrung wusste sie, dass bei derartigen Aufträgen die Interviewpartner erwarteten, sich mit der Präzision einer Tonbandaufzeichnung zitiert zu sehen und sich bei der geringsten Abweichung beklagten. In den Gesprächspausen hörte Ana nur ihren eigenen Bleistift über das Papier kratzen, das Haus war vollkommen still, und obwohl die Mädchen nur ein paar Meter entfernt saßen, war keine Stimme zu hören.

Ana deutete mit dem Bleistift in Richtung Hof. «Ich würde gerne mit ihnen reden.»

Aurora Peiró griff an ihre Halskette und drehte eine Perle zwischen Daumen und Zeigefinger.

«Um ihre Sicht einzufangen, vielleicht einige Worte der Dankbarkeit», fügte Ana hinzu.

«Es ist ein etwas heikler Augenblick. Sie sind sehr mitgenommen …» Aurora Peiró schenkte Ana noch einen Kaffee ein, aber ihre eigene Tasse ließ sie leer. Dann stand sie auf. «Gut, warten Sie einen Moment.»

Als die Werkstattleiterin gegangen war, stand Ana ebenfalls auf und folgte ihr ein Stück, bis zum Eingang zum Lager. Aurora Peiró durchquerte es und betrat den Hof. Die Mädchen saßen stickend im Kreis. Ein kleiner Kreis, sie waren nur zu dritt. Ana erinnerte sich nach ihrem kurzen Besuch vom letzten Mal nicht an alle Namen, doch diejenige, die fehlte, hieß Jacinta. Jacinta, die Rothaarige, die sie angesprochen hatte.

Die Werkstattleiterin stand mit dem Rücken zu Ana, während sie mit den Mädchen sprach. Sie hatten ihre Arbeit unterbrochen und blickten zu Aurora Peiró hoch, dann nickten sie alle gleichzeitig, in perfekter Synchronität. Auch als sie aufstanden und ihre Stickrahmen auf den Stühlen ablegten, schienen sie einer strikten Choreographie zu folgen. Ana kehrte eilig auf das Sesselchen im Anproberaum zurück und wartete dort, bis die Frauen eintraten. Als sie bei ihr angelangt waren, blieben sie kurz stehen, um sie zu begrüßen. Zwei der Mädchen gingen weiter in die Werkstatt, die Schneiderin blieb mit einem Mädchen bei ihr. Ana erinnerte sich, dass sie Mila hieß.

«Sie können mir ihr sprechen.» Aurora Peirós Ton wurde gebieterisch. «Setz dich, Mila, Señorita Martí möchte dir einige Fragen stellen.»

Mila nahm auf dem Sessel in der Mitte Platz, links neben Ana, während Aurora Peiró sich wieder auf ihren setzte, nicht ohne vorher in dic Hände zu klatschen und den anderen beiden Näherinnen zu befehlen: «An die Arbeit.»

Stoff raschelte, dann ertönte das Rattern der Nähmaschinen.

«Was möchten Sie wissen?» Mila sprach leise, ohne sie anzuschauen, die Augen auf einen unbestimmten Punkt zwischen den Kaffeetassen gerichtet.

«Ich weiß, dass es sehr schwer ist, aber ich würde mich freuen, wenn Sie mir etwas über Ihr Leben in diesem Haus erzählen würden.»

«Mein Leben? Es ist wie das der anderen Mädchen. Wir stehen um sechs auf, richten das Haus her, gehen zur Messe, danach frühstücken wir. Dann arbeiten wir in der Näherei, essen zu Mittag, arbeiten wieder, essen zu Abend, beten und gehen zu Bett. Und am Wochenende fahren wir gewöhnlich zum Heim hinaus, um unsere Kinder zu besuchen. Meine Tochter heißt Soledad, sie ist fünf. Sehr hübsch und sehr lieb.»

Von ihrer Tochter zu sprechen gab ihr offenbar so viel Mut, dass sie Ana ins Gesicht sehen konnte. Doch dann schien ihr einzufallen, mit wem sie sprach und wozu. Sie wandte den Blick nicht ab, aber alle Wärme war aus ihrer Stimme verschwunden. «Sie wird dort erzogen, daher bin ich den Damen von der Schwesternschaft sehr dankbar, dass sie uns beide aufgenommen haben.»

«Wie lange sind Sie schon hier?»

«Vier Jahre.» Sie nahm Anas nächste Frage vorweg. «Vorher war ich in einem Heim für gefallene Mädchen, in das mich meine Eltern gebracht haben, hier in Barcelona.»

Sie hätten es dabei belassen können, und Ana hätte genügend Information gehabt, doch Aurora Peiró bestand darauf, dass Mila der Journalistin ihre Geschichte erzählte. Ana erfuhr, dass Mila fünfundzwanzig Jahre alt war, aus einer recht bekannten Familie in Valencia stammte und von ihrem Verlobten, ebenfalls aus sogenanntem gutem Hause, geschwängert worden war. Er löste die Verlobung, als er von ihrem Zustand erfuhr. Ihre Eltern brachten sie nicht nur in Barcelona in einer Besserungsanstalt unter, damit niemand sie sehen konnte, sondern sie erklärten sie darüber hinaus für tot.

«Sie haben meine Todesanzeige in die Zeitung gesetzt. Ich habe eine Kopie bekommen, für den Fall, dass ich zurückkehren will.» Ihre dichten Augenbrauen zogen sich wütend zusammen.

Ana hatte schon vor einer Weile aufgehört zu schreiben, sie hatte lediglich zugehört und Mila nicht unterbrochen, da sie spürte, dass die junge Frau, nun, da sie schon einmal begonnen hatte, das Bedürfnis hatte, weiterzureden und ihre Empörung zu zeigen. Gerade als Aurora Peiró sie dafür tadeln wollte, wurden sie vom Klingeln der Ladenglocke und dem Stakkato eiliger Absätze unterbrochen. Dann erklang die Stimme von Engracia Gómez de Urquiza: «Wie? Sie haben ohne mich begonnen?»

* * *

Doña Engracia baute sich vor den drei Sesseln auf, mit beiden Händen hielt sie eine schwarze Handtasche vor ihre Leibmitte. Ihre Aufmachung, dachte Ana boshaft, schien eher dem Wunsch nach Witwenschaft als der Rücksichtnahme auf ein Trauerhaus zu entspringen. Aurora und Mila erhoben sich mit einem Satz und ahmten die Haltung der Vorsitzenden der *Schwesternschaft der Verehrerinnen der heiligen Maria Magdalena* nach. Ana legte Block und Bleistift auf das Tischchen, bevor sie aufstand und ihr die Hand reichte. Doña Engracia streckte ihre hin, damit Ana sie nahm und die Finger mit den geschwollenen Knöcheln drückte. Dienstbotenhände am Körper einer Frau, die nie auch nur einen Teller abgewaschen hatte, dachte Ana.

«Warum haben Sie nicht auf mich gewartet?»

Die Frage ging an die Werkstattleiterin, doch Ana sprang ein.

«Da ich Zeit haben möchte, Sie in aller Ruhe zu interviewen, habe ich die anderen Gespräche schon vorab geführt.»

Die bis auf eine dünne Linie ausgezupften Brauen zogen einige Kurven über ihre Stirn, bis sie sich zu zwei misstrauischen Bögen formierten. Anas professioneller Ton besänftigte sie jedoch, er schien ihr sogar zu schmeicheln. Engracia begann zu lächeln, bis sie plötzlich Milas Anwesenheit bemerkte.

«Und die hier? Was hat sie hier zu suchen?»

«Ich wollte ihre Sicht hören.»

«Ihre Sicht? Die Sicht dieser Elenden? Aurora!»

Aurora Peiró stotterte: «Ihre Dankbarkeit.»

«Genau», bestätigte Ana.

«Gut», schnaubte Doña Engracia und blickte abfällig auf Mila. «Jeden Tag deines unglückseligen Lebens solltest du dem Herrn auf Knien dafür danken, dass er dich zu uns geführt hat. Und es uns nicht mit weiteren Schamlosigkeiten vergelten, wie diese unselige Elena.»

«Ja, Doña Engracia.» Mila sprach mit gesenktem Kopf.

Doña Engracia ignorierte sie und sagte zu Ana: «Und? Haben Sie Ihr ‹Interview› beendet, Señorita Martí? Wenn dem so ist», sie wandte sich erneut an Mila, «gehst du jetzt sofort zu den anderen Mädchen und machst dich an die Arbeit. Die erledigt sich schließlich nicht von selbst. Müßiggang ist aller Laster Anfang.»

«Ja, Doña Engracia.»

Die Näherin verabschiedete sich mit einem leichten Nicken und stand auf. Als sie an Doña Engracia vorbeiging, griff diese nach ihrem Handgelenk.

«Zeig mir deine Hände. Sind sie sauber?»

Mila hielt sie ihr hin. Zuerst die Handfläche, danach den Handrücken. Engracia inspizierte sie mit Adleraugen und war nicht zufrieden.

«Was für Fingernägel! Wasch dir sofort die Hände, du Drecksferkel.»

Mila verschwand im Hinterzimmer des Ladens.

Doña Engracia wandte sich an Aurora: «Machen Sie uns noch einen Kaffee, meine Liebe? Der hier ist sicher kalt.»

Bei Ana legte Doña Engracia die herablassende Bescheidenheit eines großen Stars gegenüber einer unbedeutenden Reporterin an den Tag. «Setzen Sie sich doch, Señorita Martí. Wir können beginnen.»

Ana setzte sich wieder, und Doña Engracia nahm neben ihr Platz. Bevor sie anfing zu sprechen, betrachtete sie ihr Bild in dem Ankleidespiegel und zupfte sich die Haare über den Ohren zurecht.

«Heute Nachmittag wird ein Fotograf dabei sein, oder?», fragte sie.

«Ein international bekannter Fotograf, Señor Lawrence Roberts», antwortete ihr Ana belustigt, da sie sah, dass Doña Engracia sich unwillkürlich in Pose setzte.

Doña Engracia zog einige Zettel aus ihrer Handtasche. «Ich habe hier einiges notiert, was Sie sicher interessieren wird.»

Wahrend die Lippen von Engracia Gómez de Urquiza sich ohne Unterlass bewegten, um die Werke der Schwesternschaft zu loben, ihre Schützlinge zu verunglimpfen und die Wohltätigkeit im Allgemeinen zu preisen, wobei sie auf Heilige beiderlei Geschlechts und herausragende Persönlichkeiten der Barceloneser Gesellschaft verwies, kämpfte Ana ihre wachsende Abscheu nieder. In Momenten wie diesem drängte sich

Ana seit einigen Monaten die Frage auf, womit sie hier eigentlich ihren Lebensunterhalt verdiente. Es war nicht das Echo ihrer Mutter, die sie aufforderte, doch «endlich mit diesen lächerlichen Hirngespinsten aufzuhören». Genau genommen hatte ihre Mutter seit einiger Zeit nicht mehr an ihrer Arbeit und ihrem Leben herumgekrittelt. Sie hatte sie nicht mehr mit einem «Hat man je eine Frau gesehen, die über derartige Grausamkeiten schreibt» überfallen oder ihr verbittert erklärt: «Du bist fast dreißig, da endest du bald als alte Jungfer.» Ihre Mutter hatte sich offenbar damit abgefunden, dass ihre Tochter in absehbarer Zeit nicht heiraten würde. Möglicherweise hatten es ihr die französischen Enkel etwas leichter gemacht. Nein, es war weder ihre Mutter noch waren es all die anderen, die Anas unabhängiges Leben nicht guthießen. Ihre Zweifel rührten daher, dass sie selbst sich fragte, welchen Preis sie für ihre Unabhängigkeit zahlte. Der Preis bestand nicht in den Kommentaren der Leute oder ihrer Kritik, auch nicht in der Angst vor der Einsamkeit. Es waren die Engracia Gómez de Urquizas, die sie ständig sehen musste. Es war die Art von Journalismus, wenn man es überhaupt Journalismus nennen konnte, den sie praktizieren musste, um voranzukommen. Und konnte sie das überhaupt noch als Vorankommen bezeichnen?

Ihre Gesprächspartnerin war von ihren eigenen Ausführungen in Bann geschlagen und schien Anas konzentriertes Schweigen als ehrerbietige Aufmerksamkeit zu deuten. Der frische Kaffee, den ihnen Aurora Peiró gebracht hatte, wurde allmählich, von beiden ignoriert, kalt. Doña Engracias Rede endete mit einem begeisterten Händeklatschen. Sie sagte: «Und heute Nachmittag werden wir im Internat erwartet.»

Die Schneiderin drehte sich überrascht zu ihr um. «Davon weiß ich ja gar nichts.»

«Nun, meine liebe Aurora, das war meine Entscheidung, als Vorsitzende der Schwesternschaft. Sie kümmern sich um das Nähatelier, ich bin diejenige, auf der das Gewicht der Gesamtverantwortung lastet.»

«Selbstverständlich, Doña Engracia. Ich hätte es nur gern vorher gewusst.»

«Na ja, jetzt wissen Sie es.»

Aurora Peiró ärgerte sich offensichtlich darüber, aber sie entgegnete nichts mehr.

Doña Engracia verwandte noch einige Minuten darauf, zu erzählen, wer die anderen Schirmherrinnen der Schwesternschaft waren, eine Liste der Crème de la Crème der katalanischen Gesellschaft, dieselben Namen, die im Abonnentenverzeichnis der Oper oder auf den Einladungskarten für die exklusivsten Feste im Hotel Ritz erschienen. Dieselben Namen wie immer, egal, wer das Land regierte.

Anschließend ging es nur noch darum, die Uhrzeit für den Besuch im Internat festzulegen: «Seien Sie pünktlich, Señorita Martí. Pünktlichkeit ist die Höflichkeit der Könige.»

«Ich bin immer pünktlich», antwortete Ana und betonte dabei das «Ich» stärker, als es höflich gewesen wäre, sie hatte die überhebliche Impertinenz ihrer Gesprächspartnerin satt.

Doña Engracia schien dies nicht zu gefallen, denn sie stand auf und steuerte auf die Näherei zu. Dort ließ sie ihren Ärger an den Mädchen aus.

«Wo glaubst du, dass du bist? In einem Bordell? Da kommst du hin, wenn du so weitermachst!»

«Aber Doña Engracia, es ist hier am Bügelbrett sehr heiß ...»

«Und wenn ein Herr hineinkommt und dich so sieht? Zieh dir was an, du Flittchen!»

Ana und Aurora Peiró kamen hinzu, als das Mädchen mit

den blonden Locken, eine kräftige, etwas bäuerlich wirkende junge Frau, gerade den letzten Knopf ihrer Bluse schloss.

«María, nimm das Bügeleisen hoch, das Hemd bekommt Brandflecken», rief die Werkstattleiterin.

Verwirrt griff das Mädchen an den heißen Rand des Eisens und verbrannte sich die Hand. Sie schrie und begann zu weinen, doch sie wagte nicht, hinter dem Bügelbrett hervorzukommen. Aurora Peiró musste ihr befehlen, die Verbrennung am Waschbecken zu kühlen und Salbe aufzutragen.

«So bekommst du schon mal einen Vorgeschmack auf die Flammen der Hölle», zischte Doña Engracia ihr zu, als sie den Raum verließ. «Und wer arbeitet hier? Ich sehe fünf Nähmaschinen, aber nur zwei Mädchen. Was schaut ihr so? Bewegt die Füße! Eine von diesen Unseligen hat sich umgebracht und die andere hat sich aus lauter Dummheit verbrannt. Fehlt noch eine. Jacinta. Wo steckt sie?»

Mila und die andere junge Frau traten ins Pedal, und das Rattern der Maschinen wurde zur Geräuschkulisse für Aurora Peirós zögerliche Antwort.

«Elenas Tod hat Jacinta sehr mitgenommen. Sie hingen aneinander, fast wie Schwestern. Deshalb habe ich ihr erlaubt, ein paar Tage bei ihrer Familie zu verbringen.»

Ana meinte sich zu erinnern, dass Elenas beste Freundin Mila gewesen war. Sie sah zu ihr herüber, doch das Mädchen schien in ihre Arbeit vertieft.

«Auf einmal erlaubt es die Familie, dass sie in ihren Schoß zurückkehrt?» In Doña Engracias Stimme lag Spott.

«Ich habe sie inständig darum gebeten. Als Akt der Barmherzigkeit.»

«Na, am besten behalten sie sie gleich da. Rothaarige sind für gewöhnlich unberechenbar.»

Aurora Peiró machte eine bittende Geste. «Bei ihr ist es anders. Sie ist auf dem rechten Weg.»

Doña Engracia zuckte mit den Schultern. «Wenn Sie es sagen, Aurora … Aber das nächste Mal informieren Sie bitte die Schwesternschaft, wenn Sie solche einschneidenden Maßnahmen treffen.» In demselben herrischen Ton wandte sie sich an Ana, bevor sie ging. «Um vier im Internat. Pünktlich. Und mit dem Fotografen.»

Die Ladenglocke ertönte, sie hatte das Atelier verlassen, María, die sich vermutlich im Anproberaum versteckt hatte, tauchte wieder auf, als habe sie nur darauf gewartet.

«Wie ungeschickt du manchmal bist, Mädchen», sagte Aurora Peiró und griff nach der verletzten Hand. «Bei all der Arbeit, die wir haben.»

«Es ist nur die linke, Doña Aurora. Arbeiten kann ich trotzdem.»

«Komm mit nach oben, ich verbinde sie dir.»

Es war Zeit zu gehen. Ana hatte genug. Von allem.

Sie verabschiedete sich. Beim Hinausgehen traf sie Milas Blick. Sie wusste nicht, was sie ihr sagen wollte, aber sie fühlte sich auf einmal schuldig, als ob sie das Mädchen im Stich lassen würde.

11

Ana betrat die Boquería, um in der Markthalle etwas Obst für die Kinder im Heim zu kaufen. Sie schaute bei Pinocho, dem Besitzer der Bar in der großen Halle, vorbei, um ihn zu begrüßen. Einige Jahre hatte sie als Schreiberin in einem der Holzstände hinter der Markthalle gearbeitet und für Analphabeten Briefe geschrieben oder sie ihnen vorgelesen. Vor oder nach der Arbeit war sie oft bei Pinocho vorbeigegangen, der ihr im Winter einen Milchkaffee spendierte – «damit dir warm wird» – und im Sommer eine Limonade – «weil du so viel reden musstest». Heute kannte sie dank ihrer Arbeit für *El Caso* viele der Verkäufer in der Markthalle. Sie waren gute Informanten. Beim Bestellen, Abwiegen und Bezahlen schütteten die Dienstbotinnen und auch manche Dame ihnen ihr Herz aus.

Sie würde das Obst bei Joanet kaufen. Ana hatte eine Schwäche für diesen Mann mit den leuchtend blauen Augen, den hohen Wangenknochen und dem mitreißenden Lächeln, das breiter wurde, wenn er mit den Kindern Witze machte oder mit Tomaten jonglierte, um eine übellaunige Kundin zum Lachen zu bringen. Doch der attraktive Mann hatte allein Augen für seine ernste Frau mit ihrer weißen, fast transparenten Haut. Sie führte mit ihm zusammen den Stand, die Schürze immer makellos. Während sie vorgab, die Auslage zu mustern, betrachtete Ana beim Anstehen die beiden: zwei Wesen, die von ihrer Schönheit nichts zu wissen schienen und gerade hinter Bergen von Salat, grünen Bohnen, Erbsen, Äpfeln und Birnen ein Straßenmädchen in Begleitung eines amerikanischen Marinesoldaten bedienten. Er bezahlte, wie ein guter Familienvater, den üppigen Einkauf.

«Wenn du alles gut lagerst, reicht es für ein paar Wochen», sagte Nita, Joanets Frau, zu dem Mädchen. Sie versicherte sich, dass ihr Mann außer Hörweite war, und fragte dann das Mädchen in schnellem Katalanisch: «Das ist nicht derselbe wie beim letzten Mal, oder?»

«Mir wäre nichts lieber, als dass einer mal bleiben würde.»

«Und würdest du nach Amerika gehen?» Sie reichte ihr zwei enorme Blumenkohlköpfe.

«Meinetwegen auch nach Cochinchina. Hauptsache, weg von hier.»

Ana kaufte Äpfel. Große, rotwangige, glänzende Äpfel, Schneewittchen-Äpfel, wie Kinder sie mögen.

Sie schleppte die Einkaufstasche hinaus, Lawrence erwartete sie an der Plaza de la Boquería. Obwohl er schon die Kamera und anderes Gerät trug, beharrte er darauf, auch die Tasche mit den Äpfeln zu übernehmen. Gemeinsam liefen sie zur Plaza de la Universidad, wo Ana Muñárriz' Peugeot 403 geparkt hatte, ein aus Frankreich importiertes Cabriolet. Von den drei Autos, die sie sich hätte borgen können, war dieses ihr das liebste. Der Hispano-Suiza ihrer Cousine Beatriz war ein altes Schiff aus der Vorkriegszeit, fast schon ein Oldtimer. Wenn sie ihn ab und an aus der Garage holte und ihn etwas bewegte, drehten sich die Leute nach ihr um, nicht sosehr, weil eine Frau am Steuer saß, was schon ungewöhnlich war, sondern wegen des Autos. Noch mehr Aufmerksamkeit erregte der Kleintransporter von Enrique Rubio, ein Fiat, auf dessen Türen der Name der Zeitschrift *El Caso* in großen Buchstaben prangte.

«Es ist zwar kein rotes Cabriolet wie das von Margarita Landi, meiner Madrider Kollegin, aber es fällt trotzdem auf», erklärte sie Lawrence, als jemand rief: «Aneta! Kind!»

Sie drehte sich nach der Stimme ihres Vaters um, der vom Eingang des Kapitols her grüßte. Das Kino zeigte vor allem Western und Gangsterfilme, ihr Vater war ein alter Freund des Besitzers.

Sie wurde rot wie ein Backfisch, als sie den neugierigen Blick bemerkte, mit dem ihr Vater Lawrence musterte, und stellte ihn linkisch vor.

«Lawrence Roberts, ein Freund, ein Arbeitskolle…, na ja, eigentlich ist er mein Englischlehrer.»

«Und außerdem noch Fotograf», sagte ihr Vater verschmitzt und zeigte auf die Kamera und das Stativ. «Alles auf einmal.»

Sie sah, wie Lawrence ungezwungen und selbstsicher die Einkaufstasche in die andere Hand nahm, um ihren Vater zu begrüßen, und dachte bei sich, dass eine britische Erziehung in solchen Situationen von Vorteil war.

«Was machst du denn hier, Papá?»

Andrés Martí deutete auf zwei jüngere Männer in Anas Alter. «Wir hatten eine Privatvorführung.»

Sie erkannte Francisco González Ledesma, der Westernromane unter dem Pseudonym Silver Kane schrieb. Der andere hieß Juan Gallardo.

«Curtis Galrand, Dan Kirby, Frank Logan, Donald Curtis, Lester Madox, Elliot Turner, Glenn Forrester», stellte er sich vor. Und das waren nur einige der Pseudonyme, unter denen er Western schrieb.

«Wie bitte?», fragte Lawrence perplex.

«Juan, er ist Engländer», erklärte Andrés Martí, «gib dir ein bisschen Mühe bei der Aussprache.»

«Eine Privatvorführung?», fragte Ana.

«*Faustrecht der Prärie*, *Ringo* und *Rio Grande*. Drei von John Ford. Spreche ich es gut aus?», fragte er Lawrence.

«Ausgezeichnet.»

Die Augen ihres Vaters waren nach vielen Stunden Kino gerötet, die der anderen beiden ebenso, rot und glänzend. Drei Vampire, glücklich, ins Sonnenlicht zu kommen, ohne größere Schäden zu erleiden.

«Gehen wir noch etwas trinken?», schlug González Ledesma vor und zeigte mit dem Kinn auf die Bar Canaletas. «Danach muss ich schreiben. Kommst du mit, Aneta?»

«Ich muss eine Reportage machen.»

Die drei Schriftsteller brannten darauf, über die Filme zu reden. Anas Vater verabschiedete sich mit zwei schmatzenden Küssen von ihr.

«Am nächsten Mittwoch kommst du zu uns zum Essen, oder? Der Kleine hat Geburtstag.»

Der Kleine war Émile, ihr Neffe. Kein leiblicher Neffe, Émile war der Sohn von Anas Schwägerin Marina, der Witwe ihres Bruders, und stammte aus Marinas zweiter Ehe. Sie hatte im Exil einen französischen Journalisten namens Marcel Fontaine geheiratet. Nach einer ebenso kostspieligen wie erfolglosen Behandlung starb er an einer kurzen, verheerenden Krankheit und ließ Marina mit hohen Schulden und zwei Kindern zurück, die sie mit ihrer Arbeit als Sekretärin in einem Verlag kaum ernähren konnte. Sobald Anas Eltern von der schwierigen Situation ihrer Schwiegertochter erfahren hatten, luden sie sie ein, mit ihren beiden Söhnen nach Spanien zurückzukehren und bei ihnen zu leben, ein Angebot, das Marina dankend angenommen hatte.

Bevor ihr Vater sich mit dem Dilemma konfrontiert sah, ob

er Lawrence zu dem Familienfest einladen sollte oder nicht, sagte Ana schnell: «Wir haben es eilig. Wir müssen nach Esplugas und sollen um vier dort sein.»

Als sie den Platz überquerten, hörte sie die Stimme ihres Vaters sagen: «Zum Glück ist uns das mit Chon Vaine nicht rausgerutscht.»

Silver Kanes Lachen tönte über den Platz. Ana musste grinsen. Bei dieser Aussprache hätte Lawrence sicher nicht begriffen, wer gemeint war. John Wayne.

* * *

«Du bist ja berühmt», sagte Lawrence, als ihr kurz darauf zwei behandschuhte Hände hinter dem Fenster eines Autobusses frenetisch zuwinkten.

«Du solltest mal sehen, was los ist, wenn ich mit dem Kleintransporter von *El Caso* unterwegs bin», entgegnet Ana, ohne kaschieren zu können, wie geschmeichelt sie war.

Sie bog auf die Avenida Diagonal. Obwohl sie zwanzig Jahre zuvor in Avenida del Generalísimo Franco umbenannt worden war, nannten die meisten Barceloneser sie weiterhin Avenida Diagonal, aus dem einfachen und einleuchtenden Grund, dass sie diagonal zu den übrigen Straßen in Eixample verlief.

«Ich habe kürzlich einen deiner Artikel in *El Caso* gelesen.»

Um nichts in der Welt hätte sie nun die Frage gestellt, die jeder halbwegs intelligente Schriftsteller oder Journalist nie stellen sollte: «Hat er dir gefallen?» Sie vertraute darauf, dass auch in England die Höflichkeitsregel galt, die besagte, dass man niemandem erklärte, man habe seinen Text gelesen, um ihn anschließend zu kritisieren. Sie tat so, als ob der Verkehr ihre gesamte Aufmerksamkeit fordere, und blickte strikt nach vorn.

«Die Witwe hat einige Ausgaben. Ich habe eine geborgt und einen Text von dir gesucht. Ich habe den mit den beiden unbekannten Toten gelesen, die in der Krypta eines Friedhofs gefunden worden sind. Er hat mir sehr gefallen.»

«Wirklich?» Sie wandte ihm das Gesicht zu und hätte beinahe das Lenkrad mit herumgerissen.

«Was für eine Geschichte! Und die Szenerie! Hast du die beiden gesehen?»

«Ja. Ich habe sie fotografiert.» Obwohl sie den Blick wieder auf die Fahrbahn gerichtet hatte, wusste sie, dass Lawrence sie anschaute, und sie wusste, dass er überrascht war. Obgleich der Mann und die Frau, die in enger Umarmung in einer Krypta auf dem Friedhof von Poble Nou abgelegt worden waren, ihr Albträume verursacht hatten, fügte sie gelassen hinzu: «Das gehört zu meiner Arbeit. Bei *El Caso* sind wir nicht viele. Ehrlich gesagt, wir sind zu zweit, Rubio und ich, unter verschiedenen Pseudonymen. Wir machen alles, auch die Fotos. Wenn ich aber für *Mujer Actual* arbeite, schicken sie mir einen Fotografen. Die Damen schätzen es, wenn wir zu zweit kommen, und sie lassen sich gerne fotografieren, du wirst sehen. Auch wenn du nicht viel katalanischen Modernismo zu Gesicht bekommen wirst, wirst du die kennenlernen, die ihn finanziert haben. Deshalb habe ich gedacht, dass dich der Auftrag heute interessieren könnte.»

«Ich kann dich auch bei Gelegenheit begleiten, um Fotos für *El Caso* zu machen. Vielleicht komme ich dann sogar mal auf einen Flugzeugträger.»

«Das wahrscheinlich nicht. Kameras sind dort verboten. Aber beim nächsten Auftrag …»

Sie verstummte, und auch er erwähnte nicht, dass ihm noch weniger als zwei Monate in Barcelona blieben.

Sie ließen die Stadt und die an diesem grauen Herbsttag melancholisch wirkenden Palmen der Diagonal hinter sich. Während sie an Gärten und Feldern vorbeifuhren, erzählten sie einander von ihrer Arbeit.

Das Heim *Sagrado Corazón* lag auf einer abgelegenen Anhöhe außerhalb von Esplugas. Nach ein paar Kilometern auf einer Schotterstraße sahen sie einen Turm des Schulgebäudes zwischen den halb abgelaubten Bäumen des Hangs herausschauen. Das Auto kroch über die Schotterpiste hinauf, dann erschien nach einer Kurve das dreistöckige Gebäude. Das Wort «Heim» ließ Ana immer an dunkle, heruntergekommene Gemäuer denken, deren Fenster weniger dazu dienten, Licht hineinzulassen, als vielmehr die Schatten daran zu hindern hinauszugelangen. Dem ersten Anschein nach würde das Kinderheim *Sagrado Corazón* ihre Erwartungen nicht enttäuschen.

Sie mussten noch einige Kurven hinter sich bringen, bevor sie an der Ziegelmauer standen, die das Anwesen umgab.

«Nicht leicht zu erreichen», bemerkte Lawrence mit Blick auf das Eisenportal, als er aus dem Auto stieg.

«Noch schwieriger ist es bestimmt, hier wieder herauszukommen.»

Schlüsselklirren kündigte an, dass jemand sich dem Tor näherte.

12

«Lächeln, Mädchen.» Die Nonne hob die rechte Hand und versetzte einem der Mädchen in der zweiten Reihe einen Klaps auf den Hinterkopf.

Anschließend nahm sie wieder ihre vorherige Pose ein, mit leicht abgespreizten Armen stand sie da und schien die in drei Reihen aufgestellten Kinder in ihren hellblauen Schulkitteln besitzergreifend umfassen zu wollen.

Das Mädchen zwang die Muskeln ihres Gesichts in ein Lächeln, das anhielt, während Lawrence sich vor die Gruppe stellte, das Stativ aufbaute, die Kamera daraufsetzte, durch den Sucher blickte, am Objektiv drehte, Kamera und Stativ nahm, ein paar Schritte nach hinten ging, wieder durch den Sucher blickte, die Entfernung einstellte und einen Finger hob, auf den sie alle schauen sollten. Das Mädchen zog weiterhin die Mundwinkel nach oben, ihre Schultern hoben sich, um den bloßliegenden Nacken zu schützen. Ihre Haare, wie die vieler anderer Kinder, waren raspelkurz.

«Es gab Läuse», hatte Schwester Marta, die Schuldirektorin, gesagt, als Ana sie fragend angeschaut hatte. «Sie kamen nicht von hier, wir achten hier peinlichst auf Sauberkeit.» Sie hatte ihnen dabei ihre Hände gezeigt, als wollte sie sagen, dass sie sich persönlich darum kümmerte. «Eines der Heimkinder hat sie wohl eingeschleppt, nach einem Besuch bei seiner Mutter.»

«Wer weiß, wo sich diese Unseligen an den Besuchstagen mit ihnen herumtreiben», hatte sich Doña Engracia eingeschaltet.

«Sie erhalten von uns genaue Anweisungen hinsichtlich passender Orte für diese Geschöpfe», hatte die Direktorin geantwortet und dabei abwechselnd Ana und Doña Engracia angeschaut.

Die Nonne war in den Fünfzigern. Jahrelanger Gehorsam im Dienst des Ordens hatten ihr weder die hochmütige Haltung noch den arroganten Ton der Oberschicht nehmen können. Draußen hätte sie sich mit Doña Engracia auf Augenhöhe messen können. Doch hier war Schwester Marta die Leiterin einer Schule unter der Schirmherrschaft der Schwesternschaft. Der Kopf unter dem Nonnenschleier musste sich beugen.

«Es ist gut, dass die Kinder ihre Mütter zu Gesicht bekommen und diese ihrerseits sehen, wie wir den Geist ihrer Kinder heranbilden», fuhr Schwester Marta fort, während sie ihnen den Speisesaal zeigte.

Doña Engracia hatte sich das Recht genommen, als Erste jeden Raum zu betreten, in den sie kamen. Das Sprichwort «Wer zahlt, befiehlt» hatte sie zutiefst verinnerlicht. Ihr folgten Ana, Lawrence und Schwester Marta. Die übrigen Damen der Schwesternschaft hatte Doña Engracia eine halbe Stunde später einbestellt, die Führung durch die Schule wollte sie offenbar für sich allein haben.

«Die Mädchen sitzen beim Essen rechts, die Jungen auf der linken Seite», erklärte ihnen Schwester Marta. «Schweigend.»

Die Erklärung war überflüssig, denn eine große Tafel am Ende des länglichen Saals empfing die Eintretenden mit der Inschrift «Iss und schweig». Die offenen Fenster reichten nicht aus, um den Geruch nach Eintopf und Schweiß abziehen zu lassen. Auf jeder Seite des Mittelgangs Tischreihen. Zwei niedrigere Tische, an denen die Stühlchen der Vorschulkinder aufgereiht waren, erinnerten Ana an das Märchen von Goldlöckchen und den drei Bären.

Die Kinder in dieser Schule bekamen allerdings keine Märchen zu hören.

«Während der Mahlzeiten liest eine der Lehrerinnen den Kindern Heiligenviten und Erzählungen über das Leben unserer kindlichen Märtyrer vor. Vor und nach dem Essen danken die Kinder dem Heiligen des jeweiligen Tages für Schutz und Nahrung.»

Bilder der geschundenen Körper besagter kindlicher Märtyrer schmückten die Wände.

Während Lawrence Aufnahmen von Schwester Marta und Doña Engracia unter dem Türsturz des Speisesaals machte, begann Ana zu bereuen, dass sie ihn mitgenommen hatte und er die düstere Tristesse des Heims erleben musste, dazu noch Doña Engracias Boshaftigkeit und die fanatische Strenge der Schulleiterin. Sie trat an ein Fenster auf der anderen Seite des Ganges und beobachtete eine Gruppe von Kindern, die im Hof Leibesübungen machte. Trotz der Kälte trugen sie kurze Hosen und Turnhemdchen. Die anderen beiden Frauen gesellten sich zu ihr, Lawrence machte noch einige Fotos von dem Speisesaal.

«Viel Arbeit mit unseren Schülern liegt noch vor uns», bemerkte Schwester Marta.

Die Kinder standen in geraden Reihen und boten mit geschlossenen Füßen und nach oben gestreckten Armen den Anblick eines Wäldchens, das zu einem Schilfröhricht wurde, als sie die Arme senkten, die Hände an die Flanken legten und sich nach rechts und links beugten.

«Hier bringen wir verkrüppelte Pflänzchen dazu, wieder gerade zu wachsen.»

Doña Engracias Stimme erklang hinter ihrem Rücken. Ana drehte sich um. Señora Gómez de Urquiza blickte nicht auf die Kinder, sondern auf sie, als ob sie sagen wollte, dass auch sie ein verwachsenes Pflänzchen war. Tochter eines Roten, Schwester eines Roten. Wir alle wissen, woher du kommst, wir alle wissen, dass dein Vater, der große Andrés Martí, der mächtige Chefredakteur der *Vanguardia,* jetzt sein Geld mit dem Schreiben von Groschenromanen verdient, und das ist sogar ein Fortschritt, denn zwischendrin hat er in einem Kramladen bedient.

Doña Engracia stellte sich neben sie ans Fenster und sah auf die Kindergruppe hinab.

«Eine harte Hand braucht es. Eine harte Hand», sagte sie mit zusammengebissenen Zähnen.

«Selbstverständlich, Doña Engracia», entgegnete Schwester Marta honigsüß. «Aber auch eine entsprechende Umgebung, damit sie sich in die richtige Richtung entwickeln. So erklärt es Doktor Vallejo Nájera in seinem Werk ‹Eugenik in Spanien›.» Den Blick starr auf das Fenster gerichtet, zitierte sie: «Das Wesen der Rassenhygiene besteht darin, dass die ererbten konstitutionellen Eigenschaften sich durch den Einfluss der Umwelt verändern können. Eine Veränderung, die umso tiefer greift, je früher und länger der Umwelteinfluss auf die ererbten Eigenschaften einwirken kann. Alles ist letztlich eine Frage der Hygiene, körperlicher wie geistiger.»

Ana war nicht ganz klar, ob das Argument der Autorität Doña Engracia hatte überzeugen können, denn als der Name des berühmten Psychiaters fiel, sprang sie zu einem anderen Thema. «Vallejo Nájera, eine wirkliche Koryphäe. Seine Frau ist eine sehr enge Freundin unserer Carmen Polo de Franco. Großartige Persönlichkeiten.»

«Ich habe sein Werk sehr aufmerksam gelesen, Doña Engracia», entgegnete die Schwester. «Unsere Pädagogik baut darauf auf. Eine harte Hand, wenn es nötig ist, doch auch eine sanfte Hand kann fest und unnachgiebig sein.» Sie wiegte den Kopf und lächelte erst Doña Engracia und dann Ana zu.

Ana lief es kalt den Rücken herunter. Das milde Lächeln, die glänzenden Augen, die gelassene Stimme – diese sanftmütige Spielart des Fanatismus schien ihr die schlimmste. Das Lächeln entsprang einer Überheblichkeit, der Glanz in den Augen unumstößlicher Gewissheit, und die Stimme, die Stimme war das Perfideste, denn sie wirkte wie ein langsames Gift, das in den Körper eindrang, ohne dass das Opfer es bemerkte. Da war ihr Doña Engracias offene Aggressivität lieber, der wütende Blick, die Stimme immer kurz davor, in Schreien umzuschlagen.

«Wollen wir jetzt zu den Kindern gehen?», schlug Ana vor, um ihr Unbehagen zu überspielen.

Als Antwort setzten sich die Frauen in Bewegung. Lawrence schulterte Kamera und Stativ und folgte ihnen. Mit einer Mischung aus Koketterie und Misstrauen behielt Doña Engracia ihn, den ausländischen Mann, scharf im Auge.

«Ich würde gerne die Kinder der jungen Frauen aus der Näherei fotografieren», sagte Ana.

«Gewiss. Allerdings gibt es noch andere kleine Geschöpfe, mit denen sich vielleicht besser das Ausmaß unserer Arbeit zeigen lässt», unterbrach sie Schwester Marta.

Ana hielt auf dem Gang an. «Ist der Sohn von Elena Sánchez auch hier?»

Schwester Marta bedachte sie mit einem derart wohlwollenden Lächeln, dass es Ana fröstelte.

«Selbstverständlich. Aber bislang weiß er noch nichts.»

«Warum nicht?»

«Das Kind war in der vergangenen Woche sehr krank. Es ist immer noch schwach. Deshalb bereiten wie es langsam darauf vor.»

Sie kamen in den Hof. Einige der älteren Internatsschüler hatten gerade Laub zusammengefegt. Die Kleinen warteten hinter einer weißen Linie, die ein Basketballfeld abgrenzte, ein in Schulen immer beliebterer Sport, da er sich auf Asphalt spielen ließ und nicht so viel Platz wie Fußball benötigte.

Auf das Händeklatschen der Nonne hin, die sie beaufsichtigte, liefen alle los, um sich für die Aufnahme aufzustellen. In einer perfekten Formation, drei Reihen mit je fünf Kindern, in der ersten lediglich vier.

«Das hier vorn sind die Kinder der Lehrlinge aus dem Nähatelier.»

Vier. Eins fehlte.

Als Ana zu ihnen trat, standen die Kinder stramm. Eingeschüchtert von der Feierlichkeit des Augenblicks, erwiderten sie ihr Lächeln nicht. Vielleicht auch, weil sich neben Ana der Schatten von Schwester Martas Ordenstracht bewegte, die ihr eilig gefolgt war, um die Kinder vorzustellen. Sie begann links, mit einem Mädchen, dessen dunkelbraunes Haar auf dem kahlrasierten Kopf gerade erst wieder zu sprießen begann.

«Matilde, die Tochter von María.»

«Zu Diensten, Señorita», sagte das Mädchen und knickste.

Neben ihr stand ein Dreijähriger, Ana erkannte den Jungen auf dem Foto im Zimmer der toten Näherin wieder. Den blauen Kittel der Schuluniform hatte er offenbar von einem weit älteren Kind geerbt.

«Félix, Elenas Sohn.»

Er schüttelte nervös die Hände, und bei dieser Bewegung

blähten sich seine Ärmel auf, schließlich flatterten sie wie zwei blaue Taschentücher, während er das Gesicht zu Ana hob und sie bat: «Ihren Segen, Señorita, Ihren Segen.»

Es schien sich um einen Gruß zu handeln, doch Ana wusste nicht, wie sie darauf antworten sollte. Außerdem schlug sie der Gesichtsausdruck des Kindes in Bann: blasse Haut und zwei große dunkle Augen, in denen die Aufregung über diesen außergewöhnlichen Tag in einem tristen, gleichförmigen Leben schimmerte. Ein Leben, das unerbittlich auf den Moment zulief, an dem eine dieser Frauen mit den schwarzen Hauben ihm sagen würde, dass er ohne jemanden dastünde. Ganz allein.

Schwester Marta drängte zur Eile. «Und das hier ist Soledad, Milas Tochter.»

Die Schirmherrinnen waren mittlerweile eingetroffen und beobachteten das Grüppchen mürrisch und begehrlich zugleich. Unter ihnen war auch Aurora Peiró, die jetzt auf sie zukam. Ein weiteres Kind wurde Ana vorgestellt, eine Achtjährige, die ebenfalls knickste, sie hieß Enriqueta und war Juanas Tochter.

«Ist Jacintas Sohn mit ihr zu ihrer Familie gefahren?», fragte Ana Aurora Peiró.

Die Werkstattleiterin wollte antworten, doch Soledad kam ihr zuvor: «Er ist krank, weil seine Mutter sich schlecht benommen hat. Gott hat sie bestraft.»

Die Nonne gab ihr eine Ohrfeige. «Kind, man unterbricht keine Erwachsenen.»

Aurora Peiró berührte Anas Arm, um ihre Aufmerksamkeit wiederzuerlangen.

«Das Kind scheint eine Magen-Darm-Grippe zu haben.»

Anas Blick ging unwillkürlich zu Elenas Sohn hinüber, der blass und abgemagert in seinem zu weiten Kittel steckte. Doña

Aurora bemerkte es und fügte hinzu: «Etwas Ansteckendes. Lassen wir den Fotografen seine Arbeit tun. Kommen Sie, ich möchte Ihnen die Damen von der Schwesternschaft vorstellen.»

Lawrence machte endlich das Foto.

«Lächeln, Kinder.» Die Nonne hob die rechte Hand und versetzte einem der Mädchen in der zweiten Reihe einen Klaps auf den Hinterkopf.

* * *

Am liebsten wäre sie sofort gefahren. Hinaus durch das Tor und weg von diesem Heim und den Nonnen mit ihren absoluten Wahrheiten, die eine ebenso absolute Macht über die Kinder in den hellblauen Schulkitteln ausübten. Aber die Damen von der Schwesternschaft beharrten darauf, ihr einen Imbiss anzubieten. Ihre Chauffeure trugen Körbchen und Tabletts mit feinem Weißbrot herbei, belegt mit Köstlichkeiten, die ihre Köchinnen vorbereitet hatten.

Der Imbiss sollte im Büro von Schwester Marta eingenommen werden, das nahe beim Eingang lag, als wäre die Leiterin zugleich die Pförtnerin der Einrichtung.

Die Schirmherrinnen waren entspannt, da der Fototermin nun hinter ihnen lag, und versuchten aus unterschiedlichen Gründen, Anas Aufmerksamkeit zu erlangen: Die einen ließen ein paar Bemerkungen über ihre Arbeit in der Schwesternschaft fallen, in der Hoffnung, dass Ana sie persönlich in ihrem Artikel erwähnen würde, die anderen, eher weltlichen Themen zugeneigt, versuchten, ihr Klatsch und Tratsch über bekannte Persönlichkeiten zu entlocken. Dabei hatten sie vor allem die zwei Verstorbenen dieses Monats im Visier.

«Mario Lanza! Erst achtunddreißig!» Eine Frau in den Sechzigern nippte betrübt an ihrem Sherry. «So viel Talent, das uns verloren gegangen ist! So viele Schallplatten, die niemals aufgenommen werden!»

«So großartig war er nun auch nicht», entgegnete eine andere. «Ein kleiner Tenor, der noch nicht einmal die schwierigeren Partien bei Verdi hinbekommen hat.»

«Stimmt es, dass die Ärzte gesagt haben, dass der Leichnam von Errol Flynn eher aussah wie der eines Siebzigjährigen als eines Fünfzigjährigen?», fragte eine junge Erbin und biss mit kannibalisch glitzernden Augen in ein Canapé mit Foie gras.

«Ein sündiges Leben», kommentierte eine andere.

Aber Ana war sicher, dass sich in diesem Moment alle an Errol Flynns von ein paar Lumpen nur spärlich verhüllte Oberschenkel und sein spöttisches Grinsen in *Robin Hood* erinnerten.

Aus Schwester Martas Gesicht verschwand plötzlich das Lächeln, und ihr Blick wanderte nervös wie der eines Schäferhundes auf der Suche nach einem fehlenden Schaf durch das Zimmer. Schließlich stellte sie wortlos ihr Sherryglas ab und verließ ihr Büro. Ana unterhielt sich weiter mit einer der Damen, während Doña Engracia von einem Gast zum anderen ging und Komplimente einheimste, mit einem Lächeln, das so breit war, als würde sie für die verschwundene Schulleiterin gleich mitlächeln.

Wenige Augenblicke später ertönte draußen die empörte Stimme von Schwester Marta. Ihr antwortete eine ebenso empörte Männerstimme, die Ana gleichfalls sofort erkannte: Lawrence' Stimme.

«Was tun Sie hier? Wer hat Ihnen das erlaubt?»

Ana verließ eilig das Büro. Vor der Eingangstür sah sie die Ärmel von Schwester Martas Ordenstracht auf und ab flattern, die Nonne ähnelte einem dunklen, zornigen Vogel, vor dem Lawrence gerade vorsichtig seine Kamera in Sicherheit brachte.

«Schwester, ich mache Fotos für eine Reportage.»

«Was haben Sie bei den Nebengebäuden der Schule zu suchen?»

Auf Lawrence' Gesicht zeigten sich Überraschung und Entrüstung.

«Was soll ich da wohl suchen? Ein gutes Fotomotiv!»

«Reden Sie nicht in dem Ton mit mir!»

«Dann hören Sie auf zu schreien.»

Doña Engracia und die anderen Frauen waren ebenfalls auf den Gang hinausgetreten.

«Was ist hier los?»

Schwester Marta wandte sich zu ihnen um, während ihre linke Hand anklagend auf Lawrence deutete. «Ich habe den ausländischen Fotografen dabei erwischt, wie er am gesperrten Flügel der Schule herumlief. Und er hat Fotos gemacht.»

«Nur eine Aufnahme von einer jungen Frau.»

Ana drehte sich mit fragendem Gesichtsausdruck zu Aurora Peiró um, die hinter ihr stand.

Doña Aurora gab den Blick zurück. In diesem Augenblick drängte sich Doña Engracia vor und herrschte Lawrence an.

«Wie können Sie es wagen! Warum haben Sie dort fotografiert?»

Ana hörte in ihrem Rücken das Stimmengemurmel der Damen von der Schwesternschaft, und ohne auf ihre Worte zu achten, spürte sie, wie Zorn in ihr hochstieg. Sie trat auf Doña Engracia zu und sagte: «Warum? Sie fragen ernsthaft: warum? Seine Gründe sind ganz klar und einfach: Fotos für eine Reportage zu machen, die Sie selbst in Auftrag gegeben haben. Und aus welchem Grund? Das ist ebenso klar und einfach: weil Sie Ihre Eitelkeit befriedigen wollen. Denn darum geht es doch, oder?»

Sie spürte ein kollektives Zusammenzucken hinter ihrem Rücken.

«Wie können Sie es wagen?»

Ana antwortete Doña Engracia nicht, sondern wandte sich an die Frauen: «Machen Sie sich keine Sorgen, es wird ein schöner Artikel. Mit hervorragenden Fotos.»

Sie ging in Schwester Martas Büro zurück, um ihre Tasche zu holen. Die beschwichtigenden Worte einer anderen Nonne ignorierte sie, ebenso die spöttischen, kritischen oder überraschten Blicke der Damen von der Schwesternschaft und Aurora Peirós Verwirrung. Sie hängte sich die Tasche über die Schulter, ging in großem Bogen an Doña Engracia vorbei und bedeutete Lawrence, ihr zu folgen.

«Einen schönen Nachmittag noch, die Damen.» Das Wort *Damen* stieß sie verbittert hervor, sodass es klang wie eine Beleidigung.

Der Hof lag verlassen da, die Kinder waren in die Schulräume zurückgekehrt.

* * *

Ein süßlicher Geruch schlug ihr entgegen, als sie die Autotür öffnete. Sie hatte die Äpfel für die Kinder auf dem Rücksitz vergessen. Ihr Kiefer verkrampfte sich bei ihrem Anblick. Am liebsten hätte sie sie gegen die Grundstücksmauer geschleudert, aber sie beschränkte sich auf ein kurzes, wütendes Schnauben und setzte sich ans Steuer. Lawrence schien intuitiv zu spüren, dass er besser nichts sagte. Langsam wurde es dunkel. Die

Konzentration, die der Weg über die unbeleuchtete Schotterpiste verlangte, bot beiden einen Vorwand, ihr Schweigen beizubehalten.

Als die Lichter des Dorfes auftauchten, brachen sie es gleichzeitig:

«Ana, es tut mir leid. Ich habe mir nichts dabei gedacht … Mir gefiel einfach das Bild des Mädchens, wie es aus dem einzigen schönen Fenster des Gebäudes herausschaute.»

«Diese dummen Puten!» Ana schlug mit der flachen Hand aufs Lenkrad. «Du brauchst dich für nichts zu entschuldigen.»

«Wenn du es sagst …», scherzte er.

Lawrence' Bemerkung brachte sie kurz zum Lächeln.

Ein Hase überquerte die Fahrbahn. Wenige Meter vor dem Auto blieb er stehen, und seine erschreckten Augen leuchteten im Scheinwerferlicht auf, doch bevor Ana abbremsen musste, schüttelte das Tier den Kopf und verschwand mit zwei großen Sprüngen im dunklen Gestrüpp.

«Für wen halten die sich? Jetzt werden sie sich sicher beschweren.»

«Mach dir keine Sorgen, vor diesen alten Hexen brauchst du doch keine Angst zu haben.»

Angst hatte sie nicht. Vor ihnen nicht. Vielmehr fürchtete sie, eines Tages ihren Irrtum erkennen zu müssen. Die ständige Kritik, all die Stimmen, die fortwährend darauf beharrten, dass Journalismus, Beruf und Ehrgeiz nichts für eine Frau waren und sie sich stattdessen um einen Mann und eine Kinderschar kümmern sollte – nichts davon hatte ihre Überzeugungen ins Wanken bringen können, selbst wenn alles sehr schwierig schien, wenn die Fälle, über die sie berichtete, mies und schmutzig waren, die Zensur erstickend und ihre Chefs zu fordernd oder zu nachgiebig. Trotzdem, wenn sie Aufträge wie diesen hatte, fragte eine innere Stimme sie mit heimtückischer Beharrlichkeit, ob nicht alles, was sie tat, letztlich sinnlos war.

«Keine Sorge, sie machen mir keine Angst. Was können sie mir schon anhaben? Was ich nicht verstehe, ist, warum sie sich so aufgeregt haben.» Plötzlich kam ihr eine Idee. «Lawrence, wie sah die Frau aus, die du fotografiert hast?»

«Sie hatte rote Haare, deshalb gab sie so ein hübsches Motiv da am Fenster.»

War vielleicht Jacinta die junge Frau, die Lawrence gesehen hatte? Warum hatte Aurora sie angelogen, als sie sagte, dass sie bei ihrer Familie sei? War es nicht egal, ob sie dort war oder im Heim? Und warum hatte Schwester Marta so wütend reagiert? Die Fragen beschäftigten sie den restlichen Heimweg über.

13

Zuerst war der dicke Barreiro dran. Von der Straße aus konnten Castro und seine Männer sehen, dass er zu Hause war. Der Streifenpolizist, der ihnen Bescheid gegeben hatte, öffnete ihnen kurz nach Mitternacht die Haustür in der Calle Santa Ana, und sie stiegen bis zum letzten Stockwerk hinauf, dem fünften.

«Ich weiß nicht, wie er es schafft, hier jeden Tag hochzukommen, fett, wie er ist», sagte der Beamte, der voranging.

«Und außerdem hinkt er», fügte der Vierte und Letzte in der Reihe hinzu.

Castro, der als Zweiter ging, zischte sie an, ruhig zu sein. Je weiter sie hinaufstiegen, desto deutlicher hörten sie die Musik. Klassische Musik. Klaviermusik. Sie kam aus Barreiros Wohnung. Castro verstand nichts von Musik, aber in den wenigen Sekunden, die sie still vor der Wohnungstür standen, um wieder zu Atem zu kommen, begriff er, dass es etwas Schönes war. Als Barreiro sich wehrte, ließ er es zu, dass zwei seiner Männer ihn mit einigen gut platzierten Schlägen zusammenprügelten. Bevor er ging, hob Castro die Tonnadel von der Platte, damit sie sich nicht abnutzte.

Barreiros Protestschreie hatten einige neugierige Nachbarn ins Treppenhaus gelockt, die Castro mit einem lakonischen «Brigada de Investigación Criminal» in ihre Wohnungen zurücktrieb.

Der Zweite war Josep Vendrell. Er wohnte nah beim

Präsidium, im ersten Stock eines Hauses in der Calle de la Princesa, auf der anderen Seite der Vía Layetana. Die Treppe war so schmal, dass die Polizisten nacheinander hinaufstiegen, auf Zehenspitzen und im Dunkeln, um ihn nicht vorzuwarnen. Die Vorsicht hätten sie sich sparen können. Nachdem sie die Wohnung mit einem Dietrich geöffnet hatten, fanden sie ihn schlafend und eng umschlungen mit Paca im Bett.

Einer der Polizisten schaltete das Licht ein. Vendrell und Paca richteten sich auf.

«Was? Um diese Uhrzeit schlaft ihr schon? Da hast du ja heute Nacht wirklich wenig zu tun gehabt, Paca.»

Die Prostituierte zog sich die Decke bis zum Hals hinauf und zuckte mit den Schultern. Vendrell dagegen sprang aus dem Bett und wollte zum Fenster hinaus, der Fluchtinstinkt war stärker als der gesunde Menschenverstand. Zwei der Beamten hielten ihn fest, bevor er auch nur den Kopf hinausstrecken konnte.

«Lasst mich los! Loslassen, hab ich gesagt! Sonst werdet ihr mich kennenlernen, ihr Scheißkerle!»

Vendrells sehniger Körper wand sich wie ein Aal, die Polizisten konnten ihn kaum halten.

«Lasst ihn los», befahl Castro.

Seine Stimme durchschnitt den hitzigen Kampf wie ein eiskaltes Messer. Die Polizisten ließen Vendrell fahren, der plötzlich still neben dem Bett stand, fast als würde er strammstehen.

Castro ging auf die drei Männer zu und fixierte Vendrell. Hypnotisiert von den halbgeschlossenen Augen des Inspektors, bemerkte Vendrell nicht, dass die Beamten zur Seite traten. Was er jedoch sehr wohl bemerkte, waren die zwei Schläge:

erst Castros Kinnhaken und dann der Schlag mit dem Kopf gegen die Wand, als er zurücktaumelte.

Mit routinierten Bewegungen zerrten die beiden Polizisten den halb betäubten Vendrell aus dem Schlafzimmer. Castro wandte sich an die Frau:

«Pack ihm etwas Kleidung zusammen, damit er das Wochenende nicht in Unterhosen verbringen muss.»

Er verließ die Wohnung. Die Polizisten nutzten die Enge des Treppenhauses, um Vendrell noch ein paar Faustschläge in die Rippen zu verpassen, bevor sie unten ankamen und ihn in den Wagen schoben.

Etwas später kam Paca vollständig angezogen hinunter und gab Castro ein Kleiderbündel.

«Wie heißt es so schön? Zur falschen Zeit am falschen Ort, oder?»

«Deshalb brauchst du dir keine Gedanken zu machen.» Er gab ihr einen Klaps auf die Schulter. «Wir hätten sonst zu dir fahren müssen. Du stehst auch auf der Liste. So hast du uns die Fahrt gespart.» Er öffnete die Tür des Polizeiautos. «Du wirst in der Zelle Gesellschaft haben, deine Freundin, die Mallorquinerin, kommt auch.»

Er schlug auf das Wagendach, und das Auto fuhr mit seiner Fracht davon.

* * *

Seiner Frau hatte er Bescheid gesagt, dass er nach dem Abendessen noch einmal fortmusste. Als er frühmorgens nach Hause kam, kam sie ihm schläfrig im Flur entgegen.

«Alles in Ordnung?» Sie tätschelte ihn, wie sie es mit den Kindern tat, wenn sie krank waren.

Ihm gefiel das. «Lass gut sein. Geh wieder ins Bett. Ich komme gleich nach.»

Araceli half ihm, den Mantel auszuziehen, hängte ihn an die Garderobe und schlurfte ins Schlafzimmer zurück.

Castro blieb einen Augenblick im Esszimmer stehen. In der Obstschale aus Kristallglas, einem Hochzeitsgeschenk, erkannte er die Umrisse von Äpfeln. Araceli zwang ihre Männer, jeden Tag ein Stück Obst zu essen. Die Jungen und er gehorchten widerspruchslos.

Vorsichtig schlich er zum Schlafzimmer seiner Söhne. Er öffnete leise die Tür und hörte trotzdem, wie Daniel, der einen leichten Schlaf hatte, zusammenfuhr. Dann stellte er fest, dass Cristóbals ruhige, tiefe Atemzüge fehlten. Er trat ins Zimmer und schloss die Tür hinter sich.

«Wo ist dein Bruder?», flüsterte er.

Der Junge tat so, als ob er schliefe.

«Daniel, wo ist dein Bruder?»

«Ich weiß es nicht, Vater.» Daniel richtete sich auf. «Wirklich, ich weiß es nicht. Er ist gegangen, nachdem du weg warst.»

Er trat an Daniels Bett. Seine Augen, schon an die Dunkelheit gewöhnt, registrierten, dass sein Sohn die Schultern hochzog. Castro fuhr ihm mit der Hand über die Haare, die fein waren wie die seiner Mutter.

«In Ordnung. Schlaf weiter, mein Junge.»

Er dagegen würde nicht schlafen, solange Cristóbal nicht nach Hause zurückgekehrt war.

14

Sie saßen einander an Muñárriz' Schreibtisch gegenüber und starrten beide auf die maschinenbeschriebenen Seiten, die wie ein frisch erlegter Vogel auf dem Tisch lagen.

Im selben Augenblick hoben sie den Blick und sahen sich an.

«Gehst du mir jetzt an die Gurgel?»

«Nicht mal das verdienst du», antwortete Ana.

«Du bist ungerecht, Aneta.» Muñárriz' klagender Protest wurde von einem verstohlenen Blick auf das weiße Telefon begleitet.

Vor lauter Wut hätte sie am liebsten das Kabel herausgerissen und den weißen Hörer auf der Kante des Schreibtisches zerschlagen, um Muñarriz auf Gedeih und Verderb dem schwarzen Telefon auszuliefern, aus dem mit Sicherheit die Anweisungen der Krähenstimme gekommen waren.

«Es war Engracia Gómez de Urquiza, nicht wahr?» Sie sprach jede Silbe des Namens mit Verachtung aus.

«Ana ... ich darf nicht ... Die Schwesternschaft ...»

«Sie war es, gib's schon zu.»

Muñárriz ließ den Blick über die linke, mit Fotos von Film- und Schlagerstars bedeckte Wand gleiten und versuchte seine Selbstsicherheit wiederzugewinnen.

«Die Damen von der Schwesternschaft waren nicht sehr erfreut über deinen Auftritt am vergangenen Freitag, Aneta.»

«Aber es war diese wahnsinnige Gómez de Urquiza, oder?»

«Das kann dir doch egal sein.»

«Also ja.»

Muñárriz seufzte und ließ entnervt die Schultern sinken, doch er sagte nichts. Ana begriff, dass sie ihm nichts weiter entlocken würde.

«Dann wird also nichts über die Schwesternschaft veröffentlicht.»

«Im Moment nicht.»

Die Tasche, die sie auf dem Stuhl neben sich abgelegt hatte, fiel mit einem dumpfen Geräusch auf den Boden und erinnerte sie daran, dass darin ihr gähnend leeres Portemonnaie lag. Ana hob sie auf.

«Hast du etwas anderes für mich? Ich habe mit dem Auftrag für diesen Monat gerechnet.»

Muñárriz' gequälter Gesichtsausdruck gefiel ihr überhaupt nicht.

«Was ist los, Joaquín?»

«Ich fürchte, wir müssen dich für ein paar Tage, für eine gewisse Zeit in … in Quarantäne schicken. Frag nicht weiter, ich glaube, du verstehst schon.»

Natürlich verstand sie, und natürlich fragte sie weiter: «Warum?»

Muñárriz seufzte tief. Dann sagte er: «Ich wurde im Namen der Schwesternschaft gebeten, dich hinauszuwerfen. Die Damen weigern sich, mit dir zu sprechen. Keine Interviews, keine gesellschaftlichen Ereignisse.»

Ana brauchte einen Moment, um die Nachricht zu verdauen, den Blick auf das schwarze Telefon gerichtet. Was Muñárriz danach sagte, überraschte sie nicht, wenngleich es sie wunderte, dass er wie ein strenger Richter alle Details der Strafe aufzählte. Das war eigentlich nicht seine Art.

«Weder die Damen werden mit dir sprechen noch ihre Freundinnen.»

«Ihre Freundinnen» bedeutete ein großer Teil der feinen Gesellschaft Barcelonas. Nicht alle, denn nach vielen Berufsjahren hatte Ana ihre treuen Anhängerinnen in diesen Kreisen, Damen, die ihr die Türen ihrer Villen bereitwillig öffneten, um sich von ihr interviewen zu lassen. Doch dank ihrer Familiengeschichte wusste sie nur allzu gut, wie leicht es war, in Ungnade zu fallen. Doña Engracias Feindseligkeit war eine Gefahr für ihre Arbeit als Gesellschaftsreporterin. Die Trageriemen ihrer Tasche lagen schlaff auf dem Stuhl.

«Aber ...» Muñárriz grinste, und Ana ahnte, dass nun die Erklärung für die Gleichgültigkeit folgen würde, mit der er das Urteil verkündet hatte. «Ich habe sie überzeugt, davon abzusehen. » Er machte eine Pause, und sein Grinsen wurde breiter. «Ich habe ihnen erklärt, dass es angesichts deiner Lebensumstände unchristlich sei, dich hinauszuwerfen.»

«Was? Wovon redest du? Welche Lebensumstände?»

Muñárriz stotterte bei der Antwort. «Eine alleinstehende Frau, die aus einer Familie von Dissidenten kommt, die sich ihren Lebensunterhalt selbst verdienen muss ...»

«Mit anderen Worten: Du hast ihnen meine Beschäftigung hier als eine Art wohltätiges Werk verkauft. Richtig?»

Muñárriz lehnte sich ebenso wie Ana auf dem Stuhl zurück und kreuzte die Arme vor der Brust. «Ja, und?»

«Merkst du nicht, dass du auf diese Art meine jahrelange Arbeit zunichtegemacht hast?»

Zum ersten Mal hob Muñárriz ebenfalls die Stimme: «Merkst *du* nicht, dass du es selbst getan hast, als du vor diesen Frauen aus der Haut gefahren bist?»

«Aber das kannst du doch nicht vergleichen! Eine Sache ist,

dass ich mich mit ihnen angelegt habe, ob ich nun recht hatte oder nicht, nebenbei gesagt, ich hatte natürlich recht. Eine ganz andere Sache ist es, meine Arbeit abzuwerten, indem du sie als wohltätiges Werk an einer armen Unglücklichen deklarierst. So denkst du also über mich?»

«Aneta, ich wollte dir nur helfen …»

Und obwohl Muñárriz den Kopf gesenkt hatte, während er den letzten Satz fast flüsternd aussprach, war sie zu zornig, um auf seine Worte zu achten. Wuttränen stiegen ihr in die Augen, sie stand auf, zerrte ihre Tasche hinter sich her wie einen widerspenstigen Hund und sagte, als sie bei der Bürotür angelangt war: «Mehr Respekt bringst du für mich und meine Arbeit also nicht auf?»

Sie ging hinaus und schloss hörbar die Tür.

Die Empfangsdame von *Mujer Actual* unterbrach ihr Tippen und ließ die Finger über der Tastatur schweben.

«Señorita Martí», sagte sie, als müsse sie sich versichern, wer die Frau war, die so zornig an ihr vorbeiging.

Ana verließ die Redaktion, ohne sich zu verabschieden, aber auch, ohne die Tür zuzuknallen.

15

Er hatte die vier Häftlinge aus ihren Zellen holen lassen. Einer nach dem anderen würden sie in sein Büro kommen; er hatte dafür gesorgt, dass sie sich auf dem Flur sahen und nicht mehr als einen Blick oder ein Nicken wechseln konnten. Sprechen durften sie nicht, und falls sie auf die Idee kommen sollten, sich mit Gesten zu verständigen, würden die Wachen eingreifen.

«Wenn einer herumhampeln sollte, legt ihm Handschellen an. Und wenn er den Schnabel unbedingt aufreißen will, steckt ihr ihn wieder in seine Zelle», sagte Castro von der Tür seines Büros aus und betrachtete die auf einer Holzbank zusammengedrängte Gesellschaft.

Zwei Tage in einer Zelle auf dem Polizeipräsidium gehen nicht folgenlos an einem vorüber. Den Häftlingen war kein Haar gekrümmt worden. Sie waren allein in ihren Zellen, sie bekamen zu essen und zu trinken. Sie hörten die Schreie aus den anderen Zellen. Manche von den Politischen schrien sogar, wenn sie gar nicht geschlagen wurden.

Zwei Tage in einer Zelle hinterlassen Spuren. Trotzdem hätten die beiden Männer, die Castro Freitagnacht verhaftet hatte, nicht unterschiedlicher aussehen können.

Barreiro war weicher und schwammiger geworden, als hätte sich all das Fett, das seinen Körpers füllte und aufblähte, verflüssigt. Vendrell hingegen hatte sich verhärtet. Nur ein blauer Fleck auf der rechten Wange erinnerte noch an all die

Schläge, die er während seiner Festnahme hatte einstecken müssen.

Zwei Tage, ohne mit jemandem zu sprechen. Nun durften sie mit ihm sprechen. Es gab keine Gegenüberstellungen. Wenn er zwei Erklärungen abgleichen wollte, ließ er den anderen holen und den ersten fortbringen. Auf diese Weise gab es ein ständiges Kommen und Gehen. Vier Personen, denen Sevilla und er immer wieder dieselben Fragen stellen mussten, auch wenn Sevilla mit seiner singenden Stimme die Frauen befragte. Viermal dieselben Fragen, nur manchmal ähnelten sich die Antworten.

«Klar kannte ich Antonio, den Latino.» Barreiro zog den Kopf ein. «Viele von uns kannten ihn.»

«Das habe ich Ihnen doch schon gesagt. Halten Sie mich hier bloß fest, damit ich mich wiederhole?» Vendrell lungerte auf dem Stuhl herum.

«Setz dich gerade hin.» Castro gab ihm eine Backpfeife, als ob er einer seiner Söhne wäre.

«Ja, ich kannte ihn», sagte Paca knapp, mit wirrem Haar und Ringen unter den Augen.

«Ein lieber Junge», antwortete die Mallorquinerin. «Er hatte alles, was ein Mann braucht, und er wusste, wie man mit Frauen umgehen muss. Das wissen längst nicht alle.» Sie warf einen halb trotzigen, halb spöttischen Blick auf Sevilla.

Castro sah, dass sein Untergebener die Fäuste ballte, und bremste ihn mit einer knappen Handbewegung.

«Was du mit den Damen hier zu klären hast, klärst du später. Jetzt arbeiten wir.»

«Sie wollen mich doch wohl nicht mit ihm allein lassen, oder?» Die Mallorquinerin schaute ihn flehend an. «Sie wissen nicht, was er …»

«Ich will es gar nicht wissen», unterbrach sie Castro. «Aber wenn Sie uns helfen, können Sie bald nach Hause gehen, Señorita Canals.»

Vielleicht war es das Versprechen, sie nicht mit Sevilla allein zu lassen, vielleicht war es auch das seltene Ereignis, dass sie mit ihrem Nachnamen angesprochen wurde, jedenfalls beantwortete Dolores Canals, alias Loli die Mallorquinerin, lammfromm all seine Fragen. Sie bestätigte, was auch die anderen drei übereinstimmend gesagt hatten.

«Es war eine Schlägerei, nichts Ungewöhnliches», hatte Barreiro erklärt. Das Wochenende in der Zelle hatte ihn in eine Wolke säuerlichen Schweißgeruchs gehüllt, sodass Castro das Fenster trotz der Kälte draußen weit geöffnet hatte.

«Wenn sie besoffen sind, prügeln sie sich wegen jeder Kleinigkeit.» Pacas Überdruss war nicht zu überhören, die Amerikaner kamen schon viele Jahre nach Barcelona, und sie hatte viele Schlägereien gesehen.

«Auch wenn sie Marinesoldaten sind, haben manche nicht die leiseste Ahnung, wie man sich prügelt.» Vendrell klang selbstzufrieden. «Jeder, der sich nur ein bisschen auskennt, weiß doch wohl: Wenn du als Erster zuschlägst und sauber triffst, ist die Schlägerei gleich zu Ende. Meistens strecken die Leute nach dem ersten Schlag alle viere von sich. Aber ein richtiger Boxer weiß, dass man nicht nur austeilen, sondern auch einstecken können muss.»

Castro kannte Josep Vendrells Boxvergangenheit. Außerdem ging das Gerücht um, dass er während des Krieges in den Tschekas, den Verhörzentren der Roten, gearbeitet hatte, und es hieß, dass er hinter der Ermordung eines Kollegen von der politischen Polizei steckte. Eines Tages würde er dafür bezahlen müssen. Aber das interessierte Castro im Augenblick nicht, er wollte eine Antwort auf die Frage: «Was hat Antonio Vázquez in dieser Nacht getan?»

«Dasselbe wie die anderen. Getrunken, den Frauen hinterhergestiegen und sich geprügelt», hatte Vendrell geantwortet.

«Mit wem hast du ihn gesehen?»

«Inspektor, es ist schon ziemliches Glück, dass ich mich überhaupt daran erinnere, ihn gesehen zu haben. Wie soll ich mich an alle Einzelheiten erinnern?»

«Streng dich ein bisschen an, Vendrell.» Castro wandte den Blick ab, als ob er ihn in Ruhe nachdenken lassen wollte.

«Ich streng mich doch schon an, aber es hilft nichts. Ich nehme an, mit seinen Kumpeln, den weißen Matrosen.»

«Und mit welchen Mädchen?»

«Ich habe nicht darauf geachtet. Sie waren alle voll bis oben hin. Und da ist es egal, ob es die eine oder die andere ist, Sie verstehen …»

«Mit wem hast du ihn gesehen?», fragte er Barreiro.

«Mit den Übrigen, nehme ich an.» Er zuckte mit den Schultern.

«Warum sagst du: ‹nehme ich an›?»

«Weil gesehen, gesehen im eigentlichen Sinn, habe ich ihn nicht. Und als die Leiche gefunden wurde, war ich schon auf dem Weg nach Hause. Könnten Sie das Fenster bitte zumachen? Es ist sehr kalt hier.»

«Nein.»

Paca hatte die Fragen mit vor Müdigkeit glasigen Augen beantwortet.

«In der Zelle habe ich kein Auge zugetan. Ich glaube, dass ich ihn gesehen habe.»

«Also, hast du ihn gesehen oder nicht? Freitag hast du gesagt, ja.» Sevilla übernahm Castros Platz, der ihnen den Rücken zuwandte und gleichgültig aus dem Fenster sah.

«Ich glaube, dass ich ihn gesehen habe. Aber vielleicht war es auch wann anders. Ich weiß nicht so genau … Mir geht es schlecht. Wann kann ich nach Hause?»

«Sobald du mir gesagt hast, ob du ihn gesehen hast oder nicht.»

«Ja, ich habe ihn gesehen», antwortete sie erschöpft.

Castro drehte sich zu ihr um und rollte sich langsam und sorgfältig eine Zigarette, während er sie mit schiefem Lächeln ansah.

«Na gut, eigentlich nicht. In Wirklichkeit nicht.»

In Zeitlupe tastete Castros Hand über den Tisch. Paca wich im Stuhl zurück. Er klopfte sich auf die Hosentaschen und ging dann zu seinem Trenchcoat, der auf einem Bügel hin. Dort fand er das Feuerzeug. Paca ließ ihn nicht aus den Augen.

«Nein, ich habe ihn nicht gesehen», beeilte sie sich zu sagen, als Castro mit der zwischen die Lippen geklemmten Zigarette auf sie zukam.

«Warum hast du gesagt, dass du ihn gesehen hast?»

«Weil ich den Eindruck hatte …»

«Hast du den Eindruck gehabt oder hat dir jemand gesagt, dass du uns dieses Märchen auftischen sollst?»

Pacas Antwort kam zu langsam. «Ich habe den Eindruck gehabt.»

«Los, verschwinde, raus auf den Gang, bevor ich dir eine runterhauen muss.» Er riss sie hoch und zerrte sie zur Tür. «Die andere soll herkommen.»

«Es waren ziemlich viele», erklärte die Mallorquinerin. «Und wenn ich Ihnen die Wahrheit sagen soll …»

«Wir hoffen, das tust du immer, meine Hübsche», unterbrach sie Sevilla.

Die junge Frau zuckte zusammen und schaute ängstlich zu Castro herüber.

Ganz der Beschützer, legte Castro seinem Untergebenen, der nun wieder auf seinem Platz saß, besänftigend die rechte Hand auf die Schulter.

«Fahren Sie fort, Señorita Canals, fahren Sie fort.»

«Wenn Sie wollen, dass ich Ihnen die Wahrheit sage, glaube ich, dass einige von denen mehr als Alkohol zu sich genommen haben. Sie waren sehr aufgedreht.»

«Drogen?»

Loli Canals senkte verschwörerisch die Stimme. Castro stützte sich mit beiden Händen auf dem Tisch ab und näherte sein Gesicht dem der Frau. Ihn beeindruckten weder ihre großen braunen Augen noch der mädchenhaft verschreckte Ausdruck in ihrem Gesicht oder die zittrigen Lippen ihres Puppenmundes. Sie war eine Hure und eine Informationsquelle. Wenn er sanft und fast komplizenhaft mit ihr sprach, tat er es, um sie zum Reden zu bringen.

«Hat Barreiro sie mitgebracht?»

«Nein, Herr Inspektor. Sie hatten sie dabei.»

«Wer sind ‹sie›?»

«Ich weiß nicht, Inspektor. Manche hatten etwas, andere nicht. Aber ich habe nicht besonders darauf geachtet. Wenn sie einmal da sind, es sind ja nur ein paar Tage, muss man die Gelegenheit nutzen, daher …» Sie sah sie misstrauisch an.

«Was ist?»

«Wenn ich Ihnen sage, was ich mache, werden Sie mich wirklich verhaften, oder?»

«Schauen Sie», Castro beuge sich nach vorn und ignorierte

ihr Zurückweichen. In fast väterlichem Ton erklärte er ihr: «Wenn wir Sie wegen Prostitution hätten verhaften wollen, hätten wir das schon längst getan. Aber solche Kleinigkeiten interessieren uns nicht. Wir haben hier einen Mord aufzuklären. Also reden Sie weiter.»

Sie setzte sich im Stuhl auf, den Rücken fest gegen die Lehne gepresst. Dieses Mal war Castro derjenige, der es ihr nachtat, er setzte sich neben Sevilla. Seine Lendenwirbel dankten es ihm.

«Was ich gerade meinte, ist, dass wir die Zeit nutzen, weil sie nur so wenige Tage hier sind. Da kommen am Tag viele … viele Dienste zusammen. Manchmal mehr als zwanzig. Am Ende schaust du nicht mehr so genau hin. Am Ende sehen sie alle gleich aus.»

«Aber Antonio kannten einige.»

«Ja, weil er spanisch sprach. Das fällt auf.»

«Und verkaufte er Drogen?»

«Das glaube ich nicht. Aber er war nur ein Mal bei mir.»

«Sagen Sie mir die Wahrheit? Zwingen Sie mich nicht, Sie mit meinem Kollegen allein zu lassen.»

«Ich schwöre es Ihnen.» Sie schlug ein Kreuz und küsste ihre Fingerspitzen. «Ich weiß nicht, woher sie es bekommen, aber sie sind ziemlich verdorben.»

«Was für Drogen sind das?»

«Kokain.»

Sie fragten die anderen drei. Paca behauptete wieder, nichts Besonderes bemerkt zu haben. Barreiro setzten sie unter Druck, für den Fall, dass er der Lieferant gewesen war, da er den Ruf hatte, mit allem, was sich verkaufen ließ, zu handeln, mit Ausnahme von Menschen. Das war Vendrells Geschäft, der eine Theorie über den Anlass der Schlägerei zum Besten gab: «Vielleicht war es das. Antonio handelte mit etwas Härterem als mit Zigaretten. Möglicherweise hat ein Kunde nicht bezahlt, vielleicht war er auch der Kunde.»

Castro erinnerte sich daran, dass sie zunächst gesagt hatten, eine Frau sei der Anlass für die Schlägerei gewesen.

«Beim letzten Mal habt ihr alle erzählt, es wäre um Frauen gegangen. Worauf einigen wir uns denn jetzt?»

Sie kamen nicht dazu, sich zu einigen, denn in diesem Moment ging die Tür auf, und ein Polizist trat in Begleitung eines Mannes im Anzug ein.

«Inspektor Castro? Ich komme von der Kanzlei Montoliu und Segarra.» Er reichte ihm ein Papier. «Hier ist der Haftentlassungsbefehl, den meine Mandanten beim Staatsanwalt erwirkt haben. Señor José Vendrell ist unverzüglich freizulassen.»

Castro musste das Schreiben zweimal lesen. Nicht um es zu verstehen, sondern um es zu glauben. Als er den Blick schließlich hob, blickte er in Vendrells grinsendes Gesicht.

«Anscheinend hast du oben ein paar Freunde. Aber das ist mir egal.» Er wandte sich an den Beamten. «Tun Sie mir den Gefallen und schaffen Sie das Stück Unrat aus meinem Büro.»

Sobald Vendrell den Raum verlassen hatte, fragte Sevilla: «Chef, was machen wir mit den anderen dreien?»

«Lass die Frauen frei und bring mir den Dicken.»

Barreiro kam herein, sichtlich verwirrt über die Freilassung der anderen drei.

«Nachdem wir nun die Spreu vom Weizen getrennt haben», sagte Castro. «Wo hast du es her?»

«Von wo habe ich was her?»

Castro gab ihm zwei Ohrfeigen, nicht besonders fest, gerade so, dass seine Hängebacken vibrierten.

«Eine bekommst du für das ‹von wo›, die andere, damit du siehst, dass ich es eilig habe.»

«Woher habe ich was?»

Die Korrektur ersparte ihm nicht zwei weitere und stärkere Ohrfeigen.

«Das Kokain, du Schlaumeier!»

Barreiro hob die Hände, um sich die roten Wangen zu reiben, vielleicht auch, um sie zu schützen. Er sah zu Castro, dann zu Sevilla. Beide beobachteten ihn triumphierend, als ob sie tatsächlich etwas wüssten.

«Es war der Kubala! Er hat mich verpfiffen, stimmt's?»

Castro nickte mit gespieltem Überdruss.

«Das wird er mir büßen!» Barreiro wuchtete seinen Körper vom Stuhl und begann, mit den Armen zu wedeln. Sevilla drückte ihn auf den Stuhl zurück. Barreiro schrie weiter: «Wenn er glaubt, dass ich allein dafür geradestehe, hat er sich geschnitten. Er ist nämlich auch bei dem Geschäft dabei, Inspektor.»

Was darauf folgte, war eine kurze und intensive Beichte über seine Geschäfte mit falschen goldenen Armbanduhren. Käufer waren die Amerikaner und die «ortsansässige Kundschaft», denn wenn die Amerikaner wieder die Anker lichteten, blieben immer noch Reste. Barreiro besorgte sie, der Kubala verkaufte sie.

«Und die Drogen?», fragte Castro.

«Welche Drogen? Ich dachte, das war Ironie.»

«Ironie ist nur etwas für feine Leute, Dicker. Wenn ich dich etwas frage, meine ich es ernst.»

Barreiro versuchte, sein Gesicht mit den Armen zu schützen, aber es gelang ihm nicht, die dritte Runde Ohrfeigen abzuwehren.

Doch sie bekamen keine Antwort, auch wenn sie es noch eine Weile versuchten.

«Ich habe Ihnen doch schon gesagt, dass …»

Als er Barreiros Jammern satthatte, schickte Castro ihn wieder in die Zelle zurück und befahl zwei Beamten, den Kubala zu verhaften.

«Wir sind wegen Tintenfisch ausgefahren und kommen mit Sardinen zurück», bemerkte Sevilla.

Castro beugte sich aus dem Fenster. In diesem Moment traten Paca und die Mallorquinerin auf die Straße und entfernten sich Arm in Arm die Vía Layetana herunter.

Nein, so schlecht war der Fang nicht. In all dem Wortgewimmel stach die Aussage der Mallorquinerin hervor. Drogen. Nicht nur Konsum. Auch Handel. Endlich hatte er das Gefühl, dass es eine Richtung gab, in der er suchen konnte.

«Sardinen sind auch gut», sagte er, während er den Rücken der beiden Frauen mit dem Blick folgte.

«Jawohl, Chef.»

16

Ihre Füße schlugen den Weg ganz von allein ein. Die Stiefelabsätze klapperten ihre Wut auf das Pflaster, als sie die Redaktion von *Mujer Actual* verließ und die Vía Augusta bis zur Rambla de Cataluña hinunterging. Sie passierte ihr Haus und ging weiter. Erst an der Ecke zur Calle Mallorca hielt sie einen Moment inne, stemmte die Hände in die Seiten und blickte auf das letzte Wegstück, das noch vor ihr lag. Wie ein Revolverheld aus einem der Westernromane meines Vaters, dachte sie. Sie lächelte, ohne dass ihr Zorn nachließ. Das etwas lächerliche Bild half ihr zu begreifen, was sie wollte: Erklärungen. Sie war die Heldin der Geschichte, die Genugtuung forderte. Für wen hielt diese Horde von frömmlerischen Wohltäterinnen sich eigentlich? Diese dämlichen «Señoras de», Frauen von und zu. Mit viel Einfluss und wenig Beschäftigung. «Sie können ihre gesamte Zeit und Energie darauf verwenden, dich zu zerstören.» In den Romanen ihres Vaters stand dem Helden oft eine praktisch denkende Figur zur Seite, die Stimme des gesunden Menschenverstandes, die gewöhnlich versuchte, das Duell des einsamen Helden mit einer ganzen Bande von Gesetzesbrechern zu verhindern. Diese Stimme sagte ihr nun, dass sie nicht noch mehr Streit suchen sollte, dass sie sich nicht von ihrer Wut leiten lassen sollte, dass Muñárriz ihr die Arbeit gerettet hätte. «Ich suche ja gar keinen Streit», antwortete die Stimme der Heldin. «Ich will einfach nur mit Aurora Peiró sprechen, die viel vernünftiger zu sein scheint als die anderen.» Mit ihr wollte sie über den Nachmittag im Kinderheim reden. So wie Doña Engracia die Schneiderin behandelte, würde Aurora Peiró sie wahrscheinlich verstehen können. Mehr als das Scheitern der Reportage über das Kinderheim, von der Aurora Peiró auch nicht sonderlich überzeugt schien, bedauerte sie nun den Eindruck, den sie gemacht hatte, ihren Mangel an Professionalität.

Ihr Ärger galt nicht mehr allein Engracia, sie begann, sich auch über sich selbst zu ärgern. Engracia war nicht arroganter oder unerträglicher als andere Menschen, mit denen Ana es bei ihrer Arbeit zu tun hatte. Ihre Art von Hochmut war weit verbreitet, es war der Hochmut der Missionarin angesichts der einfältigen Sturheit derjenigen, die sich nicht zu ihrer absoluten Wahrheit bekehren lassen wollten. In dieser Hinsicht war Engracia nicht die Einzige, wenn vielleicht auch die Schlimmste. Trotzdem, sagte Ana sich, hätte sie selbst anders reagieren müssen.

«Angesichts ihrer Lebensumstände wäre es unchristlich, sie hinauszuwerfen.» So hatte es vermutlich Joaquín Muñárriz formuliert, die Worte hallten in ihrem Kopf. Doch nachdem sie ihren eigenen Fehler erkannte hatte, klangen sie schwächer. Sie ließ die Ereignisse im Kinderheim Schritt für Schritt Revue passieren, und während ihre Wut und ihr Tempo sich verringerten, suchte ihr Verstand nach den Gründen für die übermäßige Reaktion von Schwester Marta und Doña Engracia.

Sie kam zum Nähatelier. Drinnen surrten Nähmaschinen. Ana drückte die Klinke herunter und versuchte, die Tür zu öffnen.

Die Klinke gab nach, die Tür nicht. Sie drückte noch einmal. Abgeschlossen. Eine Stimme rief von innen. «Einen Moment!»

Ana trat einen Schritt zurück. Eine Hand schob die Scheibengardine an der Tür beiseite. Es war María Jesús. Die andere Hand, die gerade den Schlüssel im Schloss drehen wollte, fuhr hoch und signalisierte ebenso wie das Kopfschütteln der Näherin: nein.

«Machen Sie mir auf. Ich muss mit Señora Aurora reden.»

Die Nähmaschinen standen still.

«Ich darf nicht», antwortete das Mädchen ihr. Dann wandte sie sich um. Jemand hatte sie gefragt, wer an der Tür war. «Es ist Señorita Martí.»

Ana konnte nicht verstehen, was ihr gesagt wurde, offenbar, dass sie nicht aufmachen sollte. María Jesús machte eine entschuldigende Geste und ließ die Gardine fallen.

Ana klopfte an die Scheibe. Mehrmals. Zwei Passanten blickten sie neugierig an, vielleicht dachten sie, dass sie sich beschweren wollte. Sie gingen vorbei, Ana klopfte weiter.

«Señora Peiró, öffnen Sie mir. Ich muss mit Ihnen sprechen.» Die frische Luft und der Weg hatten sie etwas besänftigt. Die geschlossene Tür und die Weigerung der jungen Frau ließen ihren Zorn wieder aufflammen.

Eine Stimme kam von nahem, jemand stand direkt hinter der Tür. Es war Mila.

«Doña Aurora ist nicht da. Und wir dürfen nicht aufmachen.»

«Aber wieso?»

«Gehen Sie bitte.»

«Aber …»

«Lassen Sie uns in Frieden!»

«Sagen Sie Señora Peiró, dass ich wissen will, was im Kinderheim in Esplugas passiert ist», antwortete sie verärgert. «Ich denke nicht daran, es dabei zu belassen. Ich werde wiederkommen.»

Mila hob die Gardine ein Stück. Ihr Blick war bittend.

«Kommen Sie nicht wieder. Lassen Sie uns in Frieden.»

«Ich will mit Doña Aurora sprechen.» Ana blieb beharrlich, wenngleich der Ton des Mädchens sie ruhiger sprechen ließ.

«Gehen Sie, bitte, gehen Sie.» Das Mädchen hinter der Scheibe war den Tränen nahe.

Ana gab sich geschlagen. Sie ging.

«Aber sagen Sie ihr, dass ich wiederkommen werde.»

17

Ana schreckte hoch. Ein Flüstern hatte sie aus dem Schlaf gerissen. Sie drehte sich nach rechts, das schwache Mondlicht im Zimmer ließ einen fast phosphoreszierenden Schimmer von dem langen weißen Nachthemd ausgehen, vor dem sich zwei nervöse Hände wanden. Einen Augenblick lang dachte sie, sie sei weit weg von Barcelona, in einer Pension in einem abgelegenen Bergdorf, in der sie vor drei Jahren einige Nächte verbracht hatte.

«Señorita Ana.»

«Luisa. Was ist los?»

«Telefon für Sie.»

Luisa, blass schimmernd wie eine Gestalt aus einem Stummfilm, deutete auf die Tür und drängte sie aufzustehen.

Ana schaute auf den Wecker. Noch nicht einmal fünf Uhr am Morgen.

«Wer ist dran?»

Unerwartete Anrufe in der Nacht konnten nur schlechte Nachrichten bedeuten, und Anas Angst ging jedes Mal in dieselbe Richtung. Ihre Familie.

«Einer von Ihren Bekannten bei der Polizei.»

Aus Luisas Worten klang zugleich Furcht und Vorwurf. Ana holte tief Luft und schlug die Decken zur Seite. Auf Zehenspitzen schlichen sie über den Flur, um Beatriz nicht zu wecken.

Ana nahm den Hörer. Sie rechnete mit Castro, doch was sie hörte, war Sevillas Stimme.

«Der Inspektor ist ebenfalls unterwegs. Wir haben nicht viel Zeit, deshalb hat er mich gebeten, Sie anzurufen und abzuholen.»

«Worum geht es denn?»

«Wir haben ein Vögelchen, das englisch singt, und wir brauchen einen Übersetzer.»

«Um diese Uhrzeit?»

Sevilla zögerte, während Ana vor Kälte zitterte, den Hörer am Ohr. Sie hatte keine Pantoffeln angezogen.

«Ein Amerikaner. Wir möchten ihn verhören, ohne die US-Militärbehörden zu benachrichtigen.»

«Das ist vermutlich nicht legal.» Sie rieb ihren linken Fuß an ihrer rechten Wade, um ihn aufzuwärmen, dann wechselte sie das Bein, während sie immer noch auf eine Reaktion des Polizisten wartete.

«Nein.» Wieder eine Pause. Gähnen und Hüsteln. «Helfen Sie uns?»

«Einverstanden.»

Ob sie dafür bezahlt werden würde, war mehr als zweifelhaft, aber Castro würde ihr einen Gefallen schulden. Mindestens zwei Exklusivberichte würde sie verlangen.

«In zehn Minuten bin ich so weit.»

«Ich warte unten auf der Straße auf Sie.»

In der Küche hörte sie Luisa mit der Kaffeekanne hantieren.

* * *

«Sie sehen müde aus», sagte Ana zu Sevilla, als sie die Wagentür zuzog.

«Viel Nachtarbeit, Señorita.»

Er hielt an der Ampel an der Gran Vía an. Bis zur Morgendämmerung fehlten noch zwei Stunden. Schläfrige Arbeiter waren auf den feuchtglänzenden Gehwegen unterwegs. Sevilla fuhr an.

«Wegen des Amerikaners?»

«Der Chef will nicht noch mehr Kollegen für den Fall abstellen. Wir arbeiten fast rund um die Uhr.» Die Müdigkeit machte ihn geschwätzig. «Da sie uns nicht mit den amerikanischen Matrosen reden lassen, hat der Chef uns auf die Jagd geschickt. Wenn wir einen von denen erwischen, die bei der Schlägerei dabei waren, will er ihn auf dem Präsidium sehen. Egal, unter welchem Vorwand. Das ganze Wochenende war ich hinter den Amerikanern her. Und nichts. Heute beschatte ich jemand anderen, und da läuft mir der Amerikaner über den Weg.»

«Wen haben Sie verfolgt?»

«Einen, der auch im Metropolitano war. José Vendrell.»

«Vendrell? Der Name kommt mir bekannt vor.»

«Ein Zuhälter aus dem Barrio Chino. Einer von vielen, aber der Chef ist hellhörig geworden, als jemand von ganz oben sich die Mühe gemacht hat, ihn aus seiner Zelle zu holen. Seit wann interessiert sich ein Anwalt von einer teuren Kanzlei für eine Kanaille wie Vendrell? Also hat er gesagt, ich soll schauen, ob er mir noch mal ins Netz ins geht, damit wir ihn wieder einlochen können. Und jetzt haben wir einen Tintenfisch statt einer Sardine erwischt.»

Der letzte Kommentar amüsierte sie. José Vendrell la Sardina, das klang nach einem Flamencosänger. Der Name erinnerte Ana außerdem an etwas. Sie hatte viele Namen im Kopf, in zwei säuberlich getrennten Archiven. Das Archiv der guten Gesellschaft brauchte sie für *Mujer Actual* und das der Verbrecher und ihrer Opfer für *El Caso*. Manchmal vermischten sie sich, aber der Name eines Zuhälters sollte im zweiten zu finden sein. José Vendrell. Richtig! Vor einem Jahr war sein Name im Zusammenhang mit Mädchen aufgetaucht. Es musste etwas gewesen sein, worüber sie am Ende nicht hatte schreiben dürfen, ansonsten hätte sie sich leichter daran erinnert. Warum fielen ihr jetzt die Sternzeichen ein? Zwillinge. Richtig. Eine Bande war aufgeflogen, die sich auf die Prostitution von Zwillingen spezialisiert hat. Das war's. Vendrell hatte angeblich die Mädchen herbeigeschafft. Und die Jungen. Aber man hatte ihm nichts nachweisen können.

«Ist es der mit den Zwillingen?», fragte sie.

«Sie sind gut informiert.»

«Das ist mein Beruf.»

«Wenn Sie mir den Kommentar erlauben: Das ist doch keine Arbeit für eine Frau. Es ist viel zu hässlich.»

Sie würde das Thema nicht auch noch mit Sevilla diskutieren. Statt einer Antwort zuckte sie mit den Schultern. Der Polizist schien ebenfalls lieber über Vendrell reden zu wollen.

«Hinter dem sind einige Leute her. Es heißt, dass er bei den Roten in einer der Tschekas war, und er soll auch einen Priester umgebracht haben. Sein Bruder, Toni Vendrell, hat angeblich in Horta mit einem Priesterkopf Fußball gespielt. Unsere Leute haben ihn an die Wand gestellt, klar.»

Sevilla beobachtete sie von der Seite, mit dem grausamen Vergnügen eines Erwachsenen, der gerade einem Kind eine Schauergeschichte erzählt hat. Als er bemerkte, dass die Geschichte sie zwar beindruckte, doch nicht so sehr, wie er gehofft hatte, fügte er hinzu: «Er hat Rache geschworen, für sich und seinen alten Freund Carlos Flix, der auch hingerichtet worden ist.»

«Flix?»

«Der Boxer. Sie kannten sich schon aus ihrem Viertel, aus Gracia.»

Sie erreichten das Präsidium. Castro wartete an seiner Bürotür auf sie, als würde er dort Wache schieben.

* * *

Sie erinnerte sich an Chuck Kingsley von den Verhören auf dem Flugzeugträger. Er war einer der Kajütenkameraden von Antonio Vázquez, und die beiden waren offenbar gute Freunde gewesen.

Doch der Mann, der so nervös vor Castros Schreibtisch hin und her rutschte, dass der Stuhl besorgniserregend knackte, sah nun vollkommen anders aus: schlecht rasiert und in einen nicht besonders sauberen und nicht besonders neuen Anzug gezwängt. Sein Hemd stand bis zur Brust offen, der Zustand der Knopfleiste sprach eher für einen Kampf als für mangelnde Sorgfalt. Aber vermutlich hätte er das Hemd ohnehin nicht vollständig zuknöpfen können, denn sein Hals hatte denselben Umfang wie sein Schädel. Das Jackett hatte an sich die richtige Größe, jedoch nicht für seine Arme. Wenn er die Muskeln anspannte, traten die Nähte hervor und schienen kurz vor dem Aufplatzen zu sein.

Dass der Matrose mit seiner Verhaftung alles andere als einverstanden war, hatte ihr Sevilla schon unterwegs erzählt. Davon kündete auch die Anwesenheit der beiden kräftigen Polizeibeamten in Castros Büro, die ihn zurückhielten, als er aufstehen und auf sie zustürzen wollte, während sie mit Castro und Sevilla das Büro betrat.

«Señorita», sagte er auf Spanisch, dann wechselte er in ein Englisch, das sie nur mit Mühe verstand. «Erklären Sie ihnen, dass sie mich hier nicht festhalten können, ich bin ein Soldat der Marine der Vereinigten Staaten.»

Die Polizisten setzten sich wieder auf ihre Stühle neben der Bürotür. Während Ana sich neben Castro auf der anderen Seite des Schreibtisches niederließ, übersetzte sie seine Worte, wenngleich sie beim Inspektor sicher auf taube Ohren stoßen würden. Sie hatten ihn übertölpelt und würden die Zeit nutzen, bis das Konsulat am Morgen öffnete. Auch hatte Castro wohl kaum die Absicht, die weiteren Bitten des Matrosen zu erfüllen.

«Meine Uniform und meine Papiere sind im Café Cosmos. Dort habe ich mich umgezogen. Holen Sie sie und überprüfen Sie es.»

«Und sein kleines Amulett?», entgegnete Castro spöttisch. «Dieses Plättchen, das alle amerikanischen Matrosen am Hals tragen und das sie angeblich nie ablegen dürfen?»

«Er sagt, er habe es beim Kartenspiel verloren.»

Eine Identifikationsmarke war eine begehrte Trophäe. Kingsley würde große Probleme bekommen, wenn seine Vorgesetzten erführen, dass er sie verspielt hatte.

«Er sagt, dass sie ihn reingelegt haben. Er ist sicher, dass sie alle unter einer Decke gesteckt haben», übersetzte Ana. «Und deshalb hat er sich mit ihnen geprügelt.»

«Sagen Sie ihm, dass ohne Plakette und ohne Uniform jeder behaupten kann, er wäre Soldat.»

«Er sagt, dass Sie die Militärpolizei rufen sollen, damit sie ihn identifizieren.»

«Sagen Sie ihm, dass wir schon dabei sind.»

«Sind Sie schon dabei?», fragte Ana.

Castro umschiffte ein eindeutiges Nein. «Zu gegebener Zeit werden wir es tun. Und solange sie ihn nicht vermissen, gehört er uns.»

«Er sagt, wenn ich richtig verstehe, dass Sie ihn vom Flugzeugträger her doch kennen.»

«Sagen Sie ihm, dass ich mich nicht an ihn erinnere. Wenn sie in Uniform sind, kann ich gerade mal Neger und Weiße voneinander unterscheiden.»

«Er sagt, dass er Anthonys Freund ist.»

«Fragen Sie ihn, ob er weiß, woher sein Freund das Geld für den Ring hatte.»

«Er fragt, welcher Ring.»

«Sagen Sie ihm, wenn er aufhört, den Vergesslichen zu spielen, fange ich vielleicht auch an, mich zu erinnern, und er kann seinen Rausch auf seinem Schiffchen ausschlafen.»

«Er sagt, dann wissen Sie also, dass er ein Marinesoldat ist.»

«Sagen Sie ihm, dass wir keine Schlaumeier mögen, und fragen Sie noch einmal wegen des Rings.»

«Er sagt, dass Anthony für seine Verlobte einen Ring kaufen wollte, falls es um diesen Ring gehen sollte.»

«Fragen Sie ihn, was er über die Verlobte weiß.»

«Er sagt, dass sie Spanierin ist und Anthony sie heiraten wollte, dass er sie von einem früheren Aufenthalt her kennt und Anthony sehr verliebt gewesen ist.»

Sie konnte Chuck Kingsleys Sprechtempo kaum folgen, und Empörung und Aufregung machten seine Aussprache noch unverständlicher. Es war eine holprige Rede, die grob die Stationen einer Liebesgeschichte skizzierte: ein Treffen, Verliebtheit, Warten, Briefe, die nicht beantwortet wurden, weil das Mädchen ihre Beziehung geheim hielt, ein Wiedersehen, Heiratspläne.

«Fragen Sie ihn nach dem Namen des Mädchens.»

«Er kennt ihn nicht. Er sagt, dass Anthony sehr zurückhaltend gewesen ist.»

«Hat er noch nicht einmal das typische Foto von der Verlobten gezeigt?»

«Einmal. Ein Foto, das auf der Plaza de Cataluña aufgenommen worden ist, mit den Tauben. Er hatte es immer dabei.»

«Der Tote hatte kein Foto bei sich.»

Castro wandte sich an Sevilla, dem auf seinem Stuhl außerhalb der Sichtweite des Amerikaners immer wieder der müde Kopf auf die Brust sackte. «Wir müssen die Amerikaner bitten, in den Hinterlassenschaften aus seiner Kajüte nach einem Foto zu suchen. Du notierst das und dann gehst du nach Hause, um dich auszuschlafen, Sevilla.»

Sevilla machte sich eilfertig eine Notiz, stand auf und streckte seinen schlaksigen Körper.

«Bevor du gehst, schaust du dem Jungen hier mal in die Augen.»

Sevilla stellte sich neben seinen Chef, und beide betrachteten sie den Amerikaner, der verständnislos blinzelte.

«Er hat dem weißen Pulver zugesprochen, Chef.»

«Den Eindruck hatte ich auch, aber ich wollte sicher sein.»

«Das können Sie.»

Gähnend verabschiedete er sich. Der Abgang des Polizisten erinnerte Kingsley daran, dass er dasselbe vorhatte. Er machte Anstalten aufzustehen, doch Castros autoritäre Stimme hielt ihn zurück: «Ganz ruhig.»

Ohne ihn aus den Augen zu lassen, sagte er zu Ana: «Fragen Sie ihn, wie das Mädchen aussah.»

«Klein, dunkelhaarig.» Ana wartete auf ein drittes Adjektiv, das jedoch nicht folgte.

«Na prima, das ist halb Barcelona, es könnte sogar meine Frau gewesen sein», bemerkte Castro in einem Anfall von Humor, den Ana auf seine Müdigkeit zurückführte.

«Jung», fügte Kingsley hinzu. «Sehr jung.»

«Na, dann ist es nicht meine Frau. Und das Geld?»

«Er fragt, welches Geld.»

«Das Geld für den Ring.»

«Er fragt, welcher Ring.»

«Der Bursche fängt langsam an, mir auf den Wecker zu fallen. Können Sie das übersetzen?»

«Alles lässt sich übersetzen, Inspektor.»

«Also sagen Sie es ihm und fragen Sie ihn auch, woher er das Zeug hat, das ihn so lebhaft macht.»

«Er sagt, er weiß nicht, was Sie meinen.»

Castro lehnte sich knurrend zurück, die Bartschatten auf seinem Gesicht, das er in der Eile nicht hatte rasieren können, wurden dunkler. Es war die Müdigkeit oder vielleicht auch die Tatsache, dass sie mitten in der Nacht aus dem Schlaf gerissen worden war, jedenfalls fielen Ana plötzlich die Geschichten über galicische Werwölfe ein. Möglicherweise gab es in dem Ort in den USA, aus dem Kingsley stammte, etwas Ähnliches wie Werwölfe, denn das dumpfe Knurren schüchterte ihn ein, selbst wenn er angesichts der nun folgenden Drohung nur mit der Zunge schnalzte:

«Sagen Sie dem jungen Mann, dass sein Gesicht mich an das eines ausländischen Betrügers erinnert, den wir seit Monaten suchen, und ich große Lust habe, ihn in eine Zelle zu stecken, zusammen mit ein paar Elementen, die wir heute Nacht aufgegriffen haben. Aber vielleicht kann er mir ja helfen, das Missverständnis aufzuklären, indem er mir beweist, dass er tatsächlich der Kajütengenosse von Antonio Vázquez ist.»

«Anthony», korrigierte der Matrose, und Ana wusste, dass Castro ihn in der Tasche hatte.

«Genau, lassen Sie uns über Anthony sprechen.»

Und Chuck Kingsley sprach über Anthony. Über seinen guten Charakter, seinen Wunsch, bei der Marine aufzusteigen, über die Stunden, die er in seiner Kajüte gebüffelt hatte, um sich für die Prüfung als Funker vorzubereiten, seine Familie in Puerto Rico, seine Heiratspläne … Ana übersetzte und registrierte Castros wachsende Ungeduld. Das war nicht, was er hören wollte.

«Sehr schön, mein Junge. Und die Drogen?»

«Welche Drogen?»

«Die, wegen denen du so schöne Augen hast. Übersetzen Sie das, Señorita, übersetzen Sie das genau so.»

Chuck Kingsley sah elend aus, die Wirkung schien nachzulassen, und die Müdigkeit gewann die Oberhand.

«Ich nehme keine Drogen. Ich bin Soldat der Marine der Vereinigten Staaten. Meine Identifikationsnummer ist 1-2-3-4-5-6-7-8-9.» Er lachte.

Ana übersetzte seine Antwort.

«1-2-3-4-5-6-7-8-9», wiederholte er immer schneller. «Und jetzt rückwärts. 9-8-7-6-5-4-3-2-1.»

Als er schließlich aufhörte, sagte Castro: «Sehr witzig. Wo haben Sie die Drogen gekauft?»

«Welche Drogen?» Kingsleys Blick war etwas abwesend. «Ich nehme keine Drogen. Ich bin Soldat der Marine der Vereinigten …»

Sie wurden durch ein Klopfen unterbrochen. Auf eine Geste von Castro hin öffnete einer der beiden Polizeibeamten die Tür, durch den Spalt schaute ein bleiches, pockennarbiges Gesicht.

«Du bist ja schon da, Castro. Prima. Ich hätte nicht erwartet, dich so früh hier zu anzutreffen, aber ich dachte, es freut dich vielleicht zu hören, dass Segura und ich den Enkelbetrüger geschnappt haben. Vielleicht hast du Lust, ihn dir anzuschauen. Schließlich war es ja dein Fall.»

«Wo ist er?»

«Im Verhörraum am Ende des Gangs.»

Castro warf einen Blick auf Kingsley, dem das Kinn auf die Brust gesackt war, weil er eingenickt war. «Na gut. Dann will ich mir diesen Mistkerl mal ansehen, der uns so viel Arbeit gemacht hat.» Er stand auf und ging zur Tür. Bevor er den Raum verließ, wandte er sich an Ana. «Bin sofort wieder da.»

Er ließ die Tür halb offen, unter der Aufsicht der beiden Beamten.

Ana hatte ihn und seinen Kollegen angeschaut. Als sie ihren Blick wieder auf den amerikanischen Matrosen richtete, sah sie, dass er zwar immer noch schläfrig war, sie aber mit schiefgelegtem Kopf musterte. Ein halbgeschlossenes Auge fixierte sie lauernd. Sie schwieg. Er begann zu lallen. Gleichzeitig lächelte er sie auf eine Weise an, die er offenbar für verführerisch hielt, und schürzte anschließend die Lippen zu etwas, das wohl ein Kuss sein sollte.

Ana wandte das Gesicht ab. Kingsley hob ein wenig den Kopf und begann Unverständliches zu murmeln, Sätze, aus denen sie lediglich das mehrfach wiederholte Wort «Baby» heraushören konnte. Sie gab vor, ihre Notizen zu sichten. Der Matrose hob die Stimme. Er redete weiter, immer noch nuschelnd, doch diesmal konnte sie Bruchstücke verstehen. Beleidigungen, die an die Polizisten gerichtet waren, und Obszönitäten, die an ihre Adresse gingen, dazwischen immer wieder Unverständliches und ein Lachen, das aus seinem Bauch emporstieg und seinen gesamten Körper vibrieren ließ. Sie konnte nicht anders und schaute ihn wieder an. Kingsley strich sich mit dem Zeigefinger über die Lippen, während er sich zurücklehnte. Castros Schreibtisch, der zwischen ihnen stand, schien immer schmaler zu werden, während die Distanz zu den beiden Polizisten an der Tür ihr immer größer vorkam. Dennoch, dachte sie, könnte sie vielleicht den Zustand des Mannes nutzen, der müde und zugleich durch Drogen und Alkohol aufgeputscht war. Sie sah ihn verschwörerisch an.

«Mir kannst du es ruhig sagen.»

«Was … willst … du …, Süße?»

Die restlichen Wörter verrutschten ihm auf den schlaffen Lippen, doch da er sich mit obszöner Geste zwischen die Beine griff, verstand Ana, dass er von «Zentimetern» und «Inches» redete. Sie verbarg ihre Abscheu, indem sie die Lider senkte, doch damit ermutigte sie Kingsley offenbar zu einem weiteren Vorstoß. Er hatte das Kinn auf die Brust gelegt, sodass Kopf und Hals aus einem Stück zu sein schienen, ein dicker, wulstiger Zylinder aus menschlichem Fleisch, in dem zwei kleine Augen und ein Mund steckten, aus dem nun spuckefeuchte Satzfetzen quollen.

«Frauen … Spanien … alles Huren … alles für Geld … Huren.»

Der Großteil der Wörter, die sie nicht verstand, waren wahrscheinlich Synonyme für das Wort «Hure», und er schien sie nach einem Preis zu fragen.

«Was hast du gesagt?» Sie versuchte, amüsiert zu klingen.

Kingsley bemühte sich, sie mit seinem trüben Blick zu fixieren, und wiederholte langsam: «Wie viel kostest du?»

«Wer? Ich? Kommt darauf an.»

Das anschließende Gebrabbel war nicht zu verstehen, Kingsleys Blick allerdings sehr wohl. Ana entschied sich zu pokern.

«Gibst du mir etwas ab?»

«Wovon?»

«Von dem, was du genommen hast. Damit ich auch gut drauf bin.»

Kingsley brach in Lachen aus und sagte ganz schnell etwas Unverständliches.

«Was sagst du?» Ana lächelte ihn an.

Der Amerikaner stammelte wieder etwas. Das Wort «Whisky» war das Einzige, was deutlich aus dem Lautbrei hervorstach.

«Nein, keinen Whisky. Das andere.»

«Das andere?»

«Du weißt schon, was ich meine.»

Kingsley fixierte sie.

«Jetzt erzähl mir nicht, dass du mich nicht verstehst. Schnee, du weißt schon.»

Er musterte sie von oben bis unten. «Nein … nein … nein …» Sein Kopf sank wieder nach vorne und pendelte von einer Seite zur anderen wie ein riesiger Glockenklöppel. «Nein. Nein … Ich habe nichts … nein.»

«Was hast du nicht?»

Kingsleys Gestammel schien in seinem zerrissenen Hemd zu versickern. Ana blieb beharrlich, auch wenn die taudicken Halssehnen des Matrosen sie warnten und ihr sagten, dass sie ihn besser in Ruhe lassen sollte.

«Hast du wirklich nichts? Gar nichts?»

«Nein … nein …»

Er hob den Kopf. Aus seinem offenen Mund quoll ein hohles Lachen. Ana hatte den Eindruck, dass er sich über sein Pech beklagte.

«Wie schade, dass du nichts für mich hast.»

Kingsley zeigte wieder zwischen seine Beine.

«Du hast ja wirklich ein beschränktes Ausdrucksrepertoire», murmelte Ana mit zusammengebissenen Zähnen auf Spanisch, ohne mit dem Lächeln aufzuhören. Dann sagte sie schelmisch auf Englisch: «Wo können wir denn etwas bekommen?»

Kingsley zuckte mit den Schultern und begann leise in verschwörerischem Tonfall auf sie einzureden. Ana beugte sich trotz ihrer Angst über den Schreibtisch nach vorn. Der Matrose tat dasselbe, aber er sprach noch leiser. Ana roch seine Worte eher, als dass sie sie verstand. Dem unverständlichen Gemurmel entnahm sie immer wieder dasselbe: Er hatte kein Kokain mehr.

«Kannst du nicht noch etwas besorgen?»

Er schüttelte wieder den Kopf. Ana entschied sich, einen Schritt nach vorne zu machen.

«Weil Anthony es dir verkauft hat?»

«Was?»

«Na, hast du keins mehr, weil es dir vorher immer Anthony verkauft hat, und jetzt, da er …»

«Halt's Maul, du Nutte!»

Kingsley versetzte dem Schreibtisch des Inspektors einen Fausthieb, bevor er so verworren und wild zu reden begann, dass Ana erschrocken zurückwich. Das Gesicht des Matrosen war rot vor Zorn und seine straff gespannten Halssehnen machten den Eindruck, als könnten sie kaum den Kopf an einem Körper festhalten, der über kurz oder lang zerbersten würde. Kingsley machte Anstalten, sich mit seinem gesamten Gewicht auf sie zu stürzen. Die beiden Beamten schafften es mit vereinten Kräften, ihn davon abzuhalten. Von dem Geschrei alarmiert, kam Castro in sein Büro gerannt, dicht gefolgt von dem Inspektor, der ihn zuvor geholt hatte. Kingsley war außer sich, schreiend stieß er gegen alle im Raum wüste Beleidigungen aus. Da die Polizisten ihn an den Armen festhielten, trat er um sich. Einer der Fußtritte brachte den Schreibtisch ins Wanken, ein zweiter traf Castro am linken Oberschenkel. Castro versetzte ihm mit einem Reflex, der eines Boxers würdig gewesen wäre, einen Haken, der Kingsley zwar nicht ausknockte, aber dafür sorgte, dass er schlaff wie ein Sack zwischen den Polizisten hing. Sie drückten ihn grob wieder auf seinen Stuhl. Einer der Polizisten fesselte seine rechte Hand mit einer Handschelle an die Stuhllehne.

«Was ist hier los?», fragte Castro, während er die Schmutzspur des Tritts von seinem Hosenbein zu reiben versuchte.

«Die Señorita hat irgendetwas zu ihm gesagt», sagte der andere Beamte, der ebenfalls seine Kleidung wieder richtete. «Und der Typ ist total wild geworden.»

Castro musste Ana nicht fragen, was es war, sie sagte es ihm sofort. Mehr als seine Vorwürfe kränkte es sie, dass er sie vor den anderen Männern herunterputzte. Sogar in Chuck Kingsleys Augen schien Genugtuung aufzublitzen. Demütigungen zu ertragen war ihr immer schwergefallen, sie musste ihre gesamte Selbstbeherrschung aufbringen, um nicht zu weinen oder aus dem Büro zu flüchten. Sie dachte sich, dass sie ja noch den Rest des Tages Zeit haben würde, sich mit ihrer Scham zu beschäftigen und sich an die Worte zu erinnern, die sie nun zu hören bekam, und biss die Zähne zusammen. Der Inspektor sah den Matrosen an, der sofort aufhörte zu lächeln.

«Und was haben Sie herausbekommen, als Sie sich als Detektiv versucht haben?»

«He! He! Sprechen Sie über mich?», schrie Kingsley und bewegte seine gefesselte Hand. Die andere lag unbeweglich auf seinem Oberschenkel.

Castro entfernte sich ein paar Schritte von dem Matrosen. Ana antwortete ihm flüsternd.

«Ich konnte kaum verstehen, was er gesagt hat. Wegen seines Akzents und bei alldem, was er genommen hat.» Sie senkte zerknirscht den Kopf.

«Was reden Sie da? He! He!»

«Haben Sie wirklich nichts von dem verstanden, was dieser Trottel von sich gegeben hat?»

«He! Worüber sprechen Sie? Binden Sie mich los! Ich bin ein Soldat der Marine der Vereinigten Staaten.»

«Ich wollte, ich hätte mehr verstanden», sagte Ana.

* * *

«Sähr schon, Inspektor, sähr schon.» Die Stimme, die in sein Gespräch mit der Journalistin platzte, war die allerletzte, die Castro jetzt hören wollte.

«Hier ist überhaupt nichts ‹sähr schon› und auch nichts ‹sehr schön›», entgegnete er Thomas Wilson, der mit zwei anderen Militärpolizisten das Büro betrat.

Wilson war ebenfalls unrasiert. Jemand hatte ihn aus dem Bett geholt und ihm gesagt, dass sie Kingsley hatten. Beim Eintritt der Militärpolizisten war Kingsley aufgesprungen und hatte den Stuhl umgeworfen, sodass dieser nun an seinem gefesselten Handgelenk baumelte.

Wilson sprach den Soldaten auf Englisch an. Ana Martí wollte übersetzen, was die beiden untereinander sprachen, aber Castro hielt sie davon ab.

«Das ist nicht nötig. Korrigieren Sie mich, wenn ich mich irre. Er fragt ihn, wo und wann wir ihn festgenommen haben, und der Bursche sagt, dass wir ihn geschlagen haben.»

«Mehr oder weniger», antwortete sie.

Der Blick, den Wilson ihm zuwarf, sagte dasselbe. Auch danach brauchte er keine Übersetzung, denn Befehle klingen in jeder Sprache gleich, wie Hundegebell. Auf einen Wink von Castro hin schloss einer der Polizisten die Handschellen auf, und die beiden amerikanischen Militärpolizisten nahmen Kingsley mit, der Ana Martí hasserfüllt anblickte, bevor er hinausging.

Danach baute sich Wilson mit gekränktem Gesicht vor dem Inspektor auf. Bevor er mit ihm redete, wandte er sich auf Englisch an die Journalistin. Sie positionierte sich zwischen ihnen, in gleichem Abstand zu beiden.

«Señor Wilson hat mich gebeten zu übersetzen. Um Missverständnisse zu vermeiden.»

«Na gut, dann übersetzen Sie, Señorita, übersetzen Sie.» Castro machte eine ungeduldige Handbewegung.

«Ich habe eigentlich nur eine Frage: Warum haben Sie Kingsley festgenommen?»

«Nun ja, wir haben einen Kerl aufgegriffen, betrunken, Ausländer, ohne Papiere.»

Wilson lächelte schief. «Der Ihnen sagte, dass er Soldat der Marine der Vereinigten Staaten sei.»

«Das kann jeder behaupten. Dass er Amerikaner ist», Castro gab sein schiefes Lächeln zurück. «Und während wir versuchten, im Konsulat jemanden zu erreichen, der die Aussage des Verhafteten bestätigen würde …»

«… haben Sie ihn ein bisschen verhört.»

«Um seine Identität festzustellen.»

Wilson schüttelte den Kopf. «Aber Sie haben ihn auch wegen des Mords an Vázquez befragt.»

«Nachdem ich den Eindruck gewonnen hatte, dass er mir

die Wahrheit hinsichtlich seiner Identität gesagt hat», log Castro, um seine Geschichte aufrechtzuerhalten. «Weil, dass sollten Sie nicht vergessen, ich in einem Fall ermittele.»

«Tatsächlich?» Der Polizist schien überrascht.

Castro sah ihn an, dann wandte er sich an Ana. «Hat er tatsächlich gefragt, ob ich tatsächlich ermittle?»

Die beiden nickten gleichzeitig.

«Warum haben Sie das gefragt?»

Wilson antwortete nicht. Castro blieb beharrlich.

«Was wollen Sie damit sagen?»

«Ich muss gehen und mich darum kümmern, dass Kingsley wieder zurück auf sein Schiff kommt. Seien Sie sicher, das hier wird Konsequenzen haben.»

Er verließ das Büro.

Die Journalistin hatte ebenfalls ihre Sachen gegriffen und verließ mit dem Militärpolizisten den Raum, nachdem sie sich rasch verabschiedet hatte. Castro hörte sie auf Englisch im Flur miteinander sprechen.

Plötzlich fühlte er sich furchtbar müde.

18

Er würde einen heftigen Anschiss bekommen, daran bestand kein Zweifel. Die einzige offene Frage war, wo.

In Goyanes' Büro, denn dieser rief ihn kurz nach neun an.

«Was hast du dir bloß dabei gedacht? Hatte ich mich nicht klar ausgedrückt? Hast du meine Anweisungen nicht begriffen?»

Castro mochte rhetorische Fragen nicht, wenn sie sich an ihn richteten. Er presste seinen Rücken gegen die Stuhllehne und sah den Kommissar an. Um seine Lendenwirbel herum meldete sich wieder der Schmerz, und Castro fragte sich, ob dieser irgendwie mit seinem Vorgesetzten zusammenhing.

«Willst du meinen Untergang?» Bei jeder seiner Fragen schlackerte Goyanes mit dem Handgelenk, und aus dem Füllfederhalter in seiner Hand spritzten einige Tropfen blaue Tinte auf die Ausgabe der Zeitung *ABC*, die vor ihm lag. Castro blickte verstohlen auf das Titelblatt. Drei Menschen in Badekleidung, die Wasserski fuhren.

«Ist dir klar, welche Probleme du mir machst?»

Castro wusste, dass aus einer Angelegenheit, die vorher noch als Missverständnis hätte durchgehen können, in dem Moment, als sie den Matrosen Chuck Kingsley geschlagen hatten, ein Konflikt geworden war. Eine Sache war es, einen Marinesoldaten in Zivil festzunehmen, eine andere, ihn zu misshandeln. Er hatte dem Kerl einen ordentlichen Haken verpasst. Sie konnten immerhin zu ihren Gunsten anführen, dass der Matrose betrunken gewesen war – Drogen genommen hatte, besser gesagt – und Widerstand geleistet hatte. Darüber, wie es zu dem Zwischenfall gekommen war, würde er nicht sprechen, wenn es sich vermeiden ließ. Weder darüber, dass er sein Büro verlassen hatte, noch über das Gespräch zwischen Ana Martí und dem Matrosen oder über die Frage, die Kingsley so aufgebracht hatte. Er wollte verhindern, dass der Name der Journalistin in dieser Unterhaltung fiel. Sie hätte sich auf keinen Fall herausnehmen dürfen, mit Kingsley zu reden, das war richtig. Aber noch richtiger war es, dass er selbst nicht hätte aus dem Büro gehen und sie mit dem Gefangenen allein lassen dürfen.

«Das verstehst du also unter einer Zusammenarbeit mit den Amerikanern? Was wolltest du damit erreichen? Meinen Untergang, das willst du. Du willst meinen Untergang.»

Die Tinte des Federhalters schien fest entschlossen, dem Meer auf dem Schwarzweißfoto seine ursprüngliche Farbe zurückzugeben. Eine kleine Lache bedeckte bereits den Kopf eines Wasserskifahrers.

«Und jetzt werden wir Besuch bekommen. Vom amerikanischen Konsul.»

«Wann?»

«Jetzt heißt jetzt. Du wirst Folgendes tun. Erstens wirst du um Entschuldigung wegen des Zwischenfalls bitten, sowohl in deinem Namen als auch im Namen der spanischen Polizei. Zweitens wirst du noch einmal unseren Wunsch nach Zusammenarbeit bekräftigen. Drittens wirst du dich ihnen zur Verfügung stellen. Hast du verstanden?»

Castro nickte.

Als ob sie darauf gewartet hätten, dass Goyanes seine Unterweisung beendete, traten der Konsul und Thomas Wilson wenige Augenblicke später in Goyanes' Büro. Der Kommissar und Castro erhoben sich. Die Feindseligkeit der beiden Männer richtete sich nicht allein auf Castro, ihre angespannten Mienen verrieten, dass sie kurz zuvor untereinander gestritten haben mussten. Der Übersetzer des Konsulats schien sich ebenfalls etwas unbehaglich zu fühlen.

Nach einer knappen Begrüßung setzte sich der Konsul auf Castros Platz gegenüber von Goyanes und zwang Wilson auf diese Weise, seinen Stuhl an eine der Querseiten des Schreibtisches zu stellen. Castro nahm sich einen Stuhl, der an der Wand stand, und platzierte ihn auf der anderen Querseite, gegenüber dem Militärpolizisten. Der Übersetzer zwängte sich zwischen Wilson und den Konsul. Bald war er damit beschäftigt, die vehementen Beschwerden des Konsuls zu übermitteln. Der Konsul wandte sich an Goyanes, doch dieser ignorierte ihn und blickte starr auf Castro, sodass der Diplomat schließlich seine Klagen vor allem an ihn richtete. Goyanes war noch nicht einmal fähig, sich vor seine eigenen Männer zu stellen, dachte Castro.

«Ich glaube, Ihre Dolmetscherin hat den Matrosen Chuck Kingsley provoziert. Schade, dass sie nicht hier ist, ich hätte gern ein Wörtchen mit ihr geredet.»

«Wie bitte?» Goyanes schienen einige Vorwürfe auf der Zunge zu liegen, aber er schluckte sie hinunter. Castro begriff, dass er seine Unwissenheit nicht vor den Amerikanern offenbaren wollte. Wie viele Menschen in einer hohen Position war er vorsichtig und verschlagen.

«Ich werde mich darum kümmern und es ihr persönlich sagen», antwortete Castro dem Konsul.

«Gut. Ich nehme an, dass Ihr Vorgesetzter Sie bereits über unser Missfallen in Kenntnis gesetzt hat, denn Ihr Verhalten war ebenfalls unrechtmäßig. Sie wissen genau, dass die Vergehen, die Mitglieder unserer Streitkräfte sich zuschulden kommen lassen, unter unsere Jurisdiktion fallen. Und wenn ich mich nicht irre, wussten Sie von Beginn an, dass der Mann, den Sie verhaftetet hatten, Angehöriger unserer Marine war.»

«Selbstverständlich», sagte Goyanes, «ist Inspektor Castro ab sofort von den Ermittlungen in diesem Fall abgezogen.»

«Das ist er in jedem Fall. Ich denke, wir sind uns alle einig, dass es sich bei dem Tod des Matrosen Vázquez um einen unglücklichen Zwischenfall handelt und die Ermittlung von nun an in unseren Händen liegt, da der Verantwortliche zweifellos in den Reihen unserer Matrosen zu suchen ist.»

«Nein.»

«Nein.»

«Nein.»

Das erste Nein kam von Goyanes. Der Dolmetscher übersetzte die Antwort des Konsuls: «Er sagt, dass Sie anscheinend vergessen haben, dass die Zivilregierung und das Konsulat übereingekommen sind …»

Castro ahnte, dass Goyanes' Verblüffung daher rührte, dass er nichts von einer Übereinkunft wusste, weil der Zivilgouverneur nicht daran gedacht hatte, ihn ins Bild zu setzen. Goyanes' Stuhl knackte laut, wenn auch nur in Castros Vorstellung. Der Konsul bemerkte nichts von der Verwirrung des Kommissars, weil er mit Wilson sprach, von dem das zweite «Nein» gekommen war.

«Sind Sie so freundlich und übersetzen uns, was die beiden sagen?», bat Castro den Dolmetscher, während Goyanes immer noch um Fassung rang.

«Señor Wilson ist nicht damit einverstanden, dass der Zivilgouverneur und der Konsul eine Übereinkunft erzielt haben, die Folgendes beinhaltet: eine Schlägerei zwischen den Matrosen, die ausnahmsweise so sehr eskalierte, dass jemand ein Messer zog und Anthony Vázquez tötete. Ein tragisches Ereignis, dessen Verursacher von der Militärjustiz gebührend bestraft werden wird.»

«Nein», sagte Castro wieder.

«Nein», wiederholten die anderen drei Männer einstimmig. Der Dolmetscher sparte sich eine Übersetzung.

Castro stand auf. Die anderen vier beobachteten ihn aufmerksam. In Anbetracht der Hierarchien wandte sich Castro an Wilson.

«Stehen Sie bitte auf.»

Der Militärpolizist gehorchte verwirrt.

«Tun Sie so, als ob wir uns schlagen würden.»

Zuerst ein wenig gehemmt, dann etwas begeisterter gab Wilson vor, sich mit Castro zu prügeln, ein kurzes Schattenboxen.

«Und jetzt schneiden Sie mir bitte die Kehle durch.»

«Mit dem größten Vergnügen.»

Wilson versuchte, sich hinter Castro zu stellen, doch dieser bewegte sich rasch, um dies zu verhindern. Plötzlich blieb er stehen und erlaubte dem Militärpolzisten, hinter ihn zu treten und mit der Hand über seinen Hals zu fahren.

«Es ist sehr unwahrscheinlich, dass jemandem während einer Schlägerei im Affekt die Kehle durchgeschnitten wird», erklärte Castro seinen erstaunten Zuhörern.

«Das stimmt.» Wilson stand immer noch hinter ihm. «Wahrscheinlicher wäre ein Messerstich in den Bauch, beispielsweise.»

«Bei einer Schlägerei sind Angriffsverletzungen von vorn das Übliche, aber auf den Fotos sieht man keine Spuren von

Schlägen auf die Brust, die Arme oder, das Gängigste, ins Gesicht.»

«Und weiter? Was glauben Sie, Castro?», fragte Goyanes.

«Ich würde sagen, jemand wollte Antonio Vázquez töten und hat dafür die Schlägerei genutzt.»

«Aber warum?»

Die Frage erklang viermal, weil sie auch aus dem Dolmetscher hervorbrach, der ihr Gespräch fasziniert verfolgte, wie ein Kind im Marionettentheater. Entschuldigend schlug er die Hand vor den Mund.

Der Inspektor zögerte einen Augenblick. Er war sich nicht sicher, ob er seine Hypothesen in dieser Runde teilen wollte, aber es juckte ihn in den Fingern, die sogenannte «Übereinkunft» zu widerlegen.

«Möglicherweise war es ein Raub. Er hatte ein ziemlich teures Schmuckstück bei sich, und man hat versucht, es ihm zu entwenden.»

«Den Verlobungsring», fügte Wilson hinzu. «Aber wieso hat der Dieb die Schachtel nicht mitgenommen?»

«Weil es einfacher war, den Ring ohne Schachtel zu verstecken.»

«Aber warum hat er die Schachtel dagelassen? Die Spur ist doch zu offensichtlich.»

Castro notierte sich Wilsons Einwand, bevor er weitersprach: «Die zweite Möglichkeit ist, dass Drogenhandel eine Rolle spielt. Wir wissen, dass einige der Matrosen Drogen konsumieren. Antonio Vázquez brauchte Geld für seine Heiratspläne. Vielleicht hat er angefangen, etwas zu verkaufen, was mehr einbrachte als der Handel mit Zigaretten oder der Versuch, Kameraden zu erpressen, die darin involviert waren.»

Der Konsul hüstelte, bevor er entgegnete: «Ich gehe davon aus, dass Ihre Vermutungen auf Aussagen des Matrosen Chuck Kingsley gründen. Für den hypothetischen Fall, dass irgendetwas von dem, was er gesagt hat, stimmen sollte, muss ich Sie darauf hinweisen, dass seine Erklärungen keinerlei juristischen Wert haben, da Sie nicht das Recht haben, unsere Leute festzunehmen.»

«Es geht hier nicht um die Gültigkeit seiner Aussage vor einem Richter, es geht darum, dass er uns auf eine Spur gebracht hat, eine Spur, der wir folgen müssen, wenn wir tatsächlich herausfinden wollen, wer den Matrosen Antonio Vázquez getötet hat.»

«Den spanischen Zeugen zufolge», entgegnete der Diplomat, «begann alles mit einem Streit zwischen schwarzen und weißen Matrosen wegen irgendwelcher Frauen.»

«Aber unseren Jungs zufolge», schaltete Wilson sich ein, «war es ein Spanier, der die Schlägerei begonnen hat. Sie wissen doch, wie die Menschen sind. Hier und überall. Wenn sie aus irgendetwas einen Vorteil herausschlagen können, dann tun sie es. Haben Sie gewusst, dass nach einer Randale, bei der unsere Jungs in einem Lokal beträchtlichen Schaden angerichtet haben, der Wirt bloß mit einer Rechnung in unserem Zahlungsbüro auftauchen muss und sofort und in bar entschädigt wird? Es sind Phantasierechnungen, aber wir zahlen, weil wir keine Konflikte mit den ortsansässigen Geschäftsleuten wollen, weil wir die Repräsentanten unseres Landes sind. Was wir jedoch nicht sind, ist dumm, zumindest nicht so dumm, wie Sie denken. Wir wissen, dass Sie unser Vertrauen missbrauchen, und wir nehmen es hin, wie ein Löwe die Schnabelhiebe des Vogels hinnimmt, der ihm die Parasiten aus dem Fell pickt.»

Bei diesen selbstherrlichen Worten kam Castro das Bild von Sevilla in den Sinn, wie er sich auf dem Flugzeugträger die Taschen mit Erdnussbutter-Sandwiches vollstopfte.

Er holte tief Luft, um nicht laut zu fluchen, und entgegnete: «Ob nun die Schlägerei von einem amerikanischen Matrosen oder einem Spanier ausgelöst wurde, ist gleichgültig, es sei denn, derjenige hat es getan, um Vázquez zu töten. Und das erscheint mir eher unwahrscheinlich. Es gibt wirkungsvollere und diskretere Wege, um einen Mord zu verschleiern. Demnach zählt also nicht, wer begonnen hat, sondern wie es endet: mit einem Toten. Wen wir suchen müssen, ist die Person, die zugestochen hat.»

Nach diesen Worten herrschte nachdenkliches Schweigen. Castro brach es. «Soll ich jetzt weiter ermitteln oder nicht?»

«Machen Sie weiter», sagte der Konsul und maßte sich damit eine Entscheidung an, die ihm nicht zustand.

«Ja, machen Sie weiter», beeilte Goyanes sich zu sagen.

Die letzten Minuten des Gesprächs bestanden aus Anweisungen, die als Anregungen getarnt waren, aus gegenseitigen Versicherungen, zusammenarbeiten zu wollen, und aus der Erklärung, dass Castros Entschuldigung für die Vorkommnisse des Morgens akzeptiert worden sei und es keine offizielle Beschwerde geben würde.

Der Konsul und der Militärpolizist gingen. Castro war sicher, dass sie anfangen würden zu streiten, sobald sie das Präsidium verlassen hatten. Wenn nicht schon vorher, da niemand sie verstehen würde.

«So, und jetzt erzählst du mir mal, was die Journalistin hier zu suchen hatte», forderte Goyanes ihn auf und lehnte sich mit verschränkten Armen zurück.

Castro gab ihm einen kurzen Bericht. Da der Konsul es

schon erwähnt hatte, gab er sich keine Mühe zu verbergen, dass er sie mit dem Matrosen allein gelassen hatte.

«Und wir haben immer gedacht, du seist der Beste hier», murmelte Goyanes, ohne ihn anzusehen und mit dem Blick auf die Ausschnitte aus *El Caso* an der Wand.

Castro schluckte und ballte die Fäuste.

«Gut, das war's», sagte Goyanes, um ihn zu verabschieden. «Du ermittelst weiter. Und vergiss nicht: Das Wichtigste sind Ergebnisse. Das ist es, was zählt.»

«Ergebnisse.» Castro schob das Wort im Mund herum, als ob es einen schlechten Geschmack hätte. «Das Problem ist, dass sie alle nur Ergebnisse wollen, die ihnen auch in den Kram passen.»

Goyanes betrachtete ihn verwundert. Castro war selbst überrascht. Gewöhnlich hütete er seine Zunge. Es war die Müdigkeit, die ihn nun dazu brachte, weiterzureden, als hätte eine fremde Stimme sich seines Brustkorbs bemächtigt. Er erschrak gehörig, als er sich sagen hörte:

«Die amerikanischen Militärs wollen einen spanischen Täter, der Konsul lieber einen amerikanischen. Was hätten Sie denn gerne, Comisario? Einen Amerikaner, nehme ich an, damit die ihre schmutzige Wäsche alleine waschen können. Stimmt's?»

«Was hat dich denn gestochen? Was sagst du da?»

Castro fühlte sich wie aus einer Trance erwachend. Aber es war zu spät, der Kommissar war nicht mehr zu bremsen, getrieben von einer Wut, die vor allem von dem Wissen herrührte, dass Castro recht hatte.

«Willst du etwa andeuten, dass ich kein Interesse daran habe, den Fall korrekt zu lösen? Klar, Inspektor Isidro Castro, immer so korrekt, immer allen überlegen, blickt von seinem

Sockel auf uns herunter. Nimm dich in Acht, Isidro, Hochmut ist vielleicht nicht die schlimmste aller Sünden, aber diejenige, für die man am teuersten bezahlt.»

«Comisario, ich ...»

«Los, geh, verschwinde endlich.»

* * *

Wortlos verließ er das Büro seines Vorgesetzten. Es war nicht das, was Goyanes ihm gesagt hatte. Goyanes' Meinung bedeutete ihm nichts. Es war diese Übereinkunft, die immer noch weiterbestand, auch wenn er sie in Zweifel gezogen hatte, und die ihm diese Ermittlung erschweren würde, in der es viel mehr Meinungen und Interessen als Beweise und Fakten gab. Und Goyanes? Wenn stimmte, was er annahm, hatte der Zivilgouverneur ihn nicht an den Verhandlungen mit den Amerikanern beteiligt. Was das bedeutete, war klar: Der Zivilgouverneur, der Goyanes lange protegiert hatte, hatte ihn übergangen. Sein Stuhl wackelte nicht nur, er war kurz davor, umzufallen.

Castro betrat sein Büro. Er griff nach dem Telefonhörer und rief bei Ana Martí an, ohne genau zu wissen, weshalb. Vielleicht, um sich zu entschuldigen. Das Dienstmädchen, das jedes Mal zusammenfuhr, wenn er seinen Namen nannte, erklärte ihm, dass sie noch nicht zurückgekommen sei.

«Sind Sie sicher?»

«Ja. Aber wenn Sie möchten, schaue ich nach.»

«Tun Sie das.»

Die Frau sagte, dass sie gehen würde, doch Castro vermisste den dumpfen Knall des abgelegten Hörers und das Geräusch von sich entfernenden und wieder herankommenden Schritten.

«Nein, sie ist nicht da.»

Sie log, aber er konnte nichts anderes tun, als sie zu bitten, mehr noch, sie fast anzuflehen, der Journalistin zu sagen, sie solle ihn anzurufen, sobald sie zu Hause sei, eine halbe Stunde sei er noch in seinem Büro zu erreichen, danach müsse er gehen. Sie möge doch bitte nicht vergessen, es ihr auszurichten.

Er wartete eine halbe Stunde. Sie rief nicht an. Wahrscheinlich war sie gekränkt wegen der Dinge, die er ihr in seinem Büro vorgeworfen hatte. Er musste gestehen, dass er davon beeindruckt war, wie die Journalistin sich beherrscht hatte, sie hatte ihre Tränen heruntergeschluckt und ihren Fehler eingestanden. Wie ein Mann, dachte er bewundernd und schüttelte den Kopf, um den Gedanken loszuwerden.

Am Nachmittag würde er ein paar Beamte bei einigen Hehlern vorbeischicken, um etwas über den Ring in Erfahrung zu bringen. Und Sevilla würde er ins Barrio Chino schicken, damit er sich wegen der Drogensache umhörte.

Er verließ das Präsidium und war froh, niemanden auf den Gängen zu treffen, der ihn fragte, wie es mit dem Fall lief. Er wollte sich draußen ein wenig Bewegung verschaffen und ging zügig die Vía Layetana hinauf, bis zur Plaza Urquinaona. Im Gehen drehte er sich eine Zigarette und zündete sie an. An der Ecke zur Calle Fontanella hielt er an. Im Schaufenster des Fotogeschäfts Niepce hingen einige Gruppenbilder von Universitätsabsolventen. Eines Tages würde er hoffentlich auf einem solchen Foto seinen Sohn Cristóbal sehen, auf dem Kopf ein schwarzes Barett, in der Hand das Ingenieursdiplom. Wenn der Junge sich nur endlich auf sein Studium konzentrieren würde, statt ständig auszugehen. Er schüttelte den Kopf. Auch er musste sich konzentrieren, wenn er Ergebnisse vorweisen wollte. Er ging noch ein paar Schritte über den Platz, als wollte er die hellen Flecken der wenigen Sonnenstrahlen jagen, die noch durch den bedeckten Himmel drangen.

Dann drückte er die Zigarette mit dem Fuß aus, bevor er in eine Bar ging und einen Kaffee bestellte, um den schlechten Geschmack aus seinem Mund zu vertreiben.

«Die Amerikaner glauben, dass das hier ein verdammter Flohmarkt ist.»

Der Kellner sah ihn verständnislos an.

Beim nächsten Mal würde er Ana Martí fragen, wie man auf Englisch «Hurengeschiss» sagte.

19

Aus zwei Gründen bemühte sich Ana, sich nicht anmerken zu lassen, wie sehr ihr die Auseinandersetzung mit Castro am Vortag zugesetzt hatte. Erstens hatte sie nicht vor, ihrer Mutter die offene Flanke zu präsentieren, indem sie ihr von einem beruflichen Misserfolg erzählte. Zweitens wurde an diesem Mittwoch ihr Neffe Émile sieben Jahre alt. Sein erster Geburtstag in Barcelona.

Der Ältere, der Sohn ihres Bruders Ángel, war nach seinem toten Vater benannt worden, und als wollte er der Verpflichtung, die ihm sein Name auferlegte, bis ins Kleinste gerecht werden, sah er Anas Bruder so ähnlich, dass ihre Mutter fast ohnmächtig geworden wäre, als sie ihn zum ersten Mal sah.

Dieser zweite Ángel war schon siebzehn Jahre alt. Nahezu sein gesamtes Leben hatte er in Frankreich verbracht und war dort als Sohn spanischer Exilanten aufgewachsen. Er behauptete sogar, sich an das Lager zu erinnern, in dem er nach seiner Flucht nach Frankreich interniert gewesen war.

«Das kann gar nicht sein», entgegnete darauf gewöhnlich Marina, die nach all den Jahren im Ausland ihren aragonesischen Akzent behalten hatte. «Du warst noch viel zu klein.»

Doch woran Ángel sich auf jeden Fall erinnern konnte, waren der Spott und die Kommentare, die er in der Schule wegen seines spanischen Namens und seines Akzents einstecken musste. Den spanischen Akzent im Französischen hatte er, anders als seine Mutter, schnell verloren, dafür hatte sein Spanisch nun einen starken französischen Akzent.

«Und Katalanisch spricht er mit spanischem Akzent», wunderte sich Patricia Noguer, Anas Mutter.

Ihre Schwiegertochter und die beiden Jungen lebten nun schon ein halbes Jahr bei ihnen in dem Haus mit Garten im Stadtteil Sants, in das sie aus der kleinen, finsteren Wohnung in der Calle Joaquín Costa gezogen waren. Wenngleich größer und heller, hatte das Haus wenig gemein mit der großbürgerlichen Wohnung am Paso de San Juan, in der die Familie vor dem Bürgerkrieg gelebt hatte, als Anas Vater einer der renommiertesten Journalisten des Landes gewesen war.

Aber Patricia Noguer war weniger verbittert, seit ihre Enkel bei ihr lebten. Trotz des monatelangen Zusammenlebens betrachtete sie ihren älteren Enkelsohn immer noch wie eine wundersame Erscheinung, und ihr Umgang war eher distanziert. Émile hingegen, den sie anfangs «das französische Kind» nannte, weil er den Nachnamen seines Vaters trug, hatte aus ihr eine passionierte Großmutter gemacht, die mit Begeisterung die verlorenen Jahre nachzuholen versuchte.

An diesem Morgen hatten Ana und ihre Mutter mit dem «Kleinen» das Magie-Museum in der Calle Princesa besucht. Ein spitzer Hut, ein Zauberstab und magisches Papier, das waren Anas Geburtstagsgeschenke für ihn gewesen. Während der Junge mit dem Zauberstab alles berührte, was ihm in den Weg kam, gingen Ana und ihre Mutter untergehakt die Straße entlang. Als sie die Vía Layetana überquerten, warf Ana einen verstohlenen Blick auf das Polizeipräsidium. Sie fragte sich, ob Castro und seine Leute noch etwas über den Tod des Matrosen herausgefunden hatten. Das Gesicht, das Enrique Rubio gemacht hätte, wenn sie darüber hätten berichten dürfen, und auch noch exklusiv, wollte sie sich gar nicht vorstellen. Sie war froh, ihm nichts davon erzählt zu haben. Nach der Sache mit Muñárriz wollte sie nicht noch ihren anderen Chef enttäuschen. Denk nicht mehr daran, sagte sie sich. Doch das war nicht einfach.

Auf der Plaza San Jaime kam ihnen ein Trio von amerikanischen Matrosen entgegen, alle in den marineblauen Uniformen, die sie im Herbst und Winter trugen. Einer von ihnen hatte Gene Kellys tänzelnden Schritt. Während in Anas Kopf die Melodie von «On the Town» erklang, begrüßte ihr Neffe das Trio begeistert. Er zeigte mit dem Zauberstab auf sie und murmelte Zauberworte voller «os» und «as», die für ihn offenbar sehr spanisch klangen. Eine Gruppe von Kindern scharte sich sofort um die Amerikaner und bettelte lauthals um Süßigkeiten, Kaugummi und Geld. Émile vergnügte sich derweil damit, eine Taube zu verfolgen.

«Man merkt, dass er aus einem reichen Land kommt. Armut macht die Menschen zu würdelosen Bittstellern.» Patricia Noguer war stolz darauf, dass ihr Enkel die Amerikaner nicht verfolgte.

«Ich finde es nicht so schlimm. Es sind doch Kinder. Das ist wie beim Drei-Königs-Umzug.»

«Ich sage nicht, dass es schlecht ist, Geschenke anzunehmen, aber doch nicht solche, die dir vor die Füße geworfen werden, damit du dich hinkniest, um sie aufzulesen.»

Da musste Ana ihrer Mutter recht geben. Die Amerikaner mochten es, wenn man den Kopf vor ihnen senkte. Diese Form von hochmütiger Wohltätigkeit ließ sie an ihren verlorenen Auftrag denken. Während sie die Calle Fernando entlanggingen, fragte sie ihre Mutter: «Kennst du eigentlich Engracia Gómez de Urquiza?»

Wenn ihre Mutter auch den Kontakt zu vielen Bekannten aus ihren früheren gesellschaftlichen Kreisen verloren hatte, nachdem ihr Vater in Ungnade gefallen war, war und blieb sie Patricia Noguer. Ihr guter Name sorgte dafür, dass sich ihr einige Türen wieder geöffnet hatten. Manche sahen in ihr einfach die treue Gattin, das Opfer der fatalen politischen Ansichten ihres Mannes. Daher konnte ihre Mutter eine Menge berichten und ließ sich den gesamten Weg durch die Calle Fernando und noch ein gutes Stück der Ramblas über die große Wohltäterin aus. Das Kind lief vor ihnen und versuchte gerade, mit seinem Zauberstab einen Pudel zu berühren, den eine Frau mit kurzen Trippelschritten spazieren führte, als ihre Mutter einen anderen Ton anschlug: Sie beugte sich zu Ana und sagte leise: «Sie ist trockener als ein Stockfisch.»

Beide lachten. Émile drehte sich zu ihnen um und brach ebenfalls in Lachen aus.

«Weshalb interessierst du dich für sie?»

Ana war kurz davor, ihr von dem Besuch im Kinderheim in Esplugas und seinen Folgen zu erzählen, von dem Streit mit Muñárriz und von ihrer Sorge, dass ihre Karriere auf der Kippe stand. Doch sie mahnte sich zur Vorsicht: Dass sie mit ihrer Mutter friedlich spazieren ging und sie zusammen lachten, hieß noch lange nicht, dass sie nicht mehr auf der Hut sein musste. Die Schwiegertochter und die Enkel im Haus hatten ihre Mutter zwar nachgiebiger gemacht, aber deshalb würde sie ihre Meinung nicht ändern. Anas Arbeit wurde toleriert, nicht akzeptiert.

«Ich soll eine Reportage über eine ihrer Einrichtungen schreiben. Ein Nähatelier, in dem ledige Mütter arbeiten.» Aus reiner Gewohnheit machte sie eine Pause, damit ihre Mutter einen missbilligenden Kommentar einschieben konnte, aber Patricia Noguer sagte nichts und wartete aufmerksam darauf, dass Ana weitererzählte, während sie den Jungen im Auge behielt. «Und ein Internat in Esplugas, in dem ihre Kinder erzogen werden.»

«Ach ja. Es ist eine Art Findelhaus. Ein wohltätiges Werk. Sie nehmen auch Waisenkinder auf und suchen ihnen neue Familien. Engracia hat sich damit einen guten Namen gemacht.»

Die Missbilligung blitzte im letzten Satz auf.

Ana sah ihre Mutter an. «Das gefällt dir nicht.»

«Was mir daran nicht gefällt, ist, dass Engracia ihre wohltätigen Werke wie ein Steckenpferd betreibt. Für sie und ihre Freundinnen ist es bloßer Zeitvertreib. Man kann sie dafür nicht kritisieren, denn sie tun etwas Gutes, aber ihre Beweggründe sind alles andere als uneigennützig.»

Ana kannte diese barmherzigen Seelen nur allzu gut, den selbstgefälligen Glanz in ihren Augen, den ihnen das Gefühl, ein guter Mensch zu sein, verschaffte.

«Na gut, wenigstens ist es nicht eine von diesen fürchterlichen Geschichten, die du für *El Caso* schreibst. Das mit dem Taxifahrer …»

«Mamá! Du liest ja doch meine Artikel.»

«Nimm das Kind an die Hand, wir steigen jetzt in die Straßenbahn.»

Während sie darauf warteten, dass der Schaffner ihnen die Fahrscheine gab, setzte sich Patricia Noguer und nahm Émile auf den Schoß. Der Junge war immer noch dabei, die Stadt mit seinem Zauberstab zu verhexen. Ana stellte sich neben die beiden.

«Oma, ssieeh mal, ssieeh mal!» Émile deutete auf ein Plakat mit einem Zirkuselefanten.

«Ich sseh schon, ich sseh schon.» Patricia Noguer imitierte liebevoll seinen Akzent. Sie sah weiterhin durch das Fenster und sagte beiläufig: «Ich hätte auch nichts gegen einen Enkel mit englischem Akzent.»

Ana hüstelte.

* * *

Nach dem Essen, das Marina gekocht hatte, und der Zaubervorführung, die Émile improvisierte, zogen sich Ana und ihr Vater in sein Arbeitszimmer zurück. Die Schreibmaschine thronte auf dem Tisch. Links daneben lag ein Stapel weißer Bögen, rechts war eine freie Fläche, die Andrés Martí nach und nach mit beschriebenen Blättern füllen würde. Den restlichen Platz auf dem Schreibtisch nahmen Fotos aus Filmen ein, wie sie in den Kinoschaukästen ausgehängt wurden, Zeitungsausschnitte und aufeinandergestapelte, mit unzähligen Papierstückchen zwischen den Seiten versehene Romane. Weder an den Wänden noch auf den Regalen deutete etwas darauf hin, dass der Besitzer des Zimmers vor dem Krieg ein bekannter Journalist gewesen war.

Während des Essens hatte Ana darauf gewartet, dass er auf die Begegnung mit Lawrence auf den Ramblas anspielte. Es war offensichtlich, dass ihr Vater ihrer Mutter davon erzählt hatte, und zweifellos hatte er ihre Gefühle erraten. Die Bemerkung ihrer Mutter in der Straßenbahn nahm sie als gutes Zeichen, vielleicht hatte ihr Vater, der scharfe Beobachter, in Lawrence … Als sie in Gedanken an diesem Punkt angelangt war, kam sie sich wie ein alberner Teenager vor, und sie zwang sich, in die Wirklichkeit zurückzukehren. Zu Muñárriz, Castro, Doña Engracia, Anthony Vázquez, Chuck Kingsley …

Ihr fiel ein, was Sevilla über den Mann erzählt hatte, den er überwacht hatte, als er Kingsley festnahm. José Vendrell. Sie erinnerte sich wieder an die Geschichte des hingerichteten Bruders und an den Namen des Boxers, mit dem Vendrell befreundet gewesen war.

«Papá, sagt dir der Name Carlos Flix etwas?»

Auf dem Gesicht ihres Vaters erschien ein bedrückter Ausdruck, während er zwei Blätter und einen Bogen Kohlepapier in die Maschine einspannte. Er fertigte immer eine Kopie an, seit er einmal das Manuskript eines seiner Romane und damit die Arbeit einer Woche – die Zeit, die er üblicherweise für einen Roman brauchte – verloren hatte.

«Flix. Er hätte einer der ganz Großen werden können. Der Mathematiker im Ring wurde er genannt. Vor dem Krieg wurde er Europameister», erzählte ihr Vater und richtete die Ränder der Bögen aus. «Bevor Barcelona fiel, ist er aus der Stadt geflohen, aber er ist zurückgekommen und hat sich gestellt, weil er glaubte, ihm würde nichts passieren, da er ja niemals jemanden außerhalb des Rings geschlagen hatte und auch nie für eines der republikanischen Verhörzentren gearbeitet hatte. Doch das nutzte ihm nichts. Sie nahmen ihn fest, folterten ihn und erschossen ihn. Im Campo de la Bota. Einer von vielen.»

Ana schloss die Augen. Zu dem Bild des durch die Luft gekickten Priesterkopfs gesellte sich nun das des Boxers, seines gemarterten Körpers. Sie würde das Bild irgendwann wieder unvermittelt vor sich sehen, vielleicht, wenn sie Kindern beim Spielen auf der Straße zusah. Zwar ließen die Toten sie in letzter Zeit nachts in Ruhe, doch hatten sie die unangenehme Gewohnheit angenommen, sie tagsüber anzuspringen. Bog sie um eine Ecke, traf sie plötzlich in den Augen einer Straßenverkäuferin auf den verängstigten Blick der Frau, die von ihrem Mann niedergestochen worden war. In der Straßenbahn erkannte sie in einer um die Haltestange gekrallten Männerhand die verkrampfte Hand des Greises wieder, der von seinen Enkeln aus Habgier stranguliert worden war.

An diesem Tag wollte sie nichts von Toten wissen. Es war der Geburtstag ihres Neffen, sie war im Haus ihrer Eltern. Nein, heute sollte es keine Leichen geben, höchstens die der Bösewichte, die der Gute in den Romanen ihres Vaters mit Kugeln durchlöcherte.

«Darf ich dir etwas helfen?», bot Ana an.

Sie hatte es schon manchmal getan, indem sie aufschrieb, was ihr Vater ihr diktierte. Wenn die Geschichte nicht mehr weitergehen wollte, dachten sie sich gemeinsam eine neue Wendung oder einen Konflikt aus, der half, die vom Verlag vorgegebene Seitenzahl zu füllen.

Ihr Vater überließ ihr den Stuhl vor der Schreibmaschine. Ana blickte auf die Stapel von Groschenromanen, die auf den Regalen nach den verschiedenen Pseudonymen ihres Vaters sortiert waren.

«Wer bist du heute?»

«Verónica Fontán», antwortete er und konnte sein Lachen kaum unterdrücken.

«Du schreibst doch nicht etwa …»

«Doch, mein Kind. Das Genre verkauft sich gut, und sie zahlen ein bisschen mehr dafür als für Western oder Spionageromane. Also ist ab und zu ein Liebesroman an der Reihe.»

«Das ist also nicht der erste, den du schreibst?»

«Kennst du denn nicht die Romane von Verónica Fontán? Dann wirst du sie heute kennenlernen.» Ihr Vater riss eine

Schachtel Bisonte auf und zündete sich eine Zigarette an. «Lass sehen, wer ist das Paar?»

«Was hältst du von einem amerikanischen Matrosen und einem Mädchen aus Barcelona?»

«Einverstanden, aber er kann kein einfacher Matrose sein. Wir machen einen Offizier aus ihm. Und das Mädchen ist eine reiche Erbin, die von ihren Eltern gezwungen wird, einen älteren Mann zu heiraten, den sie natürlich nicht liebt, aber die Verbindung ist günstig für das Familienunternehmen.»

«Und was, wenn die Familie nicht reich ist, sondern kurz vor dem Ruin steht und das Mädchen den älteren Mann heiraten muss, um ihre Familie zu retten?»

«Prima, klassischer und vor allem mit mehr Opferbereitschaft. So mögen es die Leserinnen.»

Die nächsten zwei Stunden verbrachten sie damit, die Geschichte von William, dem Marineoffizier, zu schreiben, den sie noch mit einem dunklen Geheimnis ausstatteten, und von Leonor, der schönen und leidenschaftlichen Frau, die bereit war, die Liebe ihres Lebens zu opfern, um ihre Familie zu retten, auch wenn am Ende ihre Schwester Margarita den älteren Mann heiratete und so die Familie und das Glück ihrer Schwester zugleich bewahrte.

Sie schrieben, lachten, stritten und vertrugen sich wieder, während der Stapel auf der rechten Seite der Maschine wuchs. Ana vergaß Isidro Castro, Engracia Gómez de Urquiza, Enrique Rubio und Joaquín Muñárriz. Sie hatte sogar den Eindruck, die Gründe für die heitere Gelassenheit ihres Vaters zu ahnen. Trotzdem musste sie ihn fragen: «Vermisst du die Arbeit als Journalist nicht?»

«Manchmal.»

«Und hast du keine Lust, zurückzukehren?»

«Ana, ich könnte, wenn ich wollte, aber ich will nicht für sie schreiben. Versteh das nicht als Kritik an deiner Arbeit. Ich sage nur, dass ich es nicht tun werde.»

Es war keine Kritik an ihrer Arbeit, aber Ana fühlte sich trotzdem getroffen.

* * *

Sie ging ein Stück zu Fuß, um den Kopf nach den Stunden im Arbeitszimmer voller Rauch und Schreibmaschinengeklapper freizubekommen. Als sie an einem Kiosk in der Calle Tarragona vorbeikam, dachte sie, dass dort bald der Roman mit der Geschichte von William und Leonor zum Kauf ausliegen würde. Wie wohl der Titel lauten würde? Ihr Vater hatte gesagt, dass er ihn immer erst ganz am Ende festlegte.

«Wenn ich ihn habe, sage ich es dir. Gib mir ein paar Tage, damit ich ihn fertig schreibe. Jetzt, da die Kinder da sind, ist im Haus mehr los.»

An der Plaza de España stieg sie in die Metrostation hinunter. Die Frau am Fahrkartenschalter ahnte nichts davon, dass das breite Lächeln auf dem Gesicht des Fahrgasts der Tatsache geschuldet war, dass auf der Theke vor ihr ein Roman von Verónica Fontán lag. «Das goldene Versprechen».

«Ist er gut?», fragte Ana.

«Wahnsinnig gut», antwortete die junge Frau mit verträumtem Blick. «Verónica ist die Beste von allen. Viel besser als Corín Tellado.»

Ohne die Ungeduld des Mannes hinter ihr zu beachten, fragte Ana weiter: «Tatsächlich? Also können Sie ihn empfehlen?»

«Auf jeden Fall. Véronica weiß einfach, was im Herzen

einer Frau vor sich geht. Corín Tellado soll ja in Wirklichkeit ein Mann sein.»

«Señoritas, könnten Sie Ihren Literaturzirkel vielleicht auf später verschieben, die Bahn kommt gleich.»

Ana entschuldigte sich und verabschiedete sich von der Schalterbeamtin. Sie stieg die Treppen hinab. Unter der hohen Gewölbedecke der Station wirkten die auf den Bahnsteigen zusammengedrängten Silhouetten winzig. Je mehr sie sich der Menschenmenge näherte, desto mehr wuchs der Lärm und wurde zur Hintergrundmusik für ihre Erinnerung an das Gespräch mit der Frau am Fahrkartenschalter. «Viel besser als Corín Tellado.» Das musste sie ihrem Vater erzählen. «Verónica weiß, was im Herzen einer Frau vor sich geht.» Die Lichter des Triebwagens tauchten im Tunnel auf, und sie tat einen Schritt auf die Bahnsteigkante zu. Der einfahrende Zug machte so viel Lärm, dass sie sich ein lautes Lachen erlaubte, als ihr der Verdacht der Schalterbeamtin wieder einfiel, Corín Tellado wäre eigentlich ein Mann.

Ihr Lachen brach ab, als sie den Stoß in ihrem Rücken spürte. Ana geriet aus dem Gleichgewicht, ihr Körper neigte sich nach vorne, sie konnte mit dem rechten Bein gerade noch einen kleinen Schritt auf dem wenigen Platz machen, der ihr bis zur Bahnsteigkante blieb, und warf sich zurück. Der nächste Stoß, wenngleich noch kräftiger, änderte nicht ihre Fallrichtung. Da sie instinktiv die Beine zurückzog, als die Masse des einfahrenden Zugs an ihr vorbeiglitt, rissen die Waggons sie nicht mit, und sie fiel zu Boden.

«Das kann doch nicht wahr sein! So ein Dreckskerl!», rief eine Frau neben ihr.

«Halten Sie den Mann auf!» Ein alter Mann zeigte in Richtung Ausgang.

«Er hätte sie fast umgebracht», sagte eine andere Frau.

Ein Mann streckte die Hand aus, um ihr aufzuhelfen.

«Sind Sie verletzt?»

«Nein. Haben Sie gesehen, wer es war?»

Die Fahrgäste, die gerade aus den Wagen stiegen, gingen gleichgültig an ihnen vorbei, einige etwas unangenehm berührt.

Die Frau, die gerufen hatte, kam zu ihr und gab ihr ein Taschentuch. Anas Hand blutete, sie hatte sie sich bei dem Fall aufgeschürft.

«Es ist ganz schnell passiert.»

«Ich habe Sie nur gesehen, weil Sie geschrien haben», sagte ein junger Mann, unter dessen Mantel ein Blaumann hervorlugte.

Der alte Mann kam ebenfalls herbei. «Es war ein Mann, aber ich sehe nicht sehr gut. Er ist ziemlich schnell in der Menge verschwunden.»

«Die Welt ist voll von Verrückten», sagte eine Stimme. «Irgend so ein Spinner.»

«Ich habe nichts gesehen», erklärte der Mann, der ihr beim Aufstehen geholfen hatte, und sah schon nach der Waggontür. «Sind Sie sicher, dass es Ihnen gutgeht?»

Ana schüttelte sich den Staub vom Rock und bückte sich, um ihre Handtasche aufzuheben. «Ja. Ganz sicher.»

Der Mann stieg ein, und die Türen schlossen sich hinter ihm. Aus dem Inneren des Waggons richteten sich einige Blicke auf sie, die einen mitleidig, die anderen neugierig.

Dann fuhr der Zug an und verschwand im Tunnel.

Die Frau, der Mechaniker und der alte Mann blieben bei Ana.

«Wollen Sie sich nicht setzen?» Der Mechaniker deutete auf eine der Bänke.

Ana schüttelte den Kopf.

«Möchten Sie, dass ich mit Ihnen zur Polizei gehe? So jemanden muss man anzeigen», schlug der alte Mann vor.

Der Bahnsteig füllte sich wieder.

«Das werde ich später tun. Jetzt will ich erst einmal nach Hause.»

Die drei begleiteten sie auf die Straße hinauf und stützten sie zu dritt, da ihr bei jedem Schritt die Beine zitterten.

Sie hielten ein Taxi an.

* * *

Der Anruf von Ana Martí kam, als er schon dabei war, sein Büro zu verlassen. Wenn Castro gewusst hätte, dass sie es war, hätte er gar nicht erst abgehoben, aber er nahm an, dass jemand von der Politischen Polizei ihn anrief. Um ihm zu sagen, dass es sich bei dem vorherigen Anruf um einen Irrtum handelte. Falscher Alarm. Oder ein Scherz. Doch falls es ein Scherz sein sollte, war es ein so schlechter Scherz, dass er sich sofort seinen Urheber schnappen würde, um ihm eine zu verpassen. Aber er würde ihm verzeihen, sobald er ihm sagte, dass die Nachricht ein Irrtum war.

Doch es war Ana Martí. Eine sehr nervöse Ana Martí.

«Inspektor Castro? Ich muss mit Ihnen sprechen. Dringend.»

«Ich habe keine Zeit, Señorita. Entschuldigen Sie.»

Er legte auf.

Das Telefon klingelte sofort aufs Neue. Er nahm nicht ab. Auch nicht, als es nach einer halben Minute wieder zu klingeln begann. Das Klingeln begleitete ihn, während er die Tür seines Büros öffnete und hinausging. Danach verschluckte es die geschlossene Tür. Castro vergaß es nach zwei Schritten. Sevilla kam eilig auf ihn zu. Sein Gesichtsausdruck bestätigte den Anruf, den er von einem ehemaligen Kollegen, der jetzt bei der Politischen war, erhalten hatte. Aber Castro musste es noch einmal mit eigenen Ohren hören.

«Ist er es wirklich?»

«Ja. Es ist Cristóbal.»

«Und wo ist er?»

«Unten. In den Zellen der Politischen.»

«Weißt du, ob sie ihn gefolt… – ob sie ihn angerührt haben?»

«Sie haben nichts davon gesagt, Chef.»

Castro musterte ihn scharf, um herauszufinden, ob er die Wahrheit sagte. Oder ob er aus Angst vor seiner Reaktion schwieg. Er konnte nichts in Sevillas Miene lesen und ließ ihn stehen.

Sevilla fragte nicht, wahrscheinlich ahnte er, wohin er gehen würde.

20

Manchmal war es einfach zu viel, was ihr erzählt wurde. «Conchita wird von Tag zu Tag dämlicher. Sie ist schwanger gewesen, das dumme Huhn, bestimmt von einem Amerikaner, weil an den Tagen Hochbetrieb war, sie wusste noch nicht mal, wie viele sie bedient hatte. Sie wollte es sich wegmachen lassen. Sie geht also dahin, aber der Frau fällt nichts Besseres ein, als ihr hinterher zu erzählen, dass sie froh sein soll, es los zu sein, weil es sowieso bloß ein Negerchen war. Und jetzt rennt sie überall rum und heult und sagt, sie hätte gerne ein kleines Negerbaby gehabt.»

Ja, manchmal wäre es ihr lieber, wenn sie ihr nicht so viel erzählen würden. Denn die Vorstellung von Conchita, die ihr ungeborenes schwarzes Kind beweinte, reihte sich in die Galerie trauriger Bilder ein, die ihr der Beruf verschaffte.

Aber sie war hier, um Informationen zu bekommen, und die bekam sie.

Nach dem Vorfall in der Metro war sie in eine leere Wohnung zurückgekehrt. Weder Beatriz noch Luisa waren dort. Castro war offensichtlich immer noch böse auf sie und hatte ihr nicht zuhören wollen. Und er hob auch nicht mehr ab. Sie hatte es ein paarmal versucht, ohne Erfolg. Was konnte sie tun? Zu Hause bleiben. Warten. Worauf? Sie hielt es nicht aus, nichts zu tun und nichts zu wissen. Sie musste ihren Verdacht überprüfen. Sie vermutete, dass der amerikanische Matrose sie unter den Zug hatte stoßen wollen. Weil er ihr irgendetwas verraten hatte, als sie allein im Präsidium miteinander gesprochen hatten. Wegen irgendeiner Bemerkung, die ihm herausgerutscht war und die ihn belastete. So sehr, dass er sie umbringen wollte? Vielleicht hatte er zugegeben, mit Drogen zu handeln. Das reichte für eine längere Gefängnisstrafe. Außerdem hatte er vielleicht etwas mit Vázquez' Tod zu tun. Wenn sie nur verstanden hätte, was Kingsley in Castros Büro gesagt hatte! Und warum wollte Castro nicht mit ihr sprechen? Sie hatte ihm doch gesagt, dass es dringend war. So beleidigt konnte er doch nicht sein. Vielleicht hatte er Befehle von oben bekommen.

Also hatte sie entschieden, ins Barrio Chino zu gehen und sich an eine ihrer besten Quellen zu wenden, vor allem, wenn es um amerikanische Matrosen ging: die Prostituierten des Viertels.

War das vernünftig? Nein. Aber immerhin war es noch hell. Sie würde Vorkehrungen treffen. Nur belebte Straßen. Bevor sie ging, nahm sie einen scharfen Brieföffner und einen Briefbeschwerer aus Stein und steckte beides in die Manteltaschen. Beim Hinausgehen grüßte sie den Portier.

Sie schritt zügig aus. Jedes Mal, wenn sie an einer Ampel warten musste, erinnerte sie die körperliche Nähe der anderen Passanten an den Stoß in den Rücken, zwei Hände, die sie mit aller Kraft wegstießen.

Sie steuerte auf eine Bar in der Calle Robador zu. Die ersten Kunden waren schon unterwegs, ältere Männer, die rechtzeitig wieder zum Abendessen zu Hause sein wollten, und junge, die sich Mut für das erste Mal antranken. Sie wehrte zwei Annäherungsversuche ab und betrat die Bar.

Wie sie vermutet hatte, saßen einige Mädchen gerade vor der Nachmittagsschicht, wie sie es nannten, bei Kaffee und

Kuchen zusammen. Mercedes, eine Veteranin, die sogar ein Arbeitsbuch gehabt hatte, bevor vor einigen Jahren die Prostitution für illegal erklärt worden war, lud sie mit ihrer singenden Stimme ein, sich zu ihr und zwei jüngeren Frauen an den Tisch zu setzen. Ana kannte auch die beiden anderen Frauen, vor allem die schlanke Dunkelhaarige, die Rosarito hieß. Ana hatte sie einmal begleitet, als sie gegen eine Wahrsagerin aussagen musste, die sie mit dem Versprechen, ihren vermissten Bruder zu finden, um einiges Geld erleichtert hatte.

Der Bruder war im Krieg verloren gegangen, als die Familie aus Málaga floh und der Flüchtlingstreck aus der Luft und von der See angegriffen wurde. Während des Beschusses hatte der Bruder sich von der Hand seiner Mutter losgerissen, und sie fanden ihn nicht wieder, weder unter den Überlebenden noch unter den Tausenden von Toten, die nach dem Angriff der Franquisten auf und neben der Landstraße lagen. Jahrelang hatte Rosarito gehofft, dass ihre Eltern, die sie verstoßen hatten, weil sie ein gefallenes Mädchen war, sie wiederaufnehmen würden, wenn sie ihren Bruder nur fand.

«Mein Vater hat immer gesagt, schade, dass es nicht umgekehrt ist. Es wäre besser gewesen, wenn ich damals verloren gegangen wäre. Und im Grunde genommen hat er recht.»

Ana, die wusste, wie man in Archiven recherchierte und Beamten Informationen entlockte, hatte nach einigen Wochen der Nachforschung herausgefunden, dass der Bruder überlebt hatte, in einem Waisenhaus aufgewachsen war und schließlich Priester geworden war. Rosarito gelang es, Eltern und Sohn zusammenzubringen, doch genauso wenig wie sie wollte er etwas von einer Schwester wissen, die Prostituierte war.

«Na ja, etwas wollte er schon von mir. Er wollte mich in ein Kloster stecken.»

Die Suche hatte somit nicht den Erfolg erbracht, den sie sich gewünscht hatte. Rosarito hatte trotzdem die Noblesse besessen, den Boten nicht zu köpfen.

«Ich vertraue Ihnen, Señorita, und mag Sie sehr gern.»

Und das zeigte sie, indem sie Ana jetzt erzählte, was diese wissen wollte.

«Tschan, sagen Sie?», antwortete sie auf Anas Frage nach Chuck Kingsley. «Das klingt wie ein chinesischer Name.»

«Tschack», wiederholte Ana und bemühte sich, den Namen möglichst spanisch auszusprechen. «Kräftig. Mit einem dicken Hals.»

«Weißt du, wer es sein könnte, Rosarito? Stiernacken», mischte Mercedes sich ein und skizzierte mit den Händen den trapezförmigen Umriss von Kingsleys Kopf in die Luft.

Auf Rosaritos Gesicht zeichnete sich plötzliches Verständnis ab.

«Stiernacken! Na klar, der ist vom Flugzeugträger. Ein fieser Kerl!»

«Und Alkohol verträgt er gar nicht!»

Die drei Frauen nickten gleichzeitig.

«Dann kriegt er … na ja, Sie verstehen schon.»

Ana verstand, aber da sie nun einmal die Señorita war, galt es, Haltung zu bewahren. Eine Sache war, die Wörter zu verstehen, eine ganz andere, sie auszusprechen. Daher wartete sie, bis Mercedes Rosaritos Satz beendete: «… keinen hoch.»

Die vier lachten.

«Ruhe im Hühnerstall dahinten», schrie der Kellner von der Bar aus, während er sich den Lappen, mit dem er die Gläser poliert hatte, über die Schulter warf.

Die dritte Frau, sommersprossig und mit einem leichten Silberblick, zeigte ihm den in die Luft gereckten Mittelfinger.

Dann presste sie ihr Kinn an die Brust, stemmte die Arme in die Seite und parodierte Chuck Kingsley.

«Das ist dein' Schuld, du Nutte. Du nicht machen gute Arbeit», sagte sie mit tiefer Stimme und amerikanischem Akzent.

Die anderen begannen zu lachen, weniger schrill, da der Kellner sie scharf im Auge behielt.

«Spricht Stiernacken Spanisch?»

«Ja, zumindest kennt er alle Schimpfwörter.»

Ana fragte sich, wie viel er von dem verstanden hatte, was Castro und sie in seinem Büro gesagt hatten. Er kam ihr immer verdächtiger vor.

Sie orderte eine neue Runde Milchkaffee, um den Kellner abzulenken.

«Weshalb interessieren Sie sich für Stiernacken?», fragte Rosarito, nachdem der Kellner ihnen den Kaffee gebracht und sich wieder vom Tisch entfernt hatte.

«Wegen eines Falls, den ich untersuche.»

«Wegen Antonio, dem Latino?»

«Ja, aber woher …»

«Das Barrio Chino ist klein. Armer Kerl. Er sah gut aus und außerdem sprach er Spanisch, ein anständiges Spanisch.»

«Hast du ihn gekannt?»

«Nur von Gesprächen. Mit ihm konnte man reden, nicht wie bei anderen, die ruck, zuck zur Sache kommen und dann tschüs, auf Wiedersehen.»

Die Schiffe der Sechsten Flotte legten regelmäßig in Barcelona an, und manche Matrosen suchten die Menschen auf, die sie schon von vorherigen Aufenthalten kannten, sicher auch Mädchen, die ihnen gefallen hatten. Den Prostituierten erzählten viele Kunden Geheimnisse, Intimitäten, die sie sonst niemandem erzählen konnten oder wollten. Was die Amerikaner den Frauen sagten, ging vermutlich hinter der Sprachbarriere verloren, obwohl manche der Mädchen etwas Englisch lernten. Ana hatte gehört, dass im Café Cosmos ein gewisser Don Fernando zu einem günstigen Preis Englischstunden anbot. Vermutlich ein praktisches, auf die Kommunikationsbedürfnisse seiner Kundinnen zugeschnittenes Englisch: ein paar Höflichkeitsfloskeln, das Vokabular, das nötig war, um Preis und Dienstleistung zu vereinbaren, und ein paar Lügen, um den Kunden zu schmeicheln.

«Du kannst sagen, was du willst», entgegnete Mercedes und warf noch einen Zuckerwürfel in ihren Kaffee. «Ich habe es lieber so, als wenn sie dir vorher und nachher ihr ganzes Leben erzählen. Das kostet viel Zeit, für die du nicht bezahlt wirst.»

Ana hörte still zu, während die drei Frauen mit wissenschaftlichem Eifer das Pro und Contra von redseligen Kunden erörterten. Bei ihren Interviews unterbrach Ana in der Regel Gesprächspartner nicht, wenn diese abschweiften, denn häufig tauchte das, was sie ihr nicht auf eine direkte Frage hin sagen wollten, in den Mäandern ihres Redeflusses dann doch noch auf. Auch bei den Prostituierten war es wichtig zuzuhören, ihr harter Beruf hatte sie durchtrieben gemacht, sie waren direkt, was Obszönitäten anging, aber vorsichtig und diskret, wenn es sich um Informationen handelte. Viele von ihnen vertrauten Ana, weil sie aufmerksam den Geschichten lauschte, die normalerweise niemand hören wollte, und weil sie wussten, dass sie, selbst wenn sie es gewollt hätte, kaum ein Wort von dem schreiben konnte, was sie ihr erzählten.

Der angeregten Diskussion entnahm sie, dass keine von ihnen Antonio Vázquez gesehen hatte, während die Flotte diesmal im Hafen vor Anker lag.

«Weil er eine Verlobte hat?», fragte Ana.

«Als ob das ein Hinderungsgrund wäre. Viele kommen direkt von der Verlobten zu uns.» Mercedes nahm einen Zuckerwürfel zwischen Daumen und Zeigefinger, hob ihn auf Augenhöhe und deklamierte, als ob sie mit ihm sprechen würde: «Die Verlobten, süß, weiß und rein.»

«Ich habe gehört, dass seine Verlobte vielleicht süß ist, möglicherweise auch weiß, aber rein ganz bestimmt nicht», sagte Rosarito gehässig und verzog das Gesicht. «Sie ist eine Hure, aber eine von den ganz feinen.»

«Du siehst richtig hässlich aus, wenn du neidisch wirst, Mädchen», entgegnete die Sommersprossige. Sie nahm Rosarito beim Kinn und drehte ihr Gesicht hin und her, als wollte sie den boshaften Ausdruck daraus vertreiben.

Doch Ana wollte mehr wissen. «Stimmt das? Ist sie wirklich eine Hure?»

Rosarito zuckte mit den Schultern. «Das hat mir einer der Amerikaner erzählt, der auf demselben Schiff ist.»

«Neid, nichts als Neid», wiederholte die Sommersprossige.

«Und was soll daran schlecht sein, dass sie eine Hure ist?», sagte Mercedes. «Warum soll eine von uns nicht auch mal Glück haben?»

«Was heißt denn hier Glück?», antwortete Rosarito. «Am Ende steht sie wieder da wie am Anfang.»

«Wer immer sie auch ist, jetzt ist sie eine Art Witwe.» Die Sommersprossige sah in ihre leere Tasse. «Witwe eines jungen und gutaussehenden Mannes.»

Sie schwiegen und trauerten einen Moment lang um Antonio Vázquez.

Ana respektierte ihr Schweigen und brach es schließlich, indem sie wie bei einer Totenwache fragte, ob jemand noch etwas trinken wolle.

«Also, ich hätte jetzt nichts gegen einen Anislikör.»

«Zwei», schloss Rosarito sich an.

Ana bestellte vier Anisettes, und während sie auf Antonio anstießen, fragte sie: «Antonio und Chuck, also Stiernacken, waren gute Freunde, oder?»

«Ich würde sagen, ja.» Rosarito nahm geziert ein paar Schlückchen Likör.

«Er soll Zigaretten verkauft haben, um sich etwas dazuzuverdienen», sagte Ana.

Die drei bestätigten es einmütig.

«Hat er auch etwas Stärkeres verkauft?»

«Was denn?», fragte Mercedes.

«Drogen.»

Die Sommersprossige nickte, Rosarito stimmte zu.

«Es wird darüber geredet, aber ich weiß nicht, ob es stimmt», antwortete Mercedes, die älter und vorsichtiger war. «Wissen Sie, wen Sie fragen könnten? Julita, sie ist häufig im Metropolitano, wo das mit Antonio passiert ist.»

«Also, ich würde da im Moment nicht unbedingt hingehen, die Stimmung ist schlecht», warnte sie Rosarito.

«Kein Wunder, nachdem es dort einen Toten gegeben hat. Viel Polizei, viel Fragerei», sagte die Sommersprossige. «Der lange Dünne ist da unterwegs, Sevilla, und schnüffelt herum», fügte sie unangenehm berührt hinzu.

«Und kürzlich gab es eine Razzia», erzählte Rosarito. «Paca und die Mallorquinerin haben sie mitgenommen. Auch Vendrell und den Dicken.»

«Welchen Dicken?»

«Den dicken Barreiro. Den haben sie sogar dabehalten. Den Kubala suchen sie noch. Wenn ich Sie wäre, Señorita Martí, würde ich da nicht hingehen.»

Ana blieb noch eine Viertelstunde. Sie spendierte eine letzte Runde, auch wenn sie selbst nichts mehr trank, und beschloss, danach in die Bar Metropolitano zu gehen.

Auf dem Weg dorthin hielt sie sich in der Straßenmitte, obwohl die wenigen Fahrer, die mit ihren Autos in den engen Gassen unterwegs waren, sie lauthals verfluchten. Sie hatte die Hände in die Manteltaschen gesteckt, mit der rechten hielt sie den Griff des Brieföffners, in der linken den Briefbeschwerer. *Gladius et scutum*, erinnerte sie sich an ihren Lateinunterricht. Ich bin die moderne Büro-Ausgabe eines römischen Legionärs, dachte sie, und zwang sich zu einem Lächeln, um sich Mut zu machen.

Weingeruch und neugierige Blicke schwappten ihr entgegen, als sie die Tür des Metropolitano öffnete und eintrat. An den Tischen saß ein ähnliches Publikum wie in der Bar, aus der sie gerade kam. Die Hocker an der Bar hingegen waren hier leer. Sie nahm auf einem von ihnen Platz und wartete darauf, dass der Kellner zu ihr kam und ihre Bestellung aufnahm, um ihn nach Julita zu fragen.

«Ich kenne keine Julita.»

«Sind Sie sicher?»

«Genauso sicher, wie ich weiß, dass ich keine Leute mag, die in meine Bar kommen und mir dumme Fragen stellen.»

«Aber man hat mir gesagt, dass sie oft hier ist.»

«Dann hat man Ihnen etwas Falsches gesagt.»

Die Gespräche an den Tischen waren verstummt. Alle hörten ihnen zu. Ana sah neugierige und auch missfällig verzogene Gesichter, die sich in der Vitrine hinter der Bar spiegelten.

Der Kellner hielt ein Glas ins Licht, als wolle er seine mehr als zweifelhafte Sauberkeit prüfen, bevor er einschenkte, dabei zischte er: «Verschwinden Sie und hören Sie auf, herumzuschnüffeln.»

Ana stand auf und ging, feindselige Blicke im Rücken. Ein Mädchen rannte hinter ihr her. Es dämmerte schon, und das Licht der Laternen warf dunkle Schatten auf die Straße. In einem Hauseingang schien sich die Silhouette eines Mannes abzuzeichnen.

Das Mädchen, mit dünnen und für die heraufziehende Kälte viel zu nackten Beinen, war ein paar Schritte vor ihr mitten auf der Straße stehen geblieben. Sie drehte sich zu ihr um und winkte sie herbei. Die beiden Zöpfe schwangen hin und her und schienen die Dringlichkeit der Geste zu verstärken.

Ana trat auf sie zu und beugte sich herab, da das Mädchen ihr etwas ins Ohr sagen wollte.

«Die Julita ist sehr krank», sagte es traurig.

«Vielleicht könnte ich sie besuchen.»

Der Gesichtsausdruck des Mädchens wurde verschlagen. «Wenn du mir fünf Peseten gibst, sage ich dir, wo sie ist. Es ist nicht weit.»

«Fünf Peseten? Das ist viel Geld.» Ana richtete sich auf und gab vor, gehen zu wollen.

«Na gut, eine Pesete.»

Ana drehte sich um und machte ein ernstes Gesicht. «Das ist immer noch viel Geld. Für diesen Preis musst du mich begleiten. Und die Pesete bekommst du erst, wenn ich Julita sehe.»

Das Mädchen gab sich nicht geschlagen. «Fünfzig Céntimos, im Voraus.»

«Fünfundzwanzig, und wir machen uns auf den Weg.»

Licht fiel auf die Straße, weil die Tür des Metropolitano sich öffnete.

«Gut.»

Das Mädchen nahm sie bei der Hand, und sie gingen los. Die Kleine rückte naher an sie heran.

«Wie gut du riechst», sagte sie und schnupperte an ihrer Jacke. Sie ließ ihre Hand los und schmiegte sich an sie. «Ich hab auch schon mal gebadet. In einer richtigen Badewanne, mit Seife und Schaum und allem.»

Sie betraten das Gewirr übelriechender Gassen, gingen über feuchtglänzendes Kopfsteinpflaster, unter von Balkonen herabtropfender Wäsche hindurch und wichen den Pfützen aus, in denen sich das spärliche Laternenlicht und die Schaufenster der wenigen Geschäfte spiegelten. Sie wichen einer Gruppe von jungen, gut gekleideten Männern aus, die lärmend aus einer Kneipe kamen. Als Ana ihre Gesichter sah, stellte sie fest, dass sie nicht so jung waren, wie ihr Geschrei und ihr Gehabe vermuten ließen, sondern schon in den Dreißigern. Geld verlängerte die Jugend der Söhne aus gutem Hause, während für das Mädchen neben ihr schon bald die Kindheit zu Ende war.

«In dem Haus, in dem meine Mutter in Dienst ist», plapperte das Mädchen weiter. «Einmal waren die Herrschaften nicht da, und sie hat mich mitgenommen, damit ich baden konnte wie das Kind der Herrschaften. Vielleicht mache ich es noch einmal, und dann rieche ich so wie du.»

Ana unterdrückte den Impuls, sie nach ihrem Namen zu fragen. Besser, sie kannte ihn nicht, besser, sie gab ihr danach das Geld, und das Mädchen verschwand mit all den anderen, wie Straßenhunde verwilderten Kindern, besser, sie erinnerte sich nicht an den Körper, der sich an ihren gedrückt hatte, um etwas Wärme, ein Gespräch, eine Pesete zu bekommen.

Sie kamen in die Calle San Erasmo. Ana wusste, dass sich

dort eine der bekanntesten Absteigen des Viertels befand, das *Nido de Oro,* das Goldene Nest, aber sie erinnerte sich nicht an die Hausnummer. Die Tür, vor der sie schließlich stehen blieben, stand offen. Wahrscheinlich tat sie das immer, denn das Schloss war herausgerissen. Sie folgte dem Mädchen in einen engen Flur, der von einer schwächlich flackernden Birne im Treppenaufgang erleuchtet wurde. Das Mädchen begann mit der Leichtfüßigkeit einer Ortskundigen die Stufen hinaufzusteigen. Anas Augen jedoch hatten sich an das trübe Licht noch nicht gewöhnt, und sie war gezwungen, sich an dem klebrigen Handlauf des Treppengeländers festzuhalten. Was sie am meisten erstaunte, war die Stille des Hauses. Keine Stimmen, kein Kindergeschrei, kein Singen, kein Radio. Als ob der gesamte Häuserblock verlassen wäre.

«Bist du sicher, dass sie hier wohnt?»

«Ich habe nicht gesagt, dass sie hier wohnt, ich habe gesagt, dass sie hier ist.» Das Mädchen verschwand nach oben.

Ana stieg langsam hinterher. Sie sah kaum, wo sie hintrat, trotzdem wollte sie nicht wieder das Geländer anfassen. Manchmal hörte sie es unter ihren Füßen knistern wie ein trockenes Blatt, manchmal hob sie den Fuß, weil ihre Sohle auf etwas Weiches gestoßen war oder fast auf einer schmierigen Oberfläche ausgerutscht wäre. Sie hörte ein Geräusch vom Hauseingang her und blickte über das Treppengeländer nach unten. Nichts zu sehen. Und wenn jemand ihr hier eine Falle gestellt hatte? Chuck Kingsley? Konnte er das Mädchen geschickt haben, damit es sie herlockte und er sie überfallen konnte? Soldaten benutzten Kinder als Boten, genauso wie die Gauner und Diebe der Stadt. Sie stieg mechanisch weiter hinauf. Ihre Angst war absurd. Woher hätte Kingsley wissen sollen, dass sie ins Metropolitano gehen würde? Trotzdem sah sie noch einmal nach unten und wäre fast mit dem Mädchen zusammengestoßen, das auf dem Treppenabsatz des dritten Stocks angehalten hatte.

«Hier ist es.» Die Kleine deutete auf eine Tür, und bevor Ana etwas sagen konnte, klopfte sie an und trat ein, ohne auf eine Antwort zu warten.

Ana folgte ihr, die Kleine wies auf eine Tür am Ende des Flurs.

«Dahinten findest du Julita.»

«Alicia! Ich hab dir doch gesagt, dass du nicht …», rief eine heisere Frauenstimme von drinnen.

Das Mädchen hieß Alicia und anders als ihre englische Namensvetterin hatte sie Ana nicht ins Wunderland geführt, sondern in eine Wohnung mit einem langen, kahlen Flur. Unterhalb der Decke hatten sich durch die Feuchtigkeit die Tapeten gelöst, und die Papierstreifen kringelten sich bedrohlich über dem Kopf der Frau, die nun aus dem Zimmer am Ende des Flurs auf sie zukam.

«Wer ist das?», fragte sie die Kleine, die sich hinter Ana verstecken wollte. Sie blickte Ana an. «Was wollen Sie?»

«Mit Julita sprechen», entgegnete Ana.

«Und mein Geld?» Alicia zupfte sie am Ärmel.

All die Kindlichkeit, die sie zuvor an den Tag gelegt hatte, war verschwunden. Jetzt streckte sie ihr die Hand entgegen, damit Ana sie für ihre Dienste bezahlte und sie möglichst schnell verschwinden konnte. Ana legte ihr zwei Peseten auf die Handfläche, die Kleine umschloss die Münzen sofort mit der Faust und ging summend und hüpfend davon.

«Sie können sie nicht sprechen. Sie ist krank.»

«Es dauert nicht lange. Es ist wirklich wichtig.»

Die Frau verschränkte die Arme.

Einen Augenblick war Ana versucht, ihr Geld anzubieten, aber ihr Instinkt riet ihr davon ab. Stattdessen senkte sie den Kopf, bevor sie sagte: «Bitte, tun Sie mir den Gefallen.»

Der abweisende Ausdruck auf dem Gesicht der Frau blieb, aber sie ließ die Arme sinken und drehte sich um.

«Gut. Kommen Sie mit. Aber wirklich nur einen Augenblick.»

Ana folgte ihr in eine Kammer, in der eine Frau auf einem Feldbett lag. Sie war jung, aber ihre Augen, die in zwei violetten Höhlen versackten, ließen sie älter aussehen. Ihre Wangen waren rot vom Fieber, und auf ihrer Stirn klebten feuchte Haarsträhnen.

«Wer ist das, Loli?»

Ana trat auf sie zu und stellte sich vor. «Ich bin Ana Martí, ich arbeite für *El Caso* und …»

«Aber ich bin doch noch nicht tot», lachte Julita. «Geben Sie mir noch ein paar Tage.»

Ana ging noch einen Schritt auf die Kranke zu. «Ich bin hier, weil Sie mir vielleicht helfen können.» Ein heftiger Husten schüttelte Julita, und Ana zweifelte daran, dass sie sie überhaupt verstehen konnte. «Es geht um einen amerikanischen Matrosen, Chuck Kingsley, Stiernacken wird er auch genannt.»

«Stiernacken! Ein gottverdammter Scheißkerl. Was hat er angestellt?»

«Es geht das Gerücht, dass er mit Kokain handelt.»

«Das ist kein Gerücht, das ist die Wahrheit. Und Sie schreiben für *El Caso*, sagen Sie? Vielleicht ist das nur eine Ausrede, weil Sie jemanden suchen, der Ihnen was verkauft.»

Julita versuchte über das zu lachen, was vermutlich ein Witz sein sollte, und bekam einen neuen Hustenanfall, der ihr den

Atem nahm. Ana trat auf sie zu und half ihr, sich aufzurichten. Ein säuerlicher Geruch kam aus der Bettwäsche, als Julita sich bewegte. Ana hielt die um Atem ringende Frau aufrecht.

«Wer sind Sie? Was machen Sie hier?» Eine Frau mit einem schwarzen Tuch über Kopf und Schultern betrat das Zimmer, in der Hand einen dampfenden Topf. Als sie sah, dass Julita kurz davor war zu ersticken, stellte sie ihn auf einem Stuhl ab und ging zu der Kranken, um ihr zu helfen. Ana und sie schafften es, Julita so aufzurichten, dass sie zu husten aufhörte. Während die Frau ihr sachte auf den Rücken klopfte, fragte sie wieder: «Wer sind Sie?»

Julita legte ihren Kopf an die Schulter der Frau und antwortete: «Du wirst es nicht glauben, Paca, aber sie ist eine Reporterin von *El Caso*. Wir sind berühmt.»

«Du brauchst nicht zu sprechen. Lass sie selbst antworten. Was wollen Sie?»

«Ich untersuche den Tod des amerikanischen Matrosen Antonio Vázquez.»

Angst stieg in die Augen der Frau, die die Kranke Paca genannt hatte. Sie schüttelte den Kopf. Ana blieb beharrlich.

«Ich glaube, es geht um eine Drogensache …»

Paca nahm Julita in den Arm und beugte sich zu Ana.

«Das ist jetzt völlig egal. Gehen Sie, sofort», flüsterte sie ihr ins Ohr.

Julita, die zwischen ihnen saß und von ihnen gestützt wurde, begann so heftig zu husten, dass sie sie kaum halten konnten. Als der Anfall vorbei war, half Paca der Kranken, sich wieder im Bett auszustrecken. Ana begann zu frösteln, sobald sie den fiebrigen Körper nicht mehr neben sich spürte. Julita hatte die Augen geschlossen. Sie öffnete sie wieder und sah Ana erschrocken an.

«Komme ich in die Zeitung? In *El Caso*?» Ihre Stimme zitterte. «In eine Todesanzeige? Ich will in keine Todesanzeige. Ich will nicht in die Zeitung!»

«Julita, erzähl keinen Unsinn. In *El Caso* bringen sie keine Todesanzeigen.» Paca setzte sich neben sie und nahm ihre Hand.

Das stimmte, und es schien Julita zu beruhigen. Ihre Hand kam unter der Decke hervor und zeigte auf Ana.

«Aber sie soll gehen.» Sie begann wieder zu husten.

«Das sollten Sie wirklich», sagte die Frau, die das Mädchen Loli genannt hatte. Sie nahm sanft, aber fest ihren Arm und führte sie aus dem Zimmer.

Ana ließ es geschehen. Loli schloss die Tür, schweigend gingen sie den Gang entlang.

«Sagen Sie ihr, dass es mir leidtut. Ich wusste nicht ...»

«Schon in Ordnung», antwortete sie.

Vom Ende des Gangs war Pacas Stimme zu hören.

«Und jetzt bekommst du deine Hühnersuppe.»

«Darf ich Ihnen eine Frage stellen?»

Loli zuckte mit den Schultern.

«Kannten Sie Antonio Vázquez?»

Loli nickte.

«Wissen Sie, ob er eine Verlobte hatte?»

«Das sind schon zwei Fragen. Aber gut. Ja, er hatte eine Verlobte.»

«Jemand hat mir erzählt, dass seine Verlobte ebenfalls eine ... eine ...»

«... eine Hure war.» Loli lächelte. «Das können Sie ruhig aussprechen. Ich weiß, was ich bin. Und es stimmt: Es heißt, dass seine Verlobte auch eine war. Aber nicht so eine wie wir. Sie war eine Edelnutte. Gut, ich nehme an, das ist sie immer noch, jetzt, wo der Verlobte sie nicht rausholen wird. Wir, na ja, Sie sehen ja …» Sie zeigte auf den Gang und die geschlossene Zimmertür, hinter der Julita im Sterben lag. «Wir sind unterste Kategorie, und wir sterben hier, in einem dunklen Loch, wie die Katzen. Aber immerhin in Ruhe. Sterben ist so schon schwierig genug.»

Sie öffnete die Wohnungstür.

«Das Haus steht leer, oder?»

«Ja. Seit einigen Jahren. Wir benutzen nur die Wohnung hier. Jemand, der einen Freund bei der Stadtverwaltung hat, sorgt dafür, dass sie uns nicht rauswerfen. Aber fragen Sie mich nicht nach Namen, ich werde Ihnen nichts sagen. Mehr haben wir nicht. Aber so ersparst du dir wenigstens, dass dich beim Sterben die Nonnen schief angucken und dir sagen, dass der Teufel dich holen wird, sobald du die Augen für immer geschlossen hast, und er dich bei den Füßen nimmt und dich in die Hölle steckt, bevor dein Körper kalt ist. Hier stirbst du wenigsten unter Freundinnen, die sich um dich kümmern. Wir kümmern uns umeinander.»

Julitas Husten wurde heftiger. Loli drehte sich um, und Ana verließ die Wohnung.

Die einzige Birne im Treppenhaus hatte offenbar aus Erschöpfung ihren Geist aufgegeben. Ana lief schnell die Stufen hinunter.

Auf der Straße atmete sie mehrmals tief ein, um die Luft aus dieser Sterbewohnung und dem verdreckten Treppenhaus aus den Lungen zu bekommen. Aus dem Augenwinkel meinte sie in einem Hauseingang eine rasche Bewegung zu sehen, als ob sich jemand dort eilig verstecken würde. Sie ging schnell in die Gegenrichtung davon.

Nach ein paar Schritten war sie sich sicher, dass ihr jemand folgte. Das war keine Einbildung. Sie war niemand, der sich leicht etwas einredete. Die schnelle Bewegung, die sie wahrgenommen hatte, stammte von jemandem, der nicht bemerkt werden wollte. Vielleicht verfolgte er sie schon, seit sie ihre Wohnung verlassen hatte. Sie beschleunigte den Schritt.

Am Ende der Straße sah sie ein Postamt. Sie ging hinein, suchte die Telefonkabinen und rief im Präsidium an. Castro ging nicht an den Apparat.

Sie versuchte es erfolglos einige weitere Male. In der Telefonzentrale des Präsidiums konnte man ihr ebenfalls nicht sagen, wo Castro war.

«Señorita, wollen Sie etwa in der Zelle übernachten?», rief eine unfreundliche Männerstimme ihr von der anderen Seite der Glastür zu. Als sie mit besorgtem Gesicht aus der Kabine trat, fügte der Mann spöttisch hinzu: «Geben Sie auf, er ist bestimmt bei einer anderen.»

Ana drehte sich um, sah ihn von oben bis unten an und entgegnete: «In diesem Fall hoffe ich, dass er bei Ihrer Frau ist, damit sie einmal erlebt, wie es ist, mit einem echten Mann zusammen zu sein.»

Mit der rechten Hand tastete der Mann nach dem Hörer. Als er reagieren konnte und Anstalten machte, hinter ihr herzustürzen, rief ihn einer der Angestellten zur Ordnung: «Gehen Sie in die Kabine zurück und tätigen Sie Ihren Anruf, das haben Sie sich selbst zuzuschreiben, Señor.»

Der kleine Zwischenfall hatte Ana wieder Mut gemacht, und sie ging auf die Straße zurück. Sie musste sich bewegen, und sie musste raus aus diesem Viertel.

Das Gedränge, das nun auf den Straßen herrschte, war ihr unangenehm, gleichzeitig vermittelte es ihr ein winziges Gefühl von Sicherheit. Sie ging, so schnell wie sie konnte, und vermied es, sich umzudrehen, wenngleich sie überzeugt war, dass der Verfolger immer noch hinter ihr war. Als sie an die Ramblas gelangte, nahm sie eine Straßenbahn, die gerade einfuhr. Hinter ihr stiegen weitere Fahrgäste ein.

Nass geschwitzt erreichte sie ihr Haus. Die Haustür war verschlossen. Sie wühlte in ihrer Tasche, zog nach einigem Suchen den Schlüssel hervor und schloss auf. Als sie gerade durch die Tür geschlüpft war, spürte sie eine Hand auf ihrer Schulter. Sie fuhr herum und blickte in das Gesicht von Jesús, dem Hausmeister.

«Ich wollte Sie nicht erschrecken, Señorita Martí», sagte er besänftigend, doch auf seinem Gesicht zeigte sich ebenfalls Angst.

«Warum ist die Haustür abgeschlossen?»

«Ich habe den Eindruck, dass sich hier ein verdächtiger Typ herumtreibt.»

«Verdächtig?»

Beide blickten sich um.

«Ja, vor einer guten Stunde habe ich gesehen, wie jemand aus dem Haus gerannt ist, das kam mir merkwürdig vor, und da ich ein paar Erledigungen zu machen hatte, habe ich …»

«Und wie sah er aus?»

«Ehrlich gesagt, ich habe ihn nicht genau gesehen. Ich habe seltsame Schritte gehört, und dann habe ich jemanden rausrennen sehen. Aber auch wenn man jemanden nicht genau sieht, spürt man doch, wenn er böse Absichten hat. Ich bin raufgestiegen und habe gesehen, dass jemand Ihre Tür aufbrechen wollte.»

«Unsere Tür?»

«Ja. Als Sie beide weg waren. In letzter Zeit gibt es hier viele Einbrüche. Seien Sie vorsichtig.»

Ana versicherte ihm, dass sie das sein würde. Der Hausmeister öffnete seine Wohnungstür.

«Ist Señora Noguer schon zurück?»

Er schüttelte den Kopf. «Und Ihr Mädchen ist ebenfalls nicht da. Sie hat mir gesagt, dass sie heute mit ein paar Freundinnen ins Kino will.»

Ana bedankte sich und begann die Treppe hochzusteigen.

Einige Schrammen zeigten tatsächlich, dass jemand versucht hatte, das Schloss ihrer Wohnungstür aufzubrechen. Sie trat ein. In der Wohnung war es still. Aus der Ferne hörte sie den Besen des Portiers gleichmäßig über die Fliesen streichen. Sie sah in alle Zimmer der Wohnung, den Brieföffner und den Briefbeschwerer in den Händen. Niemand war da. Sie war allein.

21

Er ist mein Sohn, Kommissar.»

«Er ist ein Kommunist! Ich verstehe nicht, wie Sie es wagen können, sich mit einem solchen Ansinnen an mich zu wenden. Es ist eine Schande – der Sohn eines Chefinspektors der Kriminalpolizei ist Mitglied einer studentischen Zelle des *Partido Socialista Unificado de Cataluña*.»

Auf dem Weg zum Büro von Creix, Kommissar der *Brigada Político Social*, hatte Castro versucht, die Situation zu verstehen. Offenbar war Cristóbal mit drei weiteren Männern bei einer Razzia in der Wohnung eines Professors verhaftet worden. Ein Kollege hatte Castro informiert, da die Verhaftung in die Akten aufgenommen worden war.

«Ich habe den Namen deines Sohns erkannt, deshalb sage ich dir Bescheid, Isidro. Mehr kann ich nicht für dich tun. Tut mir leid.»

Der Name seines Sohnes auf der Liste der Verhafteten. Immerhin hatten sie die Festnahme registriert, also konnten sie ihn nicht einfach verschwinden lassen wie andere.

Aber Creix … Creix und seine Methoden, Creix, der nun auch noch einen Kurs zum Thema Kommunismusbekämpfung beim FBI gemacht hatte, Creix, der für seine Härte bekannt war, der aus Leidenschaft und aus Überzeugung folterte.

Bei der *Brigada de Investigación Criminal* wusste man zwar auch, wie man Leute mit eine paar gutgezielten Schlägen zum Reden brachte, aber man hängte sie nicht an den gefesselten

Händen auf, bis sie ohnmächtig wurden, man verpasste ihnen keine Stromschläge, man brach ihnen nicht die Hände und drückte auch keine Zigaretten auf ihrer Haut aus. Klar, die von der Politischen hatten es mit Staatsfeinden zu tun, mit Kommunisten, Anarchisten, Separatisten. Mit seinem Sohn. Mit Cristóbals feinem Knochenbau, mit seiner hellen Haut. Mit Cristóbals verdammtem Hochmut. Er würde nicht reden, er würde sich nicht beugen. Er war stur, wie seine Mutter. Also würden sie ihn mit Schlägen weichklopfen. Castro ertrug die Vorstellung nicht, dass sie ihn schlagen würden, diesen Körper, den er hatte heranwachsen sehen, den Körper seines Sohnes, für den er sein eigenes Leben geben würde.

«Dürfte ich ihn wenigstens sehen?» Er musste sich beherrschen, um nicht flehentlich die Hände zu ringen.

«Nein. Er ist in Isolationshaft.»

«Aber …»

«Nein.»

«Aber Comisario, angesichts meiner Dienstjahre …»

«Ihre Dienstjahre, Castro, sind Ihre Sache. Wenn die Sünden der Väter nicht auf die Söhne zurückfallen dürfen, können die Verdienste der Eltern auch nicht die Schuld der Nachkommen mildern. Ganz im Gegenteil: Im Falle Ihres Sohnes müssen wir im Hinblick auf Ihre Position besonders hart durchgreifen. Um ein Exempel zu statuieren.»

«Ich bitte Sie, Señor Comisario. Ich werde mich selbst darum kümmern …»

«Worum wollen Sie sich denn kümmern?» In Creix' Gesicht zeigte sich Verachtung. «Sie haben seit Monaten einen Kommunisten im Haus und haben nichts gemerkt. Worum wollen Sie sich jetzt noch kümmern? Sie haben Ihre Chance vertan. Das ist nun Angelegenheit des Staates.»

Das Telefon klingelte und unterbrach Creix' Rede. In Castros Kopf jedoch redete er weiter und klagte ihn an, als Vater versagt zu haben. Mit der Rechten drückte der Kommissar den Hörer ans Ohr, seine Linke befahl Castro mit einem herrischen Wink zu gehen. Er sah ihn nicht an, während er geschlagen das Büro verließ.

Nach ein paar Schritten im Gang musste Castro sich auf eine der Bänke dort setzen. Es war das erste Mal in all den langen Jahren im Präsidium, dass er dort saß. Das harte Holz mit dem absplitternden Lack knackte, als er sich niederließ. Auf der metallenen Armlehne sah er die Spuren von Handschellen. Castro lehnte sich zurück und betrachtete seine Schuhspitzen. Als er klein war, hatte Cristóbal sie ihm poliert. «Schau mal, Vater, wie neu.»

Er erhob sich. Ein Ass hatte er noch im Ärmel.

***

«Komm rein, Isidro. Ich habe dich schon erwartet.»

Goyanes konnte offensichtlich noch nicht einmal abwarten, bis Castro sich gesetzt hatte, die Worte sprudelten wie bei einem Wasserrohrbruch aus seinem Mund.

«Und? Wie fühlt sich jetzt der große Mann? Der immer auf uns herabgeschaut, uns Moralpredigten gehalten hat?»

Castro hielt sich nicht für besonders intelligent, auch neigte er nicht dazu, fehlende Intelligenz mit Verschlagenheit auszugleichen, aber viele Dienstjahre und etliche Verhöre hatten ihn gelehrt, wann es besser war zu reden und wann man lieber schwieg.

«Aber jetzt siehst du es, Isidro. Überall wird nur mit Wasser gekocht. Hast du gedacht, dass du besser bist als wir gewöhnlichen Sterblichen? Schau an, jetzt hast du einen kommunistischen Sohn. Wenn das kein guter Witz ist. Inspektor Castros Sohn ist ein Kommunist.» Goyanes stieß ein Bühnengelächter aus und sah zur Seite, als ob dort ein imaginäres Publikum säße. «Wer hätte das gedacht? Im Schaufenster alles picobello, aber das Warenlager voller Ratten.» Goyanes war begeistert von seinem Bild. Castro ertrug die triumphierende Rede stoisch. Was für einen Groll auf ihn musste Goyanes angesammelt haben.

«Und, wie fühlt es sich an, um einen persönlichen Gefallen zu bitten? Wie war es, Creix anzubetteln, damit sie deinem Sohn das Gesicht nicht zu Brei schlagen?»

Castro senkte erst den Kopf, als er sagte: «Comisario, er ist mein Sohn …»

«Ja, und?»

«Ich diene diesem Land seit Jahren …»

«Und?»

Castro musste zweimal tief Luft holen, bevor er den nächsten Satz herausbrachte: «Und ich denke, in Anbetracht meiner Dienstjahre, meiner makellosen Personalakte …»

In Goyanes' Augen glitzerte der erwartungsfrohe Blick einer Katze, die sich noch einmal mit der Zunge über die Schnauze fährt, bevor sie der zerrupften Maus den Rest gibt.

«… vielleicht könnten Sie … für mich … ein gutes Wort für mich einlegen.»

Wie zuvor Creix ließ auch sein Chef ihn nicht ausreden. Er badete in seinem Überlegenheitsgefühl.

«Damit sie deinen Sohn freilassen? Deinen Sohn, den Kommunisten? Und das Gesetz? Sollte es nicht für alle gelten?» Er fixierte ihn, die Hände auf den Tisch gestützt.

«Er ist bloß ein Junge.»

Goyanes' Bedürfnis, ihn zu demütigen, war vielleicht noch nicht vollkommen befriedigt, aber es war immerhin so weit, dass er nicht mehr ganz so bissig sagte: «Und was soll ich deiner Ansicht nach für ihn tun können?»

«Sprechen Sie mit Creix, Comisario. Auf Augenhöhe. Auf Sie wird er hören.»

«Aber ich werde ihn nicht darum bitten, deinen Sohn freizulassen.»

«Darum bitte ich nicht. Nur, dass sie ihn nicht schlagen, ihn nicht misshandeln.»

Goyanes lehnte sich zurück, als sei er plötzlich müde geworden. «Ich bin im Moment sehr beschäftigt. Die Sache mit den Amerikanern …»

Castro verstand sofort. «Den Fall werde ich zu Ihrer Zufriedenheit lösen.»

«Natürlich, das ist ja auch deine Aufgabe», sagte Goyanes, obgleich sein breites Grinsen verriet, wie sehr es ihn freute, dass Castro nun von seiner Gnade abhing.

Das war also der Preis. Eine Ermittlung mit einem Ergebnis, das den Interessen seines Chefs diente.

«Ich werde sehen, was ich tun kann.»

«Danke, Señor Comisario.»

Im Grunde gab es nun nichts mehr zu sagen, doch Goyanes schien wieder Lust zu bekommen, mit ihm zu spielen.

«Señor Comisario! Wie gepflegt du auf einmal mit mir sprichst. Benutz weniger Floskeln und sieh zu, dass du deine Arbeit machst.»

Die Handbewegung, mit der er ihn verabschiedete, war fast dieselbe wie bei Creix. Wütend und gedemütigt verließ Castro das Büro und machte sich auf den Weg in sein eigenes.

Auf dem Gang kam ihm Sevilla entgegen. Er war zu sehr

mit dem beschäftigt, was ihm die beiden Kommissare gesagt hatten, um Sevillas Anliegen zu verstehen. Nur ein Name ragte aus dem Wörterbrei heraus: Ana Martí.

«Nicht jetzt, Sevilla.»

22

Du hättest mir ruhig Bescheid sagen können», flüsterte Beatriz.

«Wie das denn? Ich habe dich doch gestern Abend gar nicht nach Hause kommen hören.» Ana flüsterte auch.

Sie standen im Flur, wenige Schritte von der geschlossenen Küchentür entfernt.

«Na, dann eben heute Morgen.»

«Wie hätte ich das denn anstellen sollen?», antwortete Ana lachend. «In dein Zimmer gehen und dich wecken, um dir zu sagen, …»

«Dass ich in meiner Küche einen teetrinkenden Engländer vorfinden werde.» Beatriz begann ebenfalls, leise zu lachen. «In dem Fall wäre ich nicht in dieser Aufmachung hineingegangen. Ich hätte mir wenigstens die Haare zusammenbinden können. Was macht er übrigens hier? Nein», sie korrigierte sich sofort. «Du brauchst es mir nicht zu erklären.»

«Ich fürchte doch.»

Das Lachen verschwand aus Beatriz' Gesicht. Die violetten Augenringe ihrer Cousine rührten vielleicht von einem Schlafmangel her, dessen Ursache weniger erfreulich war, als sie vermutet hatte.

«Ich habe ihn angerufen, weil ich Angst hatte, allein in der Wohnung zu sein. Luisa war im Kino. Und ich wusste nicht, wo du warst und wann du kommen würdest.»

Ana, die an düsteren Orten übernachtet hatte, die Mörder

interviewt und Schauplätze furchtbarer Verbrechen gesehen hatte, hatte plötzlich Angst, allein zu Hause zu sein?

«Was ist passiert?», fragte Beatriz.

«Ich erzähle es dir gleich.»

Beatriz eilte in ihr Zimmer, schlüpfte in einen Morgenmantel und schlang ihre lange, graue Mähne zu einem Knoten. Wenn es kühl wurde, zog sie gerne den weiten Samtmorgenmantel an, der früher ihrem Vater gehört hatte. Darin eingehüllt fühlte sie sich gerüstet, um zu hören, was Ana ihr zu erzählen hatte. Nichts Gutes, vermutete sie.

Sie ging zurück in die Küche, in der Luisa gerade aufmerksam Lawrence' Erklärungen über die korrekte Teezubereitung lauschte.

«Aber die Señorita hat es mir anders erklärt.» Die junge Frau blickte Ana zweifelnd an.

«Hören Sie auf mich, und der Tee wird sehr gut.»

«Wenn Sie es sagen.» Luisa lachte und stellte die Kaffeekanne auf den Herd.

«Beatriz», sagte Ana, «das ist Lawrence Roberts.»

«Der Englischlehrer der Señorita», erklärte ihr Luisa und zog ihren Kopf wieder aus dem Küchenschrank, in dem sie gerade etwas gesucht hatte.

«Lawrence, das ist meine Cousine, Beatriz Noguer.»

«Ein Spezialist», fügte Luisa hinzu.

Sie gaben sich die Hand.

«Der Kaffee ist fertig», sagte Luisa. «Möchten Sie ihn hier trinken?»

«Wir gehen besser in die Bibliothek.»

Ana wollte offenbar nicht, dass Luisa erfuhr, was sie zu berichten hatte, daher schwiegen sie, bis sie das Frühstück gebracht hatte.

Lawrence hatte sich auf einem Stuhl niedergelassen und überragte Ana um ein gutes Stück, die in einem Sessel neben ihm Platz genommen hatte. Beatriz hatte den Eindruck, dass er sich zusammennehmen musste, um sie nicht zu berühren.

«Also», sagte Beatriz, nachdem Luisas Schritte in Richtung Küche verklungen waren. «Was ist passiert?»

«Gestern hatte ich … Es gab einen Zwischenfall in der Metro.»

Sie konnte kaum glauben, was ihre Cousine erzählte. Aber sie kannte Ana und wusste, dass sie nicht zu grundloser Panik neigte. Ganz im Gegenteil, üblicherweise merkte sie viel zu spät, in welch gefährliche Situation sie sich hineinmanövriert hatte. Wie jetzt.

«Aber warum soll der Mann das getan haben?»

«Ich zerbreche mir schon die ganze Zeit den Kopf darüber und komme immer wieder zu demselben Schluss: Es muss etwas mit dem Fall des Amerikaners zu tun haben.»

Ana erzählte, was während des Verhörs des amerikanischen Matrosen vorgefallen war, von dem Moment, in dem sie allein mit ihm am Tisch gesessen hatte, und dem unverständlichen Gebrabbel eines Betrunkenen, das offenbar eine heikle Information enthalten hatte. Während Anas Erzählung spürte Beatriz, wie ihre Angst um ihre Cousine sich mit wachsendem Ärger vermischte. Wieder einmal hatte sie sich in eine bedrohliche Situation gebracht.

Beatriz wusste, dass Ana zu Vagheit oder Zweideutigkeiten griff, wenn es darum ging, ihrem Gesprächspartner Informationen zu entlocken. Sie machte sich die Tatsache zunutze, dass die Menschen annahmen, Journalisten wüssten mehr als normale Sterbliche, genauso wie sie Professoren Gelehrsamkeit, Ärzten Menschlichkeit und Pfarrern Anstand und Moral zuschrieben. Und jetzt fürchtete jemand, sie wüsste mehr, als sie wissen sollte.

«Hast du ihm vielleicht zu verstehen gegeben, dass du etwas Belastendes weißt?» Sie konnte den Vorwurf in ihrem Ton nicht unterdrücken, nachdem Ana beschrieben hatte, wie der amerikanische Matrose sie beleidigt und attackiert hatte.

«Nein.» Ihre Art zu fragen schien Ana eingeschüchtert zu haben. «Ich habe kaum verstanden, was er sagte, abgesehen davon, dass er mich beschimpft und mir eindeutige Angebote gemacht hat. Aber er stand unter Drogen, und ich wollte herausbekommen, ob Vázquez etwas mit Drogen zu tun hatte.» Anas Blick sprang zwischen Beatriz und Lawrence hin und her und suchte ihre Zustimmung. Sie fand bestätigendes Nicken bei ihm, Kopfschütteln bei ihr. «Vermutlich hat Vázquez für seine Hochzeit einiges Geld gebraucht. Deshalb bin ich danach ins Barrio Chino gegangen, um mit einigen der Frauen dort zu sprechen …»

«Danach? Wonach?»

«Nach der Sache in der Metro. Um herauszufinden, ob …»

«Aber Ana!» Beatriz' Stimme zitterte aus einer Mischung aus Angst und Wut. «Warum gehst du solche Risiken ein? Das ist Arbeit der Polizei!»

«Es ist …»

«Deine Arbeit? Deine Arbeit ist es, Zeitungsartikel zu schreiben.»

«Und zu recherchieren. Nicht nur in Bibliotheken.»

Beatriz überhörte die Provokation. «Ja, ich kenne Rubios Lehren, Journalisten sollen sich die Füße im Staub der Straße schmutzig machen. Sehr wohlklingend und ein hübsches Bild.»

Lawrence stand auf, aus Unbehagen oder Diskretion, und ging zur Tür.

«Aber Beatriz …», entgegnete Ana schwach, ihr Blick hing jedoch an dem Engländer.

Dass ihre Cousine ihr kaum Beachtung schenkte, brachte Beatriz zum Explodieren. Sie bewegte die Arme, um wieder ihre Aufmerksamkeit zu gewinnen, und stieß mit dem Ellenbogen ein Buch von dem Regal zu ihrer Linken hinunter. Sie ließ es auf dem Boden liegen.

«Willst du selbst als Nachricht in deiner Zeitschrift enden? Wie viele Seiten sollen sie dir denn widmen? Zwei? Vier? Eine ganze Ausgabe? Ist es das wert?»

Ana sah sie mit weit aufgerissenen Augen an. Sie stotterte etwas. Die Verwirrung in ihrem Gesicht wurde zu Zorn, als Lawrence sich beim Hinausgehen umdrehte und sagte: «Beatriz hat recht, Ana.»

Er verschwand im Flur, als er sah, dass Ana sich nach vorn beugte, das Buch vom Boden nahm und es in seine Richtung warf. Es flog zuerst wie ein Stein, doch dann schien es sich daran zu erinnern, dass es ein Buch war, und öffnete sich kurz vor der Tür mit einem sanften Flügelschlagen der gequälten Seiten.

«Das ist der Corominas!», rief Beatriz. «Du hast ihm den dritten Band des *Kritisch-etymologischen Wörterbuchs* von Corominas hinterhergeworfen! G bis M!»

Beatriz konnte nicht sagen, was mehr Heiterkeit in ihr auslöste, ihr eigener Satz, die Zerknirschung in Anas Gesicht oder Lawrence' Verblüffung, der den Kopf wieder ins Zimmer steckte, nachdem das Buch mit einem lauten Knall auf dem Boden gelandet war.

«Was haltet ihr davon, wenn wir uns wieder ruhig zusammensetzen», schlug er vor.

Er hob das Buch vorsichtig auf und streichelte sanft den

Buchrücken, als wäre es ein verletztes Tier. Beatriz stellte überrascht fest, dass in ihren Augen derselbe zärtliche Blick lag wie in Anas. «Aber ich schaue das Buch an», sagte sie und wandte den Blick von dem Engländer ab.

Sie nahmen wieder ihre alten Plätze ein, nur nicht das Wörterbuch, das Beatriz behutsam auf ihrem Schreibtisch ablegte, nachdem Lawrence es ihr gereicht hatte.

«Ich glaube, es hat ein Eselsohr abbekommen, das das Wort ‹halsstarrig› markiert.»

«Ich hatte nicht vor, mich in Schwierigkeiten zu bringen, Beatriz. Ich wollte bloß herausfinden, was vor sich geht.»

«Vielleicht hat es gar nichts mit den Amerikanern zu tun», bemerkte Lawrence und sah Beatriz an. Sie verstand, dass sie schon alle Erklärungen durchgegangen waren und er nach neuen suchte, von einem unbeabsichtigten Stoß bis hin zum Treiben eines Verrückten.

«Sicher. Vielleicht waren es die wilden Damen von der *Schwesternschaft der Verehrerinnen der heiligen Maria Magdalena*, die sich rächen wollten», entgegnete Ana sarkastisch.

«Wir sollten das, was Lawrence sagt, nicht auf die leichte Schulter nehmen. Und wenn es jemand ist, der dir wegen eines deiner früheren Artikel übelwill? Beispielsweise jemand, der gerade aus dem Gefängnis entlassen worden ist? Wenn ihr über Verbrecher schreibt, benutzt ihr nicht gerade die schönsten Adjektive.» Unwillkürlich blickte sie zu dem beschädigten Buch, als ob sie es gerade hätte wimmern hören.

«Ich soll wegen eines Adjektivs sterben?» Ana war nicht gewillt, diese Möglichkeit ernst zu nehmen.

«Es sind schon viele Leute wegen ein paar Worten gestorben.»

«Aber wegen eines Adjektivs in *El Caso*?»

Sie beschloss, das Thema zu wechseln. «Was sagt denn Castro dazu? Du hast ihn doch informiert, oder?»

«Ich habe ihn nicht erreicht. Ich habe es mehrmals versucht, aber erfolglos.»

«Dann ruf doch einen anderen Polizisten an.»

«Das darf ich nicht. Das Verhör des Amerikaners war nicht ganz legal, und ich weiß nicht, wer im Präsidium auf Castros Seite steht.»

Ana war beim Reden aufgestanden und sah aus dem Fenster. Beatriz tat es ihr nach. «Glaubst du, dass er da draußen ist?»

«Ich weiß nicht.»

In dieser frühen Morgenstunde schien es keine ruhigere Straße zu geben als die Rambla de Cataluña. Sie sahen ein älteres Paar, einen Dienstmann, der einen Karren voller Holzkisten zog, Kinder auf dem Weg zur Schule, einen Mann, der in einem Hauseingang lehnte und rauchte. Vielleicht fühlte er sich beobachtet, oder er hatte die Bewegung der Vorhänge gesehen, jedenfalls schaute er zu ihnen herauf. Ana zuckte zusammen. Der Mann senkte wieder den Blick und sah einer Gruppe von jungen Mädchen nach, die plaudernd und lachend die Straße hinaufgingen, nahm noch einen Zug aus seiner Zigarette, steckte die Hände in die Hosentaschen und ging davon.

Anas gezwungenes Lächeln konnte ihre Anspannung nicht verbergen.

«Heute wirst du dich nicht aus dem Haus rühren, oder?»

«Ja, Mamá.»

«Ich meine es ernst, Ana.»

«Hör auf sie», fügte Lawrence hinzu. «Ich muss jetzt gehen, ich habe Privatunterricht und muss mich vorher noch rasieren lassen, meine Schüler kennen keine Nachsicht, wenn es um

Umgangsformen geht. Aber ich komme sobald wie möglich zurück.»

«Du kannst dich auch hier rasieren, wenn du möchtest, wir haben Rasierzeug da.»

«Tatsächlich?» Ana zog die Augenbrauen hoch.

«Es gehört Salvador», beeilte sich Beatriz zu sagen und hoffte darauf, dass Ana weiterhin eher auf Lawrence als auf sie achtete und nicht fragte, wann Salvador sich zum letzten Mal in diesem Haus rasiert hatte.

Der schwache Geruch des Rasierwassers, den Lawrence im Vorbeigehen hinterließ, versetzte Beatriz einen Stich, aber sie verbot sich die Trauer. Anas Lage forderte ihre Aufmerksamkeit. Sobald der junge Mann gegangen war, würde sie ihre Cousine bitten, ihr alles noch einmal zu erzählen.

Doch Lawrence hatte immer noch nicht die Türschwelle überquert.

Bis Ana begriff, weshalb. Beatriz sah, dass sie ihm einen fast flüchtigen Kuss gab, die Tür stand offen, und man konnte nie wissen, wer hinter einem der Türspione hing und zusah.

In diesem Moment bemerkte Beatriz die Kratzer um das Türschloss herum. Bei ihrer Heimkehr in der vergangenen Nacht hatte sie sie nicht gesehen.

«Was ist das denn?», fragte sie Ana.

«Ich erkläre es dir gleich.»

23

Legen Sie bitte nicht auf.»

Das würde er nicht tun, zumindest nicht sofort, zumal sie ihn mit ihrem Trick zum Lächeln gebracht hatte.

«Sie sind sehr raffiniert, Señorita Martí.»

Sie hatte bei seinem Kollegen Rovira angerufen und gesagt, dass sie für *El Caso* einen Bericht über den Fall des Enkeltrick-Betrügers schreiben würde. Nachdem sie ihn eine Weile interviewt hatte, hatte sie darum gebeten, mit Sevilla sprechen zu können. Sevilla hatte sie dann erklärt, dass sie in der Metro fast getötet worden wäre.

«Sagen Sie es bitte Ihrem Chef und teilen Sie ihm mit, dass ich ihn in ein paar Minuten anrufen werde. Ich habe wichtige Informationen für ihn.»

Er hörte ihr im Stehen zu, während sie berichtete, was in der Metrostation Plaza de España geschehen war. Er beugte sich vor und zurück, um eine Position zu finden, in der nicht die Gefahr bestand, dass seine Wirbelsäule bei einer falschen Bewegung zersprang. Er hatte fast die gesamte Nacht wach auf einem Stuhl in seinem Wohnzimmer verbracht, ab und an war Araceli gekommen, um ihn zu bitten, sich wieder hinzulegen, er hatte jedes Mal abgelehnt, und sie war weinend ins Schlafzimmer zurückgekehrt und hatte dabei leise gesagt: «So viele Dienstjahre, so viel Loyalität. Bist du nicht einer von ihnen?»

Aracelis Schluchzen war das einzige Geräusch in der Wohnung gewesen. Aus dem Zimmer der Jungen kam nur Stille, obwohl Daniel darin lag und Castro sicher war, dass er ebenso wenig schlief wie sie.

Die schlaflose Nacht, die Sorge um Cristóbal, die Enttäuschung in Aracelis Augen – all das lastete schwer auf seinem schmerzenden Rücken.

«Also, Señorita, was ist passiert, sagen Sie?» Es gelang ihm kaum, sein Desinteresse zu verbergen.

«Jemand wollte mich in der Metro töten! Er hat versucht, mich auf die Gleise zu stoßen!»

«Sind Sie sicher?» Er rieb sich den Rücken mit der freien Hand.

«Inspektor!»

«Schauen Sie, im Gedränge kann es schon mal passieren, dass …»

«Kommen Sie mir nicht so. Das war kein zufälliger Stoß, das war Absicht.»

«Und woher wollen Sie das wissen?»

«Weil ich es gemerkt habe und weil es Zeugen gibt. Hören Sie mir überhaupt zu?»

«Ja, sicher.» Castro hielt den Hörer vom Ohr weg, da er den Eindruck hatte, dass sich Schritte seinem Büro näherten. Wer immer es war, er ging vorbei.

«Aber ich verstehe nicht, warum …»

«Das habe ich am Anfang auch nicht verstanden, aber jetzt bin ich überzeugt, dass es mit der Sache mit den Amerikanern zusammenhängt.»

«Entschuldigung, ich kann Ihnen nicht folgen.»

«Ich glaube, dass Kingsley, der amerikanische Matrose, mir an dem Tag, als Sie mich mit ihm allein gelassen haben, etwas gesagt hat, das er mir nicht verraten durfte.»

«Aber Sie erinnern sich an nichts Besonderes.»

«Ich konnte ihn kaum verstehen. Aber er kann nicht wissen, was ich verstanden habe und was nicht. Außerdem hat er uns verheimlicht, dass er spanisch spricht. Inspektor Castro, hören Sie mir noch zu?»

«Natürlich. Ich denke nach.»

«Zudem hat jemand versucht, meine Wohnungstür aufzubrechen.»

«Gut, ich lasse zunächst einmal Ihr Haus überwachen. Rühren Sie sich nicht aus der Wohnung. Schließen Sie die Tür ab und seien Sie vorsichtig.»

«Ich muss Ihnen noch etwas anderes sagen. Ich glaube, ich weiß, worum es bei Kingsley geht. Um Drogen.»

Er konnte kaum glauben, was die Journalistin ihm anschließend erzählte. Er hatte Sevilla zu demselben Zweck ins Barrio Chino geschickt, und er war ohne Ergebnis zurückgekommen.

«Señorita Martí! Das war unbedacht! Und viel zu gefährlich.» Und trotzdem konnte er seine Bewunderung nicht verhehlen.

«Haben Sie die Namen der Frauen?», fragte er und streckte sich vorsichtig.

«Selbstverständlich. Einige kenne ich seit langem, manche kennen Sie wohl auch. Loli, die Mallorquinerin, Paca, Julita.»

«Mir war nicht bekannt, dass die eine so krank ist», bemerkte er zerstreut, denn erst in diesem Moment begriff er, was Ana Martís Erkenntnisse für ihn bedeuteten. Er musste dringend mit Goyanes sprechen, aber vorher sollte er sich um die Sicherheit der Journalistin kümmern.

«Sind Sie allein?»

«Nein, nein. Ein Freund ist bei mir und das Dienstmädchen. Und bald kommt meine Cousine zurück.»

«Ausgezeichnet. Bleiben Sie zu Hause. Gleich sind zwei meiner Leute bei Ihnen.»

Er organisierte die Überwachung, bevor er zum Büro des Kommissars ging. Vor der Tür ballte er die rechte Faust und küsste den Daumen, der zwischen den anderen Fingern verschwand.

«Für dich, mein Sohn.»

* * *

«Wir wissen, dass Chuck Kingsley Kokain verkauft. Kingsley war Vázquez' Kajütengenosse, das liefert uns mindestens eine brauchbare Spur, vielleicht sogar ein Motiv.»

«Woher hast du die Information?» Goyanes wedelte mit dem Füller in der Luft herum.

Castro fragte sich einen Wimpernschlag lang, wo diesmal die Tintentropfen landen würden.

Er berichtete, was Ana Martís Nachforschungen ergeben hatten. «Und Sevilla kann es bestätigen», log er.

«Wenn ich recht verstehe, sind deine Quellen einige Huren aus dem Barrio Chino.»

«Seit wann benutzen wir ihre Informationen nicht? Ohne das, was sie uns zutragen, würde die Hälfte unserer Fälle im Sand verlaufen.»

Goyanes musste ihm recht geben. «Aber du weißt ja, dass nicht wir, sondern sie ihn vor Gericht stellen, wenn es stimmt.»

«Er wird vor Gericht gestellt. Das ist es, was zählt. Wegen Drogenhandels, vielleicht auch wegen Mordes. Sie kommen hierher und glauben, dass sie machen können, was sie wollen. Sie behandeln uns, als ob wir halbnackte Eingeborene wären, ohne Gesetze oder Kultur, dabei sind sie diejenigen, die sich aufführen wie Wilde.»

Goyanes' Haltung veränderte sich. In diesem Punkt waren sie einer Meinung. Castro zog seinen Trumpf hervor.

«Und ich fürchte, dass er wieder jemanden töten wollte. Dieses Mal war es eine Spanierin.»

Er berichtete, was Ana Martí zugestoßen war, möglicherweise weil Kingsley gefürchtet hatte, die Journalistin wisse zu viel über seine Geschäfte, da er sich bei dem Gespräch mit ihr verplappert hatte. Bei der Erinnerung daran verhärteten sich Goyanes' Gesichtszüge.

«Ich habe mich doch schon beim Konsul entschuldigt, und er hat meine Entschuldigung akzeptiert», sagte Castro eilig.

Goyanes zündete sich eine Zigarette an und begann, etwas schief auf seinem Stuhl sitzend, zu rauchen.

«Ein Mordversuch», wiederholte Castro, nachdem Goyanes zwei Züge inhaliert hatte.

«Bist du sicher?»

«Ich habe nicht den leisesten Zweifel», log er abermals.

Die zwei Männer beäugten sich argwöhnisch. Ihr Misstrauen speiste sich aus unterschiedlichen Quellen. Castro war zutiefst davon überzeugt, dass der Mensch aufgrund seiner Natur zum Bösen neigte, seine Arbeit als Polizist hatte diese Überzeugung nur bestätigt und wachsen lassen. Goyanes hingegen kannte wohl weniger die menschliche Natur im Allgemeinen als vielmehr seine eigene und wusste, wozu er selbst in der Lage war. Niedrige Beweggründe und Verschlagenheit waren Goyanes bestens vertraut, dachte Castro, weil er oft selbst aus solchen handelte und verschlagen war. Zudem änderten sich gerade die Verhältnisse, andere Beamte aus anderen Seilschaften gelangten auf Machtpositionen, und Goyanes war sich nicht sicher, auf wen er zählen konnte und wer zu seinen Feinden gehörte. Was er jedoch mit Sicherheit wusste, war, dass der Zivilgouverneur bei seine Abteilung betreffenden Entscheidungen nicht mehr Rücksprache mit ihm hielt. Er brauchte dringend einen Ermittlungserfolg und konnte sich keinen Fehler leisten.

Sie belauerten sich. Goyanes rauchte, und Castro hielt sich aufrecht, als er argumentierte:

«Wenn der Journalistin etwas passiert, wird es schwierig zu erklären, warum wir nichts unternommen haben, obwohl wir Bescheid wussten. Umso mehr, als sie hier ein und aus geht.»

Goyanes blickte nach links. Über einem der halbhohen Aktenschränke hing eingerahmt eine Seite aus *El Caso* mit einem Foto von ihm und einem langen Artikel, der seine Arbeit und die seiner Männer lobte. Castro war sich sicher, dass er jede Ausgabe nach seinem Namen durchforstete und ihn rot unterstrich. Wie es Araceli mit seinem eigenen tat. Bei der Erinnerung daran stach es wieder in seinem Rücken. Er veränderte die Sitzposition.

«Also? Wir müssen etwas tun.»

Offenbar hatte der Schmerz seiner Stimme eine gewisse Dringlichkeit verliehen. Goyanes gab nach. Er rief im Konsulat an und vereinbarte ein sofortiges Treffen mit dem Konsul.

«Ich werde reden, Isidro. Bei diplomatischen Anlässen sprechen die Ranghöheren miteinander.»

«Wie Sie befehlen, Señor Comisario.» Er machte eine Pause, bevor er die wirklich wichtige Frage aussprach. «Und die andere Sache?»

«Welche andere Sache?»

«Mein Sohn.»

Ein boshaftes Lächeln glitt über Goyanes' Gesicht, bevor

er seinen Gesichtsmuskeln befahl, einen majestätischen Ausdruck zu zeigen. Castro gab vor, nichts gesehen zu haben.

«Also gut. Geh für einen Moment raus.»

Er wartete vor der Tür von Goyanes' Büro. Nervös, ungeduldig, wütend. Wütend auf sich selbst, weil er Cristóbals Aktivitäten nicht bemerkt hatte, wütend auf Cristóbal, weil er sich in die Politik eingemischt hatte, wütend auf Goyanes, weil er ihn hier draußen stehen ließ, wütend auf Creix, weil er abgelehnt hatte, ihm zu helfen, wütend auf Sevilla, weil er sich bestimmt in irgendeiner Absteige mit einem Mädchen vergnügt hatte, statt seinen Auftrag auszuführen und sich umzuhören, wütend auf Ana Martí, weil sie sich in Gefahr gebracht hatte, wütend auf alle und jeden, bis schließlich sein Chef erschien, Triumph im Gesicht.

«Creix ist ein harter Hund, aber ich habe ihn überzeugen können.» Das Siegergrinsen wurde noch breiter. «Sie holen ihn bald aus seiner Zelle und schicken ihn dir nach Hause.»

«Vielen Dank, Señor Comisario.» Castro wandte sich um.

«Wo willst du denn jetzt hin?»

«Zu Creix. Ich muss ihn noch um etwas bitten.»

Goyanes war sprachlos, er fand erst wieder Worte, als Castro schon um die Ecke im Gang gebogen war.

«Aber beeil dich», rief er ihm hinterher. «Wir müssen ins Konsulat. Und vergiss nicht, dass ich es bin, dem du einen Gefallen schuldest, nicht Creix.»

«Keinem von euch beiden», murmelte Castro mit zusammengebissenen Zähnen.

***

Bei diesem Besuch im Konsulat servierte ihnen eine schöne und sehr blonde Sekretärin den Kaffee, eine Doris Day, von der der Kommissar die Augen nicht abwenden konnte. Sie erklärte ihnen in ziemlich gutem Spanisch, dass sie sich noch einen Moment gedulden müssten, bis der offizielle Dolmetscher des Konsulats erscheinen würde.

«Dann übersetzen Sie doch, Señorita», sagte Goyanes und musterte sie von oben bis unten.

Sie bedachte ihn mit einem kühlen Lächeln, reichte ihm seine Tasse und verschwand.

Sie saßen dem Konsul gegenüber, tranken ihren Kaffee, die Stille wurde nur von einigen Höflichkeitsfloskeln im dürftigen Spanisch des Konsuls unterbrochen und von den Bemerkungen, die Goyanes dem Konsul laut zurief.

«Sehr sympathisch, Ihre Sekretärin!»

«Sehr gut, Ihr Kaffee!»

Der Konsul antwortete jedes Mal «Gracias», wobei er das R knurrend in der Kehle rollte, sah auf die Uhr, dann zur Tür und erklärte, dass der Dolmetscher gewiss bald käme. Alle drei waren sichtbar erleichtert, als er tatsächlich hereinkam.

Goyanes hatte ihm nicht die genauen Gründe für ihren Besuch auseinandergesetzt, er hatte lediglich gesagt, dass es um den getöteten Matrosen gehe und die Angelegenheit äußerst dringend sei. Sobald sich der Dolmetscher neben dem Konsul niedergelassen hatte, referierte der Kommissar die Ermittlungsergebnisse seines Untergebenen, wobei er ständig mit einer schwungvollen Kinnbewegung auf Castro verwies. Während Goyanes sich ebenso detailliert wie phantasievoll über die Arbeit der spanischen Polizei ausließ, registrierte Castro den beunruhigten Gesichtsausdruck des Konsuls, als vom Drogenhandel einiger amerikanischer Matrosen die Rede war. Die Unruhe wich jedoch bald einer Erleichterung, die Castro sich nicht erklären konnte. Der Diplomat, der zuerst steif aufgerichtet zugehört hatte, ließ sich in seinen Sessel sinken. Der Kommissar war vielleicht zu sehr davon in Anspruch genommen, seiner Rede eine gewisse feierliche Getragenheit zu verleihen, denn er übersah auch das leichte Lächeln, das sofort verschwand, als der Konsul bemerkte, dass Castro ihn beobachtete. In diesem Moment unterbrach er Goyanes: «Was Sie sagen, ist tatsächlich schwerwiegend, und wir werden der Sache gründlich nachgehen.»

Goyanes schien auf weitere Worte zu warten. Castro hatte schneller als er begriffen, dass der Konsul ihnen lediglich eine Art Empfangsbestätigung gab, und aus diesem Grund entschied er, den Anweisungen seines Vorgesetzten zum Trotz einzuschreiten:

«Sehr gut, auch wir würden gern den Matrosen Chuck Kingsley ein weiteres Mal befragen.»

Castro fürchtete, dass der Konsul ihn daran erinnern würde, dass die spanische Polizei keinen Zugriff auf die US-amerikanischen Truppenangehörigen hatte, ebenso rechnete er mit einem Tadel vonseiten seines Vorgesetzten. Was er nicht erwartete, war die Antwort, die der Dolmetscher zweimal wiederholte, mit leichtem Spott, wie es ihm schien:

«Ich fürchte, das ist unmöglich. Die Flotte ist heute früh ausgelaufen.»

«Wie bitte?» Goyanes' Äußerung war eine Frage an den Konsul und ein Vorwurf an Castro.

Er hatte vergessen, wie lange die Flotte im Hafen blieb. Was war er für ein Idiot!

«Die Schiffe sind heute Morgen in See gestochen», wiederholte der Konsul in seinem Sessel zurückgelehnt und die

Hände über dem Bauch verschränkt. «Die USS Saratoga ist unterwegs nach Tripolis, und danach steuert sie Charleston an, ihren Heimathafen, damit die Jungs an Weihnachten zu Hause sind.»

«Aber … wollen Sie denn nicht den Fall lösen?», fragte der Kommissar.

«Selbstverständlich wollen wir das, die Angelegenheit hat höchste Priorität.»

«Auch für uns. Ein Mord, Drogenhandel und ein Mordversuch an einer spanischen Staatsangehörigen», beharrte Castro.

Der Konsul gab seine gelassene Haltung auf und setzte sich wieder aufrecht. «Seien Sie versichert: Unsere Militärpolizei wird Kingsley unverzüglich verhören.»

Castro war nicht gewillt nachzugeben. «Wie ich bereits sagte, würden wir uns freuen, wenn wir ebenfalls die Gelegenheit hätten, noch einmal mit dem Matrosen zu sprechen.»

Der Konsul wechselte einige Worte mit dem Dolmetscher. Vielleicht zweifelte er daran, dass dieser Castros Worte richtig übersetzt hatte, denn er sagte: «Der Matrose Chuck Kingsley befindet sich an Bord des Flugzeugträgers USS Saratoga, der heute Morgen um sechs ausgelaufen ist, mit dem Ziel Tripolis.»

«Sagen Sie dem Konsul, dass ich dies schon beim ersten Mal verstanden habe. Ich meine, dass ich mit ihm über Funk sprechen möchte.»

Die Entgegnung des Konsuls kam allzu prompt. «Das ist nicht möglich.»

«Warum nicht?», fragte Castro.

«Technische Schwierigkeiten.»

«Welche Art von Schwierigkeiten?»

«Technische.»

«Welche Art technischer Schwierigkeiten?», hakte Castro nach.

«Das lässt sich nicht mit drei Worten erklären, aber es ist unmöglich.»

Castro machte sich bereit, darauf zu beharren, aber sein Vorgesetzter kam ihm zuvor.

«Unmöglich? Wollen Sie mir erzählen, dass Sie keine Verbindung zu einem Schiff Ihrer eigenen Seestreitkräfte herstellen können?» Goyanes' Gesicht war rot vor Wut. «Für wie dumm halten Sie uns eigentlich? Soll ich Ihnen glauben, dass diejenigen, die sich für die beste Marine der Welt halten, nicht in der Lage sind, eine Funkverbindung zu einem Schiff herzustellen, um einen Mordverdacht zu bestätigen? Wie haben Sie überhaupt einen Krieg gewonnen?»

Das Murmeln des Dolmetschers brach ab, als Goyanes mit der Faust auf den Tisch schlug. «Es reicht! Sie haben uns lang genug an der Nase herumgeführt!»

«Comisario!», begann Castro und berührte seinen Arm.

Goyanes schien aus einer Trance zu erwachen. Er stand auf, murmelte etwas, was wohl eine Entschuldigung sein sollte, und verließ verstört das Büro. Bevor sich die Tür hinter ihnen schloss, hörten sie die Stimme des Konsuls, doch sie verstanden nicht, was er sagte.

* * *

Die Straßen hatten sich während ihrer Unterredung im Konsulat scheinbar ausgedehnt, denn der Rückweg kam Castro vor wie eine Ewigkeit, während Goyanes an seiner Seite laut über die Folgen seines Ausbruchs nachdachte.

«Wir haben uns lächerlich gemacht, Isidro! Wieso wusstest du nicht, dass die Flotte heute ausläuft?»

Castro hätte ihm sagen können, dass andere, wichtigere Dinge ihn beschäftigt hatten, aber er behielt es lieber für sich. Er wollte nicht, dass Goyanes sich an Cristóbal erinnerte, der in diesem Augenblick wohl schon seine Zelle verlassen hatte. Aber für den Fall, dass es zu irgendeiner Verzögerung gekommen war, war es besser, wenn Cristóbal nicht in Goyanes' Blickfeld geriet.

«Es gibt bestimmt eine offizielle Beschwerde … Das hat ein Nachspiel … Sie werden es nicht dabei belassen. Wie können sie nur so überheblich sein, diese Großmäuler!»

Wenn Goyanes nicht aus der Rolle gefallen wäre, wäre es perfekt gelaufen. Goyanes hätte das Ergebnis bekommen, das er verlangt hatte. Darum war es gegangen: Seinen Sohn im Austausch gegen einen Täter nach Goyanes' Geschmack. Wie einfach es für Goyanes gewesen war, den Jungen aus Creix' Zelle holen! Er hätte es sofort tun können, als er ihn darum bat. Aber er hatte nicht gewollt.

«Wir werden Erklärungen liefern müssen, und dann werde ich nicht verheimlichen können, dass du letztendlich dafür verantwortlich bist, da du nicht weißt, wer …»

Castros Groll auf Goyanes hatte zur Folge, dass er Goyanes' hochrotes Gesicht mit Genugtuung betrachtete.

Er wollte nur noch zurück ins Präsidium. Seine Sachen holen und nach Hause gehen. Und Kingsley? Er hoffte, dass sie ihn wenigstens über seine Motive und das Strafmaß informieren würden. Wahrscheinlich die Todesstrafe. Chuck Kingsley war ein Mörder, der einen Kameraden getötet hatte. Dass Verurteilung und Strafe für ihn in weiter Ferne lagen, machte Castro unzufrieden. Außerdem gab es noch viele offene Fragen. Ohne spanische Komplizen konnte Kingsley gewiss keinen Drogenhandel aufziehen. Doch das war ihm im Moment gleichgültig.

Goyanes' letzte Worte drangen leise an sein Ohr, danach entfernten sich Stimme und Körper seines Chefs den Flur hinunter. Castro betrat sein Büro, schloss die Tür hinter sich und rief Ana Martí an, um ihr zu sagen, dass die Gefahr vorüber sei.

Dann machte er sich auf den Heimweg.

24

Ein guter Vater zu sein, ist eine schwere Aufgabe. Frauen haben es da leichter. Sie müssen nicht nachdenken, es reicht, wenn sie ihrem Instinkt folgen. Aber Väter müssen Entscheidungen treffen.

Er hatte seine getroffen. Das Beste für Cristóbal.

Sein Sohn, ein Roter.

Cristóbal hatte viele Stunden in der Zelle zugebracht, ein paar Stunden Chlorbleiche, die ihm vielleicht etwas von der Farbe genommen hatten. Aber für den Fall, dass dem nicht so war, hatte Castro Kommissar Creix um etwas gebeten, das dieser ihm nicht abschlagen konnte.

«Mir ist bewusst, dass Sie bereits sehr großzügig waren», hatte er mit gesenktem Haupt gesagt, damit Creix seine Verachtung nicht sehen konnte, «aber ich wollte Sie um einen letzten Gefallen bitten.» Er hob den Kopf und sagte: «Ich möchte, dass die Übrigen wissen, dass er anders behandelt worden ist als sie, und falls sie es noch nicht wissen, sollen sie auch erfahren, dass sein Vater Polizist ist.»

Wie bei seinen eigenen Häftlingen setzte er auf den Argwohn. Cristóbal wurde bevorzugt, er durfte gehen, daher musste er ein Verräter sein. Der Verräter. Das Schlimmste, was man einem Mann antun konnte, war, ihm die Ehre zu nehmen, auch wenn es nur zu seinem Besten war.

Um sechs hatten sie seinen Sohn aus der Zelle geholt und ihn nach Hause gebracht, wo Araceli und Daniel auf ihn warteten.

Auf ihn hatten sie nicht gewartet. Bei seiner Ankunft kam niemand zu seiner Begrüßung. Er hörte Stimmen und plätscherndes Wasser. Als er den Geräuschen nachging, sah er Cristóbal in der Badewanne sitzen. Seine Mutter kniete vor ihm und fuhr mit einem seifigen Schwamm über seinen Rücken. Wie zwei Bergspitzen ragten die knochigen Knie seines Sohnes über den Wannenrand. Hemd und Hose lagen schmutzig und zerrissen auf dem Boden.

Mit ihren Blicken verbannten sie ihn aus dem Badezimmer.

Er setzte sich ins Esszimmer. Beruhigt, weil Cristóbal wieder zurück war. Wütend, weil ihm einfiel, was er ihm angetan hatte. Er verspürte den Drang, ihn mit Ohrfeigen aus der Wanne zu treiben. Die Badezimmertür öffnete sich, Castro sprang auf, die Fäuste geballt.

Aber er konnte nichts tun. Araceli schob sich wie eine schützende Mauer zwischen ihn und seinen Sohn, den Arm um Cristóbals Taille gelegt, stützte sie ihn. Er hinkte. Sie führte ihn in sein Zimmer und brachte ihn leise summend zu Bett, wie sie es getan hatte, als er klein gewesen war.

Daniel steckte den Kopf ins Esszimmer. Obwohl er erst fünfzehn war, zeigte sich auf seinem Gesicht schon der leichte Schatten eines Bartflaums. Er kam nach ihm. Die Furcht in Daniels Augen tat Castro weh. Er winkte ihn heran, der Junge kam zögernd näher. Mit der einen Hand deutete Castro auf einen Stuhl, mit der anderen nahm er einen der roten Äpfel aus dem Korb und bot ihn seinem Sohn an.

***

In dieser Nacht verschwand die Wut nicht. Araceli hatte das Zimmer erst betreten, als sie annahm, dass er schon schliefe.

Das tat er nicht. Seine Muskeln und Sehnen waren hart vor Zorn, doch schließlich gab sein Körper auf und schleifte seinen Geist mit sich, der sich wie ein Riesenrad drehte. Warum hat er das getan? Wieso haben wir nichts bemerkt? Was sollte er jetzt mit diesem Sohn tun?

Als er am Morgen erwachte, schien sich der Durchmesser des Riesenrades vergrößert zu haben, und das Gestänge schlug in regelmäßigen Abständen an seine Schädeldecke. Das Tageslicht war noch schwach, doch die Straßenlaternen waren bereits verloschen. Ein Geräusch im Esszimmer verriet ihm, dass einer seiner Söhne schon auf war. Er ging hinüber.

Cristóbal stand im Schlafanzug am Fenster, mit dem Rücken zu ihm. Beim Geräusch seiner Schritte wandte er sich um. Castro konnte ihm nicht ins Gesicht sehen.

«Hast du eine Erklärung dafür?»

«Was für eine Erklärung soll das sein?»

«Hör auf, mich ...»

Cristóbal unterbrach ihn. Sprachlos lauschte Castro dem Redefluss seines Sohnes, aus dem die scharfen Kanten von Wörtern wie «Diktatur», «Revolution», «politischer Wechsel» und «Streik» hervorstachen.

Ihre Stimmen hatten Araceli geweckt, die nun barfuß und im Nachthemd erschien. Castro ignorierte sie, machte einen Schritt auf Cristóbal zu und schrie: «So dankst du es uns! All unsere Opfer, um dir eine Ausbildung zu ermöglichen, und du hast nichts Besseres zu tun, als zu den Subversiven zu gehen! Was glaubst du, was die von der Politischen mit dir gemacht hätten, wenn ich dich da nicht rausgeholt hätte? Die hätten dir mindestens den Kiefer gebrochen. Ist es das, was du willst? Dass sie dich zusammenschlagen? Dass sie dir mit ihren Zigaretten die Hände und Füße verbrennen?»

«Du kennst dich ja gut aus, Vater! Man sieht, dass du die Materie beherrschst», entgegnete Cristóbal und übersah die Geste seiner Mutter, die ihn anflehte zu schweigen.

Er taumelte, als Castro ihm eine Ohrfeige verpasste. Dann gewann er wieder das Gleichgewicht zurück und sagte, sich die rechte Wange reibend: «Schlag noch mal zu, so kann ich mich daran gewöhnen.»

Castro krempelte sich die Ärmel seines Pyjamas hoch, bevor er begann, abwechselnd mit der Rechten und der Linken auf seinen Sohn einzudreschen. Cristóbal wehrte sich nicht, er hob lediglich die Arme, um sein Gesicht zu schützen, und wich vor den Schlägen zurück, die Castro ihm mit dem regelmäßigen Rhythmus einer Maschine versetzte. Araceli versuchte, Castro aufzuhalten, und griff nach seinem rechten Arm, doch er schüttelte brüsk ihre Hand ab.

«Hör auf, Isidro, du bringst ihn noch um!»

Er antwortete nicht. Er drosch weiter auf ihn ein, Cristóbal wich zurück, bis er vor seinem Zimmer stand. Castro stieß ihn hinein und schloss anschließend die Zimmertür mit einem Knall.

Aber seine Wut war noch nicht verloschen. Mit geballter Faust wendete er sich Araceli zu. «Die Abreibung hätte ich dir zur rechten Zeit verpassen sollen. Jetzt sieh, was du angerichtet hast.»

Sie stand mit stolzem Blick und hochgerecktem Kinn vor ihm und wich keinen Zentimeter. Castro ließ die Hand sinken. In den vielen Ehejahren hatte er sie nie geschlagen. Vielleicht, weil sie nie Angst vor ihm gehabt hatte. Sie drehte sich um und ging in Cristóbals Zimmer. Während Castro vor Anstrengung noch immer keuchte, kam sie mit ihrem Sohn heraus und führte ihn ins Bad. Er hörte das Wasser ins Becken plätschern, das Geräusch wurde kurz unterbrochen, wenn seine Frau ein Handtuch unter den Strahl hielt, um es anzufeuchten.

Castro wollte ins Esszimmer zurückkehren, doch er kam nicht dazu. Ein spitzer Schmerz in seinem Rücken ließ ihn aufbrüllen.

25

Ana begleitete ihre Familie auf den Friedhof. Es war Allerheiligen, und sie besuchten das Grab ihrer Großeltern. Ihre Mutter hatte sich in den Kopf gesetzt, ihren Enkeln zu vermitteln, aus welch guter Familie sie stammten, und die Grabstätte der Noguer auf dem Friedhof am Montjuïc schien ihr ein augenfälliges Argument. Der Kleine betrachtete mit einer Mischung aus Furcht und Neugier die schwarz gekleideten Menschen, die durch die Wege zwischen den hohen Wänden der Grabnischen und den Mausoleen strömten. Ihr älterer Neffe hingegen war schweigsam, und Ana glaubte den Grund dafür zu kennen. Sein Vater lag nicht hier begraben, sondern in einem Massengrab nahe bei dem Straflager, in dem sie ihn erschossen hatten. Dennoch hörte er höflich den Geschichten über diese Urgroßeltern zu, die in einem Mausoleum bestattet waren, das größer und solider war als die Häuser in der Barackensiedlung auf der anderen Seite des Hügels.

Trotz des Gedränges oder vielleicht auch gerade wegen des ständigen Flüsterns und der vielen Schritte an dem sonst so stillen Ort konnte sie nicht vermeiden, sich ab und zu umzudrehen und ihre Umgebung zu mustern. Es war unnötig, das wusste sie. Der Anblick des Meeres vor ihnen hätte sie eigentlich beruhigen müssen. Die Sechste Flotte war auf hoher See. Weit weg. Mit Chuck Kingsley und den Übrigen an Bord. Und trotzdem war sie immer noch unruhig und auf der Hut.

«Was ist los, Mädchen?», fragte ihr Vater, als sie sich wieder einmal umwandte und misstrauisch die Menge hinter sich beäugte.

«Nichts. Du weißt doch, dass Friedhofsbesuche mich immer bedrücken, es sei denn, es ist beruflich», scherzte sie und wechselte das Thema. «Welchen Titel bekommt denn nun eigentlich der neue Roman von Verónica Fontán?»

«*Romanze in Marineblau.*»

Ana konnte sich nicht beherrschen. Ihr lautes Lachen brachte ihr nicht nur von ihrer Mutter einen vorwurfsvollen Blick ein. Ihr Vater griff in seine Manteltasche, zog eine Papiertüte hervor und hielt sie ihr hin.

«Hier. Da ich davon ausgegangen bin, dass es länger dauern wird, habe ich ein paar *Panellets* mitgebracht. Aber gib acht, dass deine Mutter uns nicht sieht. Sie sind eigentlich für später.»

Sie nahm ein Stück von dem Konfekt. Der süße Mandelgeschmack vertrieb einen guten Teil ihres Unbehagens.

* * *

Als sie nach Hause zurückkehrte und den Mantel in die Garderobe im Flur hängte, kam ihr irgendetwas anders vor. Sie verharrte bewegungslos, bis sie herausgefunden hatte, was es war. Eine unbekannte Stimme, die nicht wie sonst aus dem Radio in der Küche kam, sondern von links, aus Beatriz' Arbeitszimmer. Sie steuerte darauf zu und fand Beatriz in einem Sessel sitzend. Ihre Cousine lauschte einem alten Grammophon, das neben ihr auf einem kleinen Tisch stand. Auf ihren Knien lag eine Schallplattenhülle. «Fremdsprachenlernen leicht gemacht». Eine Männerstimme füllte den Raum mit französischen Nasallauten. Beatriz sprang auf, als sie Ana bemerkte, und hob sofort die Nadel von der Platte.

«Ist das ein Französischkurs?»

Beatriz nickte.

«Seit langem lese ich nur noch, und ich will mein Hören verbessern.»

«Aus einem besonderen Grund?»

«Fremdsprachen erfordern ständige Übung», belehrte ihre Cousine sie.

«Danach habe ich zwar nicht gefragt, aber ich bin froh, dass du es mir sagst.»

Beatriz nahm behutsam die Schallplatte zwischen beide Hände und schob sie in ihre Hülle. Ana wollte sich auf den kleinen Sessel ihr gegenüber setzen, aber Beatriz hinderte sie daran.

«Hast du das Synonymwörterbuch in dein Arbeitszimmer mitgenommen?»

«Ich glaube nicht.»

«Ich kann es aber nicht finden. Könntest du vielleicht nachschauen?»

Wollte sie sie loswerden?

Sie verließ das Arbeitszimmer, doch sie ging nicht zu ihrem Zimmer, sondern in die Küche. Luisa war dabei, Erbsen zu pulen. Mit einem schwachen Quaken fielen die Schoten in einen Metalleimer.

«Hat jemand für mich angerufen?»

«Nein, Señorita. Ich schreibe es doch immer auf. Ich glaube, Señora Beatriz sucht etwas.»

«Ja, ich weiß.»

Sie kehrte in den Flur zurück. Aus der Bibliothek drang Beatriz' Stimme zu ihr.

«Hast du in deinem Zimmer nachgeschaut? Ist es da?»

«Sofort.»

Sie ging in ihr Zimmer, obwohl sie genau wusste, dass das verflixte Wörterbuch dort nicht war.

Sobald sie die Tür geöffnet hatte, begriff sie. Der Duft, der ihr entgegenschlug, ließ sie genussvoll die Augen schließen. Dann öffnete sie sie wieder, um den großen Strauß weißer Rosen auf ihrem Schreibtisch zu bewundern. Drei Dutzend Rosen und ein kleiner Umschlag.

Die leisen Schritte verrieten Beatriz.

«Von Lawrence?», fragte sie.

Nein. In dem Fall wären sie sicher rot. Ana öffnete den Umschlag und las lächelnd die Nachricht.

«Muñárriz.»

«Also kein Liebesbrief auf Englisch?»

Hinter ihrer Cousine entdeckte Ana Luisa. Beide lächelten sie tröstend an, da die Erwartungen, die allerdings nur sie gehabt hatten, sich nun nicht erfüllten. Ana hingegen war erleichtert, als sie die Nachricht noch einmal las. Muñárriz bat sie um Entschuldigung, er wollte, dass sie zurückkam, und bot ihr an, «nur wenn du willst und Lust hast», den Artikel über die Schwesternschaft zu schreiben. «Unter Pseudonym und mit doppeltem Honorar.» Danach könnte sie weiter für die Zeitschrift arbeiten. «Ich wie auch viele andere schätzen nicht nur deine Arbeit, sondern wir lieben dich.»

In gewisser Weise war es doch ein Liebesbrief.

Sie suchte nach dem Notizbuch, in dem sie Adressen und Telefonnummern notierte, und fand die Nummer, die in Spanien kaum jemand kannte.

«Beatriz, könntest du mir einen kleinen Text ins Französische übersetzen?»

Luisa verließ den Raum. Die Geschichte war doch weniger interessant als vermutet.

Ana und Beatriz kehrten in die Bibliothek zurück. Ana diktierte ihrer Cousine einen Text, in dem sie Muñárriz für die Blumen dankte und seine Vorschläge annahm, Beatriz übersetzte.

«Schreib noch eine schöne französische Liebeserklärung. Und dann wollte ich noch um eins bitten», sagte sie schließlich. «Könntest du es ihm am Telefon sagen?»

Einen Augenblick später wählten sie, aufgeregt wie zwei Schulmädchen bei einem Streich, die Nummer des weißen Telefons in der Redaktion von *Mujer Actual*.

«Allô, Monsieur Muñárriz? Bonsoir, je vous appelle de la part d'Ana Martí. Elle a insisté à ce que je vous assure de sa plus profonde gratitude …»

Ana konnte ihr Lachen kaum unterdrücken, als sie ihre Cousine reden hörte.

26

Als am Montagmorgen das Telefon klingelte, nahm Castro an, dass es jemand von ganz oben war, der von den Ereignissen am Freitag im Konsulat gehört hatte und nun nach einer Erklärung verlangte. Goyanes beherrschte die Kunst, die Schuld für seine Fehler auf andere abzuwälzen. Besonders jetzt, da er seinen Posten in Gefahr sah. Vielleicht würde es am Ende Castros eigener Kopf sein, der rollte. Aber was konnte ihm schon passieren? Je nachdem, wer anrief, eine Strafpredigt, Beleidigungen, eine angedrohte Versetzung. Er kannte das Repertoire, er kam aus derselben Schule, und sie würden ihn schwerlich überraschen.

Doch die Stimme am anderen Ende der Leitung schaffte es, ihn zu verblüffen.

«Inspektor, ich habe Sevilla verloren.» Es war der Polizeibeamte Ruipérez.

«Was soll das heißen, du hast ihn verloren?»

«Er war nicht mehr an der Stelle, an der er die Señorita überwacht hat.»

«Welche Señorita?»

«Die Journalistin.»

«Ruipérez, ich habe die Observation längst aufgehoben.» Beim Reden fiel ihm ein, dass er es am Freitag hätte tun sollen, aber er hatte es wegen der Sache mit Cristóbal und dem Hexenschuss, der ihn über das Wochenende gelähmt hatte, vollkommen vergessen. Aber das würde er niemals zugeben, auch wenn es zwei Tage Überstunden für seine Leute bedeutet hatte.

«Uns hat niemand Bescheid gesagt, Chef. Und heute sind wir ihr gefolgt, seit sie das Haus verlassen hat und in ein Gebäude in der Vía Augusta gegangen ist, zu einer Zeitschrift namens *Mujer Actual*. Und da ich Hunger bekommen habe …»

«So etwas, du hast Hunger bekommen, Ruipérez», sagte Castro.

Seine Kollegen nannten Ruipérez den Bandwurm. Er rechtfertigte seine maßlose Gefräßigkeit mit dem Hunger, den er in seiner Kindheit während des Krieges erlitten hatte.

«Also habe ich schnell in einer Kneipe in der Nähe eine Kleinigkeit gegessen», erklärte Ruipérez weiter. Zu seinen Eigenschaften zählte auch, dass ihm jeglicher Sinn für Ironie abging. «Und als ich zurückkam, hatte Sevilla seinen Posten verlassen.»

«Hast du ihn gesucht?»

«Na klar, sonst würde ich nicht anrufen. Weil ich ja auch die Señorita verloren habe, obwohl das ja nicht so schlimm ist, jetzt, wo die Überwachung aufgehoben ist. Und wegen Sevilla müssen wir uns keine Sorgen machen. Vielleicht hat er die Nachricht irgendwie mitbekommen und die Gelegenheit genutzt. Wir waren gerade in der Nähe von dieser Absteige und … na ja, Sie wissen ja, wie er ist.»

Zu seinem Leidwesen wusste Castro das nur zu gut. Dass Sevilla seine Position als Polizist ausnutzte, um von den Frauen Gratisdienste zu bekommen. Und dass er von ihnen Dinge verlangte, die ihnen nicht gefielen. Er wusste nicht, was es war, doch es war etwas, das bei den Kollegen schmutziges Gelächter hervorrief, wenn er davon erzählte. Gelächter wie das von Ruipérez, das Castro klarmachte, dass auch er zu den

Eingeweihten gehörte, die von Sevillas Streifzügen im Rotlichtviertel wussten. Bevor Ruipérez eine weitere Bemerkung machen konnte, fertigte er ihn barsch ab.

Nein, er wollte nichts davon wissen. Einmal hatte eine Frau, die er gerade verhört hatte, versucht, ihm etwas zu erzählen, als sie Sevilla ins Präsidium kommen sah. Castro hatte sie mit einer Ohrfeige zum Schweigen gebracht. Er wollte nichts wissen und erlaubte nicht, dass sie sich seinem Untergebenen gegenüber respektlos verhielt. Es war eine heftige Ohrfeige. Die einzige, wegen der er ein schlechtes Gewissen hatte.

Sevilla hatte also seine alten Gewohnheiten wiederaufgenommen, und das während der Arbeitszeit. Diesmal blieb ihm nichts anderes übrig, als ihn zu bestrafen. Oder wieder ein Auge zuzudrücken. Sevilla war sein bester Verbündeter. Besser gesagt: sein einziger Verbündeter. Er fühlte sich feige und schäbig, weil er ein Verhalten hinnahm, das er eigentlich missbilligte, weil er fürchtete, Sevilla zu verlieren.

Und er selbst? Wie hatte er sich erlauben können, wegen seiner privaten Probleme solche Fehler zu begehen? Er hoffte, dass seine Männer nicht allzu viel darüber reden würden und nichts davon zu seinen Vorgesetzten oder zu Kommissar Montesdeoca gelangte. Am Ende war es tatsächlich sein Kopf, der rollen würde.

Das Telefon klingelte aufs Neue. Er atmete tief ein, bereit, sich allem zu stellen. Aber aus dem Hörer tönte wieder eine Stimme, die er nicht erwartet hatte.

«Chef! Es gibt Neuigkeiten.»

«Sevilla! Wo bist du? Was für Neuigkeiten?»

«Ich bin auf dem Revier in der Calle Mallorca.»

«Was machst du denn da?»

«Ich habe Señorita Martí beschattet, wie Sie angeordnet haben …»

«Sevilla. Der Befehl ist aufgehoben worden», wiederholte Castro.

«Tatsächlich? Das habe ich gar nicht mitbekommen. Keiner hat uns Bescheid gesagt. Zum Glück.»

«Warum zum Glück?»

«Weil ich der Señorita bis in die Vía Augusta gefolgt bin und …»

Er erzählte ihm dasselbe wie Ruipérez. Castro wurde ungeduldig.

«Kurz nachdem Ruipérez weggegangen ist, weil …»

«Weil er Hunger bekommen hat. Weiß ich schon. Jetzt komm endlich zur Sache.»

«Jawohl, Chef. Wenig später kam die Señorita wieder heraus, sie sah sehr zufrieden aus. Ich habe darauf gewartet, dass sie sich auf den Weg macht, und da habe ich es gemerkt.»

«Was gemerkt?»

«Dass ich nicht ihr einziger Verfolger bin. Es gibt noch einen.»

«Sevilla!» Er hatte den Eindruck, dass sein Untergebener am anderen Ende der Leitung strammstand. «Wirst du mir endlich sagen, wer sie verfolgt?»

«José Vendrell.»

«José Vendrell! Hat er dich bemerkt?»

«Chef!»

«Hat er dich bemerkt oder nicht?»

«Nein, Chef.»

«Wie lange ist es her, dass du sie gesehen hast?»

«Nicht lange. Noch nicht mal fünf Minuten. Die Zeit, die ich gebraucht habe, um ins Revier zu gehen und anzurufen.

Aber ich finde sie wieder, Chef. Ich glaube, Señorita Martí ist auf dem Heimweg.»

Hoffentlich irrte sich Sevilla nicht. Ihretwegen und auch seinetwegen.

«Was soll ich tun, wenn ich sie finde? Wenn Vendrell ihr immer noch folgt? Soll ich ihn festnehmen?»

«Nein.»

«Nein?»

«Erst, wenn ich es dir sage.»

«Oder wenn er ihr etwas antun will, stimmt's?»

«Hör auf, den Teufel an die Wand zu malen. Los, beeil dich.»

Er legte auf.

Wo hatte Sevilla sie zum letzten Mal gesehen? In der Calle Mallorca.

Von dort würde sie noch mindestens eine Viertelstunde bis zu ihrer Wohnung brauchen. Falls sie nicht vorhatte, woandershin zu gehen. Falls sie unterwegs nicht aufgehalten wurde. Falls ihr nicht etwas zustieß. Er musste auf Nummer sicher gehen.

All das hatte er schon einmal getan. Bei Ana Martí anrufen. Mit dem Dienstmädchen reden, das sagte, dass die Señorita nicht zu Hause sei. Beharrlich sein.

Doch anders als beim letzten Mal schaute das Dienstmädchen tatsächlich nach. Und er glaubte ihr tatsächlich, als sie sagte, dass die Señorita nicht da sei.

Er legte auf und verließ das Büro. Falls seine Vorgesetzten ihn anriefen, würden sie ihn nicht erreichen. Egal. Hoffentlich traf er unterwegs keinen von ihnen, denn er hatte es eilig.

* * *

Sein guter Ruf, wenngleich etwas angeschlagen durch die Sache mit seinem Sohn, hatte seine Vorteile: Seine Kollegen stellten keine Fragen. Seine Anwesenheit in der Asservatenkammer war über jeden Zweifel erhaben, er musste nichts unterschreiben; wenn sie ihn ein paar Minuten aus den Augen verloren, fragten sie sich nicht, was er tat, weil sie wussten, dass es etwas Korrektes sein würde, wie immer. Und wenn eines Tages bei einer Bestandsaufnahme festgestellt werden sollte, dass etwas fehlte, wäre Chefinspektor Isidro Castro, der beste Mann der BIC, der Letzte, der unter Verdacht geriete.

Castro wusste, was er suchte, er wusste bloß nicht, wo es aufbewahrt wurde.

Sanz, der in der Asservatenkammer Dienst tat, war doppelt abgelenkt: Seine Augen hingen an den Artikeln einer Sportzeitschrift, die Ohren lauschten dem Radio. Ein Pasodoble übertönte das Geräusch von Castros Schritten. Er bewegte sich rasch und vorsichtig, denn wenn er zu lange bliebe, käme Sanz auf die Idee, ihm zu helfen. Zwar war es Pflicht und Privileg der Veteranen, einen alten ungelösten Fall ab und zu wiederaufzunehmen, das Problem war jedoch, dass Sanz, der viele Stunden allein in einer Art Pförtnerloge saß, Lust bekommen würde, mit ihm über den Fall zu reden. Sanz arbeitete hier, seit er im Dienst angeschossen worden war und seinen linken Arm nicht mehr bewegen konnte. Er hatte die Stelle bekommen, nachdem er wochenlang beharrlich darum gebettelt hatte, denn er wollte damals mit dreißig nicht in Pension gehen. Jetzt hatte er die vierzig überschritten und war von seiner Frau in alle möglichen Wallfahrtsorte – nach Pilar, nach Lourdes, nach Fátima, nach Montserrat – geschleift worden, als ob der liebe Gott mit ihnen Schnitzeljagd spielen würde.

Und tatsächlich: Das Radio wurde leiser und war dann vollkommen still. Sanz hatte es ausgestellt. Er schob seinen Stuhl zurück und stand auf. Schritte. In diesem Moment hatte Castro gefunden, was er suchte, und ließ es in seine Jackentasche gleiten. Er trat hinter dem Regal hervor.

«Wie geht's, Castro?» Sanz kam auf ihn zu, die Zeitung unter den schlaffen Arm gesteckt, der nun ein totes Gewicht war, ein Briefbeschwerer.

«Du siehst ja, viel Arbeit», sagte Castro und ging an ihm vorbei.

«Immer unterwegs, was?»

«Wie es eben so ist.»

«Hör mal, das mit deinem Sohn tut mir leid. Ich habe es von …»

Obwohl er sich den Tag über bemüht hatte, sich nichts anmerken zu lassen, konnte Castro diesmal nicht an sich halten. Er knallte die Tür hinter sich zu.

* * *

Es war nicht weit. Unter anderen Umständen ein netter kleiner Spaziergang, ein Stück die Vía Layetana hinunter, über die Straße, und schon wäre er in der Calle de la Princesa, wo Vendrell wohnte.

Auf dem Weg aus dem Präsidium grüßte er verschiedene Kollegen und schritt zügig aus, während er die Mosaikteile sortierte und aneinanderfügte. José Vendrell verfolgte Ana Martí. José Vendrell könnte derjenige sein, der sie in der Metrostation hatte töten wollen. Aber warum? Weil Vendrell zusammen mit Chuck Kingsley Drogengeschäfte machte. Er hatte geahnt, dass der Amerikaner nicht allein arbeitete. Er brauchte Komplizen in der Stadt. Warum hatte er die Idee nicht weiterverfolgt? Er wusste genau, warum. Einen Moment lang sah er wieder Cristóbals zerrissene Kleidung.

Die Journalistin war eine Gefahr für sie, da Kingsley sich vermutlich nicht mehr daran erinnerte, was er ihr, voll mit Alkohol und Drogen, auf dem Präsidium erzählt hatte. Aber was hatte Antonio Vázquez mit alldem zu tun?

Halt! Ein neuer Gedanke ließ ihn langsamer werden, bis er schließlich auf dem Gehweg stehen blieb, nach rechts und nach links blickte, als könnte dort ein Gesprächspartner auftauchen, dem er seine Gedanken erklären konnte. Dann hob er ein paarmal die Arme, um seinen Brustkorb zu weiten, atmete tief ein und schlug sich schließlich mit der flachen Hand auf die Oberschenkel, damit sich seine Beine wieder in Bewegung setzten. Antonio Vázquez war schon tot, als die Schlägerei anfing. Vendrell hatte sie mit Hilfe seiner Leute begonnen. Hatten das nicht auch die Matrosen erzählt? Dass die Spanier die Schlägerei vom Zaun gebrochen hatten?

Er hatte ihnen nicht geglaubt, weil diese Erklärung so gut zu Wilsons offenkundigem Bestreben passte, einen spanischen Täter zu finden. Er kehrte in Gedanken in die Bar Metropolitano zurück und begriff, dass das Theater, das er Thomas Wilson zu präsentieren glaubte, in Wirklichkeit ein Stück von Vendrell war. Vendrell hatte es geschrieben und inszeniert. Vendrell war der Einzige, der behauptete, Antonio Vázquez während der Schlägerei gesehen zu haben. Nur er. Einer der Matrosen hatte zwar während der Befragung auf dem Flugzeugträger ausgesagt, dass er ihn möglicherweise im Bereich der Séparées gesehen habe, aber er war sich nicht sicher gewesen. Bei der Schlägerei war Vázquez nicht dabei gewesen, andernfalls hätte sich irgendjemand an ihn erinnert. Niemand, nur Vendrell, behauptete, ihn gesehen zu haben. Paca hatte es zu Beginn ausgesagt, aber sie hatte sich bald in Widersprüche verwickelt. Außerdem: Welchen Wert hatte die Aussage einer Hure, die das Bett mit Vendrell teilte? Gar keinen. Also blieb nur er übrig, der nicht nur angab, Vázquez in der Bar bemerkt zu haben, sondern darüber hinaus steif und fest behauptete, ihn während der Schlägerei gesehen zu haben. Nur er. Aber Vázquez hatte nicht daran teilgenommen, weil er nicht das Lokal mit seinen Kameraden durch den Vordereingang betreten hatte, sondern, dachte Castro, mit Vendrell durch die Hintertür gekommen und die ganze Zeit über im Séparée geblieben war. Er sah es ganz klar. Vendrell hatte alles in Szene gesetzt, um zu verbergen, dass er Antonio Vázquez getötet hatte. Warum? Castro zog zwei Möglichkeiten in Betracht: Er war bei ihren Geschäften mit von der Partie, oder er hatte sie entdeckt. Nach Aussage seiner Kameraden verkaufte er amerikanischen Tabak. Wenn Vázquez ebenfalls mit Drogen handelte, war er eventuell gierig geworden und hatte die anderen beiden übers Ohr gehauen. Falls er sie hingegen entdeckt hatte, wollte er sie vielleicht erpressen. Es kostete Castro eine gewisse Überwindung, von seinem pessimistischen Menschenbild Abstand zu nehmen und eine weitere Möglichkeit zu erwägen: Vielleicht hatte Vázquez sie auch anzeigen wollen, nachdem er von ihren Geschäften erfahren hatte. Einer seiner Kameraden hatte ihn als sehr korrekt beschrieben, obgleich seiner Erinnerung nach diese Aussage von Kingsley stammte.

Wie auch immer, im Moment war es das Wichtigste, Vendrell aus dem Verkehr zu ziehen. Darum würde er sich jetzt kümmern. Danach würde er weitersehen.

Er zog ein Paar Handschuhe über und betrat das Haus. Vor der Wohnung sah er, dass das Türschloss ausgewechselt worden war, aber das bereitete ihm keine Schwierigkeiten, auch wenn er nicht der Allergeschickteste mit dem Dietrich war. Es war ihm schon häufig aufgefallen, dass Verbrecher so wenige Vorsichtsmaßnahmen trafen. Als bräuchten sie keine Sorge zu haben, von einem anderen Exemplar ihrer Gattung beraubt oder bestohlen zu werden.

In Vendrells Wohnung verlor er keine Zeit. Er holte das Päckchen mit den Drogen hervor, dessen Verpackung er ausgetauscht hatte, und schob es unter die Matratze, ein leichtes Versteck, damit die Männer, die er zur Hausdurchsuchung herschicken würde, sobald er wieder auf dem Präsidium war, es auch tatsächlich finden würden.

27

Sie hätten sehen sollen, wie er sich gewehrt hat!»

Er konnte es sich gut vorstellen. Wie vor ein paar Tagen, als sie ihn aus dem Bett gezerrt hatten.

«Ein richtiger Zitteraal, Chef.»

Sevilla genoss sichtlich seinen Bericht über die Verhaftung von José Vendrell.

Er hatte Ana Martí und ihren Verfolger nach seinem Anruf schnell wiedergefunden und war ihnen bis zur Konditorei Mauri gefolgt, ohne aufzufallen.

Sevilla sah nicht aus wie ein Polizist, er hatte – so widersinnig es klang – etwas Graues und zugleich etwas Durchsichtiges, sodass kaum zu sagen war, wie er eigentlich aussah. Castro hingegen hatte ein richtiges Polizistengesicht. Selbst die wenigen Kinder- und Jugendfotos, die er noch hatte, zeigten den skeptischen Blick und die dünnen, geraden Lippen des Polizisten Castro. Sevilla aber sah aus wie ein x-beliebiger Passant, einfach jemand, der gerade vorbeikam.

Nur wenn Vendrell die Gefahr gewittert hätte, hätte er ihn entdecken und sich daran erinnern können, ihn im Metropolitano gesehen zu haben. Aber Vendrell hatte offenbar noch nicht einmal daran gedacht.

Sevilla war ihm von Straße zu Straße gefolgt, von Ecke zu Ecke, während Vendrell Ana Martí auf den Fersen war. Fast eine Stunde nach seinem ersten Anruf hatte sich sein Untergebener wieder vom Telefon der Konditorei Mauri gemeldet.

«Señorita Martí hat in einem Kurzwarengeschäft Einkäufe gemacht und trinkt jetzt Kaffee mit einem Mann. Vendrell steht draußen, er raucht und liest Zeitung.»

«Wer ist der Mann?»

«Ich weiß es nicht. Wahrscheinlich ihr Verlobter, sie halten Händchen», sagte Sevilla geziert und mit spöttischem Unterton. «Was machen wir jetzt?»

Castro zerknüllte in Gedanken das Bild von Ana Martí mit diesem Unbekannten wie ein leeres Zigarettenpäckchen.

«Verlier ihn nicht aus den Augen. Ich lass dir aus der Calle Mallorca Verstärkung schicken. Sobald die da sind, nehmt ihr ihn fest. Ich will ihn in weniger als einer Stunde hierhaben.»

So war es geschehen. Die Beamten, die Sevilla halfen, bekamen ebenfalls Schläge und Fußtritte ab, doch nach wenigen Minuten hatten sie Vendrell überwältigt. Der Strom der Fußgänger auf der Rambla de Cataluña wurde davon nicht unterbrochen, manche sahen aus sicherer Entfernung zu, andere gingen schnell vorüber. Sobald Vendrell im Inneren eines Polizeiautos verschwunden war, füllte sich die Lücke wieder mit Passanten.

«Hat sie etwas gemerkt?»

«Etwas werden die in der Konditorei schon mitbekommen haben. Aber sie nicht, glaube ich, denn sie saß nicht an einem der Fenstertische. Aber ich bin noch mal reingegangen, als wir ihn in sicherer Verwahrung hatten, und habe es ihr gesagt.»

«Was hast du ihr gesagt?»

«Ich habe gesagt: ‹Sie können beruhigt sein, Señorita Martí, Ihr Verfolger ist verhaftet worden.›»

«Und was hat sie gesagt?»

«Sie war sehr überrascht und hat gefragt, wer denn hinter

ihr her war und warum. Ich habe ihr gesagt, dass Sie es ihr morgen erklären werden.»

«Gut gemacht.»

«Warum war Vendrell denn hinter ihr her?»

«Das werde ich dir später erklären.»

* * *

Obwohl er diesmal keinen Widerstand leistete, hielten die beiden Beamten José Vendrell rechts und links fest, als sie ihn in Castros Büro führten. In Vendrells lädiertem Gesicht konnte Castro noch die verblasste Spur des Faustschlags ausmachen, den er ihm bei seiner letzten Verhaftung versetzt hatte. Auf einen Wink des Inspektors hin platzierten die Beamten ihn vor seinem Schreibtisch. Ebenfalls wortlos gab er ihnen zu verstehen, dass sie sein Büro verlassen sollten.

«Du auch, Sevilla.»

Sobald er allein mit dem Inspektor war, stemmte Vendrell seine Ellenbogen auf die Oberschenkel und stützte seinen Kopf mit den Händen.

«Setz dich gerade hin», befahl Castro ihm und zündete sich eine Zigarette an.

Vendrell gehorchte, jedoch herausfordernd langsam. Er richtete sich übertrieben gerade auf und drückte seinen Rücken gegen die Stuhllehne.

«Und? Haben Sie es nicht bald satt, mich zu sehen, Inspektor?»

Castro betrachtete ihn schweigend, als hätte er tatsächlich Interesse an seinem Anblick, und zog dann und wann an seiner Zigarette.

Einen alten Hasen wie Vendrell konnte er damit nicht beeindrucken, aber Castro hatte seine Rituale. Er drückte die Zigarette in aller Ruhe aus, als ob dies im Moment das Allerwichtigste wäre, und ohne die Stimme zu heben, sagte er:

«Warum bist du Señorita Ana Martí gefolgt?»

«Wer soll das sein?»

«Die Frau, die du von der Vía Augusta bis in die Rambla de Cataluña, Ecke Calle Provenza, verfolgt hast.»

«Warum sollte ich jemanden verfolgen, den ich nicht kenne?»

«José, hör auf, den Schlaumeier zu spielen. Wenn ich dir sage, dass du Ana Martí verfolgt hast, dann, weil ich gesehen habe, dass du sie verfolgt hast. Soll ich dir deinen Weg aufmalen? Soll ich dir sagen, an welcher Ecke du geraucht hast, auf welchen Bürgersteig du gespuckt hast und vor welchem Schaufenster du dich am Hintern gekratzt hast?»

Vendrell sagte nichts. Auf Castros letzte Bemerkung hin schien es ihn plötzlich im Nacken zu jucken, und er fing an, sich zu kratzen, bis er Castros spöttischen Blick bemerkte.

«Was immer dir zwischen den Haaren rumkrabbelt, wird bald Gesellschaft haben. Das Modelo-Gefängnis soll ja eine ausgesprochen interessante Fauna haben.»

Vendrell hörte auf, sich zu kratzen, wenngleich er nicht umhinkonnte, seinen Rücken an der Lehne zu reiben.

«Warum drohen Sie mir mit Gefängnis, Inspektor? Was soll ich getan haben? Sie sagen, dass Sie gesehen haben, wie ich eine Señorita verfolge. Selbst wenn – was ist daran so schlimm? Warum darf ein Mann nicht einer schönen Frau hinterherschauen?»

Er saß wieder still auf dem Stuhl und sah Castro großspurig und zugleich komplizenhaft an, von Mann zu Mann.

«Meinetwegen kannst du so vielen Frauen hinterherlaufen, wie du willst. Was ich nicht mag, ist, wenn jemand einer Frau bis zu einer Metrostation hinterherläuft und versucht, sie vor einen Zug zu schubsen.»

Die Bestürzung in Vendrells Gesicht war nur von kurzer, sehr kurzer Dauer, gleichwohl war sie zu sehen. Castro hingegen war sich sicher, dass nichts in seinem eigenen Gesicht dem anderen verriet, wie sehr es ihn freute, in den aufgerissenen Augen auf die Bestätigung seiner Hypothese zu stoßen. Genauso wenig verriet seine Stimme, dass der nächste Satz ein Schuss ins Blaue war.

«Du kannst ruhig anfangen, es zu leugnen. Es wird dir nichts helfen, weil wir zwei Zeugen haben, die dich gesehen haben und dich identifizieren können.»

Natürlich leugnete Vendrell. Mehrmals, er wiederholte es oder suchte nach neuen Formulierungen, während Castro immer nur dasselbe sagte: «Nicht nur ein Zeuge, zwei.» Er hob jedes Mal erst den Zeige-, darauf den Mittelfinger.

Bis Vendrell es müde war, immer wieder dasselbe zu sagen, und den Ton wechselte: «Und warum sollte ich diese Ana Martí töten wollen?»

«Das war meine Frage.»

Vendrell streckte die Hand aus. «Könnte ich eine Zigarette haben?»

«Wird es dir helfen, meine Frage zu beantworten?»

Vendrell verschränkte die Arme. Schweigend saßen sie einander gegenüber. Castro war sich sicher, dass der Moment Vendrell länger vorkam als ihm. Er rutschte auf dem unbequemen Holzstuhl herum, während er selbst sich kaum bewegte. Vermutlich wog Vendrell ab, welche Vorteile es ihm brachte, weiterhin zu schweigen. Castro vertraute darauf, dass ihn eine innere Stimme an das Sprichwort erinnerte: «Wer schweigt, stimmt zu.»

Ob es nun die Volksweisheit oder der harte Stuhl war, jedenfalls brach Vendrell sein Schweigen und fragte angriffslustig: «Wo haben Sie die zwei Zeugen denn her? Bestimmt haben Sie die gekauft.»

Castro stellte zufrieden fest, dass die Strategie des Häftlings sich geändert hatte: Er leugnete nicht mehr, was ihm zur Last gelegt wurde, sondern zog die Beweise in Zweifel.

«Für wen hältst du dich, um so etwas zu behaupten? Willst du noch eine Anzeige wegen Beamtenbeleidigung?»

Weit davon entfernt, ihn einzuschüchtern, schien diese letzte Drohung Vendrell Mut zu machen.

«So weit wird es mit uns nicht kommen.»

Der Plural gefiel Castro überhaupt nicht.

«Inspektor, Sie haben mich hier schon mal ohne Grund festgehalten und mussten mich gehen lassen. Verplempern Sie nicht Ihre Zeit, man wird mich hier wieder rausholen. Ich habe gute Freunde, mächtige Freunde.»

«Wer immer deine ach so bedeutenden Freunde sind, sie können es gern versuchen. Aber diesmal wirst du wegen Mordversuchs belangt.»

«Und was haben Sie in der Hand? Sie sagen, dass es zwei Zeugen gibt, die gesehen haben wollen, wie ich angeblich diese Frau an der Plaza de España gestoßen habe.»

«Woher weißt du, dass es an der Plaza de España war?»

Vendrell konnte nicht verhindern, dass er zusammenzuckte, aber er hatte sich schnell wieder im Griff, schnalzte mit der Zunge und grinste.

«Inspektor, jetzt kommen Sie mir nicht mit der alten Kamelle aus irgendwelchen Krimis. Einer Ihrer Männer hat es mir gesagt.»

«Das bezweifle ich.»

«Idioten gibt es überall.»

Er war sicher, dass keiner seiner Männer geredet hatte, doch Vendrells Selbstgewissheit machte ihm klar, wie dünn seine Anklage war. Sie hatten ihn erwischt, als er Ana Martí verfolgte, er hatte sich den Patzer mit dem Namen der Metrostation geleistet. Dazu zwei nicht existierende Zeugen. Der Anwalt, den ihm seine unbekannten mächtigen Freunde wahrscheinlich schicken würden, würde alles mit Leichtigkeit zerpflücken. Vendrell fühlte sich sicher. Selbst wenn sie ihn windelweich schlügen, würden sie ihn zu keinem Geständnis bringen. Daher zog Castro in diesem Spiel, das von Anfang an mit gezinkten Karten gespielt wurde, sein Ass aus dem Ärmel.

«Ja, Idioten gibt es überall. Was es nicht überall gibt, sind nette kleine Päckchen, so interessant wie das, das unsere Leute, Idioten hin oder her, bei der Durchsuchung deiner Wohnung gefunden haben. Mal sehen, wo ist es denn gleich?» Er gab vor, in den Schreibtischschubladen danach zu kramen. «Ah, hier.»

Er zeigte ihm das Drogenpäckchen.

«Was soll das sein? Egal, was es ist, es gehört nicht mir.»

«Dafür, dass es nicht dir gehört, hast du es gut versteckt. Ich weiß nicht, wie du es hältst, ich für meinen Fall hebe keine fremden Sachen unter meiner Matratze auf.»

«Das kannst du bei einem anderen versuchen. Du wirst mich nicht mit getürkten Beweisen einlochen. Das habt ihr mir untergeschoben.»

«Jetzt hast du wirklich einen Haupttreffer gelandet. Du bist gerade dabei, die makellosen Personalakten der drei Beamten, die die Durchsuchung vorgenommen haben, zu besudeln.»

Vendrell wedelte mit seinen dünnen Armen.

«Makellos! Dass ich nicht lache!» Er stand auf. «Du kannst mir nichts nachweisen, also schiebst du mir falsche Beweise unter.»

«Wer hat dir erlaubt, mich zu duzen? Setz dich.»

«Das lass ich nicht zu!»

«Setz dich!»

«Sie haben keine Ahnung, mit wem Sie es zu tun haben.»

Castro stand auf. Ohne hinter dem Schreibtisch hervorzukommen, sagte er: «Und du hast keine Ahnung, womit du es hier zu tun hast. Drogenhandel mit deinem Komplizen, dem amerikanischen Matrosen Chuck Kingsley. Du sollst dich setzen.»

«Wer soll das sein?» Vendrell ließ die Arme zur Seite fallen und blickte ihn an.

Castro beugte sich einige Zentimeter vor, und bevor Vendrell eine Hand rühren konnte, verpasste er ihm eine Ohrfeige, die ihn taumeln ließ.

«Was hast du bloß für ein Namensgedächtnis! Chuck Kingsley, der Hauptverdächtige im Mordfall Antonio Vázquez. Und ob du den kennst.»

Vendrell nickte, während er sich das Gesicht rieb.

«Was ist? Setzt du dich endlich?»

Er setzte sich.

«Wie du siehst, wird es dein wunderbarer Anwalt nicht leichthaben. Drogenhandel, Beihilfe zum Mord, ein Mordversuch … Soll ich fortfahren?»

Der andere sah ihn grimmig an.

«Sie brauchen nicht weiterzureden. Ich werde es auch nicht tun.»

Von diesem Moment an machte Vendrell den Mund nicht mehr auf. Als Castro es satthatte, ihn unter Druck zu setzen, befahl er, ihn in die Zelle zurückbringen zu lassen. Er war erleichtert, weil er ihn drangekriegt hatte. Zufrieden? Nein, zufrieden war er nicht. Es war ein Notbehelf, keine saubere Lösung.

28

Sie tigerte über den Flur, als könnte sie damit das Telefon zum Klingeln bringen. Zweimal hob sie den Hörer, um die Telefonverbindung zu überprüfen. Luisa seufzte voller Rührung, als sie ihre Nervosität bemerkte, denn sie nahm an, dass Ana auf einen Anruf von Lawrence wartete. Beatriz hingegen wusste, dass die Person, deren Stimme sie so unbedingt hören wollte, keinerlei romantische Gefühle in Ana weckte.

Endlich klingelte der Apparat. Die drei Frauen eilten in den Flur, Luisa aus der Küche, Beatriz aus der Bibliothek, Ana aus ihrem Arbeitszimmer. Luisa, die am nächsten dran war, reichte den Hörer enttäuscht Ana, die den weitesten Weg hatte. Sie hielt die Hand über das Mikrophon und sagte: «Es ist dieser strenge Inspektor, Castro.»

Dann kehrte sie in die Küche zurück und schaltete das Radio ein. Beatriz blieb neben ihr stehen, und Ana war ihr dankbar dafür.

Castro erzählte, dass sie José Vendrell verhaftet hatten, der sie am Tag zuvor verfolgt hatte.

«Warum?»

«Ich habe den Verdacht, dass Vendrell Kingsleys Komplize bei einer Drogensache war. Und er hatte Angst, dass Sie etwas wissen, das ihn verraten könnte.»

Ana schwieg, schließlich fragte sie: «War er derjenige, der versucht hat, mich zu töten?»

«Davon gehe ich aus.»

«Er hat es also nicht zugegeben?»

«Nein. Er leugnet alles.»

«Aber haben Sie einen Beweis dafür, dass er es war?»

«Sie scheinen nicht sehr überzeugt zu sein.»

«Ich weiß nicht, was ich davon halten soll.»

«Sie können jetzt erst mal beruhigt sein. Vendrell ist hinter Schloss und Riegel, und ich kann Ihnen versichern, dass es lange dauern wird, bis er wieder auf der Straße herumlaufen darf. Dafür werde ich persönlich sorgen.»

Ana kannte Castros Methoden und wusste, wie er es schaffte, dass seine Verdächtigen schließlich aussagten, was er wollte.

«Was ist also passiert?»

«Sicher weiß ich es nicht. Ich erzähle Ihnen, was ich vermute. Wie Sie herausgefunden haben, handelte Kingsley mit Drogen. Falls andere amerikanische Matrosen daran beteiligt sind, ist es Sache der amerikanischen Militärpolizei, das aufzudecken. Für die Geschäfte in der Stadt hatte er Vendrell als Partner.»

«Und Antonio Vázquez? Warum wurde er getötet?»

«Da kann ich nur spekulieren.»

Nach allem, was sie über den Fall wusste, konnte sie es sich ungefähr vorstellen. Bevor er ihr seine Theorie erklärte, zögerte Castro einen Moment, und in das Schweigen drangen die überzuckerten Stimmen aus Luisas Radioserie. Plötzlich wünschte sich Ana glühend, dass Antonio Vázquez nicht das unschuldige Opfer der Geldgier seines Kajütengenossen sein möge. Dass er nicht getötet worden war, weil ihm seine Ehrlichkeit nicht erlaubt hatte, Stillschweigen über Kingsleys schmutzige Geschäfte zu bewahren. Dass er auch nicht gestorben war, weil er sich daran beteiligt hatte, um seine Heirat zu finanzieren. Sie hoffte, dass Castro ihr sagen würde, Vázquez sei einer von vielen im Netzwerk der Drogenhändler, sein Tod sei Folge eines Streits zwischen Verbrechern, er hätte Kingsley umgebracht, wenn dieser ihn nicht zuvor getötet hätte. Was sie wollte, war eine miese und schmutzige Geschichte, kein Melodram wie in den Groschenromanen ihres Vaters. Castro enttäuschte sie nicht. Unter allen möglichen Kombinationen von Ursache und Wirkung wählte er die erbärmlichste, die vermutlich am ehesten der geringen Meinung entsprach, die Castro von der Menschheit hatte.

«Wir wissen, dass Vázquez Geld brauchte, weil er heiraten wollte, und dass er sich ein paar Peseten extra mit dem Verkauf von Zigaretten verdient hat. Doch das war anscheinend nicht genug. Er wusste mit Sicherheit von den Geschäften seines Kajütengenossen. Einer der schwarzen Matrosen hat uns erzählt, dass er während seiner Ausbildung in Puerto Rico seinen besten Freund verleugnet hat, weil er schwarz war und er selbst als Weißer gelten wollte. Daher können wir wohl von einem eher schwachen Charakter ausgehen. Es würde mich nicht wundern, wenn er versucht hätte, Kingsley zu erpressen. Der hat Vendrell gewarnt, und Vendrell hat beschlossen, ihn aus dem Weg zu räumen.»

In der Tat, was Castro anbot, war eine schäbige Theorie, voller Verachtung für verachtenswerte Menschen mit verachtenswerten Motiven.

«Ich bin Ihnen sehr dankbar, Señorita, für all Ihre Hilfe bei diesem Fall.» Er machte eine Pause, vielleicht weil er, so hoffte Ana zumindest, den Dank nicht mit dem anschließenden Befehl vermengen wollte. «Ihnen ist doch klar, dass Sie darüber keine einzige Zeile schreiben dürfen, oder?»

«Ja, sicher.»

«Ich habe es Ihnen von Anfang an gesagt.»

«Es ist nicht nötig, dass Sie es wiederholen, Inspektor. Ich habe gewusst, worauf ich mich einlasse», antwortete sie entschieden. Sie wollte nicht den geringsten Zweifel daran lassen, dass sie die Spielregeln kannte und respektierte, dass sie nie mit dem Gedanken an eine Veröffentlichung gespielt hatte.

Beatriz neben ihr folgte dem Gespräch, Ana hatte den Hörer ein wenig von ihrem Ohr entfernt gehalten, damit ihre Cousine mithören konnte.

Als sie sich von Castro verabschiedet hatte, fragte Beatriz: «Wird er dich für die Übersetzung bezahlen?»

«Nicht mit Geld. Wahrscheinlich mit einer Exklusivinformation. Irgendwann. Castro schuldet mir jetzt etwas.»

* * *

Der Oktober war finanziell gesehen ein schlechter Monat gewesen: wenig bezahlte Arbeit, nur der Bericht über den Taximörder für *El Caso* und ein paar kleinere Artikel für *Mujer Actual*. Nicht einmal Muñarriz' Angebot, unter einem Pseudonym doch noch die Reportage über das Internat zu schreiben, würde den Monat retten.

Die kurze Meldung über den Selbstmord der Näherin war weggefallen. Ob der Grund die Zensur oder der Druck von Engracia Gómez de Urquiza war, hatte ihr Rubio nicht gesagt, aber sie vermutete Letzteres. Die Zensur war etwas Alltägliches, es gab keinen Grund, sich zu schämen, wenn ein Text gestrichen oder verstümmelt wurde. Ihr Chef kannte die Denkweise der Zensoren, der staatlichen wie der kirchlichen, trotzdem gab es immer wieder Überraschungen: Manchmal ging ein Text durch, den Rubio und sie fast verloren gegeben hatten, dann wieder verboten sie einen vollkommen harmlosen. Rubio versuchte stets, ihre Beweggründe zu erraten. Er entwickelte Theorien, um die Entscheidung des Zensors zu erklären: War es vielleicht dieses oder jenes Wort? Das Adjektiv «rot»? Hatte der Ton missfallen? Rubio suchte, was sich zwischen den Zeilen verbarg, ganz so, als hätte er im Laufe der Jahre vergessen, dass das Problem nicht im Text steckte, sondern im kranken Geist des Zensors. Doch diesmal hatte es keine wilden Spekulationen über ein Verbot gegeben, daher hatte sich wohl eine andere Stimme erhoben und das Erscheinen des Artikels verhindert.

Ana nahm an, dass diese Stimme, die den Artikel für *El Caso* zu Fall gebracht hatte und auch die Reportage für *Mujer Actual* hatte verhindern wollen, keine Schwierigkeit damit hatte, ihre Meinung zu ändern.

«Die Damen von der Schwesternschaft haben es sich überlegt», hatte Muñárriz gesagt. «Sie wünschen, dass wir die Reportage doch veröffentlichen. Ohne deinen Namen. Und sie hätten gern, dass die Fotos erscheinen, die der englische Fotograf gemacht hat», sagte er ihr, während sie in der Redaktion der Zeitschrift Kaffee tranken.

Die Blumen, die er ihr gesandt hatte, Beatriz' Anruf auf Französisch und ein langes Gespräch in der Redaktion hatten sie miteinander versöhnt. Ana und Muñárriz, nicht Ana und ihre Arbeit. Ihr Chef hatte diesen Moment mit der etwas steifen Freude gefeiert, die die Protagonisten eines gesetzten Romans aus dem 19. Jahrhundert bei einem Wiedersehen an den Tag legen. Er hatte ihr nicht nur angeboten, einige Artikel unter Pseudonym zu schreiben, bis die Situation sich beruhigte, sondern auch, ihre Berichte aus dem Gesellschaftsleben unter ihrem Namen weiterzuschreiben.

Während ihrer freundlichen Plauderei hatte sie ihm nicht

sagen wollen, dass der unangenehme Zwischenfall mit der Goméz de Urquiza ihr klargemacht hatte, dass sie es satthatte, dass dies nicht die Art von Journalismus war, die sie machen wollte, auch wenn sie so sehr dafür hatte kämpfen müssen. Sie hatte nur gesagt, ja, ja, alles wäre für sie in Ordnung. Sie brauchte Zeit, um eine Alternative für sich zu finden.

«Ich werde Señor Roberts fragen», hatte sie hinzugefügt und ihrer Beziehung zu Lawrence einen professionellen Anstrich gegeben. «Es sind seine Fotos. Er muss entscheiden. Ich denke, dass sie ihn sehr schlecht behandelt haben.»

«Versuch es. Es sieht so aus, als hätte Señora Gómez de Urquiza erfahren, dass er in sehr bekannten Zeitschriften veröffentlicht hat, und jetzt ist sie ganz erpicht darauf.»

«Diese heimtückische, eingebildete Ziege!»

«Aneta!» Muñárriz lachte schallend.

«Ich habe sie für dich gemacht, für deine Reportage. Sie gehören dir, wenn du willst», war Lawrence' Antwort, als sie ihn nach den Fotos fragte.

«Hast du sie schon entwickelt?»

«Sicher. Ich kann sie heute Nachmittag vorbeibringen.»

29

Und als du dieses Foto gemacht hat, ist die Nonne auf dich zugekommen?»

«Wie eine Furie. Ich weiß nicht, warum.»

«Was hat sie dir denn gesagt?»

Lawrence versuchte, sich zu erinnern. Er blickte zur Seite, zu einem der Fenster in der Bibliothek. Ana und Beatriz saßen ihm gegenüber und warteten schweigend.

«Was ich dort täte, wer mir die Erlaubnis gegeben hätte. Ich habe geantwortet, dass ich nicht gewusst hätte, dass man eine besondere Erlaubnis braucht, um die Fassade zu fotografieren, und sie hat gesagt, dass ich keine Manieren hätte. Aber ich versichere euch, dass ich sehr höflich war.»

«Und das Mädchen?»

«Als ich wieder hingeschaut habe, war sie verschwunden. Glücklicherweise hatte ich die Aufnahmen da schon gemacht. Ich glaube, die Nonne dachte das auch, denn sie hat die Kamera wütend angestarrt, und ihre Hände haben so ausgesehen» – Lawrence' Finger krümmten sich zu Krallen –, «einen Moment lang habe ich gedacht, dass sie mir den Apparat wegreißt.»

Er blickte wieder auf das Foto.

Ein Mosaik aus zerbrochenen Fliesen umgab das Fenster, ein buntes *Trencadís* inmitten einer nüchternen, düsteren Fassade. Als hätte der Architekt einen kurzen, aber heftigen modernistischen Ausbruch gehabt, bevor er wieder zu streng geometrischen Formen zurückgefunden hatte. Zweifellos hatte Lawrence es deswegen fotografiert. Und wegen der jungen Frau, die aus dem Fenster schaute. Er hatte zwei Aufnahmen gemacht. Auf der ersten hatte die Frau, leicht im Profil, den Fotografen noch nicht bemerkt. Auf der zweiten schon. Sie sah ihn direkt an, das Gesicht umrahmt von offenem Haar, das ihr bis zu den Schultern reichte.

«Es ist Jacinta …»

«Wer ist Jacinta?», fragte Beatriz.

«Eine der Näherinnen aus der Werkstatt von Aurora Peiró. Eine der Kolleginnen des Mädchens, das Selbstmord begangen hat.»

«Aber das Gebäude hier ist das Internat in Esplugas, wo du vor ein paar Tagen warst, oder?», fragte Beatriz, ohne den Blick von dem Bild zu wenden.

«So ist es. Was sie dort wohl gemacht hat?»

«Die Kinder sind dort untergebracht.»

«Ja, sicher, aber sie dürfen sie nur am Wochenende besuchen. Und Aurora Peiró sagte mir, dass Jacinta bei Verwandten zu Besuch sei, weil Elenas Tod ihr sehr naheging.»

«Vielleicht ist ihr Kind krank geworden», fügte Beatriz etwas zerstreut hinzu. Es war offensichtlich, dass sie nicht verstand, warum Ana das Foto so sehr interessierte.

«Das ist es! Die Kinder. Irgendetwas ist mit den Kindern. Als ich zum ersten Mal im Nähatelier war, wollte Jacinta mir etwas über die Kinder sagen, aber Aurora ließ sie nicht ausreden.»

Beatriz' Miene war skeptisch.

«Eins der Kinder, das du fotografiert hast, Lawrence, hat gesagt, dass Jacinta böse gewesen sei und deshalb ihr Kind krank geworden sei.» Ana griff nach dem Bild, auf dem die Kinder der Näherinnen zu sehen waren.

«Die vier hier sind die Kinder der Mädchen aus dem Nähatelier.» Sie deutete mit dem Finger auf sie. «Die Tochter von María Jesús, Milas Tochter, die von Juana. Sogar Elenas Sohn ist da.» Sie schauten das lächelnde Kind an. «Es fehlt Jacintas Kind. Und dann die seltsame Reaktion der Schulleiterin.»

«Vielleicht bis du in einen verbotenen Bereich eingedrungen, Lawrence, wie die Schlafsäle der Nonnen beispielsweise», sagte Beatriz.

«Nein, ich war draußen und habe den hinteren Teil des Gebäudes fotografiert, als sie mich überrascht hat. Und so zornig wurde. Warum sollte es sie beunruhigen, dass das Mädchen auf dem Foto zu sehen ist?», fragte er.

«Das Einzige, was mir einfällt, ist, dass sie nicht dort sein sollte», bemerkte Beatriz.

«Genau. Weil Jacinta eigentlich ihre Verwandten besuchen sollte.»

Ana sah die Fotos nacheinander an. Das Gebäude, die Nonnen, der Hof mit den turnenden Schülern, die Kinder der Näherinnen, die Klassenräume mit den aufgereihten Holzpulten, der Speisesaal, die Tafel mit der Kreideinschrift «Iss und schweig».

«Das alles ist sehr undurchsichtig, ich kann nicht sagen, was dahintersteckt. Ich sehe nur viele kleine Lügen, deren Zweck ich nicht durchschaue.»

Alles deutete darauf hin, dass irgendetwas im Kinderheim und im Nähatelier nicht stimmte.

Ana erinnerte sich an den Tumult in Schwester Martas Büros und an das Verhalten der Nonne. Und an die Blicke, Martas und Auroras Blicke, in denen ohne Zweifel Wut, aber auch Angst gelegen hatte.

«Wovor haben sie Angst?»

«Offenkundig davor, dass wir gesehen haben, dass die junge Frau im Internat und nicht bei ihrer Familie war, wie man dir gesagt hat.»

«Aber wieso? Gut, es war eine Lüge, aber doch eine belanglose. Sie hätten einfach sagen können, dass sie sich im Heim um ihr krankes Kind kümmert.»

«Belanglos für uns», bemerkte Beatriz. «Weil wir nur einen Teil sehen, doch die Nonne und die Damen sehen mehr, und vielleicht glauben sie, dass andere ebenfalls entdecken könnten, was ihrer Ansicht nach besser nicht ans Licht kommen sollte.»

Ana versuchte, sich an ein Detail zu erinnern, das ihr sagen würde, warum das Foto so gefährlich schien. Sie kam jedes Mal auf dasselbe: Jacinta hatte ihr etwas über die Kinder erzählen wollen, etwas, das vielleicht mit den Kindern im Heim passierte.

«Wir können nicht ohne weiteres dorthin zurückkehren», entgegnete Lawrence, als sie ihm ihre Vermutung erklärte.

«Und im Nähatelier werden sie mir ebenfalls die Tür vor der Nase zuschlagen.»

«Mich werden sie auch wiedererkennen», sagte Lawrence. «Die Besitzerin war im Internat dabei und erinnert sich bestimmt an mich.»

«Aber mich kennen sie nicht.»

Ana drehte sich zu Beatriz um. In ihren Augen lag ein Funkeln, das Ana lange vermisst hatte.

Beatriz erhob sich und betrachtete mit gespieltem Widerwillen ihre Kleidung: den knielangen grauen Rock, die dunkle Bluse, die marineblaue Strickjacke.

«Vielleicht ist es an der Zeit, meine Garderobe zu erneuern.»

«Aber Beatriz …»

«Ich meine es ernst. Ich brauche etwas Neues für … für …

na gut, das ist nicht so wichtig. Jedenfalls brauche ich etwas Neues.»

Ana war nicht ganz überzeugt, Lawrence hingegen stimmte entschieden zu. «Es passt perfekt.»

Er hatte recht. Beatriz mit ihren gewählten Umgangsformen, ihrer Art zu reden, selbst mit ihrer Frankophilie war die perfekte Kundin für das Nähatelier. Doch sie musste sie ein wenig vorbereiten, denn eine Modeexpertin war Beatriz nun nicht.

«Wir müssen uns etwas Gutes ausdenken. Was sollen sie dir nähen?»

«Ein Kostüm, eine Bluse und ein Kleid für eine Reise nach Paris.»

«Vielleicht besser nur eine Sache.»

«Dann ein Kleid. Für Paris.»

Ana begann, ihr Anweisungen zu geben. Gemeinsam wählten sie ein paar gute Stücke aus Beatriz' schon in die Jahre gekommener Garderobe aus.

«Aurora hat ein gutes Auge, sie wird sofort sehen, dass die Sachen hier von bester Qualität sind, etwas aus der Mode, aber teuer.» Sie fügte bewundernd hinzu: «Und sie stehen dir sehr gut.»

«Vielleicht stehen sie mir ja zu gut», scherzte Beatriz. «Und am Ende ist es einer der Läden, wo sich in der Anprobe eine Klappe unter deinen Füßen öffnet und du in einem türkischen Harem endest.»

Ana lachte herzlich, vor allem, weil es sie freute, Beatriz so gut gelaunt zu sehen.

«Das ist nicht dort, es soll in einem Wäschegeschäft in der Calle Pelayo passieren.»

Lawrence hörte ihnen beunruhigt zu, sowohl wegen ihres

Vorhabens, wenngleich es nicht allzu riskant schien, als auch, weil er nicht ganz verstand, worüber sie redeten. Wenig später streifte sich Beatriz vor Anas, Lawrence' und auch Luisas bewundernden Blicken ein Paar feine Handschuhe über, nahm eine Handtasche und verließ das Haus.

Von der Wohnungstür aus lauschten sie dem festen, rhythmischen Klappern ihrer Absätze, während sie die Treppe hinunterging.

«Doña Beatriz, wie elegant Sie aussehen! Wohin des Weges?»

«Guten Abend, Jesús. Hören Sie auf, ständig diese eine Fliese zu fegen, sie wird davon stumpf.»

* * *

Die Tür war verschlossen. Ana hatte ihr erzählt, dass sie bei ihren ersten beiden Besuchen im Nähatelier hineingegangen war, ohne zu klingeln, und die Tür erst nach dem Zwischenfall im Internat abgeschlossen gewesen war. Beatriz kontrollierte den Sitz ihrer Kleidung im Spiegelbild des Türglases. Eine Hand erschien und schob eine der Scheibengardinen hoch. Sie blickte in das Gesicht einer reifen Frau, die nach einem kurzen Blick auf sie rasch die Tür mit zuvorkommendem Lächeln öffnete und sich als Aurora Peiró vorstellte.

Anas Beschreibung der Örtlichkeit war so präzise gewesen, dass Beatriz beim Eintritt in den Laden das Gefühl hatte, schon einmal dort gewesen zu sein. Die kleine Theke und die fünf Nähmaschinen. Nur drei Mädchen. Aber sie durfte nicht voreilig sein und zu früh Fragen stellen. Daher erklärte sie sehr umständlich, was sie brauchte.

«Mit vielen Einzelheiten, manche widersprüchlich», hatte

Ana ihr eingeschärft, da sie genau wusste, wie sehr Beatriz Ungenauigkeiten hasste.

Aurora Peiró führte sie in den Bereich, in dem sich die kleinen Sessel befanden, und es folgten einige Minuten unverbindlicher Plauderei, während derer Beatriz die Namen zweier «Freundinnen» fallenließ, die ihr angeblich das Nähatelier empfohlen hatten, beide waren selbstverständlich Mitglieder der Schwesternschaft. Danach zeigte Aurora ihr Fotos und Modelle. Beatriz folgte Anas Rat: «Nimm dir viel Zeit, so kannst du in Ruhe Beobachtungen machen.»

Daher verwandelte sie sich in die personifizierte Unentschiedenheit.

«Oh! Ich weiß nicht, ich weiß nicht. Sie gefallen mir alle so gut!»

Ein Telefonläuten ertönte, während sie schon den zweiten Katalog durchblätterten, den Aurora herangebracht hatte. Die Schneiderin entschuldigte sich und steuerte auf einen Raum zu, der Anas Beschreibung zufolge das Stofflager sein musste.

Sie stand ebenfalls auf. Sie wusste, dass es Unsinn war, doch als Erstes inspizierte sie den Fußboden in den beiden Anprobekabinen. Mit der Schuhspitze schob sie den Perserteppich zur Seite und stellte fest, dass darunter keine Falle verborgen war. Dann wandte sie sich in Richtung Lager und hörte, wie Aurora Peirós Stimme einen Termin für eine zweite Anprobe vereinbarte, doch sehen konnte sie sie nicht. Der Apparat musste in einer Nische neben der Treppe zur Wohnung stehen. Beatriz ging langsam auf den vorderen Teil des Ateliers zu. Zwei Mädchen saßen immer noch an den Nähmaschinen. Das dritte bügelte und grüßte sie mit einem Kopfnicken. Beatriz trat zu ihr, um das Kleidungsstück zu betrachten.

«Wie hübsch! Sehr raffiniert.»

«Danke, Señora.»

«Welche von euch ist Jacinta?», fragte Beatriz in etwas kindlichem Ton.

Die beiden Nähmaschinen setzten gleichzeitig aus. Nur eine nahm die Arbeit wieder auf, wenn auch zögerlich. Von der anderen tönte eine Stimme: «Jacinta ist nicht da.»

Das musste Mila sein. Beatriz machte eine enttäuschte Geste, die einer verwöhnten Zehnjährigen würdig gewesen wäre.

«Wie schade! Tita Pons hat mir wahre Wunderdinge von ihr erzählt. Wann kommt sie denn zurück?»

«Das wird noch ein bisschen dauern, sie ist krank», sagte die junge Frau am Bügelbrett, ohne sie anzuschauen, den Blick auf den Blusenärmel gerichtet.

Beatriz verzog kurz unwillig den Mund und machte dann eine wegwerfende Handbewegung. «Gut, dass macht nichts. Ihr näht bestimmt auch ganz hervorragend. Und das Kleid kann nicht warten. Paris kann nicht warten.»

Ihre eigene Vorstellung begann, ihr Spaß zu machen, aber sie durfte nicht übertreiben. Sie kehrte in die Anprobe zurück. Dort fand sie Aurora Peiró in einer französischen Modezeitschrift blätternd.

«Ich habe schon eines gefunden», sagte sie und deutete auf eines der Modelle.

«Sehr schön. Eine ausgezeichnete Wahl.»

Der nächste Schritt, die Wahl des Stoffes, dauerte noch länger. Hier musste Beatriz keine Unentschiedenheit vortäuschen, Aurora Peiró schien entschlossen, ihr reichhaltiges Lager vorzuführen. Mit echtem Vergnügen breitete sie Stoffe vor ihr aus, nahm sie zwischen Daumen und Zeigefinger, zeigte sie im Licht des kleinen Innenhofs mit den fünf an der Wand aufgereihten Rohrstühlen. Die Sprachwissenschaftlerin in Beatriz erfreute sich an den präzisen Begriffen, die Stoffe, Farben und Muster bezeichneten, und so war sie aufrichtig, als sie zu Aurora Peiró sagte: «Ich bin überwältigt. Ich weiß nicht, was ich nehmen soll. Geben Sie mir einen Rat.»

«Lassen Sie mich nachdenken und gehen Sie inzwischen in den Anproberaum, damit eines der Mädchen Ihre Maße nehmen kann.»

Aurora Peiró bat Juana, mit dem Bügeln aufzuhören und sich um die Kundin zu kümmern. Kurz darauf erschien das Mädchen mit einem Notizheft, einem Bleistift und einem Maßband. Während die junge Frau ihre Maße aufnahm, bewegte sich Beatriz nach ihren Anweisungen und lauschte dabei auf die Geräusche aus der Werkstatt. Maschinengeratter und das Tuscheln der beiden anderen jungen Frauen. Wieder klingelte das Telefon. Aurora Peirós Stimme klang anders, als sie diesen Anruf entgegennahm. Beatriz fragte nach den Waschräumen.

«Finden Sie es allein?»

«Aber sicher, Sie brauchen mich nicht zu begleiten.»

Die junge Frau machte sich daran, ihre Notizen zu überprüfen.

Beatriz näherte sich auf Zehenspitzen. Von der Nische aus, in der das Telefon stand, konnte Aurora Peiró sie nicht sehen. Falls sie sie doch entdecken sollte, konnte sie immer noch behaupten, dass sie die Toilette suche. Die Schneiderin sprach leise, aber entschieden.

«Nein, ich habe Ihnen doch bereits gesagt, die Rothaarige ist nicht da, es kommt die Blonde. Ja, um neun.»

Beatriz kehrte rasch in den Anproberaum zurück.

30

Am Abend betrat Beatriz unter den gekränkten Blicken von Jesús, dem Hausmeister, das Haus, mit einem Geldumschlag in der Tasche und einem unguten Gefühl in der Magengrube, das sich verstärkte, als sie die Wohnungstür öffnete und feststellte, dass Anas Schlüssel nicht in der Schale lagen, in der sie sie üblicherweise ablegte. Während sie in ihr Arbeitszimmer ging, um den Umschlag mit dem Honorar zu verstauen, das ihr Palaus Erben für Sichtung und Taxierung der Hinterlassenschaft gezahlt hatten, rief sie nach ihrer Cousine. Luisa kam aus der Küche und bestätigte ihre Befürchtungen:

«Señorita Ana ist vor einer Stunde aus dem Haus gegangen.»

«Hat sie dir gesagt, wohin?»

«Nein, aber sie hat die Autoschlüssel mitgenommen.»

Also hatte Ana den alten Hispano-Suiza ausfahren wollen. Beatriz war beruhigt. Wenn auch nicht ganz. Sie kannte Ana gut genug, um zu wissen, dass der Bericht über ihre Nachforschungen im Nähatelier ihrer Cousine keine Ruhe lassen würde, bis sie herausgefunden hätte, was dort tatsächlich vor sich ging.

Sie setzte sich an ihren Schreibtisch und versuchte, weiter an ihrem Text zu arbeiten. Den Schlusspunkt zu setzen war etwas, was sie herbeisehnte und zugleich herauszögerte, denn wenn das Buch fertig war, würde der Moment gekommen sein, an dem sie Ana ihre Pläne mitteilen musste, ihr sagen musste, dass sie wirklich neue Kleider brauchte und sie sich, wenn auch wohl nicht im Nähatelier von Aurora Peiró, ein Kleid schneidern lassen würde, um es in Paris zu tragen. Sie schaffte zwei Absätze. Zwei Absätze näher daran, dachte sie.

Zwei Absätze, die sie würde streichen müssen. Unkonzentriert geschrieben, zerstreut, weil sie nicht aufhören konnte, sich über Anas Abwesenheit den Kopf zu zerbrechen. Warum wollte sie ausgerechnet heute das Auto bewegen? Mehr als einmal hatte der Garagenbesitzer sie darauf aufmerksam gemacht, dass es «Zeit für eine kleine Spazierfahrt» war, und er hatte sogar angeboten, das Auto selbst auszufahren. Daher konnte sie nicht glauben, dass Ana das Haus deswegen verlassen hatte. Vermutlich hatte sie das Auto für etwas anderes gebraucht.

Die Türklingel riss sie aus ihren Grübeleien. Luisa öffnete und erschien wenig später in der Begleitung von Lawrence in ihrem Arbeitszimmer.

«Wo ist Ana?»

***

«Ich musste mich wirklich zusammenreißen», hatte Beatriz ihnen nach ihrer Rückkehr aus dem Nähatelier erklärt, «um nicht aus meiner Rolle zu fallen und sofort nach Hause zu laufen, um es euch zu erzählen.»

Sie hatte sich die nötige Zeit genommen, um den Stoff zu begutachten, den Aurora ihr zeigte, sie hatte es ausgehalten, Entscheidungen bezüglich kleiner, offenbar wichtiger Details zu treffen.

«Während mir schon die Füße kribbelten, habe ich Knöpfchen für den Kragen ausgewählt.»

Beatriz hatte die ganze Zeit über schnell erzählt und sich

auf diese Weise für die nervenaufreibende Langsamkeit entschädigt, die sie hatte vorspielen müssen. Ana hatte ihr zugehört, da der Sieg über die eigene Ungeduld ein Teil von Beatriz' Heldentat war, doch währenddessen hatte sie ständig über dieses «Die Rothaarige ist nicht da, es kommt die Blonde» gegrübelt.

Die Schlussfolgerung lag auf der Hand. Sie war so ungeheuerlich, dass ein Teil von ihr sich weigerte, daran zu glauben. Sie erinnerte sich daran, wie gütig und mütterlich Aurora den Mädchen gegenüber auftrat, wie sie sie nach Elenas Tod getröstet hatte, wie sie ihr erklärt hatte, «wir geben ihnen eine Ausbildung, eine neue Chance». Ein Teil von Ana hatte verzweifelt nach einem Zusammenhang gesucht, in dem «Die Rothaarige ist nicht da, es kommt die Blonde» nicht das bedeutete, was Beatriz sofort angenommen hatte, was auch Lawrence sofort verstanden hatte. «Vielleicht eine Stammkundin, die sich nicht an die Namen der Mädchen erinnert und sie nach ihrer Haarfarbe unterscheidet», spekulierte sie, ohne sich von den skeptischen Blicken der beiden anderen entmutigen zu lassen. «Und die junge Frau soll etwas ausliefern.»

«Du möchtest, dass es sich so verhält, oder?», fragte Beatriz.

«Hoffentlich ist es so», sagte Lawrence und nahm ihre Hand.

«Ihr sollt mir nicht aus Mitleid recht geben», entgegnete Ana barsch und machte sich unwirsch los. Sie fühlte sich hilflos und war wütend über Beatriz' Entdeckung.

Lawrence nahm wieder ihre Hand. «Es ist gut.»

Danach hatten er und Beatriz nichts mehr gesagt. Alle Blicke lagen auf Lawrence' Hand, die Anas Hand hielt. Sie warteten darauf, dass sie sich beruhigte. Schließlich hatte sich ihre Stirn geglättet, und sie hatte gesagt: «Ich fürchte, ihr habt recht.»

«Dann sagst du der Polizei Bescheid?», fragte Beatriz.

Sie hatte gesagt, ja sicher, sie würde mit Castro sprechen. Und sie hatte es so nachdrücklich gesagt, dass die anderen beiden ihr geglaubt hatten. Aber sie dachte nicht daran, bei dem Inspektor vorstellig zu werden und ihm zu erzählen, dass ihre Cousine Beatriz zufälligerweise ein verdächtiges Gespräch in Aurora Peirós Nähatelier belauscht hatte. Sie konnte ihm noch nicht einmal sagen, dass es eigentlich kein Zufall war, weil etwas Merkwürdiges an diesem Ort vorging. Das Erste, was Castro ihr entgegnen würde, wäre, dass sie wieder einmal zu weit ging. Damit hätte er zweifellos recht. Aber wenn sie schon zu weit ging, dann wenigstens richtig. Es war besser, mit handfesten Beweisen zu kommen als mit einem zufällig aufgeschnappten Satz. Luft, sie hatte nichts als Luft.

Jetzt saß sie in Beatriz' Hispano-Suiza und beobachtete die Tür des Nähateliers vom Bürgersteig gegenüber. Ihr war nichts Besseres eingefallen, um den Eingang im Blick zu haben, ohne selbst gesehen zu werden. Da der teure alte Wagen auffiel, hatte sie sich auf die Rückbank gesetzt, auf der sie fremden Blicken weniger ausgesetzt war. Zudem hatte sie so geparkt, dass das Licht der Straßenlaternen lediglich auf den vorderen Wagenteil fiel und sie in der Dunkelheit verschwand. Um acht gingen die Lichter im Inneren des Ateliers aus, und die Fenster in der Wohnung der Näherinnen wurden hell.

Aurora hatte für María Jesús ein Treffen um neun ausgemacht. Die Blonde, um neun. Weil sie den Treffpunkt nicht kannte, hatte sie um sieben ihren Posten bezogen. Seit anderthalb Stunden saß sie nun schon im Auto. Ihre Füße waren eiskalt, und sie fröstelte. Da ihr sowohl das Prestige des Londoner Nebels als auch das schwermütige atlantische Grau Lissabons fehlten, besaß die Barceloneser Feuchtigkeit die Verschlagenheit eines zweitklassigen Ungeheuers und hatte alle möglichen Wege gefunden, um sie vor Kälte erstarren zu lassen, eine Lücke zwischen dem Jackenkragen und dem Nacken, ein lockerer Ärmel oder sogar die Knopflöcher.

Gegen halb neun öffnete sich die Tür des Nähateliers, und Ana sah María Jesús herauskommen. Die Näherin hatte kein Paket bei sich, es ging also nicht um eine Lieferung. Der Teil in ihr, der immer noch an eine harmlose Erklärung glauben wollte, gab sich geschlagen. Gleichwohl blieb noch ein winziger, trotziger Hoffnungsfunken. Vielleicht wollte sie etwas abholen.

Steif vor Kälte, begann Ana ihr mit einem gewissen Abstand zu folgen. Die junge Frau ging Richtung Paseo de Gracia, so rasch, wie es ihr die hochhackigen Schuhe erlaubten. Sie hastete an der schon geschlossenen Markthalle von Concepción vorbei, an der die letzten Arbeiter Kisten stapelten und den Boden von matschigen Gemüseresten reinigten. Beim Anblick der jungen Frau rief einer ihr eine obszöne Bemerkung nach, sie wandte nicht einmal den Kopf.

Er wiederholte seine Bemerkung, als Ana vorbeikam. Sie sah ihn ebenfalls nicht an und folgte der Näherin, den Blick auf ihren Rücken geheftet. Beim Konservatorium wandte sich María Jesús nach links. Ana beschleunigte ihren Schritt, um sie nicht zu verlieren. Sie bog um die Ecke und sah sie vor dem Eingang eines herrschaftlichen Hauses stehen, wenige Meter von einem geöffneten Fenster des Konservatoriums entfernt, hinter dem jemand auf einem Klavier wie besessen Tonleitern übte. Bevor die junge Frau die Klingel betätigte, rief Ana sie und nutzte ihre Verwirrung, um sie einzuholen.

María Jesús, mit dem Rücken am Metallgitter der Tür, blinzelte, als ob sie Ana mit einem Wimpernschlag zum Verschwinden bringen wollte. Als sie näher kam, stieß das Mädchen hervor: «Ich tue nichts Böses.»

«Ich habe nicht gesagt, dass …», begann Ana und streckte ihr eine Hand entgegen.

María Jesús wich der Berührung aus und glitt zur Seite, den Rücken immer noch am Türgitter. Ana trat einen Schritt zurück, um ihr nicht das Gefühl zu geben, in die Ecke gedrängt zu werden. Der Mantel der Näherin hatte sich geöffnet, und Ana sah, dass sie ein enges Kleid mit tiefem Ausschnitt trug. María Jesús bemerkte ihren Blick und zog den Mantel zu.

«Ich muss es tun … Sie zwingen mich dazu … Wenn sie mich mit Ihnen sehen …»

«Ich gehe nicht, bevor du mir erzählst, was los ist.»

«Ich werde erwartet.»

«Von wem? Jemand, der eigentlich eine Rothaarige wollte, aber sich jetzt mit einer Blondine zufriedengibt?»

Die Verblüffung in María Jesús' Augen hätte nicht größer sein können. Die Angst auch nicht. Sie drückte den Rücken gegen das Gitter, stieß sich ab, um Ana einen Stoß zu versetzen und im Laufschritt in Richtung des Nähateliers zu verschwinden. Ana stolperte, dann rannte sie ihr nach. María Jesús überquerte die Calle Bruch zwischen den fahrenden Autos. Auf der anderen Straßenseite zog sie die hochhackigen Schuhe aus.

«María Jesús! Rede mit mir. Erzähl mir, was los ist!»

Die Näherin drehte sich nach ihr um und rannte davon. Wie ein verängstigtes Aschenputtel ließ sie einen ihrer Schuhe fallen, während sie den anderen fest in der Hand hielt. Ana lief an dem verlassenen Schuh vorbei und ihr nach.

Bei der Überquerung einer Seitenstraße am Markt von Concepción schnitt ihr ein kistenbeladener Lastwagen den

Weg ab. Sie lief just in dem Moment hinter ihm vorbei, als er wegen einer erhöhten Bordsteinkante beim Anfahren ein Stück zurückrollte. Er erwischte sie an der Schulter. Einer der Marktgehilfen ließ seine Kisten stehen und eilte zu ihr.

«Sind Sie verletzt?»

Der Stoß war hart gewesen, aber sie wollte weiter. María Jesús' Körper wurde im Licht der Laternen dunkler und wieder heller. Ana ließ den Mann stehen und rannte weiter. María Jesús war nicht mehr zu sehen, doch das war nicht weiter schlimm, sie war zweifellos in der Näherei verschwunden.

Sie kam zum Nähatelier. Die Tür war abgeschlossen. Noch außer Atem, schlug sie kräftig auf die Scheiben, um Lärm zu machen, während sie schrie: «María Jesús, mach auf!»

Der Laden blieb dunkel. Sie hatte den Eindruck, dass jemand direkt hinter der Tür stand.

«Mach auf, oder ich fange an zu schreien», sagte Ana. Sie betätigte mehrmals die Türklingel. Hinter der Tür war ein Wimmern zu hören. «Mach auf, oder ich rufe die Polizei!»

Sie begann, gegen die Tür zu treten. Einige Nachbarn schauten schon von Fenstern und Balkonen aus zu.

Ihren Schuh an die Brust gedrückt, öffnete María Jesús schließlich.

Weniger als eine Handbreit, nur ein Spalt, gerade groß genug, damit ein erschrecktes Auge hervorschauen konnte. Ihre Stimme kam ebenfalls durch den Spalt.

«Gehen Sie. Sie sind schuld, dass Señor Morera sich beschweren wird.»

Ana stellte den Fuß in den Türspalt. Als sie bemerkte, dass María Jesús gegen die Tür drückte, um sie wieder zu schließen, stemmte sie sich ihrerseits gegen die Tür und schaffte es, sie so weit zu öffnen, dass sie hineinschlüpfen konnte. Die Türglocke tönte mit unangebrachter Fröhlichkeit. María Jesús wich zurück und suchte hinter der Ladentheke Zuflucht.

«Er wird sich beschweren. Zum allerersten Mal. Noch nie hat sich jemand beschwert. Ich tue immer, was man mir sagt. Jetzt werde ich bestraft werden. Ihretwegen.»

Das Nähatelier war dunkel, aber das Licht, das von der Straße durch die Scheiben fiel, war hell genug, dass sie den verängstigten Gesichtsausdruck des Mädchens sehen konnte. Ana machte einen Schritt nach vorne. María Jesús floh hinter die erste Nähmaschine der linken Reihe.

«Wer bestraft dich?»

María Jesús schüttelte den Kopf. Sie drückte den schwarzen Schuh so fest, dass Ana fürchtete, sie würde sich an dem Absatz verletzen.

«Wer wird dich bestrafen?»

Das Kopfschütteln wurde heftiger, der gesamte Körper der jungen Frau vibrierte.

«Ich tue immer, was man mir sagt. Nicht wie andere. Immer, immer, immer. Deshalb bekommt mein Kind genug zu essen. Deshalb ist mein Kind nicht krank. Jetzt werden sie mich bestrafen. Sie werden mein Kind bestrafen.»

«Warum? Wer bestraft es?»

«Die Nonnen.» Das Kopfschütteln hörte auf. Mit düsterer Stimme sagte María Jesús: «Die Nonnen dort sind noch schlimmer als die in der Besserungsanstalt. Sie sind böse. Wenn du dich schlecht benimmst, sagt Doña Aurora es Schwester Marta, und dann werden die Kinder krank. Sehr krank.»

«Was …?»

Ana versuchte, auf sie zuzugehen. María Jesús entwischte zur Seite und floh hinter die nächste Nähmaschine.

«Sehr böse. Dann stecken sie dich in ein Auto und bringen

dich ins Internat nach Esplugas, damit du dein Kind im Bett liegen siehst, wie es sich vollgemacht hat.»

Die junge Frau hob die rechte Hand, ballte die Faust und streckte den Zeigefinger tadelnd aus, während sie den harten Akzent der Schulleiterin nachahmte: «Siehst du? Gott bestraft dein Kind, weil du ungehorsam gewesen bist.»

Mit derselben Hand schlug sie auf den Nähmaschinentisch, der Schuh fiel zu Boden.

«Sie sind es, nicht Gott. Warum sollte Gott uns bestrafen, wenn wir keine Huren sein wollen? Sie sind es, sie geben ihnen etwas. Und dann zwingen sie dich zuzusehen, wie sie leiden und vor Schüttelfrost zittern. Und die armen Kleinen fragen dich, wie sie es ihnen beigebracht haben: ‹Warum bist du böse gewesen, Mama?›»

Ana zeigte auf die erste Maschine, an der für gewöhnlich Jacinta saß, und fragte: «Ist Jacinta auch böse gewesen?»

«Ja, weil sie mit Ihnen über die Kinder sprechen wollte. Am Tag darauf wurde sie ins Internat gebracht, damit sie ihren Sohn sah. Und Doña Aurora hat uns gesagt, dass das Kind vielleicht sogar stirbt. Damit wir verstehen, was passiert, wenn wir mit jemandem reden, mit dem wir nicht reden dürfen.»

Ana zeigte auf die Maschine zu ihrer Linken. «Und Elena?»

María Jesús schluckte. «Seit Sie gekommen sind, ist es verboten, über sie zu reden.»

Ana stand im Gang zwischen den Reihen mit den Nähmaschinen, die eine Hand auf der Maschine Jacintas, die andere auf der Elenas.

«Warum?»

María Jesús musste hinter ihrer eigenen Maschine Zuflucht suchen, der letzten in der linke Reihe, bevor sie sprechen konnte: «Sie ist tot und begraben, wie Doña Aurora sagt. Bald kommt ein anderes Mädchen und nimmt ihren Platz ein. Wir dürfen nicht einmal ihren Namen nennen. Elena, Elena. Elena!», schrie sie in der leeren Werkstatt. Schließlich wurde ihre Stimme schleppend und müde. «Was macht es jetzt noch aus? Sie werden mich sowieso bestrafen. Señor Morera wird sich beschweren. Er ist sehr anspruchsvoll. Doña Aurora hat mir gesagt, dass ich gehorchen muss und alles tun soll, was er will, brav und pünktlich muss ich sein. Wie eine Puppe.»

«Das Kind von Elena war auch krank …», sagte Ana.

«Sicher, sie haben sie bestraft. Aber das war, bevor Elena gestorben ist.» Das Reden schien sie zu erschöpfen.

«Wegen der Schwangerschaft», vermutete Ana.

«Sie wollten sie sogar zwingen, das Baby zu verlieren.» María Jesús blickte sich nach allen Seiten um, als fürchtete sie, dass jemand diese Worte hören könnte.

«Wollte sie es haben?»

Anas Augen hatten sich an das spärliche Licht gewöhnt, und trotz der Entfernung konnte sie gut das Gesicht des Mädchens erkennen. Nicht mehr Angst und Zorn lagen darin, sondern Traurigkeit.

«Ja, sie hat sich sehr darauf gefreut.»

«Tatsächlich?»

«Sehr. Mila hat mir erzählt, dass sie ihr gesagt haben, wohin sie gehen könnte, um es loszuwerden. Aber Elena hat ihnen geantwortet, auf keinen Fall, sie würde das Kind zur Welt bringen, und Félix würde einen Bruder bekommen. Und einen Vater.»

Ana ahnte, wer der Vater war, trotzdem wollte sie eine Bestätigung. «Wen?»

«Ich weiß es nicht. Mir hat sie nichts erzählt. Mila war ihre Freundin.»

«Sie hat nichts ge…» Sie brach ab, als sie das Entsetzen auf María Jesús' Gesicht sah.

«Ich habe nichts erzählt. Ehrlich. Sie hat es aus mir herausgelockt, ich wollte es nicht. Ich bin gehorsam.»

Ana begriff, dass sie nicht mir ihr, sondern mit jemandem sprach, der hinter ihr stand.

«Warum bist du nicht bei Señor Morera?», fragte Aurora Peirós Stimme.

31

Diese Frau hat wirklich eine besondere Begabung, sich in Schwierigkeiten zu bringen.»

«Das stimmt», antwortete Lawrence.

«Ich hoffe, du bist nicht auch eine. Falls doch, bekommst du es mit mir zu tun», sagte Beatriz scherzhaft, aber ihr Blick ließ keinen Zweifel daran, dass es ihr damit vollkommen ernst war. Obgleich sie beim Anblick seines besorgten Gesichts den Eindruck hatte, dass Ana ihn wirklich interessierte.

«Und sie hat dein Auto mitgenommen? Dann ist sie vielleicht zum Internat gefahren.»

«Dafür ist es zu spät. So unvorsichtig, nachts über die Landstraße zu fahren, ist sie nicht.»

In Wirklichkeit hoffte sie das lediglich. Ana war manchmal erschreckend furchtlos, aber sie war auch pragmatisch. Eine Fahrt nach Esplugas um diese Zeit würde vor einem geschlossenen Tor enden. Nein, sie war nicht dorthin gefahren.

«Sie ist mit dem Auto unterwegs», dachte er laut nach, «also wird sie wohl nicht ins Barrio Chino gefahren sein.»

Beatriz erschien die Vorstellung, wie sich ihr riesiger alter Hispano-Suiza durch die engen Gassen dort zwängte, nahezu komisch.

«Das Einzige, was mir einfällt, ist das Nähatelier», sagte Lawrence. «Möglicherweise ist sie auf die Idee gekommen herauszufinden, wohin die blonde junge Frau um neun geht. Die Uhrzeit würde passen.»

«Aber wozu braucht sie dann das Auto? Die Näherei liegt nicht weit von hier, und jemandem mit diesem Ungeheuer zu folgen, ist nicht gerade unauffällig», brachte Beatriz vor.

Lawrence sah die Fotos aus dem Internat auf dem kleinen Tisch liegen, an dem Ana und Beatriz gewöhnlich Kaffee tranken. Er nahm das oberste und zeigte es Beatriz.

«Sie hat die Fotos noch einmal angeschaut. Die Kinder in der ersten Reihe sind die der Näherinnen.» Lawrence deutete auf den Kleinsten in der Reihe, der freundlich lächelte. Das einzige lächelnde Kind auf dem ganzen Foto. «Das ist der Sohn der jungen Frau, die sich getötet hat. Er war sehr aufgeregt. Vielleicht ist er zum ersten Mal fotografiert worden. Er hat ohne Unterlass geredet, obwohl er sehr klein war, und manchmal habe ich ihn nicht gut verstanden. Und jedes Mal, wenn er mich ansah, sagte er: ‹Ihren Segen, Señor Fotógrafo, Ihren Segen.›»

Beatriz' Herz tat einen Sprung. «Das hat er gesagt? Bist du sicher?»

«Ja. Wieso?»

Bevor sie Lawrence ihre Vermutung mitteilte, musste sie sich versichern. Deshalb fragte sie: «Es ist ein spanisches Kind, oder?»

«Na ja, ich bin Engländer, und manchmal unterscheide ich die Akzente nicht besonders gut, aber Elena Sánchez war Spanierin. Ihr Kind daher wohl auch. Warum fragst du?»

«Weil diese Art von Gruß hier nicht gebräuchlich ist, aber in Puerto Rico sehr wohl.»

«Woher weißt du so etwas?»

«Mir ist es wegen Juan Ramón eingefallen.» Auf Lawrence' fragenden Blick fügte sie hinzu: «Juan Ramón Jiménez, der Dichter. Er war lange Zeit in Puerto Rico im Exil und hat einige Wendungen aus dem dortigen Spanisch übernommen, zum Beispiel diesen Gruß, ‹Ihren Segen›.»

«Kennst du ihn persönlich?»

«Nein. Warum fragst du?»

«Weil du ihn beim Vornamen genannt hast. Als ob er ein Freund wäre.»

«Das machen wir hier oft. Aber das ist nicht das Entscheidende. Das Entscheidende ist, dass der ermordete amerikanische Matrose aus Puerto Rico kam …»

«… und eine spanische Verlobte hatte, die er heiraten wollte.»

«… und der Matrose sie bei ihren Ausflügen mit dem Kind sicher begleitet hat.»

«… und das Kind von ihm die Grußformel gelernt hat.»

Sie sahen einander atemlos an.

Lawrence sprang auf, um zum Nähatelier zu laufen. Beatriz ging zum Telefon und rief auf dem Präsidium an.

«Ich weiß, dass es spät ist und Inspektor Castro zu Hause ist, aber es ist ein Notfall.»

32

In der Sekunde, die sie benötigte, um sich umzudrehen, hatte Anas Verstand Zeit, um sich auf viele bedrohliche Bilder vorzubereiten, aber nicht auf das, was María Jesús veranlasst hatte, voller Panik ins Hinterzimmer zu flüchten.

Aurora Peiró, die Silhouette der gütigen und mütterlichen Atelierleiterin, stand im Gegenlicht in der Ladentür. Ihr Gesicht konnte Ana nicht erkennen, das Messer in ihrer Hand dagegen schon. Instinktiv wich sie zurück. Ihre Hände hingen neben ihrem Körper herab, als sie sich Schritt für Schritt zurückbewegte, streiften sie die Nähmaschinen, die María Jesús genauso wenig vor ihren Fragen beschützt hatten, wie sie sie selbst nun vor einer Waffe schützen würden.

Zum Glück lenkten einige Stimmen von der Straße die Schneiderin einen Moment lang ab und zwangen sie, die Tür mit einem Tritt zu schließen. Die Türglocke schrillte Alarm, doch nur in Anas Ohren. Niemand würde kommen und sie retten. Sie nutzte den Augenblick, um ebenfalls in den hinteren Teil des Ladens zu rennen. Es gab keinen Hinterausgang, vom Hof führte kein Weg nach draußen. Ana stieß an Gegenstände, die sie nicht wiedererkannte, warf einige Stoffballen im Lager auf den Boden und kam schließlich zu der Treppe, die zur Wohnung der Näherinnen hinaufführte.

María Jesús hatte die Tür offen gelassen. Ana nahm zwei Stufen auf einmal, das Licht schaltete sie nicht ein, damit ihre Verfolgerin sie nicht sehen konnte. Sie hörte ihre Schritte.

Aurora Peiró bewegte sich auf dem bekannten Terrain weitaus geschickter, trotzdem stolperte sie über die Stoffballen, die Ana zu Boden geworfen hatte, was ihr einen kleinen Vorteil verschaffte.

Ana kannte die Wohnung nicht, sie wusste nicht, ob die Fenster leicht zu öffnen waren, damit sie um Hilfe rufen konnte, und ob sie sie erreichen konnte, bevor Aurora Peiró bei ihr wäre. Daher ging sie in das einzige Zimmer, das sie kannte, in das erste Zimmer, das Elena gehört hatte. Sie schloss gerade in dem Moment die Tür ab, in dem die Schneiderin die Wohnung betrat. Zu spät, in der totalen Finsternis des Zimmers fiel ihr ein, dass es keine Fenster hatte.

Ana machte kein Licht, um sich nicht zu verraten. Aurora Peiró wollte offenbar ebenso wenig gesehen werden und hatte keine Lampe angeschaltet. Ana hörte ihre Schritte langsam an der Tür vorbeigehen. Sie spannte die Muskeln an, fasste mit der Linken den Türgriff und nahm den Schlüssel zwischen Daumen und Zeigefinger der rechten Hand, damit sie ihn schnell umdrehen, die Tür öffnen und die Treppe hinunter fliehen konnte, sobald die Schneiderin weit genug entfernt war. Sie atmete ein, hob die Ellenbogen, und gerade, als sie sich auf den Ausfall vorbereitete, hörte sie ein dumpfes Geräusch, einen Schlag, der aus einem anderen Zimmer zu kommen schien. Danach die Stimme von Aurora Peiró: «Was machst du hier?»

Die Antwort von María Jesús war nicht zu verstehen, sie ging in einem hysterischen Schluchzen unter.

«Geh sofort. Señor Morera hat angerufen und sich darüber beschwert, dass du nicht gekommen bist.»

«Nein … Ich will nicht … dahin. Bitte … Doña Aurora …» Weinen unterbrach die nun näher klingende Stimme des Mädchens.

«Wasch dir das Gesicht und geh. Morgen reden wir darüber. Wo steckt sie?»

«Ich … weiß nicht.»

«Ich weiß nicht, ich weiß nicht», äffte Aurora Peiró sie nach. «Los, wasch dir das Gesicht und geh, meinetwegen in Pantoffeln.»

Schritte eilten die Treppe hinunter. Dann wieder Stille.

Plötzlich zeichnete sich eine gelbe Linie unter der Tür ab. Aurora Peiró hatte das Licht im Flur eingeschaltet. Ana hörte ihre Schritte herankommen und wieder gehen. Schließlich näherten sie sich der Tür. Zweimal wurde am Türgriff gerüttelt.

«Du hast dir also Elenas Zimmer ausgesucht? Wie passend!»

Ana sagte nichts. Auf Zehenspitzen holte sie den Stuhl herbei, denselben Stuhl, den Elena benutzt hatte, um sich zu erhängen, und blockierte die Tür damit.

«Das wird ein Zimmer mit zwei Geistern werden», sagte Aurora Peiró nahe bei der Tür.

«Señora Peiró, es ist nicht dasselbe, wegen Zuhälterei oder wegen Mord ins Gefängnis zu kommen.»

«Natürlich nicht. Aber noch viel besser ist es, nicht wegen einer kleinen naseweisen Reporterin ins Gefängnis zu kommen. Wie würde Doña Engracia, diese Idiotin, mit ihrer Vorliebe für Sprichwörter sagen? Neugier ist der Katze Tod.»

Sowohl aus Neugier als auch, um sie zum Sprechen zu bringen und Zeit zu gewinnen, fragte Ana: «Also weiß Doña Engracia nichts von Ihren Geschäften?»

«Die? Was soll die schon wissen? Sie und ihre Freundinnen geben uns einen respektablen Anstrich. Amüsanterweise ist unter unseren Kunden der Ehemann einer von ihnen. Ein richtiges Schwein, der es mochte, wenn Elena mit ihrem Mädchengesicht bei ihm als Kommunionkind auftauchte.»

«Aber er ist nicht der Vater des Kindes, das sie erwartete, oder?»

«Wer weiß, wer es ist. Sie war davon überzeugt, dass es ein Verlobter war, den sie sich angelacht hat.»

«Der Matrose Antonio Vázquez?»

«Sieh mal an, Sie haben Ihre Hausaufgaben gemacht. Schlecht für Sie, denn jetzt kann ich Sie auf keinen Fall lebend gehen lassen.»

«Weil ich zu viel weiß?»

Sie bekam keine Antwort. Was erwartete sie? Dass sie vor der Tür hocken blieb und mit ihr plauderte, bis irgendwann vielleicht Hilfe käme. Von wem? Hoffentlich war María Jesús einmal nicht gehorsam und holte Hilfe, statt zu diesem Kunden zu gehen.

Schritte entfernten sich von der Tür und näherten sich wieder. Ana fragte sich, ob die Schneiderin etwas suchte, um sie zu öffnen. Bald hatte sie Antwort. Der Geruch von Petroleum verbreitete sich im Zimmer. Der dünne Lichtfaden begann zu verschwinden. Aurora Peiró schichtete Tücher vor der Tür auf.

«Elena wollte Antonio heiraten und hier aufhören, nicht wahr?», fragte Ana, während sie sah, wie eine Flüssigkeit unter dem Türspalt hervorrann. Ein Rascheln verriet ihr, dass die Schneiderin direkt vor der Tür stand. Sie wiederholte die Frage: «Sie wollte aufhören, oder?»

«Ja, aber sie hatte noch zwei Dienstjahre vor sich.»

«Zwei Jahre?»

«Machen Sie sich keine falschen Vorstellungen, unsere Plauderei lenkt mich nicht ab. Ich bin Schneiderin, ich kann reden und gleichzeitig die Hände bewegen», antwortete Aurora Peiró spöttisch. «Aber da es Sie so interessiert: Jedes Mädchen, das wir aufnehmen, verpflichtet sich für fünf Jahre.

Damit zahlen sie ihre Ausbildung und die ihrer Kinder. Und ich bewahre ihnen etwas von dem Geld ihrer Kunden auf, damit sie danach ein neues Leben beginnen können, wenn sie wollen.»

«Sehr großzügig von Ihnen.» Das Holz der Tür verschluckte ihren Sarkasmus.

«Das ist doch nicht zu viel verlangt, nicht wahr? Wir holen sie aus der Gosse oder aus den übelsten Besserungsanstalten des Landes. Sie arbeiten als Huren. Na und? Wenn sie es nicht schon vorher waren, werden sie später so enden, und zwar unter weit schlechteren Bedingungen, wie die im Barrio Chino. Aber Elena glaubte, der Amerikaner würde sie retten und auf sein Inselchen mitnehmen.»

«Soweit ich weiß, meinte der Amerikaner es ernst.»

«Zu ernst. Aber Elena war sehr wertvoll. Unglücklicherweise auch sehr dickköpfig, auch wenn sie nicht so aussah. Und als wir dem Kind etwas zusetzten, hat sie nicht nur nicht nachgegeben, sondern tauchte eines Tages mit dem Amerikaner auf, der drohte, uns anzuzeigen.»

Ana begann zu verstehen. Sie bemerkte, dass die Zeit für sie knapp wurde. Schon kam kein Licht mehr durch die Tür. Sie erwartete jeden Moment zu hören, wie ein Streichholz über die Zündfläche ratschte.

«Und deshalb haben Sie Antonio Vázquez getötet?»

«Darum hat mein Partner sich gekümmert.»

Ana riss das Laken von der Matratze und bedeckte damit einen Teil des Kopfkissens. Wenn Aurora Peiró die Lumpen anzündete, um sie auszuräuchern, bestand ihre einzige Chance darin, die Tür aufzustoßen, der Schneiderin das Kissen mit dem Laken entgegenzuschleudern, damit sie glaubte, es sei sie, und ihr in dem Durcheinander das Messer zu entwinden oder zu fliehen. Während sie alles vorbereitete, konnte ihr Kopf es nicht lassen, die Mosaikstücke aneinanderzufügen.

«José Vendrell?»

«Wieder ein Treffer! Wenn das hier eine Tombola wäre, würden Sie den großen Plüschbären gewinnen.»

«Warum …?»

«Señorita, ich fürchte, Sie werden mit ein paar Wissenslücken vor Ihren Schöpfer treten.»

In diesem Moment hörte sie das gefürchtete Ratschen des Streichholzes. Der Stoff begann zu glimmen, und schwarzer Rauch drang ins Zimmer.

«So treiben wir die wilden Tiere aus ihrem Bau.»

Gleich war es so weit. Sie legte ein Taschentuch über Mund und Nase und machte ihre Vogelscheuche bereit, die in dem Rauch schon wie ein Gespenst aussah.

«Wie ist die Luft dadrinnen?»

Ana dachte nicht daran, ihr zu antworten. Auf der anderen Seite war es still. Sie konnte nicht sagen, ob sie noch draußen stand oder mehr Brennstoff für ihr Feuer zusammensuchte. Sie hämmerte gegen die Tür, hustend und in Panik. Hals und Augen brannten.

«Sie können doch nicht einfach zuhören, wie ich hier ersticke! Lassen Sie mich raus!»

Aurora Peiró lachte spöttisch. «Nicht so schlimm, wie zu sehen, wie jemand mit den Beinen strampelt, den du gerade erhängst. Und selbst das bereitet mir keine Albträume.»

Ana schaute auf den Balken, an dem sie Elena gefunden hatten. Der Rauch in dem kleinen Zimmer wurde dichter.

Draußen war ein neues Geräusch zu hören. Schritte. Eine Frauenstimme. Die Stimme wurde klarer und lauter. Milas Stimme.

«Was machen Sie da, Doña Aurora? Wer ist dadrin?»

«Verschwinde!»

«Ich denke nicht daran. Ich habe gehört, was Sie als Letztes gesagt haben. Sie haben Elena getötet, ist es so?»

«Misch dich da nicht ein. Geh!»

«Warum musste sie sterben?»

«Willst du das wirklich wissen? Schau, wie es der hier geht, weil sie immer alles wissen musste.»

«Warum, Doña Aurora?»

Es hörte sich an, als würde Mila die Tücher mit dem Fuß wegstoßen.

«Hör auf, oder du endest wie sie. Elena hat es nicht anders gewollt. Mit ihrem kleinen Amerikaner und ihrem teuren Verlobungsring.»

«Und warum haben Sie sie nicht einfach gehen lassen? Das Land ist voller Unglückswürmer wie wir, auf eine mehr oder weniger kommt es doch nicht an!»

Ein Schlag. «Ich habe dir gesagt, du sollst die Tücher in Ruhe lassen! Hör auf!»

Ana schrie: «Lauf weg, Mila. Lauf und hol Hilfe.»

Aber Mila wollte es wissen. Nicht aus bloßer Neugier, sondern aus einem tiefen Bedürfnis heraus, dem Gefahr und Drohungen nichts anhaben konnten. Ana begriff, warum: Ein Verdacht, den die junge Frau schon lange gehegt hatte, schien sich jetzt zu bestätigen.

«Also hat sie sich nicht selbst aufgehängt. Sie waren es. Sie haben ihr Alkohol eingeflößt, damit sie sich nicht mehr wehren konnte, und sie schließlich aufgehängt.»

«Wie bitte?» Vielleicht lag es an der Tatsache, dass Mila es sagte, diesmal feierte Aurora Peiró den Treffer nicht mit Spott und Ironie.

«Elena hat nach Alkohol gerochen, als ich sie abgenommen habe. Aber sie hat nicht getrunken, wegen eines Gelübdes. Sie roch nach Alkohol, Doña Aurora, nach Alkohol und Urin. Das hat sie nicht verdient. Niemand hat verdient, was Sie uns antun.»

Irgendetwas stieß rumpelnd gegen die Tür. Es folgten Schreie und das Geräusch miteinander ringender Körper. Sie konnte Mila nicht allein lassen. Ana öffnete die Tür und stürzte sich blind vor Rauch auf die kämpfenden Frauen. Instinktiv fasste sie die Hand mit dem Messer. Ana war größer und stärker als Aurora Peiró, wie ein Keil schob sie sich zwischen die beiden Frauen und drängte Mila weg. Aurora Peirós Blick war der einer Wahnsinnigen, als sie versuchte, die Hand mit dem Messer frei zu bekommen. Verbissen rangen sie, während Mila hinter ihnen sich bemühte, das Feuer auszutreten. Die Schneiderin machte Anstalten, Ana in den Hals zu beißen, doch Ana wich aus und versetzte ihr einen Kopfstoß aufs Kinn. Die andere taumelte, sie wäre gefallen, wenn Ana ihre rechte, um die Waffe gekrallte Hand nicht festgehalten hätte, die das Messer immer noch auf sie richtete. Aurora Peirós Schuhe kamen auf den Tüchern, die inzwischen überall auf dem Boden verteilt lagen, ins Rutschen. Ana versuchte mit aller Kraft, Arm und Messer von sich wegzudrehen. Langsam wandte sich die Spitze gegen die Schneiderin. Ana stemmte den rechten Fuß auf den Boden und trat ihr mit dem linken gegen das Schienenbein, ihre Gegnerin verlor das Gleichgewicht und fiel nach vorn, in das Messer, das immer noch auf sie gerichtet war. Im Fallen trieb ihr eigenes Gewicht es ihr in die Brust. Ana spürte, wie Aurora Peiró zu einer schweren Masse wurde, die zu Boden sank. Sie richtete sich auf und drehte sich zu Mila um.

«Ist sie tot?», fragte die junge Frau.

Aurora Peirós leblose Augen schienen verzückt auf ihre linke Hand zu blicken, auf einen Ring aus Weißgold mit einem Smaragd.

«Du solltest jetzt besser gehen, Mila.»

33

Castro hatte eine Vision: Der Kopf von Kommissar Goyanes schwebte durch den Flur des Präsidiums. Auf einem Tablett. Nicht aus Silber, sondern aus billigem Zink.

Es hieß, dass Goyanes bald fallen würde. Wegen der Sache mit den Amerikanern.

«Die schlechteste Lösung von allen. Ein spanischer Täter und eine Geschichte, die nicht nur die weiße Weste der Amerikaner befleckt, sondern auch die einiger Leute von ganz oben.»

Das hatte Kommissar Montesdeoca gesagt. Er hatte Castro zu sich gerufen, um ihm dafür zu danken, dass er die Angelegenheiten mit dem Matrosen gelöst hatte. Wenn ein Fall immer wieder als «Angelegenheit» bezeichnet wurde, dann, weil er ein Nachspiel hatte. Wie dieser.

Obwohl es noch nicht offiziell war, wusste man, dass Montesdeoca jetzt die BIC leiten würde. Und er wollte ihn dabeihaben.

«Du schwimmst immer oben, Castro, wie ein Korken. Aus galicischer Korkeiche», hatte Goyanes geknurrt, als er davon erfuhr.

Es sollte eine Beleidigung sein, aber Castro hatte das Bild gefallen. Im Grunde war er genau das: ein Stück galicischer Korkeiche. Die oben schwamm.

Wie Blei untergehen würde dagegen Vendrell. Als er ihn verhört hatte, war das Spiel schon gewonnen, offen war nur noch, wie hoch. Sie hatten die Aussagen von drei Näherinnen:

María Jesús, Juana und Mila. Eine vierte, Jacinta, hatten sie eingesperrt in einem Internat gefunden.

Castro hatte Vendrell nichts von Aurora Peirós Tod gesagt und ihn glauben lassen, dass sie gegen ihn ausgesagt hätte. Er war sich bewusst, dass er die gesamte Information Ana Martí verdankte, die wohl Aurora Peiró getötet hatte.

Ohne jeden Zweifel in Notwehr, wie das Szenarium ihm eindeutig sagte, auch wenn er als Letzter dort eintraf und zu viele Hände und Füße schon dort am Werk gewesen waren.

Er war erst nach den Polizisten angekommen, die sich nach einem Anruf der Cousine der Journalistin auf den Weg gemacht hatten, sogar dieser Ausländer war vor ihm angekommen, ein gewisser Roberts, der wahrscheinlich der Verlobte von Ana Martí war. Doch obwohl er der Letzte vor Ort gewesen war, war ihm nicht entgangen, dass an der Schlägerei noch eine weitere Person beteiligt gewesen war. Zu Anfang hatte Ana Martí es geleugnet.

«Diese Person war nicht derjenige, der ihr das Messer in die Brust gestoßen hat, stimmt's?» Er sprach mit ihr im hinteren Teil des Ladens, sie saßen einander auf zwei kleinen Sesseln gegenüber. «Wollen Sie ihm etwas Zeit verschaffen? Keine Sorge, meinetwegen kann er alle Zeit der Welt haben. Für Sie allerdings wäre ein Zeuge nicht schlecht.»

«Geben Sie der Person die Möglichkeit zu verschwinden.»

Er musste zugeben, dass sie es schaffte, ihn zu rühren. Und dann kam diese junge Frau, Mila, auch noch zurück. Statt zu fliehen, sagte sie aus, dass Auroras Tod ein Unfall gewesen war.

Ich werde sentimental. Ein poröser Korken. Ganz schlecht, dachte er. Aus diesem Grund erschien er vor Vendrell unerschütterlich wie ein Fels.

«José, du bekommst die Garotte. Zwei Morde und ein Mordversuch. Aurora Peiró hat uns alles erzählt. Die junge Frau hat sie selbst umgebracht. Sie hat sie mit Alkohol abgefüllt und aufgehängt. Einfach so.»

Vendrell konnte sein Erstaunen nicht verbergen, auch nicht im Folgenden, als Castro seine Vermutungen wie bewiesene Tatsachen präsentierte.

«Du warst derjenige, der Ana Martí in der Metrostation auf die Gleise stoßen wollte. Weil sie sich zu sehr für das Nähatelier interessierte, weil Aurora Peiró Angst hatte, dass sie etwas ahnte.»

«Kann ich eine Zigarette haben, Inspektor?»

Castro holte ein Päckchen mit amerikanischen Zigaretten aus seiner Schreibtischschublade. Der Konsul hatte ihm zwei Stangen bringen lassen. Er reichte es Vendrell. «Kannst du behalten.»

Diesmal befahl Castro ihm nicht, sich gerade hinzusetzen. Vendrell nahm einen tiefen Zug.

«Was ich mir nicht erklären kann, ist, warum Aurora Peiró mit dir zusammengearbeitet hat. Die Dame bewegte sich, sagen wir mal so, nicht in denselben Kreisen wie du. Aber ich nehme an, dass auch Zuhälter aufsteigen wollen.»

Vendrell rauchte langsam und lauschte Castro, als erzählte dieser ihm zum Zeitvertreib eine Geschichte.

«Klar, jedes Geschäft braucht jemanden fürs Grobe. Und Aurora Peirós Geschäft war zweifellos etwas vornehmer als das, was du gewöhnlich im Barrio Chino treibst, Huren für Handwerker, Kramladenbesitzer und Matrosen vermitteln. Kein Vergleich. Nur vornehme Leute. Hausbesuche oder gute Hotels, hat uns eins von den Mädchen aus der Werkstatt erzählt. Sie haben sich auf Wunsch auch verkleidet. Schließlich kamen sie aus einem Nähatelier. Als Hirtinnen, als Krankenschwestern, als Rotkäppchen. Elena Sánchez, die so kindlich aussah, hatte ein paar sehr spezielle Kunden, hat man uns erzählt. Bis dann der Amerikaner kam.»

Vendrell war in fatalistische Starre verfallen, Castro kannte diesen Zustand aus anderen Verhören, er musste dem Zustand von Spielern ähneln, die im Kasino große Summen verloren. Vendrell blieb nichts anderes übrig, als sich auf dem Stuhl zurückzulehnen, zu rauchen und zuzuhören, wie Castro seine Spielzüge analysierte: «Der Amerikaner fing an zu drohen, wie es diese Großmäuler gerne tun: Ihr könntet ihm nichts anhaben, weil er nicht von hier sei, er sei US-amerikanischer Marinesoldat, er werde euch anzeigen, ihr würdet im Gefängnis landen und für alles bezahlen, was ihr seiner Verlobten angetan hättet, sie sei die Verlobte eines amerikanischen Marinesoldaten ...» Castro sah Vendrell durch den Zigarettenrauch hindurch an. Alles, was er sagte, war reine Spekulation, auf der Grundlage einiger Indizien und der Aussagen der Näherinnen.

«Du hast ihn getötet und die Leiche ins Séparée gebracht ...»

Ein leichtes Zucken von Vendrells Mundwinkeln verriet ihm, dass er sich irrte.

«Nein, es ist zu schwierig, unbemerkt einen Toten durch diese Straßen zu schleppen. Umso mehr bei einem so großen Kerl, stimmt's? Ich denke, Aurora Peiró hat so getan, als ob sie nachgeben würde, und ihm angeboten, Elena und ihren Sohn freizukaufen. Du hast dich mit ihm im Metropolitano verabredet. Ihr seid durch die Hintertür gekommen, damit euch niemand sieht. Dann hast du ihn ins Séparée geführt und ihn dort getötet. Etwas später hast du die Schlägerei vom Zaun gebrochen. Hab ich recht?»

Er erwartete keine Antwort und bekam auch keine.

«Bestimmt war es nicht schwer. Ein paar Mädchen und einige Matrosen, alle betrunken, alle mit sich selbst beschäftigt. Welcher Stich war der erste? Der in den Hals oder der in den Unterleib? Du brauchst nicht zu antworten. Jeder gute Boxer weiß, dass der erste Schlag den Gegner außer Gefecht setzen soll. Der in den Unterleib also, klar.»

Vendrell lächelte.

«Du bekommst die Garotte, José.»

* * *

Am Ende würde er nicht die Garotte bekommen, dachte Castro, während er im Präsidium in einen anderen Gang einbog und die Vision von Goyanes' Kopf auf dem Zinktablett hinter sich ließ. Er erinnerte sich daran, dass sich nach dem Ende des Verhörs Vendrell gerade aufgerichtet und ihm gesagt hatte: «Wissen Sie was, Inspektor? Es gibt einen, der will immer, dass sie als Heilige verkleidet kommen.»

«Derjenige, der dich beim letzten Mal aus der Zelle geholt hat?»

Vendrell hatte gelächelt und eine Rauchwolke ausgestoßen.

Castro ging durch den Kopf, dass diese überhebliche Geste vielleicht bedeutete, dass der Staatsanwalt den Besuch von als Hirtinnen oder Heilige verkleideten Mädchen schätzte. Castro radierte diesen Gedanken sofort aus.

Er betrat sein Büro, öffnete die Schublade mit den amerikanischen Zigaretten und zündete sich eine an. Er schaute aus dem Fenster, es begann zu regnen, wieder ein unentschlossenes und empfindliches Geniesel. Er stieß eine Rauchwolke gegen die Stadt aus.

«Hurengeschiss.»

Epilog

Noch nie hatte sie Ana so weinen sehen. Und bei vielen Gelegenheiten hätte sie guten Grund dazu gehabt. Aber vielleicht waren damals weder ihre Situation noch ihr Gefühlsleben so aus den Fugen gewesen. Selbst Luisa, die noch nicht wusste, worum es überhaupt ging, wurde von Anas Weinen überwältigt, als sie sie von der Bibliothek in ihr Zimmer gehen sah. Sie warf den Staubwedel auf die Kommode und lief in die Küche, um Kräutertee zu kochen. Beatriz war Ana gefolgt und setzte sich neben sie, ohne zu wissen, warum sie so schluchzte. Sie konnte ihr nur zuflüstern, wie leid es ihr tue.

Ana, die gewöhnlich jeglichen Trost brüsk zurückwies, nahm gefügig den Tee, den Luisa ihr brachte, und die Tasse in beiden Händen, kauerte sie sich unter Beatriz' Arm zusammen.

Sie wollte es ihr seit so vielen Wochen sagen und hatte es geschafft, den schlechtesten Moment zu erwischen, gerade als Ana sich endgültig entschieden hatte, die Zeitschrift *Mujer Actual* zu verlassen, und ihr Lawrence am selben Tag gesagt hatte, dass er ein Angebot für eine Reportage über die Panamericana für *National Geographic* hatte.

«Und jetzt gehst du auch noch.»

Ana war aus allen Wolken gefallen. Beatriz war davon überzeugt gewesen, dass sie zumindest etwas ahnte. Sie hatte sich geirrt. Anas Überraschung war echt. Sie würde nicht den Fehler begehen, ihr ihre Blindheit vorzuwerfen und sie auf die deutlichen Zeichen hinzuweisen: die Besuche ihres Bruders

Salvador, die Briefe aus Frankreich, ihre Anspielung auf die anstehende Erneuerung ihrer Garderobe. Es war keine mangelnde Scharfsichtigkeit, sondern der hartnäckige Wunsch, nichts zu sehen, so wie ein Kind alle offensichtlichen Hinweise übersieht, um weiterhin glauben zu können, dass die Heiligen Drei Könige die Weihnachtsgeschenke bringen, selbst wenn ein älteres Kind ihm boshaft immer wieder erklärt: «Weißt du nicht, dass es die Eltern sind?»

«Wann?», fragte Ana sie nach einigen Schlucken Tee.

«In etwa einem Monat. Ich habe schon das Flugticket.»

Luisa streckte den Kopf zur Tür hinein. Ihre Hände klammerten sich um den Stiel des Staubwedels. Beatriz ließ zu, dass sie lauschte, so würde sie von ihren Plänen erfahren.

«Und du hast das alles in die Wege geleitet, ohne mir auch nur ein Wort zu sagen?»

«Ich wusste nicht, wie. Ich wollte dich überraschen.»

«Na, das ist dir gelungen.» Ana lächelte zum ersten Mal. «Und wie dir das gelungen ist.»

Beatriz drückte sie fest an sich. «Die Zeit mit dir gehört zu dem Besten, was mir in den letzten Jahren passiert ist. Und dann durfte ich dank dir ja sogar ein kleines Abenteuer erleben. Ich habe es in allerschönster Erinnerung.» Sie grinste. «Wie du mich gleich in diese furchtbare Geschichte mit Mariona Sobrerroca hineingezogen hast, als wir uns kennenlernten.»

Anas Lächeln wurde breiter.

«Aber jetzt brauche ich etwas Neues, ein neues Leben.»

«Warum nicht hier?»

«Weil ich hier ersticke, Ana. Weil ich nicht glaube, dass sich in den nächsten Jahren irgendetwas ändern wird. Es wird noch lange so bleiben. Ich bin neunundvierzig. Noch habe ich genug Kraft, um etwas Neues zu beginnen.»

Sie war die Erklärung oft in ihrem Kopf durchgegangen, hatte sie formuliert und umformuliert, hatte sie notiert und mit Zitaten gespickt, die ihr das Gewicht der schwierigen Botschaft abnehmen sollten, und alles, was sie jetzt herausbekam, waren ein paar Worte im Telegrammstil. Zugegeben, ein Telegramm für Millionäre, einfache, aber vollständige Sätze.

«Es war eine Gelegenheit, vielleicht die letzte. Nun ja, Lyon ist nicht Paris, aber es ist immerhin Frankreich.»

Ana nickte. Beatriz war sicher, dass sie sie verstand, auch wenn es ihr weh tat.

«Du wirst nicht lange allein sein. Ich bin sicher, dass Lawrence zurückkommt.»

Ana sah sie ernst an, doch in ihren Augen lag ein backfischhaftes Glitzern. «Warum?»

«Weil du hier bist, Aneta.»

Sie wusste nicht, woran es lag, vielleicht an dem liebevollen Kosenamen, vielleicht an ihrem eigenen Zweifel, jedenfalls begann Ana wieder zu weinen.

Beatriz hörte, wie Luisa im Flur traurig seufzte. Der Staub auf der Kommode draußen war sicher nie gründlicher entfernt worden.

«Warum gerade jetzt?»

«Ich habe es dir doch erklärt.»

«Aber du hast es offenbar schon vorbereitet, seit ich vor sechs Monaten hier eingezogen bin. Was ist passiert?»

«Ich sehe, dass dein Journalistenkopf wieder arbeitet», sagte Beatriz lächelnd.

Ana richtete sich auf und sah sie fest an. Die Neugier hatte ihr Schluchzen beendet. «Wie? Du willst es mir nicht erzählen?»

«Gut, aber nur, weil du nicht mehr für die *Mujer Actual* arbeitest.» Sie stellte sofort fest, dass ihre Bemerkung zu kryptisch war. «Es geht um etwas, von dem niemand weiß.»

Der zweite Satz war nicht besser. Sie wusste nicht, wie sie anfangen sollte.

Ana nutzte die Pause, um sich die Augen abzutupfen und den Tee auszutrinken.

«Luisa, mach Ana doch noch eine Tasse.»

«Nein, nicht notwen…», begann Ana.

«Ja, Señora Beatriz», sagte Luisa, ohne ihren Unwillen zu verbergen.

Sobald Luisa verschwunden war, stand Beatriz auf, ging in ihr Arbeitszimmer und zog fünf in granatrotes Leder gebundene Bücher aus dem Regal. Sie kehrte mit ihnen zu Ana zurück, schloss die Tür hinter sich und stapelte die Bücher vor Ana auf ein Tischchen.

«Und?»

«Weißt du, wer das gewesen ist?» Das Vergangenheitstempus bedrückte sie.

«Er hat mit dir in der Universität gearbeitet, bevor du nach Argentinien ins Exil gegangen bist, oder?»

«Ja. Wir haben uns vor vielen Jahren kennengelernt. Ein großer Mediävist.»

«Und ein Faschist, soweit ich weiß. Hat er nicht sogar eine Zeitlang ständig seine Falange-Uniform getragen?»

Das ausgezeichnete Gedächtnis ihrer Cousine machte die Sache nicht einfacher. Beatriz entschloss sich, auf weitere Umwege zu verzichten.

«Wir haben uns wiedergetroffen, kurz nach dem Tod seiner Frau. Fünf Jahre lang waren wir zusammen. Bis er starb.»

Sie senkte den Blick. Sie fürchtete Anas Reaktion: Überraschung, Befremden, Missbilligung, vielleicht sogar Abscheu.

Aber es war Mitgefühl, Mitgefühl wegen ihres Verlusts. Und nun konnte Beatriz ihr endlich von dem Geheimnis erzählen, das sie all die Jahre für sich behalten hatte. Von dem Konflikt, den es für sie bedeutet hatte, eine Beziehung aufrechtzuerhalten, die auf einer seltsamen Mischung aus Anziehung, intellektueller Bewunderung und tiefer ideologischer Ablehnung gründete.

Da Luisa nicht mit dem Tee erschien, war sie sicher, dass das Mädchen vor der Tür stand und lauschte. Und es war ihr egal.

«Er war einer der Hauptgründe, warum ich das Land nicht verlassen habe. Außer deiner Gesellschaft natürlich.»

«Das sagst du nur, um mich zu trösten.»

«Nein! Ich habe sie sehr genossen. Das war ein wahres Geschenk für mich. Und da ich den Eindruck habe, dass du ein bisschen ruhiger geworden bist, wollen wir über etwas Weltlicheres und Materielles sprechen. Mit Salvador, der bereits auf seinen Anteil an der Wohnung verzichtet hat, habe ich alle Papiere vorbereitet, um dir die Wohnung zu überschreiben.» Als sie sah, dass Ana zu einer Entgegnung ansetzte, sagte sie: «Bitte, nimm sie an. Nichts würde mich glücklicher machen, als dich in dieser Wohnung zu wissen, die der Familie so viel bedeutet hat. Mach sie zu deiner. Ich nehme nur meine persönlichen Sachen mit. Und natürlich meine Bücher.» Bei dem Gedanken an die leeren Regale wurde ihr zum ersten Mal klar, wie bald sie die Wohnung verlassen würde. «Deine Aufgabe ist es, die Regalbretter wieder zu füllen.»

* * *

Lyon, 15. Februar 1960

Liebe Ana,
du ahnst nicht, wie sehr ich mich über das freue, was du mir berichtet hast. Ich hatte dir ja gesagt, dass er zurückkommen würde. Dass er bleiben würde, wollte ich nicht voraussagen, du weißt, ich neige eher zu mäßigem Optimismus.

Vielen Dank für das Bücherpaket. Ana María Matutes Erste Erinnerung *habe ich mit Genuss gelesen. Celas Roman hat mich nicht begeistert. Vielleicht bin ich ungerecht und übertrage meine Abneigung gegen die Person auf seine Bücher. Manchmal bin ich eine schlechte Leserin.*

Ich werde demnächst Jaume Vicens Vives, den ich so bewundere, hier in Lyon in der Klinik besuchen. Ich fürchte, es bleibt ihm nicht mehr viel Zeit, mit nur fünfzig Jahren. Verschwende deine nicht, Aneta. Ich glaube, dass du gut daran getan hast, Enrique Rubios Angebot nicht anzunehmen, bei seiner neuen Zeitschrift mitzuarbeiten, die er nach seinem Weggang von El Caso *gegründet hat. Du hast recht, du hast genug Tote gesehen.*

(…)

Nizza, 24. Juni 1962

Liebe Ana,
was für eine Überraschung! Ich konnte es kaum glauben! Du hast mir die ganze Zeit über nichts gesagt, selbst bei eurem Besuch letzte Weihnachten nicht, und dann kam völlig unerwartet dieses Päckchen, flach und rechteckig, in der Form, die ich am liebsten mag. Das Manuskript deines Romans. Zum Glück habe ich es vor meiner Reise nach Nizza bekommen, und es hat mich die Zugfahrt über begleitet. Frag mich nicht nach der Landschaft, ich habe nichts gesehen.

(…)

Lyon, 15. Oktober 1962

Liebe Ana,

es tut mir so leid, dass dein Roman nicht durch die Zensur gekommen ist. Ich hätte auch nicht zugestimmt, ihn verstümmelt zu veröffentlichen, aber bevor du ihn für immer in der Schublade verschwinden lässt, könntest du versuchen, ihn in Mexiko oder Argentinien zu publizieren. Vielleicht kann ich dir sogar helfen, ich habe noch einige Kontakte.

(…)

Paris, 28. April 1963

Liebe Ana,

ich habe das Foto von der kleinen Beatriz bekommen. Wie sehr sie gewachsen ist! Lawrence hat den Hintergrund gut ausgewählt, ich sehe, dass die Regale sich allmählich füllen. Ich schicke dir ein Päckchen mit meinem bescheidenen Beitrag dazu, meine Arbeit über Troubadourlyrik, die der Verlag Gredos veröffentlicht hat. Jetzt, da ich in Frankreich lebe, haben sich mir die Türen der spanischen Verlage geöffnet. Es tut mir leid zu hören, dass euch wieder eine Nummer von Triunfo *beschlagnahmt wurde. Manchmal frage ich mich, wie ihr es aushaltet, wie ihr beiden es aushaltet, du und Lawrence. Ein andermal fühle ich mich wie ein Deserteur, weil ich das Land verlassen habe. Doch im Grunde bereue ich es nicht.*

Wie kommst du mit dem nächsten Roman voran?

(…)

Danksagung

Mit diesem Roman endet die Trilogie um Ana Martí, der wir durch die dunklen fünfziger Jahre des franquistischen Spaniens gefolgt sind – ihr und den vielen Figuren an ihrer Seite. Alle sind sie ein Teil unseres Lebens geworden.

Wieder einmal ist der Moment gekommen, um all denjenigen zu danken, die uns beim Schreiben von *Auf der anderen Seite der Ramblas* begleitet und unterstützt haben.

Társila Reyes Sicilia und Ana Ramírez haben das Manuskript gelesen und uns wie immer mit ihren klugen Fragen und Kommentaren manchen Anstoß gegeben.

Von der ersten Zeile an haben Klaus Reichenbergers Scharfsinn und seine intellektuelle Großzügigkeit das Projekt vorangetrieben. Ebenfalls von Beginn an hat uns unsere Agentin Ella Sher begleitet und stets alles dafür getan, dass aus den Seiten ein gedruckter Roman wurde.

Queral Vives, Besitzer der Konditorei Mauri, hat uns mit wertvollen Informationen und alten Fotos seines Geschäfts geholfen.

Der Roman hat viel von Xavier Theros' immenser Forschungsarbeit profitiert, sein Buch über die Sechste Flotte in Barcelona (*La sisena flota a Barcelona*) war nicht nur eine wunderbare Informationsquelle, ihm haben wir auch manche Inspiration zu verdanken.

Großen Dank schulden wir ebenfalls den Lesern und Leserinnen der ersten beiden Ana-Martí-Romane: Wir danken ihnen dafür, dass sie ihre Eindrücke, Anmerkungen und Erinnerungen mit uns geteilt haben. Dass sie immer wieder ungeduldig den nächsten Roman eingefordert haben. Und dass sie ihren Unmut darüber ausgedrückt haben, dass der dritte Roman auch der letzte ist.

Gedankt sei schließlich auch den Verlagen Ediciones Siruela und Kindler, die diese Reihe mit so viel Begeisterung, Hingabe und Professionalität betreut haben. Ana hätte sich keine besseren Weggefährten wünschen können.